세상을
움직이는
네 글자

세상을 움직이는 네 글자

격변의 시대에 새겨두어야 할 사자성어 50

김준연 지음

궁리
KungRee

저자의 말

저는 지난 2015년부터 KBS 1라디오에서 진행하는 〈행복한 시니어〉라는 프로그램에 출연했습니다. 이 프로그램에서 제가 맡은 코너는 '고전 읽기'라 하여, 주로 시사성이 있는 이야기를 곁들여 중국의 사자성어四字成語를 소개하는 시간입니다. 매주 하나씩 한 주 방송에서 10분 넘게 사자성어에 얽힌 이야기를 자세히 소개합니다. 그래서 이전에는 아침에 신문을 대충 넘겨보는 편이었습니다만, 이 프로그램에 출연하고부터는 신문 기사를 샅샅이 훑으면서 소재를 찾아보는 습관이 들었습니다. 해당 사자성어와 관련된 책과 소식 등도 다양하게 점검하게 되었습니다. 비교적 널리 알려진 사자성어를 소개하는 내용에도 더러 사실과 맞지 않는 부분이 조금씩 있었기 때문입니다.

사자성어는 옛사람들이 다양한 이야기 속에서 의미 있는 내용을 압축해 네 글자로 만든 말이라는 뜻입니다. 그런 까닭에 '이야기'와 '네 글자 말'이라는 두 가지 요소가 큰 역할을 하는 것 같습니다. 요즘 '스토리텔링'이라는 말이 널리 쓰이고 있는 데서도 알 수 있듯이, 본래 우리 인간은 이야기를 위해 존재한다고 해도 과언이 아닐 만큼 이야기를 듣고

전달하고 만들어내기를 좋아합니다. 특히 사자성어에 담긴 이야기는 오래전에 나온 것이지만, 요즘 들어도 흥미롭고 우리 삶에 필요한 무엇인가를 일깨워주는 힘이 있습니다. 예를 들어 '읍참마속泣斬馬謖'의 이야기에 담긴 교훈은 어떻습니까? 그 신출귀몰한 능력을 발휘하던 제갈량諸葛亮은 어째서 믿었던 마속馬謖에게 발등을 찍히고 울고 말았던 것일까요? 꼭 소설 『삼국지』를 완독한 사람이 아니더라도 궁금증을 유발하는 이야기가 아닐 수 없습니다.

사자성어의 첫째 요소가 '이야기'라면 둘째 요소는 '네 글자 말'입니다. 우리 인간은 또 끊임없이 말로 의사소통을 하는 존재입니다. 우리의 말을 수사修辭의 관점에서 크게 둘로 나눈다면, 직설적 표현과 비유적 표현일 것입니다. 이 가운데 사자성어의 '말'은 비유적 표현에 해당합니다. 예를 들어 '곡학아세曲學阿世'라는 말 속에는 "학문을 굽혀 세상에 아부한다"는 글자 그대로의 뜻뿐 아니라, 한나라 때의 유학자 원고생轅固生이 권력에 아부하려 하는 공손홍公孫弘에게 일침을 놓는 특정한 상황이 담겨 있습니다. 그래서 권력에 빌붙으려는 학자에게 "학문을 굽혀 세상에 아부하지 마시오"라고 직설적으로 말하기보다 "곡학아세하지 마시오"라고 비유적으로 표현할 때 더 효과를 발휘하게 됩니다. 군더더기 없이 말도 간결해지거니와 이야기의 내막을 아는 사람이라면 원고생과 공손홍의 관계가 연상되어 말하고자 하는 뜻이 더 생생하게 다가오기에 그렇습니다. 또 네 글자면 충분히 의미 있는 내용을 담으면서도 리듬감이 있어 외우기도 쉽습니다. 흔히 '촌철살인寸鐵殺人'의 경구 대부분을 사자성어가 차지하는 것은 아마도 이 때문일 것입니다. 그러니 사자성어를 '세상을 움직이는 네 글자'라고 표현해도 지나친 말은 아니라고 생각합니다.

이 책은 이렇게 KBS 1라디오 〈행복한 시니어〉의 '고전 읽기' 코너에 출연하면서 쓴 원고 가운데 50개의 꼭지를 선정해 수정하고 보완한 것입니다. 그동안 쓴 원고를 정리하다 보니, 제가 방송에서 사자성어를 소개하면서 전하고 싶었던 메시지가 크게 '지혜로운 삶', '부지런한 삶', '함께하는 삶', '돌아보는 삶', '여유로운 삶'으로 요약된다는 것을 새삼 확인할 수 있었습니다. 이것은 사실 라디오 청취자들보다는 오히려 제 자신에 대한 다짐의 성격이 강한 것들이라고 해야 하겠습니다. 원고를 작성하기 위해 뉴스의 이면을 살펴보고, 관련 서적을 참고하면서 우리의 삶에 대해 많은 것을 생각해볼 수 있었던 소중한 시간이었기 때문입니다.

주로 청각에 의존하는 라디오 방송이 아니라 시각적으로 활자화된다는 이점을 십분 활용해서, 이 책에서는 방송에서보다 사자성어의 출전이 되는 고전 텍스트의 내용을 충분히 살펴보기로 했습니다. 사자성어는 고전 텍스트의 한 단락에서 중요한 네 글자만을 따온 것이라 간결하다는 이점이 있습니다. 반면 단장취의斷章取義의 과정에서 더러는 전체 이야기의 내용이 상당 부분 묻히기도 합니다. 고전은 꼭 사자성어가 아니더라도 언제든 읽고 음미해볼 만한 가치가 있는 책들입니다. 아무쪼록 독자들께서 사자성어를 원전原典에서 확인하는 재미를 출발점으로 삼아, 그 고전 전체를 읽어보고 싶은 마음이 들게 되기를 바라는 마음 간절합니다.

이 책의 산파 역할을 해준 KBS 1라디오 〈행복한 시니어〉 관계자 여러분께 먼저 감사를 드려야 하겠습니다. 안정균, 장윤선 프로듀서님, 이윤수 작가님, 박영주 아나운서님 감사합니다. 또 방송을 위해 KBS를 찾을 때마다 든든한 응원군이 되어주는 박진범, 나원식, 조나은 프로듀서에게도 감사의 마음을 전합니다. 또 어려운 여건 속에서도 선뜻 이 책의 출판을 맡아주신 궁리의 이갑수 사장님, 이 책을 더 멋지게 꾸미느라 애쓰신 김현숙 주간님께 감사 드립니다.

2018년 6월

김준연

차례

5 · 물처럼 세상을 이롭게 하다 — 여유로운 삶

1

나아갈 때와 물러날 때를 스스로 알다

: 지혜로운 삶

군자는 표범처럼 변한다

군자표변君子豹變

상육(上六)은 군자가 표범처럼 변함이고 소인이 얼굴만 변함이니,
가면 흉하고 바른 도에 거하면 길할 것이다. 〈상전〉에서 이렇게 말했다.
"군자가 표범처럼 변함은 그 문채가 성한 것이다.
소인이 얼굴만 변함은 순종하여 임금을 따르는 것이다."
-『주역』〈혁괘〉

언젠가 신문에서 김덕모 씨에 관한 기사를 읽은 적이 있습니다. 연세가 여든이 다 된 이 분은 자유당 정권의 3·15 부정선거에 항의하다 최루탄에 맞아 숨진 김주열 열사의 시신을 경찰이 마산 앞바다에 내다 버릴 때, 시신을 실은 지프차를 운전했던 사람이었습니다. 당시 그는 스무 살의 나이로 마산 지역 한 사업가의 지프차를 운전하고 있었는데, 가끔씩 이 차를 빌려 쓰던 경찰이 1960년 3월 16일 새벽에 마산세무서 앞으로 그를 불러냈다고 합니다.

김덕모 씨가 지프차를 몰고 마산세무서 앞으로 가자, 경찰 몇 명이 김주열 열사의 시신을 차 뒷좌석에 실었고, 당시 한창 공사가 진행 중이던 마산항 제1부두로 향했습니다. 그곳에서 경찰들은 공사장에 있던 돌덩이를 김주열 열사의 가슴 위에 올리고, 철사로 칭칭 감아 고정한 뒤에 바다에 던졌다고 합니다. 그로부터 20여 일이 지난 4월 11일 김주열 열사의 시신이 마산 앞바다에 떠오르면서 반정부 시위가 다시 격화

되었습니다. 4월 18일에는 고려대학교 학생 3천여 명이 시국선언문을 채택하고 거리로 나서 4·19 혁명의 기폭제 역할을 했습니다.

4·19 혁명 후에 김주열 열사의 시신을 유기한 경찰 몇 명이 그에 대한 처벌을 받았습니다. 지프차 운전사 김덕모 씨도 경찰 조사를 받았으나, 사체유기죄를 추궁 당하지는 않았다고 합니다. 김덕모 씨는 김주열 열사 유기 사건이 있은 지 56년 만에 묘소를 찾아 참배하며 이렇게 말했습니다.

> 그 어떤 것으로도 보상이 안 되겠지만 김주열 씨가 천국에서 행복하게 지내길 기도하겠습니다.

더 일찍 김주열 열사의 묘소를 찾았으면 좋았겠지만, 이제라도 진실을 밝힌 것만도 용기라는 생각이 듭니다. 이미 반세기도 더 지난 일이라 그 사건을 기억하는 이도 많지 않은 때, 김덕모 씨가 어떤 연유로 결심을 하게 되었는지 궁금했습니다. 관련 기사를 더 찾아보니 작년 가을에 한 라디오 프로그램을 통해 김주열열사기념사업회가 기획한 '민주성지 일일 역사 탐방 프로그램' 관련 얘기를 들었다고 합니다. 사건 이후 죄책감에 시달리던 김덕모 씨는 40년 전부터 매일 성당에 나가 참회의 기도를 올려왔는데, 라디오 방송을 듣고 김주열열사기념사업회 사무실을 찾아가기로 마음먹었다는 것입니다.

공자는 『논어論語』 〈자한子罕〉 편에서 "과즉물탄개過則勿憚改"라고 설파했습니다. 허물이 있거든 고치기를 꺼리지 말라는 뜻입니다. 또 『주역周易』 〈혁괘革卦〉에는 '군자표변君子豹變'이라는 말도 있습니다. "군자는 표범처럼 변한다"는 뜻인데, 군자가 표범처럼 사나워지거나 변덕스

1. 나아갈 때와 물러날 때를 스스로 알다

럽다는 말은 아닙니다. 표범의 털가죽이 아름답게 변해가는 것처럼, 군자는 자기 잘못을 고쳐 선善으로 향하는 데 신속하다는 것입니다. 이 말에서 '군자'를 빼고 '표변'으로만 쓰기도 하는데, 이때는 '군자표변'과 달리 "신의나 약속을 무시하고 태도나 행동이 돌변하는 것"을 가리키기도 하므로 유의해야 합니다.

'군자표변'이 등장하는 『주역』의 〈혁괘〉에서 눈여겨볼 점은 '혁', 즉 바꾸기를 '후회'와 연결지어 설명한 부분입니다. 『주역』에서는 "바꾸어서 타당하게 되면 후회할 일이 사라진다"고 했습니다. 우리가 후회하는 일들이 꼭 엄청난 범죄나 잘못만은 아닙니다. 한 인터넷 매체의 설문조사에 따르면, 사람들은 "수많은 걱정거리를 안고 살아온 것", "어떤 하나에 몰두해보지 않은 것", "좀 더 도전적으로 살지 못한 것" 등을 후회한다고 답변했습니다. 이런 일들이 악惡은 아닐지라도 결국 나중에 후회할 것이라면, '군자표변'이라는 『주역』의 가르침대로 타당하게 바꾸어서 후회할 일을 미리 없애는 것이 현명할 것입니다.

'변혁'의 '혁', '개혁'의 '혁'이라 하여 너무 어렵고 멀다고만 생각할 일도 아닌 것 같습니다. 앞의 설문조사에서 사람들은 또 후회하는 일로 "내 감정을 솔직하게 표현하지 못한 것", "친구들에게 더 자주 연락하지 못한 것", "누군가에게 사랑한다고 말하지 못한 것" 등을 꼽았습니다. 이런 것들은 내가 마음먹기에 따라 얼마든지 바꿀 수 있는 일이라고 생각합니다. 그간 '군자표변'의 적당한 계기를 찾지 못했다면, 이 말을 들은 오늘이 바로 그날이라고 확정해보는 것입니다. 김덕모 씨가 라디오 방송을 듣고 56년 만에 김주열 열사의 묘소를 찾아간 것처럼 말입니다.

『주역』에서는 '군자표변'에 이어 '소인혁면小人革面'이라는 말도 했습니다. 군자가 표범처럼 변하는 것과 달리 소인은 얼굴만 바꾼다는 뜻입니다. 『주역』 64괘의 상징 형상을 풀이한 상사象辭에서 '소인혁면'을 두고 "순이종군야順以從君也"라 했습니다. 소인도 어진 임금의 감화를 받아 '혁면', 즉 면모를 일신하고 임금에게 순종한다는 뜻입니다. 다시 말해서 어진 임금이 나라를 다스리면, 군자에 미치지 못하는 소인이라도 겉모습을 바꾸고 불의한 일을 함부로 하지 못한다는 것입니다. 이것은 '소인혁면'을 좋게 해석할 때의 이야기입니다.

'소인혁면'이 '군자표변'만 못하다는 것은 일시적인 임기응변일 수 있기 때문입니다. '교언영색巧言令色'이라는 말처럼 얼굴빛은 얼마든지 바꿀 수 있습니다. 바탕이 근본적으로 바뀌는 표범의 털갈이와는 다르다는 말입니다. 그래서 진정으로 잘못을 뉘우치거나 좋지 않은 버릇을 바로잡기보다 위기 상황을 벗어나는 방편으로 '혁면'을 이용할 수 있습니다. '면종복배面從腹背'라는 말이 달리 나온 것이 아닐 것입니다. "얼굴빛은 따르는 척하면서 속으로는 딴 맘을 먹는다"는 뜻 아닙니까?

그래도 '소인혁면'이 '후안무치厚顔無恥'보다는 낫지 않은가 싶습니다. 낯이 두꺼워 아예 부끄러움을 모르는 뻔뻔스런 사람은 '군자표변'은 고사하고 '소인혁면'에도 이르지 못할 것입니다. 56년 만에 김주열 열사의 묘소를 찾은 김덕모 씨의 경우 '후안무치'라 할 수는 없겠습니다. 이제 여생에 좋은 일 많이 하셔서 '소인혁면'을 넘어서는 '군자표변'의 덕을 쌓으시기를 기대해봅니다.

1. 나아갈 때와 물러날 때를 스스로 알다

고전 읽기

『주역周易』〈혁괘革卦〉

'혁革'은 하루가 지나야 믿으리니, 크게 형통하고 바르게 함이 이로워 후회할 일이 사라진다.

〈단전彖傳〉에서 이렇게 말했다. "혁은 물과 불이 서로 끄는 것이며, 두 여자가 함께 살되 그 뜻이 서로 맞지 않는 것을 혁이라 한다. 하루가 지나서야 믿음은 개혁하여 믿게 하는 것이다. 문명文明하고 기뻐하여 크게 형통하고 바르니, 바꾸어서 타당하게 되면 후회할 일이 사라진다. 천지가 변혁하여 사시가 이루어지고, 탕湯 임금과 무武 임금이 혁명하여 하늘에 순종하고 사람들에 호응하였으니, 변혁의 때가 크도다."

〈상전象傳〉에서 이렇게 말했다. "연못 가운데 불이 있음이 혁이니, 군자가 이로써 역수曆數를 다스려 때를 밝힌다."

초구初九는 공고히 하되 황소가죽을 쓴다.

〈상전〉에서 이렇게 말했다. "공고히 하되 황소가죽을 쓴다는 것은 일을 할 수 없기 때문이다."

육이六二는 하루가 지나야 개혁할 수 있으니, 그대로 가면 길하여 허물이 없을 것이다.

〈상전〉에서 이렇게 말했다. "하루가 지나야 개혁함은 감에 아름다운 경사가 있는 것이다."

구삼九三은 가면 흉하니, 정도를 지키고 위태로운 마음을 품어야 한다. 개혁이라는 말이 세 번 합해지면 믿음이 있을 것이다.

〈상전〉에서 이렇게 말했다. "개혁이라는 말이 세 번 합해졌으니,

또 어디로 가겠는가?"

구사九四는 후회할 일이 없으니, 믿음이 있으면 명을 고쳐 길할 것이다.

〈상전〉에서 이렇게 말했다. "명을 고치는 것이 길함은 뜻을 믿어주기 때문이다."

구오九五는 대인이 범처럼 변함이니, 점을 치지 않아도 믿음이 있다.

〈상전〉에서 이렇게 말했다. "대인이 범처럼 변함은 그 문채가 빛나는 것이다."

상육上六은 **군자가 표범처럼 변함**이고 소인이 얼굴만 변함이니, 가면 흉하고 바른 도에 거하면 길할 것이다.

〈상전〉에서 이렇게 말했다. "군자가 표범처럼 변함은 그 문채가 성한 것이다. 소인이 얼굴만 변함은 순종하여 임금을 따르는 것이다."

• • • •

원문 革, 已日乃孚, 元亨利貞, 悔亡. 彖曰, 革, 水火相息, 二女同居, 其志不相得, 曰革. 已日乃孚, 革而信也. 文明以說, 大亨以正, 革而當, 其悔乃亡. 天地革而四時成, 湯武革命, 順乎天而應乎人, 革之時大矣哉. 象曰, 澤中有火, 革, 君子以治曆明時. 初九, 鞏用黃牛之革. 象曰, 鞏用黃牛, 不可以有爲也. 六二, 已日乃革之, 征吉, 無咎. 象曰, 已日革之, 行有嘉也. 九三, 征凶, 貞厲. 革言三就, 有孚. 象曰, 革言三就, 又何之矣. 九四, 悔亡, 有孚改命, 吉. 象曰, 改命之吉, 信志也. 九五, 大人虎變, 未占有孚. 象曰, 大人虎變, 其文炳也. 上六, 君子豹變, 小人革面, 征凶, 居貞吉. 象曰, 君子豹變, 其文蔚也. 小人革面, 順以從君也.

---

1. 나아갈 때와 물러날 때를 스스로 알다

맨손으로 호랑이를 때려잡고

포호빙하暴虎馮河

공자께서 이렇게 대답하셨다. "맨손으로 호랑이를 잡고
맨몸으로 황하를 건너면서 죽어도 후회가 없다는 사람과는
나는 함께하지 않겠다. 반드시 일을 대함에 신중하게 하고,
계획을 잘 세워 일을 이루는 사람과 함께하겠다."
-『논어』〈술이〉

브루스 리라는 이름으로도 잘 알려진 쿵후 배우 이소룡李小龍은 어릴 적 몸이 약해서 7세 때부터 태극권을 배우기 시작했다고 합니다. 이후 본격적으로 무술 수련에 나서면서 영춘권詠春拳과 채리불권蔡李佛拳 등을 배웠는데, 끈기가 부족한 편이라 한 권법을 끝까지 배운 것은 영춘권 정도였고, 툭하면 패싸움에 나서는 불량기를 보였습니다. 그러나 미국으로 건너가 고등학교를 졸업하고 워싱턴대학교에 입학해서는 진득하게 무술에 전념하며 진번振藩 쿵후를 가르쳤습니다. 그후 홍콩으로 돌아와 〈당산대형唐山大兄〉 등의 쿵후 영화에 출연해 대성공을 거두면서, 우리나라 팬들도 쿵후의 매력에 한껏 빠지게 되었습니다.

그런데 최근 중국에서 서효동徐曉冬이라는 격투기 강사가 뇌공雷公 태극권의 고수로 알려진 위뢰魏雷와 공개 시합을 벌여, 10여 초 만에 KO승을 거둔 것이 화제가 된 적이 있습니다. 이소룡의 영화에서는 쿵후의 달인 이소룡이 격투기 선수 같은 서양 사람들을 모두 때려눕혔는

데 말입니다. 서효동은 평소 태극권이 '가짜 무술'이라고 생각해왔던 터에, 중국 TV에도 소개된 태극권 10대 고수 가운데 하나인 위뢰에게 도전장을 던졌다고 합니다.

이 소식을 접한 후 중국 인터넷을 검색해 시합 장면을 직접 보았습니다. 정식 무술 경기처럼 심판이 있었고, 300여 명의 관중이 경기장에서 두 사람의 대결을 관람했습니다. 경기가 시작되자마자 격투기 선수 서효동이 주먹을 휘두르며 위뢰를 몰아붙였고, 결국 20초도 못 되어 심판이 서효동을 뜯어말리며 KO승을 선언했습니다. 한 신문사에서 그 후에 위뢰를 찾아가 패배의 이유를 물으니, 새로 산 신발이 발에 맞지 않아 미끄러져 넘어지자 서효동이 달려든 것이라 했습니다. 그리고는 실제로 자신이 태극권의 권법으로 서효동을 타격하면 생명이 위태롭기 때문에 참았던 것이라고 덧붙였습니다.

태극권의 고수가 격투기 선수에게 무참하게 두들겨 맞은 데다, 서효동이 "태극권은 무술이 아니라 체조일 뿐"이라며 태극권을 비하하는 발언을 하자, 다른 태극권 고수들이 일제히 서효동에게 공개 결투를 신청했습니다. 서효동은 결투를 받아들이겠다며 2주마다 신청자 한 사람씩과 시합을 벌여 연말까지 이어가겠다고 밝혔습니다. 그러나 중국무술협회에서는 서효동과 위뢰의 대결이 무예의 정신에서 벗어났다며, 앞으로의 어떤 시합도 허용하지 않겠다는 입장을 내놓았습니다.

격투기 선수와 태극권 고수의 결투 소식을 접하고, '포호빙하暴虎馮河'라는 고사성어의 의미를 생각해보았습니다. '포호빙하'는 맨손으로 호랑이를 때려잡고 배 없이 맨몸으로 황하를 건넌다는 말로, 죽음을 두려워하지 않는 무모한 용기를 비유합니다. '포호빙하'가 처음 등장하는 문헌은 『시경詩經』으로, 〈소아小雅 · 소민小旻〉 편입니다.

1. 나아갈 때와 물러날 때를 스스로 알다

감히 호랑이를 맨손으로 잡지 못함과 감히 황하를 맨몸으로 건너지 못함을, 사람들은 그 한 가지만 알고 그 다른 것은 알지 못한다.

송나라 주희朱熹는 이를 풀이하여 "보통 사람의 생각은 먼 데 미치지 못하니, 포호빙하의 화禍가 가까워 보기 쉬우면 이것을 피할 줄은 알지만, 나라가 망하고 집안이 망하는 화가 무형無形에 숨어 있으면 이것을 근심할 줄은 모르는 것"이라 했습니다. 따라서 『시경』에 쓰인 '포호빙하'는 피해야 할 위험한 일인 것입니다.

『시경』에서 따로 쓰였던 '포호'와 '빙하'가 한데 묶여 '포호빙하'가 된 것은 『논어』에서입니다. 〈술이述而〉 편에서 공자는 수제자인 안연顔淵에게 이렇게 말합니다.

나라에서 써주면 일을 하고 관직에서 쫓겨나면 숨어 지내는 것은, 오직 나와 너만이 이러한 뜻을 가지고 있을 것이다.

사람은 나아갈 때와 물러날 때를 알아 적절히 처신해야 하는데, 공자는 이런 이치를 잘 알고 실천에 옮길 만한 이가 자신과 수제자인 안연 정도라고 본 것입니다. 이렇게 공자가 안연을 높이 평가하자, 그 말을 옆에서 듣고 있던 제자 자로子路가 슬쩍 끼어들어 공자에게 이렇게 물었습니다.

선생님께서 삼군을 통솔하신다면 누구와 함께하시겠습니까?

자로는 공자와 같은 노나라 출신인데다 공자와의 나이 차가 아홉 살

밖에 나지 않아, 스승과 제자 사이라기보다 마을 친구 같은 느낌을 주는 인물입니다. 공자의 제자가 되기 전에는 건달처럼 힘자랑을 잘하고, 공자를 업신여기기도 했다고 『사기』에 기록되어 있습니다. 후에 공자에게 감복되어 제자가 되었는데, 공자는 노나라 대부들이 제자들에 대해서 물었을 때, 자로에게 국가의 삼군을 통솔할 능력이 있다고 대답했을 만큼 그의 장군 같은 기개는 높이 산 바 있습니다. 그래서 자신의 존재감을 다시 과시할 요량으로 공자에게 그렇게 물었던 모양입니다. 그러나 공자의 대답은 이러했습니다.

> 맨손으로 호랑이를 잡고 맨몸으로 황하를 건너면서 죽어도 후회가 없다는 사람과는 나는 함께하지 않겠다. 반드시 일을 대함에 신중하게 하고, 계획을 잘 세워 일을 이루는 사람과 함께하겠다.

공자는 자로의 용맹함과 강직함을 인정했지만, 그것만 내세워 무모한 일을 저지를까 경계했던 것입니다. 그래서 공자는 "자로 같은 이는 제 명대로 살기 어렵다"고 걱정하기도 했습니다.

태극권의 고수들과 결투를 벌여 차례로 제압하겠다고 호언장담하는 중국의 격투기 선수 서효동의 언행을 보니, 공자가 '포호빙하'의 위험성을 걱정한 자로가 떠오릅니다. 서효동이 단숨에 제압한 태극권 고수 위뢰가 전직 안마사였다는 사실과 패배를 변명하기에 바쁜 인터뷰를 보니, "태극권은 99%가 거짓"이라는 서효동의 주장도 일리가 없지는 않은 듯합니다. 그러나 중국의 그 많은 사람들이 맨몸으로 결투를 하려고 태극권을 연마하는 것은 아닙니다. 그래서 태극권 고수를 제압해 격투기의 우수성을 보여주겠다는 서효동의 생각이나, 그에 맞서 결투를 불사하겠다는 태극권 고수들의 대응, 그리고 여기에 우리 돈 17억 원을 상금으로 내놓은 한 회사 사장의 제안 등은 모두 '포호빙하'의 무모함이 아닌가 싶습니다.

고전 읽기

『시경詩經』〈소아小雅 · 소민小旻〉

감히 호랑이를 맨손으로 잡지 못함과 감히 황하를 맨몸으로 건너지 못함을, 사람들은 그 한 가지만 알고 그 다른 것은 알지 못한다. 전전긍긍하여 깊은 못에 임하듯이 하고, 얇은 얼음을 밟듯이 한다.

• • • •

원문 不敢暴虎, 不敢馮河. 人知其一, 莫知其他. 戰戰兢兢, 如臨深淵, 如履薄冰.

『논어論語』〈술이述而〉

공자께서 안연에게 이렇게 말씀하셨다. "나라에서 써주면 일을 하고 관직에서 쫓겨나면 숨어 지내는 것은, 오직 나와 너만이 이러한 뜻을 가지고 있을 것이다."

그러자 자로가 이렇게 여쭈었다. "선생님께서 삼군을 통솔하신다면 누구와 함께하시겠습니까?"

공자께서 이렇게 대답하셨다. "**맨손으로 호랑이를 잡고 맨몸으로 황하를 건너면서** 죽어도 후회가 없다는 사람과는 나는 함께하지 않겠다. 반드시 일을 대함에 신중하게 하고, 계획을 잘 세워 일을 이루는 사람과 함께하겠다."

• • • •

원문 子謂顔淵曰, 用之則行, 舍之則藏, 惟我與爾有是夫. 子路曰, 子行三軍則誰與. 子曰, 暴虎馮河, 死而無悔者, 吾不與也. 必也臨事而懼, 好謀而成者也.

---

1. 나아갈 때와 물러날 때를 스스로 알다

먼저 이겨놓고 싸우다

선승구전先勝求戰

이런 까닭에 이기는 군대는 먼저 이겨놓고 싸움을 걸고,
지는 군대는 먼저 싸움을 건 뒤 이기려고 한다.
용병을 잘 하는 이는 인성을 잘 수양하고 법과 제도를 정비하니,
그래서 전쟁의 승패를 결정할 능력을 갖춘다.
–『손자병법』〈형〉

예전에 국어 교과서에 실렸던 수필에 〈산정무한〉이라는 작품이 있었습니다. 이 글의 저자인 정비석이 소설가로서의 명성을 굳게 쌓은 것은『소설 손자병법』이었습니다. 이 소설은 저자가 1981년부터 한 신문에 연재한 것을 1984년에 세 권의 책으로 펴낸 것인데, 1997년까지 무려 300만 권이 팔려 당시 우리나라 출판계 베스트셀러의 신기원을 이룩했습니다. 저자는 나이 50이 넘어『손자병법』을 처음 접하고 깊은 감명을 받아, 소설로 옮기게 됐다고 회고한 바 있습니다.

『손자병법』은 춘추시대 오나라의 왕인 합려를 섬기던 손무孫武가 쓴 것으로 알려진 병법서입니다.『한서漢書』〈예문지藝文志〉에 따르면 본래 82편이 있었던 듯하나, 현재 전해지는 것은 삼국시대 위나라의 조조曹操가 주석을 붙인 위무주손자魏武註孫子 13편뿐입니다.『손자병법』에는 '지피지기, 백전불태知彼知己, 百戰不殆', 즉 "적을 알고 나를 알면 백 번 싸워도 위태롭지 않다"와 같은 병법의 기본원칙이 잘 정리되어 있어, 동

서양을 막론하고 큰 호평을 받았습니다.

본래 군사 방면의 전문서인 『손자병법』이 이처럼 일반 대중들에게도 널리 읽히는 데는 크게 두 가지 이유가 있는 것 같습니다. 첫째는 현대인의 삶이 손자가 논하는 전쟁과 다름이 없다는 것입니다. 세상의 모든 성취라는 것이 결국 경쟁 속에서 얻어낸 승리에 다름 아니기 때문입니다. 둘째는 『손자병법』이 그렇게 험악한 전쟁에서 주로 '싸우지 않고 이기는 방법'을 가르쳐준다는 것입니다. 삶의 하루하루가 전쟁을 피할 수 없는 것이라면, 평화적으로 승리를 얻는 것만한 최선의 결과가 없을 것이기 때문입니다.

『손자병법』에서 주창하는 '선승구전先勝求戰', 즉 "먼저 이겨놓고 싸운다"는 말도 그래서 아주 달콤하게 들립니다. 험악한 전쟁의 최종 목표가 승리라 할 때, 이미 승리를 쟁취한 이후 전쟁에 임한다면 마음이 얼마나 가볍겠습니까? 이것을 마다할 사람이 없을 터라, 그 비법을 알려주겠다는 『손자병법』의 내용에 귀가 솔깃해지지 않을 수 없습니다. '선승구전'과 관련된 내용은 『손자병법』 제4편 〈형形〉 편에 보입니다. 손자는 먼저 이렇게 말합니다.

> 옛날에 이른바 전쟁을 잘하는 이는 쉽게 이길 만한 데서 이겼다. 그런 까닭에 전쟁을 잘하는 이의 승리는 지혜롭다는 명성도 용감무쌍한 전공도 없었던 것이다.

손자의 말은 전쟁을 잘하는 이들은 악전고투하며 묘수에 묘수를 거듭해 승리를 쟁취하지 않는다는 것입니다. 먼저 손쉽게 이길 만한 상황을 만들어놓고 이기는 터라, 명장名將이라는 소문도 나지 않고 이렇다

1. 나아갈 때와 물러날 때를 스스로 알다

할 혁혁한 전공도 없다고 했습니다. 손자의 주장은 이렇게 이어집니다.

> 전쟁을 잘하는 이는 패하지 않을 상황을 조성한 후에 적이 패할 틈을 놓치지 않는다. 이런 까닭에 이기는 군대는 먼저 이겨놓고 싸움을 걸고, 지는 군대는 먼저 싸움을 건 뒤 이기려고 한다.

바로 이 대목에서 손자는 '선승구전先勝求戰'과 '선전구승先戰求勝'의 차이를 이야기했습니다. 이기는 군대는 이길 만한 상황을 만든 뒤에 싸움터로 나가고, 지는 군대는 싸움터로 나간 뒤에야 이길 방법을 찾는다는 것입니다. 이렇게 간단하면서도 엄청난 승리의 비결을 알려주는 『손자병법』에 감명을 받은 것은 비단 소설가 정비석뿐이 아닌 것 같습니다. 얼마 전 뉴스에서 접한 소식들은 손자의 '선승구전' 전략을 과감하게 실천에 옮긴 사람들의 무용담이었습니다.

첫 번째 사례는 어느 대학원에 다니는 학생 최 씨였습니다. 최 씨는 자신이 수강하는 교수의 연구실에 몰래 들어가 해킹 프로그램을 설치해 교수의 컴퓨터에 저장되어 있던 시험문제를 빼내려고 했습니다. 그러다 발각되어 대학원에서 영구 제적되고 징역 1년의 실형을 선고받았습니다. 그 이전에도 시험지를 빼돌려 전 과목 만점과 더불어 장학금을 받은 적이 있다는 것이 수사를 통해 추가로 밝혀졌습니다. 시험문제를 미리 알고 답안을 철저히 준비해둔 상태에서 시험을 보는 것은 '먼저 이겨놓고 싸우는' 선승구전의 전략이 아닐 수 없습니다.

두 번째 사례는 변호사 최 씨와 의뢰인 정 씨입니다. 정 씨는 상습해외도박 혐의로 1심에서 실형을 선고받은 상태에서, 최 씨에게 2심 변호를 의뢰하며 보석과 집행유예 선고를 끌어내달라고 요구했습니다.

이 과정에서 사례비 명목으로 50억 원의 금품이 오갔습니다. 부장판사 출신의 변호사였던 최 씨는 사법연수원 동기인 부장검사들에게 정 씨의 선처를 부탁했고, 최 씨의 부탁을 받은 부장검사들도 요청을 들어주기로 했습니다. 여기까지는 선승구전의 전략이 잘 먹혀들었습니다만, 법원이 보석신청을 기각하면서 최 씨와 정 씨의 사이가 틀어져 애초의 계획은 물거품이 되었습니다.

이 두 사례의 공통점은 '선승', 즉 싸우기 전에 먼저 이겨놓기 위해서 범죄행위를 서슴지 않았다는 사실입니다. 대학원생 최 씨는 시험을 잘 보기 위해 교수 연구실에 침입해 시험지를 훔쳤고, 변호사 최 씨는 의뢰인이 원하는 결과를 얻기 위해 이른바 '전관예우'를 통해 수사와 재판에 영향력을 행사하려고 했습니다. 손자가 말한 '선승구전'이 이처럼 목적을 위해서라면 온갖 비열한 수단까지 총동원하라는 말인지 의심스럽지 않을 수 없습니다.

우리나라의 역사적 인물 가운데 '선승구전'의 전략을 가장 잘 구사한 분으로 이순신 장군이 손꼽힙니다. 이순신 장군은 명량해전 때 12척의 배로 133척의 일본 함대와 맞서 싸우기 위해, 지형과 조류 등의 지리적 여건을 최대한 활용해 이길 수 있는 상황을 만들었습니다. 일본 수군은 울돌목에 이르러 순식간에 방향이 바뀐 거센 조류에 당황했습니다. 이순신 장군은 "적이 패할 틈을 놓치지 말라"는 『손자병법』의 말대로 대반격을 감행하여 청사에 길이 남을 대승을 거두었습니다.

이순신 장군의 '선승구전'에 어떤 비열한 수단이 쓰였고, 그래서 명량해전의 승리로 이순신 장군이 챙긴 사리사욕은 무엇이었습니까? 이순신 장군은 『난중일기』에 다만 이런 말을 남기고 있을 뿐입니다.

1. 나아갈 때와 물러날 때를 스스로 알다

사직의 위엄과 영험에 힘입어 겨우 작은 공로를 세웠는데, 임금의 총애와 영광이 너무 커서 분에 넘친다. 장수의 직책으로 더 쓸 만한 공로도 바치지 못했으며, 군인으로서 부끄러움이 있을 뿐이다.

다시 보아도 참으로 대단한 분입니다.

고전 읽기

『손자병법孫子兵法』〈형形〉

손자가 말했다. 옛날에 전쟁을 잘하는 이는 먼저 적이 이길 수 없는 상황을 만들어놓고 적이 이기기를 기다린다. 이길 수 없게 하는 것은 나에게 달려 있고, 이기는 것은 적에게 달려 있다. 그러므로 전쟁을 잘 하는 이는 적이 이길 수 없는 상황을 만들지, 우리가 적을 반드시 이기게 만들지 않는다. 그래서 이런 말이 있다. '승리는 예측 가능하지만 인위적으로 만들 수는 없다.' 적이 이기지 못하게 만드는 것이 수비고, 우리가 이기게 만드는 것이 공격이다. 수비를 하면 여유가 있고, 공격을 하면 부족해진다. 수비를 잘 하는 자는 아홉 곳 땅 낮은 데 숨고, 공격을 잘 하는 자는 아홉 곳 하늘 높은 데서 활약하니, 그래서 능히 스스로를 지키고 모두 이기는 것이다.

승리를 예견하는 것은 일반인의 상식에 지나지 않으니, 좋은 것 가운데 좋은 것은 아니다. 전쟁에서 이기면 천하에서 좋다고 하지만, 좋은 것 가운데 좋은 것은 아니다. (매우 가벼운) 가을날의 터럭을 드는 것이 힘이 세서는 아니고, 해와 달을 보는 것이 눈이 밝아서는 아니며, 천둥소리를 듣는 것이 귀가 밝아서는 아니다. 옛날에 이른바 전쟁을 잘하는 이는 쉽게 이길 만한 데서 이겼다. 그런 까닭에 전쟁을 잘하는 이의 승리는 지혜롭다는 명성도 용감무쌍한 전공도 없었던 것이다. 그 전쟁에서의 승리는 어긋나지 않은 것이다. 어긋나지 않았다는 것은 그가 취한 조치가 반드시 이길 만한 것이라서 이미 진 자에게 이겼다는 뜻이다. 그러므로 전쟁을 잘하는 이는 패하지 않을 상황을 조성한 후에 적이 패할 틈을 놓치지 않는다. 이런 까닭에 이기는 군대는 **먼저 이겨놓고 싸움을 걸고**, 지는 군대는 먼저 싸움을 건 뒤 이기려고 한다. 용병을 잘 하는 이는 인성을 잘 수양하고 법과 제도를 정비하니, 그래서 전쟁의 승패를 결정할 능력을 갖춘다.

병법이라 하면 첫째는 '도度', 둘째는 '양量', 셋째는 '수數', 넷째는 '칭稱', 다섯째는 '승勝'이다. 지형이 국토의 면적[度]을 낳고, 국토의 면적이 자원의 양[量]을 낳고, 자원의 양이 인구 수[數]를 낳고, 인구 수가 군사력[稱]을 낳고, 군사력이 승패[勝]를 가른다. 그래서 이기는 군대는 1일鎰(24냥)로 1수銖(1/24냥)와 무게를 재는 것 같고, 지는 군대는 1수로 1일과 무게를 재는 것 같다. 이기는 자가 전쟁에서 백성을 쓰는 것은 천 길 높이의 계곡에서 가둔 물을 쏟아붓는 것과 같으니, 이것이 형세다.

• • • •

원문 孫子曰, 昔之善戰者, 先爲不可勝, 以待敵之可勝. 不可勝在已, 可勝在敵. 故善戰者, 能爲不可勝, 不能使敵必可勝. 故曰, 勝可知, 而不可爲. 不可勝者, 守也, 可勝者, 攻也. 守則不足(有餘), 攻則有餘(不足). 善守者, 藏於九地之

下, 善攻者, 動於九天之上. 故能自保而全勝也. 見勝不過衆人之所知, 非善之善者也, 戰勝而天下曰善, 非善之善者也. 故擧秋毫不爲多力, 見日月不爲明目, 聞雷霆不爲聰耳. 古之所謂善戰者勝, 勝易勝者也. 故善戰者之勝也, 無智名, 無勇功. 故其戰勝不忒. 不忒者, 其所措必勝, 勝已敗者也. 故善戰者, 立於不敗之地, 而不失敵之敗也. 是故勝兵先勝而後求戰, 敗兵先戰而後求勝. 善用兵者, 修道而保法, 故能爲勝敗之政. 兵法, 一曰度, 二曰量, 三曰數, 四曰稱, 五曰勝. 地生度, 度生量, 量生數, 數生稱, 稱生勝. 故勝兵若以鎰稱銖, 敗兵若以銖稱鎰. 勝者之戰民也, 若決積水於千仞之谿者, 形也.

훌륭한 새는 나무를 고른다

양금택목良禽擇木

공어가 물러가자 공자는 제자들에게 수레에 말을 매고
떠나자고 명하면서 이렇게 말했다. "새가 적당한 나무를 고르는 것이지,
나무가 어찌 적당한 새를 고를 수 있겠느냐?"
- 『좌전』 애공 11년조

휴일에 TV 채널을 이리저리 돌리다가 한 다큐멘터리 프로그램을 시청하게 되었습니다. 전파를 탄 내용은 지난 2014년에 영국의 공영방송 BBC에서 제작한 다큐멘터리 〈라이프 스토리〉였습니다. 이 다큐는 동물들이 살아가면서 어떤 도전에 직면하는지를 고화질 카메라로 생생하게 담아냈습니다.

인상적인 장면이 많아서 BBC 인터넷 홈페이지에 들어가 더 자세한 정보를 알아보았습니다. 이 프로그램은 지난 2011년 시작되어 18명으로 이루어진 제작진이 장장 4년 동안 6대륙 29개국에서 촬영했다고 합니다. 78회에 걸쳐 떠난 촬영팀이 연 1,900일을 야생에서 동물들과 보냈습니다. 그 가운데 297일은 텐트에서 야영을 했다니, 고생이 이만저만이 아니었을 것입니다. 그런 노력으로 얻은 1,800시간의 촬영 필름이 동물들의 〈라이프 스토리〉를 제대로 보여주고 있었습니다.

그중에서도 제 눈길을 사로잡은 것은 그린란드에 서식하는 유럽흑

1. 나아갈 때와 물러날 때를 스스로 알다

기러기 관련 내용이었습니다. 유럽흑기러기는 천적으로부터 새끼를 보호하기 위해 120미터 높이의 외딴 절벽 꼭대기에 알을 낳고 부화합니다. 그러나 부화한 지 이틀이 지나면 먹이가 없는 절벽을 떠나 지상으로 내려가야 하는데, 새끼는 아직 제대로 날지 못하는 까닭에 거의 투신에 가까운 자세로 뛰어내린다는 것입니다.

〈라이프 스토리〉에서는 새끼 다섯 마리가 차례로 뛰어내리는 장면을 보여주었습니다. 새끼는 120미터를 떨어지는 과정에서 더러는 절벽 바위에 부딪혀 데굴데굴 구르기도 했습니다. 그렇게 위험한 낙하에서 결국 두 마리는 죽고 세 마리는 용케 살아남아, 부모 흑기러기를 따라 자갈길을 뒤뚱뒤뚱 걸어갔습니다. 난생처음 보는 놀라운 광경이었습니다. 이렇게라도 하지 않으면 흑기러기의 알이 천적에게 다 잡아먹히는지는 알 수 없지만, 처절한 투쟁이라는 생각이 들었습니다.

『좌전』 애공哀公 11년 조에서 유래한 말로 '양금택목良禽擇木'이란 것이 있습니다. '양금' 즉 훌륭한 새는 '택목' 즉 둥지를 틀 적당한 나무를 고른다는 뜻입니다. 이에 얽힌 이야기를 살펴보면 이러합니다. 춘추시대 위衛나라 왕족으로 희질姬疾이라는 이가 있었습니다. 희질은 본래 송나라 자조子朝의 딸을 아내로 맞았는데, 그 동생의 미모도 대단히 뛰어났습니다.

자조가 위나라를 떠나자 위나라에서 높은 벼슬에 있던 공어孔圉는 희질을 부추겨 희질이 아내로 맞은 자조의 딸을 내쫓고 자기의 딸인 공길孔姞을 들이게 합니다. 그런데 희질은 마음에 두고 있던 전처의 동생을 꾀어내고, 이犁라는 곳에 따로 저택을 지어 머무르게 하면서 두 집 살림을 하기에 이릅니다. 이에 화가 난 공어는 희질을 치려고 벼르고 있었습니다.

희질은 또 외주外州라는 곳에서도 못된 짓을 하다가, 외주 사람들에게 붙들려 수레를 빼앗기는 수모를 당하고 결국 송나라로 달아납니다. 그러자 위나라 사람들은 그의 동생인 희유姬遺를 임금의 종실로 옹립합니다. 송나라로 달아난 희질은 향퇴向魋에게 아름다운 구슬을 뇌물로 바쳐 성서城鉏라는 고을의 관리를 맡았지만, 이내 성서 사람들에게도 쫓겨나 위나라로 되돌아옵니다.

위나라의 왕족 희질은 이렇게 행실이 그다지 좋지 않은 인물이었습니다. 그래서 공어는 그를 무력으로 몰아낼 계획을 마련하고, 마침 위나라에 와 있던 공자孔子에게 어떻게 하면 좋을지 의견을 묻습니다. 공자는 공어의 계획에 반대하며 이렇게 대답합니다.

> 제사 지낼 때 쓰는 기물에 대해서는 배운 적이 있지만, 군대를 동원하는 일에 대해서는 아는 바가 없습니다.

공어가 물러가자 공자는 제자들에게 수레에 말을 매고 떠나자고 명하면서 이렇게 말합니다.

> 새가 적당한 나무를 고르는 것이지, 나무가 어찌 적당한 새를 고를 수 있겠느냐?

'양금택목'이라는 말이 바로 여기서 나왔습니다. 공어 같은 사람이 있는 위나라는 새가 둥지를 틀 적당한 나무가 아니라는 뜻입니다. 공어가 황급하게 만류하며 사사로운 일로 의견을 물은 것이 아니라 위나라의 어려움 때문이라고 변명했습니다. 공자는 그가 붙잡자 더 머무를까

1. 나아갈 때와 물러날 때를 스스로 알다

잠시 고민하다가, 마침 노나라 사람이 초빙하자 바로 떠났습니다.

공어는 결국 공자의 충고를 따르지 않았습니다. 사위인 희질을 공격해 자신의 딸을 되찾고, 다시 희질의 동생인 희유에게 시집보냈습니다. 이 위나라의 공어라는 사람은 『논어』에도 등장합니다. 〈공야장公冶長〉 편을 보면, 공자의 제자 자공子貢이 왜 공어에게 '문文'이라는 시호諡號가 내려졌는지 의아해하는 대목이 나옵니다. 그때 공자는 "부지런히 배우기를 좋아하고 아랫사람에게 묻는 것도 부끄러워하지 않았다"고 공어를 두둔합니다. 그러나 그 외의 행실에서는 공자의 기준에 미치지 못했던 모양입니다. 특히 신하와 왕족이 사사로운 정으로 치고받는 모습을 보며, 위나라 역시 둥지를 틀 만한 나무는 못 된다고 판단했던 것 같습니다.

본래 공자가 천하 주유를 결심하고 노나라를 떠났을 때, 가장 먼저 행선지로 택한 곳이 위魏나라였습니다. 공자의 제자 가운데 노나라 다음으로 위나라 출신이 많았던 것도 큰 이유지만, 무엇보다도 위나라에 사어史魚와 거백옥蘧伯玉 같은 현명한 신하들이 있다는 것을 높이 평가했습니다. 『논어』〈위령공衛靈公〉 편에서 사어를 두고 '화살처럼 곧은 사람'이라 하고, 거백옥을 두고 군자라고 칭찬한 데서 알 수 있습니다.

그러나 위나라 영공靈公의 무도한 정치에 크게 실망하고 조曹나라로 떠났다가 송宋나라, 정鄭나라, 진陳나라를 전전하다 다시 위나라로 되돌아왔습니다. 위나라 영공이 여전히 요직에 기용할 생각이 없음을 확인한 공자는 초楚나라 등지로 떠났지만, 63세의 나이에 돌아온 곳은 다시 위나라였습니다. 그로부터 5년 동안 위나라에 머무르던 공자는 공어와 희질의 추태를 목도하다, 마침내 '양금택목'이라는 말을 남기고 노나라로 귀국해 여생을 마쳤습니다. 천하의 성인 공자도 둥지를 틀 나무를 고르기가 이처럼 쉽지 않았던 것입니다. 그러고 보면 아예 나무를 버리고 120미터 절벽 위에 둥지를 튼 유럽흑기러기의 고뇌도 이해하지 못할 일은 아닌 것 같습니다.

고전 읽기

『좌전左傳』 애공哀公 11년조

겨울에 위나라의 대부 희질姬疾(대숙질)이 송나라로 달아났다. 당초 희질은 송나라 출신으로 위나라에서 벼슬하던 자조子朝의 딸을 아내로 맞았는데 처제도 총애를 받았다. 자조가 떠나자 공어孔圉는 희질에게 원래의 아내를 내쫓고 자신의 딸 공길孔姞을 아내로 맞게 했다. 희질은 시종을 시켜 전처의 동생을 꾀어내 이犁라는 곳에 옮겨두고 그를 위해 궁궐을 하나 지어 주어 마치 아내가 둘인 듯 지냈다. 공어가 화가 나서 그를 치려고 했으나 공자가 말렸다. 공어는 결국 그의 딸을 도로 데려왔다. 희질은 또 외주外州에서 외도를 하여 외주 사람들이 희질에게서 수레를 빼앗아 군주에게 바쳤다. 희질은 이 두 가지 일을 부끄럽게 여겨 국외로 달아났다.

위나라 사람들은 (희질의 동생인) 희유姬遺를 희질의 승계자로 세우고, 공길을 아내로 맞이하게 했다. 희질은 송나라 대부 향퇴向魋의 가신이 되었는데, 그에게 아름다운 구슬을 바치자 향퇴는 성서 고을을 내려주었다. 송나라 왕이 향퇴에게 구슬을 요구했으나 향퇴가 주지 않은 일로 향퇴는 죄를 짓게 되었다. 향퇴가 국외로 달아나자 성서

1. 나아갈 때와 물러날 때를 스스로 알다

사람들이 희질을 공격했고, 위나라 장공이 희질을 위나라로 복귀하게 했다. 희질은 소巢 땅에서 살다가 거기서 죽었다. 운鄖에서 장례를 치르고 소체少禘에 매장했다.

당초 진晉나라 도공悼公의 아들 은慭이 위나라에 망명해 있을 때, 딸을 시켜 수레를 몰고 사냥을 하게 했었다. 대숙의자가 그를 유숙시키며 함께 술을 마신 일로 마침내 그의 딸을 아내로 맞아 희질을 낳은 것이었다. 희질이 즉위하자 외조카인 하무夏戊가 대부가 되었으나, 희질이 달아나자 위나라 사람들이 하무의 관직과 봉읍도 삭탈했다.

공어가 장차 희질을 공격하려 할 때 공자를 찾아갔다.

공자는 이렇게 말했다. "제사 지낼 때 쓰는 기물에 대해서는 배운 적이 있지만, 군대를 동원하는 일에 대해서는 아는 바가 없습니다."

공어가 물러가자 공자는 제자들에게 수레에 말을 매고 떠나자고 명하면서 이렇게 말했다. "**새가 적당한 나무를 고르는 것**이지, 나무가 어찌 적당한 새를 고를 수 있겠느냐?"

공어가 황급하게 만류하며 이렇게 말했다. "저는 사사로운 일로 의견을 물은 것이 아니라 위나라의 어려움을 막고자 하는 것입니다."

장차 머무르려 하다 노나라 사람이 폐백幣帛으로 공자를 초빙하자 공자는 노나라로 돌아갔다.

• • • •

원문 冬, 衛大叔疾出奔宋. 初, 疾娶于宋子朝, 其娣嬖. 子朝出, 孔文子使疾出其妻, 而妻之. 疾使侍人誘其初妻之娣寘於犁, 而爲之一宮, 如二妻. 文子怒, 欲攻之, 仲尼止之. 遂奪其妻. 或淫于外州, 外州人奪之軒以獻. 耻是二者, 故出. 衛人立遺, 使室孔姞. 疾臣向魋, 納美珠焉, 與之城鉏. 宋公求珠, 魋不與, 由是得

罪. 及桓氏出, 城鉏人攻大叔疾, 衛莊公復之, 使處巢, 死焉. 殯於鄖, 葬於少禘. 初, 晉悼公子憖亡在衛, 使其女僕而田, 大叔懿子止而飮之酒, 遂聘之, 生悼子. 悼子卽位, 故夏戊爲大夫. 悼子亡, 衛人翦夏戊. 孔文子之將攻大叔也, 訪於仲尼. 仲尼曰, 胡簋之事, 則嘗學之矣, 甲兵之事, 未之聞也. 退, 命駕而行, 曰, 鳥則擇木, 木豈能擇鳥. 文子遽止之, 曰, 圉豈敢度其私, 訪衛國之難也. 將止, 魯人以幣召之, 乃歸.

한 자를 구부려 여덟 자를 펴다

왕척직심枉尺直尋

진대가 말했다. "못마땅한 제후를 만나보지 않는 것은 작은 일인 것 같습니다. 지금 한번 만나보시면 크게는 왕자王者를 이루고 작게는 패자를 이룰 것입니다. 옛말에 '한 자를 굽혀 여덟 자를 편다'는 말이 있는데, 시도해봄 직하지 않은지요?"

-『맹자』〈등문공하〉

2020년 하계 올림픽은 일본 도쿄에서 개최됩니다. 하계 올림픽에는 모두 28개 종목의 선수들이 참가하는데, 국제스포츠낚시연맹에서는 낚시를 도쿄 올림픽의 정식종목으로 채택해달라고 국제올림픽위원회IOC에 요청했다고 합니다. 올림픽에 웬 낚시인가 싶지만, 사실 낚시는 1900년 파리올림픽에서 비공식종목으로 채택되어, 6개국에서 600여 명의 선수가 참가해 4개의 메달을 두고 다툰 적이 있습니다.

저는 낚시를 해본 적이 거의 없어서 잘 모르고 있었는데, 낚시 정보 전문 인터넷 사이트에 따르면 우리나라 낚시 인구는 무려 600만 명에 이른다고 합니다. 그러고 보니 케이블 채널에 낚시 전문방송도 있고, 대형 포털 사이트에 등록된 낚시 동호회 카페만도 수천 개를 헤아리니, 낚시가 올림픽 정식종목이 되기를 바라는 사람도 적지 않을 듯합니다.

'낚시' 하면 떠오르는 단어가 '월척越尺'입니다. '월越'은 넘는다는 뜻이고 '척尺'은 한 자이니, 월척은 말 그대로 낚시에서 낚은 물고기의 길이가 한 자를 넘는다는 뜻입니다. '척尺'이라는 한자는 손을 펴서 길이를 재는 모습에서 나왔을 것으로 짐작되는데, 본래는 '한 뼘'의 뜻이 아니었던가 싶습니다. 미터법 환산 수치가 시대마다 조금씩 달라서 중국 한漢나라 때는 23센티미터 정도였고, 당唐나라 때는 24.5센티미터 정도였던 것이 지금은 30.3센티미터로 바뀌었습니다.

그러니까 '월척'은 한 자, 즉 30.3센티미터가 넘는 물고기를 가리키는데, 낚시에서 말하는 월척은 붕어를 가리키는 데 한정됩니다. 그도 그럴 것이 참치 같은 경우 몸길이가 3미터, 즉 10척을 넘는 것도 있으니, '월척'이라는 말이 전혀 어울리지 않습니다. 따라서 붕어 낚시가 아니라 참치 낚시에 나섰다면, '월척' 대신 '월심越尋'이라는 말이 더 적절할 것입니다. 이때의 '찾을 심尋'자는 길이의 단위로서 8척을 가리킵니다. '월심'을 잡으려면 2.4미터가 넘는 참치를 낚아야 합니다.

이렇게 길이를 나타내는 '척' 자와 '심' 자가 쓰인 고사성어를 하나 소개하자면, 『맹자』 〈등문공하滕文公下〉 편에 보이는 '왕척직심枉尺直尋'이 있습니다. "한 자를 구부려 한 심, 즉 여덟 자를 편다"는 뜻인데, 좋은 의미로도 쓰이고 나쁜 의미로도 쓰입니다. 좋은 의미로 쓰일 때는 "작은 일을 참고 견디어 큰일을 해내는" 상황을 비유하고, 나쁜 의미로 쓰일 때는 "목표를 이루기 위해 수단과 방법을 가리지 않는다"는 뜻으로 활용됩니다.

공자와 더불어 유가를 대표하는 사상가인 맹자는 지조를 굽히지 않는 강단이 있는 사람이었습니다. 『맹자』의 첫장인 〈양혜왕梁惠王〉 편을 보면 "천 리를 멀다 않고 오셨으니 우리 위나라에 이로운 말을 해달라"는 양혜왕에게, 맹자는 이로움은 무슨 이로움이냐며 오직 '인의仁義'가 있을 뿐이라고 일축했습니다. 이로움보다 의로움을 생각하라는 것은 백

1. 나아갈 때와 물러날 때를 스스로 알다

번 옳은 말이 아닐 수 없습니다. 그러나 이런 핀잔을 들은 양혜왕이 어지간히 너그러운 사람이 아니면 맹자를 기용하기 어려웠을 것입니다.

당시 맹자가 처한 상황을 보면 각국의 제후를 고객으로 삼아 유가의 사상을 계약하는 '세일즈맨'에 가까웠습니다. 그런데 맹자는 '고객'이 마음에 들지 않으면 아예 찾아갈 생각도 하지 않았습니다. 보다 못한 제자 진대陳代가 이렇게 말했습니다.

> 못마땅한 제후를 만나보지 않는 것은 작은 일인 것 같습니다. 지금 한 번 만나보시면 크게는 왕자王者를 이루고 작게는 패자霸者를 이룰 것입니다. 옛말에 '한 자를 굽혀 여덟 자를 편다'는 말이 있는데, 시도해봄 직하지 않은지요.

맹자의 제자인 진대는 스승이 다소 융통성이 부족하다고 생각한 모양입니다. 맹자는 행실이 좋지 않은 제후는 잘 만나려 하지 않았는데, 진대는 그런 제후를 만나지 않는 것으로 얻을 수 있는 이득은 작다고 했습니다. 그러면서 '왕척직심'이라는 속담을 인용해 맹자에게 보다 적극적인 '세일즈'를 주문했던 것입니다. 일단 만나서 일이 잘 되면 맹자가 바라는 왕도정치王道政治를 이룩할 수 있고, 그렇지 않더라도 강한 나라를 만드는 데 일조할 수 있다고 했습니다. 그러나 이런 말에 쉽게 넘어갈 맹자가 아니었습니다. 맹자는 진대에게 이런 이야기를 들려주었습니다.

> 제나라 경공景公이 사냥을 나갔는데 깃발로 신호를 보내 사냥터 관리인을 불렀다. 그러나 그것은 군주가 관리인을 부르는 법도에 어긋났기에

> 관리인은 가지 않았다. 경공이 이 관리인을 죽이려다 그만두었는데, 공자는 이 관리인이 원칙에 충실했다고 칭찬해마지 않으셨다. 이런데도 법도를 갖추지 않은 부름에 응해야겠는가?

여기서 알 수 있는 것은 진대의 생각과는 달리 맹자가 전혀 자신을 세일즈맨으로 여기지 않았다는 사실입니다. 미국의 전설적인 자동차 딜러인 조 지라드는 매년 "나는 당신을 좋아합니다"라는 내용을 담은 1만 3천 장의 편지를 잠재 고객에게 보냈다고 합니다. 이에 비해 맹자는 경공의 사냥터 관리인처럼 제후가 예의를 갖춰 초빙하기 전에는 찾아가지 않았습니다. 그리고 '왕척직심'이라는 말에 대해서는 이렇게 평했습니다.

> 이것은 이로움을 두고 한 말이다. 이로움을 얻을 수 있다면 여덟 자를 굽혀 한 자를 얻는 '왕심직척枉尋直尺'이라도 할 셈인가?

'왕척직심'이라는 같은 말을 두고 이렇게 두 사람의 생각이 달랐습니다. 진대는 이 말로 "작은 일을 참고 견디어 큰일을 해내는" 상황을 말하고자 했으나, 맹자는 이것을 "목표를 이루기 위해 수단과 방법을 가리지 않는다"는 뜻으로 받아들였습니다. 누구의 생각이 옳은지 선불리 말하기는 어렵습니다. 맹자의 노력에도 불구하고 유가儒家 대신 법가法家의 사상을 채택한 진秦나라가 중국을 통일했던 것을 보면, 맹자에게 융통성이 부족했던 것도 같습니다. 그러나 결국 한나라에 이르러 유가가 꽃을 피운 것을 보면, 원칙을 지키는 일이 중요한 것도 같습니다. 주나라 무왕을 도와 천하를 평정했던, 낚시꾼 강태공姜太公이라면 '왕척

1. 나아갈 때와 물러날 때를 스스로 알다

직심'을 어떻게 생각했을까 궁금합니다.

고전 읽기

『**맹자**孟子』 〈**등문공하**滕文公下〉

진대陳代가 말했다. "못마땅한 제후를 만나보지 않는 것은 작은 일인 것 같습니다. 지금 한번 만나보시면 크게는 왕자王者를 이루고 작게는 패자霸者를 이룰 것입니다. 옛말에 '**한 자를 굽혀 여덟 자를 편다**'는 말이 있는데, 시도해봄 직하지 않은지요?"

맹자께서 말씀하셨다. "제나라 경공景公이 사냥을 나갔는데 깃발로 신호를 보내 사냥터 관리인을 불렀다. 그러나 그것은 군주가 관리인을 부르는 법도에 어긋났기에 관리인은 가지 않았다. 경공이 이 관리인을 죽이려다 그만두었다. 이에 대해 공자께서 말씀하시기를, '지사志士는 자신의 시체가 도랑이나 골짜기에 버려질 것을 각오하고, 용사勇士는 자기 목이 달아나는 것을 각오한다' 하셨는데, 공자께서는 사냥터 관리인의 어떤 점을 취하셨는가? 바르게 부르지 않으면 가지 않는 점을 취하신 것이다. 그런데 내가 만일 바르게 부르기를 기다리지 않고 간다면 어떻게 되겠는가? 그리고 한 자를 굽혀 한 길을 편다는 것은 이로움을 두고 한 말이다. 이로움을 얻을 수 있다면 여덟 자를 굽혀 한 자를 얻는 '왕심직척枉尋直尺'이라도 할 셈인가? 옛날에 조간자趙簡子가 왕량王良에게 자기가 총애하는 신하인 해奚를 수레에 태우고 사냥하도록 하였는데, 해는 하루 종일 한 마리의 짐승도 잡지 못했다. 그러자 해가 돌아와 보고하기를, '왕량은 천하에 형편없는 마부'라고 했다. 어떤 사람이 이 말을 왕량에게 전하자, 왕량이 다시 한 번 사냥을 하기를 청했다. 강요하다시피 하여 승낙을 받은 뒤에 사냥을 나갔는데, 이번에는 하루아침에 열 마리의 짐승을 잡았다. 그러자 해가 돌아와 보고하기를, '왕량은 천하제일의 마부'라고 했다. 이에 조간자는 '내 그에게 너의 전속 마부 일을 맡기겠다' 하고는 왕량에게 말을 했다. 그런데 왕량이 거절하면서 말하기를, '내가 그를 위해 말 몰기를 법도대로 하였더니, 그는 하루 종일 한 마리의 짐승도 잡지 못하다가, 그를 위해 부정한 방법으로 짐승과 마주치도록 해주니, 하루아침에 열 마리의 짐승을 잡았습니다. 『시경』에 '마부는 수레 잘 몰고 사수射手는 쏘면 명중하네'라 하였으니, 저는 저런 소인과 수레 타는 것에 익숙하지 못합니다. 사양하겠습니다'라고 했다. 마부도 사수의 비위를 맞추는 것을 수치로 여겨, 비위를 맞춰 짐승을 산더미처럼 잡는다 해도 하지 않는데, 선비가 만약 도를 굽혀 제후를 따른다면 어떻게 되겠는가? 그리고 자네는 또 하나 잘못 생각하고 있다. 자신을 굽힌 사람이 남을 바로잡을 수는 없는 법이다."

• • • •

원문 陳代曰, 不見諸候, 宜若小然. 今一見之, 大則以王, 小則以覇, 且志曰, 枉尺而直尋, 宜若可爲也. 孟子曰, 昔齊景公, 田招虞人以旌, 不至, 將殺之, 志士不忘在溝壑, 勇士不忘喪其元. 孔子, 奚取焉, 取非其招不往也, 如不待其招而往, 何哉. 且夫枉尺而直尋者, 以利言也, 如以利則枉尋直尺而利, 亦可爲與. 昔者, 趙簡子使王良, 與嬖奚乘, 終日而不獲一禽, 嬖奚反命曰, 千下之賤工也. 或以告王良, 良曰, 請復之, 彊而後, 可一朝而獲十禽. 嬖奚反命曰, 天下之良工也, 簡子曰, 我使掌與女乘, 謂王良, 良不可曰, 吾爲之範我馳驅, 終日

1. 나아갈 때와 물러날 때를 스스로 알다

不獲一, 爲之詭遇, 一朝而獲十. 詩云, 不失其馳, 舍矢如破. 我不貫與小人乘, 請辭. 御者, 且羞與射者比, 比而得禽獸, 雖若丘陵, 弗爲也, 如枉道而從彼, 何也. 且子過矣, 枉己者, 未有能直人者也.

학문을 굽혀 세상에 아부하다

곡학아세曲學阿世

그러자 원고생이 이렇게 말했다. "학문을 바르게 하여 진언하는 데 힘써야지,
학문을 굽혀 세상에 아부하면 못씁니다." 이후로 제(齊) 땅에서 시를 논하는 자는
모두 원고생의 설에 바탕으로 두었다. 그래서 『시경』으로 영달한
여러 제 출신 인사들은 모두 원고생의 제자들이었다.
- 『사기』 〈유림열전〉

학기 초에 제가 맡은 과목을 수강하는 학생들에게 들려주는 이야기가 있습니다. 대학교에서 교수와 학생이 어떤 관계인가 하는 것입니다. 저는 두 가지 서로 다른 형태의 관계가 있다고 설명합니다. 첫째, 교수는 지식의 공급자이고 학생은 그것의 소비자인 관계입니다. 학생은 학교에 등록금을 내고 교수가 공급하는 지식을 구매합니다. 그래서 학생에게는 소비자로서의 권리가 주어집니다. 둘째, 교수는 생산자이고 학생은 우리 사회가 소비할 상품인 관계입니다. 그래서 교수에게는 상품의 품질을 보장해야 할 의무가 있습니다.

이런 의미에서 저는 매 학기 수업 초반에 수강생들의 사진을 찍어 출석부를 만듭니다. '사진 출석부'로 출석을 부르는 이유가 꼭 출결을 엄정하게 관리하고자 하는 뜻만은 아닙니다. 출석을 부르며 학생들의 얼굴을 보고 출석부의 사진과 대조하다 보면 이름과 얼굴이 잘 연결됩니다. 이렇게 하여 최대한 빨리 학생들 이름을 외는 것이 소비자인 학

1. 나아갈 때와 물러날 때를 스스로 알다

생의 권리를 보장하고, 또 상품이기도 한 학생의 품질을 높이는 데 도움이 된다고 생각하기 때문입니다.

그런데 모 대학 교수님의 경우를 보면서 제가 조금 품을 들이는 '사진 출석부' 정도는 노력 축에도 끼지 못한다는 생각을 하게 되었습니다. 이 교수님은 학생에게 손수 전자 우편을 보내 수업 자료가 어디에 있는지 알려주었습니다. 자료실에서 자료를 받기 어려울 경우 전자 우편으로 보내주는 친절을 베풀었을 뿐만 아니라, 시험 준비를 도와줄 멘토까지 소개해주었다고 합니다. 또 학생이 제출한 리포트를 꼼꼼히 읽고 맞춤법까지 첨삭 지도하는 성의도 보였습니다. 이 교수님이 모든 학생들을 이렇게 대했다면 진정 교육자로서 존경할 만한 분일 것입니다.

그러나 그것이 특정 학생에게만 제공되었던 서비스였다면, 형평성에 어긋나는 비교육적인 처사가 될 수도 있습니다. 또 만약 그렇게 해서 무언가 부당한 이득을 보려 했다면, 그것은 '곡학아세曲學阿世'에 가까워질 것입니다. 설령 다른 의도가 없었다 하더라도 교육을 오로지 '친절 봉사'의 가치만을 내세우는 서비스업으로 보기는 어렵습니다. 교육을 받는 학생은 소비자이면서 동시에 상품이기에, 우리 사회가 믿고 쓸 수 있는 수준이 되도록 교육자는 최선의 노력을 기울여야 하기 때문입니다.

위에서 언급한 '곡학아세'는 학문을 굽혀 세상에 아부한다는 뜻의 말입니다. 자기가 배운 것을 곧게 펴지 못하고 그것을 굽혀가면서 세상 사람들에게 잘 보여 출세하려는 태도나 행동을 가리킵니다. 이 말이 처음 보이는 것은 사마천의 『사기』 〈유림열전儒林列傳〉입니다. 사마천은 여기서 한나라의 여러 유학자들 가운데 한 사람으로 원고생轅固生을 소개했습니다.

원고생은 자기가 옳다고 생각하는 일은 누구도 두려워하지 않고 직언을 서슴지 않는 성격의 소유자였던 듯합니다. 〈유림열전〉에 그런 성격을 엿볼 수 있는 두 가지 일화가 보입니다. 하나는 그가 임금인 경제景帝 앞에서 황생黃生과 논쟁한 내용입니다. 황생은 임금에게 잘못이 있더라도 임금과 신하 사이에는 지켜야 할 선이 있으므로, 신하된 자가 임금의 자리를 강제로 빼앗아서는 안 된다고 주장했습니다. 이에 반해 원고생은 임금이 덕이 없어 백성들의 신망을 잃으면 천명天命에 따라 임금을 내쳐야 한다고 받아쳤습니다. 임금이 지켜보는 자리에서 이런 말을 하기는 결코 쉽지 않을 것입니다.

다른 하나는 경제의 모친인 두태후竇太后에게 한 말입니다. 두태후는 평소 유학을 싫어하고 『노자老子』를 좋아했는데, 어느 날 원고생을 불러 『노자』라는 책에 대한 생각을 말해보라고 했습니다. 원고생은 두태후가 『노자』를 좋아한다는 것을 뻔히 알면서도 이렇게 말했습니다.

> 이것은 집안 아랫것들의 말일 뿐입니다.

화가 난 두태후는 원고생더러 돼지우리에 들어가 돼지를 잡으라고 했습니다. 경제는 원고생에게 죄가 없음을 알고 원고생에게 칼을 빌려주어 위기를 벗어나게 했습니다. 이 일로 경제는 원고생이 청렴하고 강직한 인물인 것을 알고, 청하왕清河王에게 학문을 가르치는 태부太傅로 삼았습니다.

원고생과 비슷한 시기에 활동한 인물로 공손홍公孫弘이란 이가 있었습니다. 무제武帝 때 내사內史와 어사대부御史大夫 등의 관직을 역임한 사람인데, 무제에게 직언을 하기보다는 의중을 살펴 심기를 건드리지 않

1. 나아갈 때와 물러날 때를 스스로 알다

으려고 노력했습니다. 또 유가의 학문을 적절히 윤색하여 무제의 비위를 맞춤으로써, 무제의 신임을 한 몸에 받았습니다. 관직에 오른 뒤에도 검소한 생활을 유지해 한나라에서 귀족 출신이 아닌 평민으로 최초로 재상의 자리에 오른 입지전적인 인물이라는 사실에 비하면 단점도 분명했던 듯합니다.

다시 원고생의 이야기로 돌아오면, 무제는 즉위한 후에 직언으로 유명한 원고생을 등용했습니다. 그때 그의 나이 벌써 아흔이 넘었습니다. 아첨을 일삼던 유학자들이 모두 나서서 '늙은이'라고 원고생을 헐뜯었습니다. 당시 공손홍도 무제의 부름을 받았는데, 그도 원고생에게 눈을 흘기면서 못마땅한 기색을 보였습니다. 그런 공손홍에게 원고생이 이렇게 충고했습니다.

> 공손公孫 선생, 학문을 바르게 하여 진언하는 데 힘써야지, 학문을 굽혀서 세상에 아부하면 못씁니다.

'곡학아세'라는 표현이 바로 이 대목에 나옵니다. 원고생은 공손홍의 사람됨을 정확히 간파했다고 할 수 있겠습니다. 앞에서 살펴본 대로 공손홍은 직언을 하기보다는 무제의 뜻을 살피기에 바빴으니, 원고생의 충고를 한 귀로 흘려들은 모양입니다.

학자로서 원고생의 명성은 유가의 경전 가운데 하나인 『시경詩經』 연구로 빛이 났습니다. 당시에 '삼가시三家詩'라 하여 시경 연구로 일가를 이룬 학파를 셋 꼽았습니다. '노시魯詩', '제시齊詩', '한시韓詩'가 그것인데, 이 가운데 '제시'는 바로 제나라 지역 출신인 원고생을 스승으로 삼아 시경을 연구한 사람들입니다. 그러니까 원고생은 시경 연구 분야의 석학이었던 셈입니다.

공손홍이 재상의 지위에 올랐다고 하나, 석학의 명예가 그보다 뒤지지 않는다고 생각합니다. 학문을 탐구하는 학자가 국무총리가 못 되었다고 한탄할 일은 아니기 때문입니다. 근자에는 '폴리페서polifessor'라 하여 대학 교수직을 발판으로 입신양명을 꿈꾸는 사람들 이야기도 심심찮게 듣게 됩니다. 곡학아세를 경계할 일입니다.

고전 읽기

『사기史記』〈유림열전儒林列傳〉

청하왕의 태부 원고생轅固生은 제나라 사람이다. 『시경』을 연구해 경제景帝 때 박사가 되어, 경제 앞에서 황생黃生과 논쟁을 한 적이 있었다.

황생이 이렇게 말했다. "상나라 탕왕과 주나라 무왕은 천명을 받은 것이 아니라 (하나라 걸왕과 상나라 주왕을) 시해한 것입니다."

이에 원고생이 말했다. "그렇지 않습니다. 대체로 걸왕이나 주왕이 잔학하고 난폭하여 천하의 민심이 모두 탕왕과 무왕에게 돌아간 것입니다. 탕왕과 무왕은 천하의 민심을 얻어 걸왕과 주왕을 주살했습니다. 걸왕과 주왕의 백성들이 그들에게 부림을 받지 않고 탕왕과 무왕에게 귀의했기에, 탕왕과 무왕이 어쩔 수 없이 제위에 올랐으니 천명을 받은 게 아니고 무엇이겠습니까?"

다시 황생이 말했다. "관이 비록 해어졌더라도 반드시 머리에 써

1. 나아갈 때와 물러날 때를 스스로 알다

야 하고, 신발이 비록 새것이라도 반드시 발에 신어야 합니다. 어째서 그렇습니까? 위아래의 구분이 있기 때문입니다. 이제 걸왕과 주왕이 비록 정도에서 벗어났다 해도 군주로서 위에 있어야 하고, 탕왕과 무왕이 비록 성인일지라도 신하로서 아래에 있어야 합니다. 무릇 군주에게 잘못된 행실이 있는데, 신하가 바른 말로 과오를 바로잡아 천자를 존중하지 않고 오히려 과오로 인해 그를 주살한 뒤 그를 대신해 남면하여 왕위에 오른다면 그것이 시해가 아니고 무엇이겠습니까?"

이에 원고생이 말했다. "반드시 그대가 말한 대로라면, 고조 황제가 진나라를 대신해 천자의 자리에 오른 것도 그르다는 것이오?"

그러자 경제가 이렇게 말했다. "고기를 먹을 때 말의 간을 먹지 않았다고 하여 고기 맛을 모른다고 하지는 않소. 학문을 논하는 자가 탕왕과 무왕이 천명을 받은 것에 대해 말하지 않는다고 하여 어리석다고 하지도 않소."

이리하여 마침내 논쟁이 그쳤다. 이후로 학자들 가운데 천명과 시해에 대해 감히 밝히려 든 자가 없었다.

두태후는 노자老子의 책을 좋아하여 원고생을 불러 노자의 책에 대해 물었다.

그러자 원고생은 이렇게 말했다. "이것은 집안 아랫것들의 말일 뿐입니다."

두태후가 몹시 화를 내며 말했다. "어떻게 하면 옥리獄吏로부터 죄수 문서를 받아낼까?" 그리고는 원고생을 가축의 우리에 넣고 돼지를 찔러 죽이라고 했다. 경제는 두태후가 화가 나 있으나 원고생이 바른말을 했을 뿐 죄가 없다는 것을 알고, 원고생에게 날카로운 칼을 빌려주면서 우리로 내려가 돼지를 찌르게 했다. 원고생은 돼지의 심장을 정확히 찔러 단번에 돼지는 손길에 따라 쓰러졌다. 두태후는 말없이 지켜보다가 다시 죄를 물을 수 없어 그만두었다.

얼마 후 경제는 원고생이 청렴하고 강직하다고 생각하여 청하왕의 태부로 임명했다. 오랜 시간이 흘러 병으로 관직을 그만두었다. 금상今上인 효무제가 즉위하여 다시 원고생을 현량으로 불러들였다. 아첨을 일삼는 여러 유생들이 원고생을 질시하고 헐뜯으며 "원고생은 늙었다"고 했다. 그래서 그를 면직시켜 돌려보냈다. 당시 원고생은 이미 아흔을 넘긴 상태였다. 원고생이 초빙될 때 설薛 사람인 공손홍도 함께 초빙되었는데, 그는 원고생을 곁눈질로 바라보았다. 그러자 원고생이 이렇게 말했다. "학문을 바르게 하여 진언하는 데 힘써야지, **학문을 굽혀 세상에 아부하면** 못씁니다." 이후로 제齊 땅에서 시를 논하는 자는 모두 원고생의 설에 바탕으로 두었다. 그래서 『시경』으로 영달한 여러 제 출신 인사들은 모두 원고생의 제자들이었다.

• • • •

원문 清河王太傅轅固生者, 齊人也. 以治詩, 孝景時爲博士, 與黃生爭論景帝前. 黃生曰, 湯武非受命, 乃弑也. 轅固生曰, 不然. 夫桀紂虐亂, 天下之心皆歸湯武, 湯武與天下之心而誅桀紂, 桀紂之民不爲之使而歸湯武, 湯武不得已而立, 非受命爲何. 黃生曰, 冠雖敝, 必加於首, 履雖新, 必關於足. 何者, 上下之分也. 今桀紂雖失道, 然君上也, 湯武雖聖, 臣下也. 夫主有失行, 臣下不能正言匡過以尊天子, 反因過而誅之, 代立踐南面, 非弑而何也. 轅固生曰, 必若所云, 是高帝代秦卽天子之位, 非邪. 於是景帝曰, 食肉不食馬肝, 不爲不知味, 言學者無言湯武受命, 不爲愚. 遂罷. 是後學者莫敢明受命放殺者. 竇太后好老子書, 召轅固生問老子書. 固曰, 此是家人言耳. 太后怒曰, 安得司空城旦書乎. 乃使固入圈刺豕. 景帝知太后怒而固直言無罪, 乃假固利兵, 下圈刺豕,

1. 나아갈 때와 물러날 때를 스스로 알다

正中其心, 一刺, 豕應手而倒. 太后默然, 無以復罪, 罷之. 居頃之, 景帝以固爲廉直, 拜爲淸河王太傅. 久之, 病免. 今上初卽位, 復以賢良徵固. 諸諛儒多疾毁固, 曰固老. 罷歸之. 時固已九十餘矣. 固之徵也, 薛人公孫弘亦徵, 側目而視固. 固曰, 公孫子, 務正學以言, 無曲學以阿世. 自是之後, 齊言詩皆本轅固生也. 諸齊人以詩顯貴, 皆固之弟子也.

사방에서 들려오는 초나라 노래

사면초가四面楚歌

그런데 밤에 한나라 군대가 있는 사방에서 초나라의 노래가 들려왔다.
항우는 크게 놀라며 말했다. '한나라가 이미 초나라를 빼앗았단 말인가?
어찌 초나라 사람이 이리 많단 말인가?'
- 『사기』〈항우본기〉

한때 '황금알을 낳는 거위'로 불렸던 면세점 업계가 된서리를 맞았습니다. 국내 면세점 시장 규모는 지난 2013년 6조 8300억 원에서 2016년 12조 2700억 원으로 4년 동안 두 배가량 성장했습니다. 이런 호황에 발맞추어 정부는 수익성이 뛰어난 서울 시내면세점 특허권을 기존 6개에서 13개로 대폭 늘리기도 했습니다. 그러나 2017년 면세점 매출은 10조 원 초반대로 다시 곤두박질했습니다. 여러 악재가 겹쳐 면세점 업계는 그야말로 '사면초가四面楚歌' 국면입니다.

면세점의 매출이 감소한 가장 큰 원인은 업계의 큰손으로 불리는 중국인 관광객이 급격히 줄어든 데 있습니다. 2016년 12조가 넘었던 매출 가운데 70%에 가까운 8조 6천억 원이 중국인 관광객에서 나왔습니다. 그러나 중국 당국이 사드THAAD 배치에 대한 보복, 이른바 '한한령限韓令'을 발동해 자국민의 한국 단체관광을 금지하면서 면세점 매출이 급격히 줄어든 것입니다. 2003년 사스SARS 사태로 인한 매출액 감소율

1. 나아갈 때와 물러날 때를 스스로 알다

이 4%였던 것을 감안하면, 2017년에 평균 20%를 넘나들었던 감소율이 얼마나 큰 타격인지 짐작할 만합니다.

여기에 더해 면세점 사업자 선정을 둘러싸고 부당한 행위가 있었다는 감사원의 감사 결과 발표까지 있었습니다. 지난 2015년에 있었던 두 차례의 특허 심사에서 롯데면세점이 점수를 불리하게 받아 탈락하고, 대신 한화갤러리아와 두산이 선정된 것으로 밝혀졌습니다. 또 서울 시내면세점 선정 과정에서도 관세청이 기초자료를 왜곡해 추가 가능한 면세점 수를 한 곳에서 네 곳으로 늘린 것으로 나타났습니다.

그런가 하면 면세품 빼돌리기 행위가 속속 적발돼 면세점의 도덕성과 관리 부실도 도마 위에 올랐습니다. 부산에 위치한 면세점 업체 두 곳에서 직원이 면세품 보따리상과 짜고 고가의 명품시계 등 면세품을 밀수입해 판매한 혐의를 받았습니다. 보따리상이 외국인을 내세워 면세품을 구입하고 다시 국내로 밀반입하는 수법입니다. 서울 시내면세점에서도 외국인을 시켜 면세품을 구입하게 하고 회수한 뒤 항공권을 취소하는 방법으로 다량의 화장품을 빼돌린 업체가 적발되기도 했습니다. 이런 일련의 사건들로 면세점 업계에 대한 부정적 여론이 확산하고 규제가 강화될 움직임도 나타나면서, 사면초가의 상황이 더 악화되었습니다.

'사면초가'는 사방에서 초나라 노랫소리가 들려온다는 뜻으로, 궁지에 빠진 것을 비유하는 말입니다. 이 고사성어의 유래는 사마천의 『사기』 가운데 〈항우본기項羽本紀〉입니다. 진秦나라가 폭정으로 멸망한 뒤, 천하는 초패왕楚霸王 항우와 한왕漢王 유방劉邦 두 세력으로 양분되었습니다. 이른바 '초한의 쟁패'는 5년이나 계속되었는데, 4년째 되던 해 양측은 지금의 하남성 경내인 홍구鴻溝를 경계선으로 평화협정을 맺었습니다. 홍구의 동쪽은 초나라, 서쪽은 한나라 영토로 삼는다는 것이었습니다. 이에 따라 항우는 동쪽으로 철수했지만, 유방은 항우의 군대가 지쳤을 때 공격해야 한다는 장량張良과 진평陳平의 계책에 의해 항우군을 뒤쫓았습니다.

지난날 항우가 홍문鴻門으로 유방을 소환해 다그칠 때만 해도 항우의 군사는 40만, 유방의 군사는 10만이었으나, 몇 년이 지나는 사이 전세는 완전히 뒤바뀌어 유방의 군사는 60만으로 불어난 반면 항우의 군사는 고작 10만에 불과했습니다. 유방군의 주력 부대인 명장 한신韓信의 30만 대군을 비롯해 팽월彭越, 경포黥布, 유가劉賈 등이 합세해 항우군의 뒤를 쫓자, 항우는 어쩔 수 없이 지금의 안휘성 경내인 해하垓下에 진을 치고 유방군과 대치해야 했습니다. 당시의 상황을 사마천은 『사기』에 이렇게 기록하고 있습니다.

> 항우의 군대는 해하에 주둔하고 있었는데, 병력은 부족했고 식량도 떨어진 상황에서 유방의 군사들에게 여러 겹으로 에워싸여 있었다. 그런데 밤에 한나라 군대가 있는 사면에서 초나라의 노래가 들려왔다. 항우는 크게 놀라며 말했다. "한나라가 이미 초나라를 빼앗았단 말인가? 어찌 초나라 사람이 이리 많단 말인가?"

이 장면은 심리전의 고전으로 꼽힙니다. 당시 한신은 한나라 병사 가운데 초나라 출신을 선발해 밤마다 초나라 노래를 부르게 했던 것입니다. 초나라 노래는 중원의 것에 비해 구슬프고 애잔한 느낌을 줍니다. 이런 노래를 사방에서 부르니 지휘를 하던 항우는 이미 전세가 기울었다고 판단했고, 초나라 병사들은 고향에 대한 그리움에 전의를 상

1. 나아갈 때와 물러날 때를 스스로 알다

실해 군영을 이탈해 달아나거나 한나라 군에 항복했습니다.

이후의 이야기는 장국영張國榮과 공리巩俐가 출연한 영화 〈패왕별희霸王別姬〉를 통해 널리 알려져 있습니다. 패배의 운명을 직감한 항우는 조용히 침상에서 일어나 술을 한 잔 마십니다. 그리고는 사랑하는 여인 우희虞姬와 함께 자신도 초나라 노래를 부릅니다.

> 힘은 산을 뽑고 기운은 세상을 덮었건만,
> 시운이 따르지 않으니 명마도 달리지 않네.
> 명마가 달리지 않으니 어쩌랴,
> 우희여 내 그대를 어찌할까?

잠시 후 항우는 정예 기병 800과 함께 남쪽 포위선을 뚫고 오강烏江에 다다릅니다. 그곳에는 고향 강동江東으로 가는 배가 대기하고 있었지만, 항우는 고향 어른들 뵐 낯이 없다며 자결합니다. 당나라의 시인 두목杜牧은 항우가 자결한 오강에 대해 쓴 시에서 그의 마지막 결정에 아쉬움을 표한 바 있습니다. 사면초가의 어려움에 처했더라도 체면 차릴 것 없이 강동으로 돌아가 재기를 모색했더라면, 그 결과는 아무도 장담할 수 없었을 것이라고 했습니다.

지금 사면초가에 처한 면세점 업계도 항우와 같은 고심을 하고 있는 듯합니다. 일부는 제주공항 면세점 특허권을 반납한 한화갤러리아처럼 물러서기도 하고, 일부는 간부사원 및 임원 40여 명이 연봉의 10%를 자진 반납하면서 위기 탈출의 고강도 전략을 세우기도 했습니다. 면세점 업계가 현재 당면한 절체절명의 위기를 슬기롭게 헤쳐 나가길 기대해봅니다.

고전 읽기

『사기史記』 〈항우본기項羽本紀〉

항우項羽의 군대는 해하垓下에 주둔하고 있었는데, 병력은 부족했고 식량도 떨어진 상황에서 유방劉邦의 군사들에게 여러 겹으로 에워싸여 있었다. 그런데 밤에 한나라 군대가 있는 **사방에서 초나라의 노래가 들려왔다**. 항우는 크게 놀라며 말했다. '한나라가 이미 초나라를 빼앗았단 말인가? 어찌 초나라 사람이 이리 많단 말인가?' ……이에 항우는 동쪽으로 오강을 건너려 했다. 오강의 정장이 배를 대고 기다리다 항우에게 말했다. "강동이 비록 작다고는 해도 땅이 사방 천리이고 무리가 수십만 명이라 또한 왕노릇하기에 충분합니다. 대왕께서는 속히 건너시기 바랍니다. 지금 오로지 신에게만 배가 있어 한왕의 군대가 이르러도 건널 수 없습니다." 그러자 항우가 웃으면서 말했다. "하늘이 나를 망하게 하려는데 내 어찌 건널 수 있겠는가? 또 내가 강동의 자제 8천 명과 강을 건너 서쪽으로 왔다가 이제 한 사람도 돌아오지 못했으니, 설령 강동의 부형들이 나를 가련히 여겨 왕으로 삼는다 해도 내가 무슨 면목으로 그들을 보겠는가? 설령 저들이 아무 말 하지 않는다 해도 나만 유독 마음에 부끄러움이 없겠는가?"

• • • •

원문 項王軍壁垓下, 兵少食盡, 漢軍及諸侯兵圍之數重. 夜聞漢軍四面皆楚歌, 項王乃大驚曰, 漢皆已得楚乎, 是何楚人之多也. ……於是項王乃欲東渡烏江. 烏江亭長檥船待, 謂項王曰, 江東雖小, 地方千里, 衆數十萬人, 亦足王也. 願大王急渡. 今獨臣有船, 漢軍至, 無以渡. 項王笑曰, 天之亡我, 我何渡爲. 且

1. 나아갈 때와 물러날 때를 스스로 알다

籍與江東子弟八千人渡江而西, 今無一人還, 縱江東父兄憐而王我, 我何面目見之. 縱彼不言, 籍獨不愧於心乎.

항우項羽 **<해하가**垓下歌**>**

힘은 산을 뽑고 기운은 세상을 덮었건만, 시운이 따르지 않으니 명마도 달리지 않네. 명마가 달리지 않으니 어쩌랴, 우희여 내 그대를 어찌할까?

• • • •

원문　力拔山兮氣蓋世, 時不利兮騅不逝. 騅不逝兮可奈何, 虞兮虞兮奈若何.

정위가 바다를 메우다

정위전해精衛塡海

여왜는 동쪽 바다에서 노닐다가 물에 빠져 돌아오지 못했으며,
그런 까닭에 정위가 되었다. 항상 서산(발구산)의 나뭇가지와 돌을 물어다
그것으로 동쪽 바다를 메우곤 했다.
–『산해경』〈북산경〉

TV 드라마의 단골 소재 가운데 하나는 '복수復讐'입니다. 이런 드라마에서는 으레 억울한 피해를 당한 주인공이 오랜 시간 인내하며 기회를 기다리다가, 결정적 순간에 가해자를 궁지에 몰아넣는 통쾌함을 맛봅니다. 시청자의 입장에서는 주인공의 복수를 통해 악의 무리가 일소되고 정의가 구현되는 과정을 하나하나 지켜보며, 카타르시스, 즉 마음의 정화를 느낄 법도 합니다. 가끔은 정도가 지나쳐 '막장' 소리를 듣기도 하지만 말입니다. 그러면 복수는 남다른 처지에 놓인 사람의 특별한 감정일까요? 이탈리아의 시인 레오파르디는 이런 말을 남겼습니다.

> 복수심은 인간에게 기꺼이 주어진 것이라서, 사람들은 복수의 기회를 갖기 위해 모욕당하기를 바라기조차 한다. 그것은 철천지원수 사이에서뿐만 아니라 그와 평소에 무관한 사람이거나, 심술이 가득 밴 농을 주고받을 때는 심지어 절친한 친구에게조차 그런 묘한 감정을 갖는 것이다.

1. 나아갈 때와 물러날 때를 스스로 알다

레오파르디에 따르면 인간의 복수심은 의외로 누구나 가지고 있는 일종의 본능 같은 것인지도 모르겠습니다. 중국 고전에서 복수와 관련된 이야기를 하나 소개하겠습니다. 중국 고대의 지리서인 『산해경山海經』에는 여러 지역의 기이한 동식물이나 이에 얽힌 신화와 전설이 많이 담겨 있습니다. 〈북산경北山經〉에 실린 것 가운데 하나로 '정위精衛' 이야기가 유명합니다. 정위는 부리가 희고 다리가 붉은, 까마귀와 비슷한 새입니다. 본래는 삼황오제三皇五帝의 하나인 염제신농씨炎帝神農氏의 딸 여왜女娃였는데, 동쪽 바닷가에서 놀다가 물에 빠져 죽은 뒤 정위라는 새가 되었다고 합니다.

이 이야기에는 옛날 사람들의 믿음의 세계, 곧 샤머니즘이나 애니미즘의 흔적이 엿보입니다. 특히 북방 민족의 여러 설화에는 사람이 죽으면 혼이 새가 된다는 내용이 자주 보입니다. 이는 새에 대한 숭상으로 이어져 '난생설화卵生說話'의 근간을 이룹니다. 우리나라 건국신화도 난생설화가 주류를 이루어, 박혁거세, 수로왕, 석탈해, 고주몽 등이 모두 그러합니다. 『회남자淮南子』라는 책에 "태양 속에 준오踆烏가 있다"는 대목이 있는데, 여기서의 준오는 삼족오三足烏, 즉 다리가 셋 달린 까마귀를 가리킵니다. 이 역시 새에 대한 숭배를 뜻하는 것이라 하겠습니다.

『산해경』에서 소개한 정위는 특이한 습성이 하나 있었습니다. 발구산發鳩山에서 나뭇가지와 돌을 물어다 동해 바다를 메우는 일을 반복했다는 것입니다. 새가 나뭇가지와 돌을 물고 가는 일은 누구라도 직접 관찰할 수 있습니다. 그러나 그것들로 바다를 메운다는 것은 어디까지나 사람들의 상상에 불과하다고 해야 할 것입니다. 새가 바다를 메운다는 것 자체가 불가능할 뿐만 아니라 그럴 이유도 없습니다. 그런데 이런 신화가 생겨난 까닭은 무엇일까요?

『산해경』으로 다시 되돌아가보면 정위는 바다에 빠져죽은 여왜의 혼이 모습을 바꾼 새입니다. 여왜가 어쩌다 바다에 빠져죽게 되었는지는 알 수 없지만, 정위가 된 여왜의 혼은 바다에 대해 악감정을 가지게 되었을 것입니다. 그래서 자신을 죽게 만든 바다에 복수하기 위해서 매일 나뭇가지와 돌을 물어다 바다를 메운다는 이야기입니다. '정위전해精衛塡海'라는 말이 여기서 나왔습니다.

이 말은 본래 '무모한 일을 시도하여 헛수고로 끝난다'는 부정적 뉘앙스를 띠고 있습니다. 작은 새 한 마리가 나뭇가지와 돌로 바다를 메운다는 것이 가당키나 한 말입니까? 그러나 이 이야기를 다른 각도에서 보는 사람들은 '우공이산愚公移山'과 같은 맥락으로 이해하는 듯도 합니다. 우공이라는 노인이 집 앞을 가로막는 산을 다른 곳으로 옮기고자 아들, 손자와 함께 산의 흙을 퍼내 바다에 갖다 버렸답니다. 이웃 사람이 어느 세월에 산을 옮기겠느냐고 하자, 우공은 대를 이어 하다보면 언젠가 산이 없어지는 날이 올 것이라고 대답합니다. 이 말을 들은 산신이 겁이 나 상제上帝에게 부탁해 자진해서 다른 곳으로 산을 옮겼다고 합니다. 이로부터 '우공이산'은 우직하게 한 우물을 파는 사람이 성과를 거둔다는 뜻으로 쓰이게 되었습니다.

바다를 메우고 산을 옮기는 일을 무모하다고 생각하든 우직하다고 생각하든 그것은 자유입니다. 그런데 이 두 고사에는 모두 자연에 대한 인간의 도전이 엿보입니다. 지금도 그렇지만 옛날에는 더욱 자연재해의 피해가 컸습니다. 가뭄, 홍수, 지진 등의 자연재해는 수많은 사람의 생명을 앗아가는 무서운 존재였습니다. 그래서 한편에서는 제사를 지내 신의 노여움을 달래기도 하고, 정위처럼 자연에 정면 도전해 복수를 꿈꾸기도 했습니다. 물론 당시로서는 실행에 옮기지는 못한 채, 그렇게

1. 나아갈 때와 물러날 때를 스스로 알다

생각만 했을 것입니다. 지금은 바다를 메우고 산을 깎는 일이 다반사가 되었지만 말입니다.

1931년 중국의 황하黃河가 범람하는 대홍수가 일어나 무려 100만 명 가량이 익사하는 참극을 빚었습니다. 이들의 혼령이 모두 정위가 되어 지금까지 황하를 메우고 있는지, 황하는 매년 수량이 줄어들고 중상류 지역은 사막화까지 진행되고 있습니다. 그렇다고 이를 고소하게 여길 일은 전혀 아닙니다. 황하를 중심으로 한 중국 북쪽 지방의 수자원이 고갈되면서 물 부족 사태가 벌어져, 비싼 돈을 들여 남쪽 지방의 물을 끌어다 쓰고 있는 상황이 되었기 때문입니다. 이것은 다시 자연의 복수인 것일까요?

마이클 맥컬러프의 『복수의 심리학』이라는 책에 따르면, '복수'와 '용서' 모두 인간이 공동체 생활을 영위해오는 동안 발달한 본성이라고 합니다. 둘 중에 어떤 방법을 선택할 것인지는 개개인의 손에 달려 있습니다. 다만 '복수'가 '복수'를 낳고 '용서'가 '용서'를 낳는다면, 어느 쪽을 선택하는 것이 우리를 더 행복하게 만들지 명확하지 않을까요?

고전 읽기

『산해경山海經』 〈북산경北山經〉

또 북쪽으로 200리를 가면 발구라는 산이 있는데, 그 산 위에는 산뽕나무가 많다. 여기에 새가 있는데 그 모습은 까마귀와 같고, 무늬가 있는 머리, 흰 부리, 붉은 다리를 가지고 있다. 이름은 정위라 하며 그

울음소리는 자기 이름을 부르는 듯하다. 이 새는 염제의 어린 딸로 이름이 여왜였다. 여왜는 동쪽 바다에서 노닐다가 물에 빠져 돌아오지 못했으며, 그런 까닭에 정위가 되었다. 항상 서산(발구산)의 나뭇가지와 돌을 물어다 그것으로 동쪽 바다를 메우곤 했다.

• • • •

원문 又北二百里, 曰發鳩之山, 其上多柘木. 有鳥焉, 其狀如烏, 文首白喙赤足, 名曰精衛, 其鳴自詨. 是炎帝之少女名曰女娃, 女娃游于東海, 溺而不返, 故爲精衛, 常銜西山之木石, 以堙于東海.

---

1. 나아갈 때와 물러날 때를 스스로 알다

맹자 어머니 세 번 이사하다

맹모삼천孟母三遷

다시 학교 옆으로 집을 이사했다. 그랬더니 이번에는
제기를 차려놓고 읍양하며 나아가고 물러나는 일을 흉내 내며 놀았다.
맹모가 말했다. "참으로 내 자식과 살 만한 곳이다."
- 유향, 『열녀전』 〈모의〉

연전에 학술답사차 중국 북경 남쪽에 있는 도연정陶然亭 공원을 찾은 적이 있습니다. 이곳은 청나라 강희제康熙帝 때 세워진 도연정을 기념하는 공원으로 1952년에 문을 열었습니다. 도연정은 중국 4대 역사 정자의 하나로 꼽힐 만큼 유명해서, 저처럼 중국 고전문학을 연구하는 사람들의 발걸음을 곧잘 이끕니다. 도연정 공원은 풍광이 아름답고, 도연정 외에도 자비암慈悲庵과 문창각文昌閣 등 둘러볼 데가 많아, 북경에 가면 한번쯤 가볼 만한 곳입니다.

도연정 공원에서 제가 유심히 살펴본 곳은 문창각이었습니다. 문창각은 높이 10m 정도의 이층 누각인데, 역시 청나라 때 처음 지어진 것으로 보였습니다. 본래는 도교의 문창제군文昌帝君을 모시는 사당 역할을 하던 곳이었습니다. 청나라 때 과거 시험을 앞둔 수험생들이 머리를 식힐 겸 이곳으로 놀러와 과거에 합격할 수 있을지 점쳤다고 합니다. 그 이유는 '문창'이 본래 북두칠성의 여섯 번째 별 이름으로서 학업을 관장한다고 알려져 있기 때문입니다.

'문창'과 관련하여 최근에 중국 발 기사를 하나 접했습니다. 중국 북경은 대도시이면서도 '호동胡同'이라 불리는 뒷골목이 유명합니다. 그런데 이 호동의 쪽방 하나가 중국 돈 530만 원元(위안), 우리 돈으로 9억여 원에 팔렸다는 소식이었습니다. 쪽방의 크기가 고작 11평방미터 남짓이라니, 3.3평방미터당 가격이 3억 원에 육박합니다. 이 쪽방이 위치한 호동의 이름이 바로 '문창'이었습니다.

물론 이 쪽방을 매입한 사람이 '문창'이라는 이름이 마음에 들어서만은 아니었습니다. 문창 호동에서 불과 몇백 미터 이내에 북경에서 최고로 꼽히는 초등학교인 '북경 제2실험소학'이 있기 때문이었습니다. '실험소학實驗小學'은 지방 자치단체나 교원양성 대학 등에서 운영하는 '시범 초등학교'라는 뜻인데, 중국에는 이런 학교가 꽤 많습니다. 그 중에서도 '북경 제2실험소학'은 지난 3년간 전국 규모의 각종 대회에 입상한 학생이 600명이나 나왔을 만큼, 명문 중의 명문으로 손꼽히는 곳입니다. 문창 호동에 9억 원짜리 쪽방을 구입한 사람은 자녀를 이곳에 보내고자 1억 원이 넘는 웃돈까지 건넸던 것입니다. 중국에서는 이렇게 좋은 학교 옆에 있는 집을 '학군방學群房'이라고 부릅니다. 좋은 학교를 찾아 인근 경로당으로 주소를 옮겼다는 우리네 사정과 크게 다르지 않습니다.

이 이야기를 듣고 '맹모삼천孟母三遷'이라는 고사성어가 떠올랐습니다. 맹자의 어머니인 맹모의 고사는 한나라 유향劉向이 지은 『열녀전列女傳』 〈모의母儀〉 편에 전합니다. 맹자의 집은 처음에 묘지 옆에 있어서, 어린 맹자는 날마다 장례 의식을 흉내 내며 놀았습니다. 맹모가 교육상 좋지 않다고 생각해 시장 근처로 집을 이사했습니다. 그랬더니 이번에

1. 나아갈 때와 물러날 때를 스스로 알다

는 상인들이 물건 파는 일을 흉내 내며 놀았습니다. 맹모는 이것도 바람직하지 않다고 생각하여 다시 학교 근처로 옮겼습니다. 맹자가 이곳에서는 예법禮法을 흉내 내는 놀이를 하는 것을 보고 맹모는 그곳에 눌러 살았습니다. 잘 알다시피 맹자는 공자의 뒤를 이어 유가를 선양한 대학자가 되었습니다.

여기서 유래한 '맹모삼천'에 대해 저는 두 가지 문제를 들어 딴지를 걸곤 합니다. 하나는 '맹모삼천'이 사실은 '맹모이천孟母二遷'의 잘못이라는 점입니다. 맹모는 본래 묘지 근처에 살다가 시장 근처로 한 번, 학교 근처로 한 번, 모두 두 번 이사했습니다. 세 번이 아닙니다. 다른 하나는 맹모가 맹자를 훈육한 여러 가르침 중에 '삼천(사실은 이천)'은 그렇게 대단한 것이 아니라는 점입니다. 맹모를 다룬 『열녀전』의 여러 가지 내용 가운데 하나일 뿐입니다.

『열녀전』에서 소개한 맹모의 가르침을 더 살펴보기로 하겠습니다. 맹자는 학교 근처로 이사해서 바로 성인聖人이 된 것이 아니었습니다. 하루는 맹자가 싫증이 났는지 학업을 그만두고 집으로 돌아왔습니다. 맹모는 그런 아들을 보고 짜고 있던 베를 칼로 잘라버렸습니다. 맹자가 놀라서 그 까닭을 묻자, 맹모는 이렇게 대답했습니다.

> 네가 지금 학업을 그만둔 것은 바로 내가 이 베를 중간에 잘라버린 것과 같다.

맹자는 어머니의 말에서 큰 깨달음을 얻고 다시 학업에 정진할 수 있었습니다. 맹자가 학업에 정진했다고 해서 남편으로서의 도리까지 다 배운 것은 아니었습니다. 맹자는 아내가 방안에서 웃옷을 벗자, 예의가 없다며 불쾌히 여기고 들어가지 않았습니다. 맹자의 아내가 맹모에게 맹자의 서운한 행동을 언급하며 친정으로 돌아가고 싶다고 했습니다. 맹모는 맹자를 불러 이렇게 타일렀습니다.

> 방에 들어갈 때 눈길을 아래로 까는 것은 방 안에 있는 사람의 허물을 볼까 조심해서이다. 지금 너는 그런 예를 갖추지 않고 오히려 아내를 탓하고 있으니 얼마나 잘못된 일이냐?

맹자는 자신의 잘못을 깨닫고 아내에게 사과했습니다. 또 맹자가 학업에 정진했다고 해서 아무 근심 없이 관리 생활을 했던 것도 아니었습니다. 맹자가 제나라에서 벼슬할 때 자신의 의견이 잘 받아들여지지 않자, 관직을 그만두고 떠나고 싶었지만 연로한 어머니 걱정으로 고민하고 있었습니다. 맹모는 맹자의 낯빛에 근심이 어린 것을 알아채고 맹자에게 그 연유를 물었습니다. 맹자가 자초지종을 아뢰니, 맹모는 '남편이 죽으면 자식을 따르는 것이 예'라며 맹자 뜻대로 하라고 용기를 북돋아주었습니다.

앞에서 소개한 것처럼 『열녀전』에서는 네 가지 일화를 들어 맹모의 가르침을 전하고 있습니다. 그런데 아쉽게도 세간에는 '맹모삼천'이라 하여 더 나은 교육환경을 위해 집을 옮긴 것이 맹모의 가르침을 대변하는 것처럼 변질되었습니다. 그래서 '현대판 맹모'라고 하면 으레 학군 좋은 곳을 찾아 9억 원짜리 쪽방을 얻는 노력을 이야기하곤 합니다.

그러나 맹모의 참된 가르침은 그것 다음에 나오는 세 가지라는 생각입니다. 좋은 학교에 보내는 데 만족하기보다 끝까지 학업에 정진할 수 있도록 면려하고, 결혼해서는 '마마보이'가 되지 않고 남편의 역할을

1. 나아갈 때와 물러날 때를 스스로 알다

잘 하도록 깨우치고, 마음 편안히 먹고 직장생활을 할 수 있도록 든든한 후원자가 되어 주는 것이 어머니로서 훨씬 중요한 교육이라고 여겨지기 때문입니다.

고전 읽기

유향劉向, 『열녀전列女傳』 〈모의母儀〉

추나라 맹가孟軻의 어머니이며, 맹모라고 부른다. 집이 묘지에 가까워 맹자는 어렸을 적 묘지에서의 일을 흉내 내며 슬피 발을 구르거나 묏자리에 매장하는 놀이를 했다.

맹모가 말했다. "이곳은 내가 자식을 위해 살 곳이 아니다."

그리고는 그곳을 떠나 시장 옆에 집을 구했다. 그랬더니 이번에는 상인들이 값을 흥정하는 것을 흉내 내며 놀았다.

맹모가 다시 말했다. "이곳은 내가 자식을 위해 살 곳이 아니다."

다시 학교 옆으로 집을 이사했다. 그랬더니 이번에는 제기를 차려 놓고 읍양揖讓하며 나아가고 물러나는 일을 흉내 내며 놀았다.

맹모가 말했다. "참으로 내 자식과 살 만한 곳이다."

그리고는 그곳에 살았다. 맹자는 장성하여 육예六藝를 배우고, 마침내 큰 유학자라는 명성을 얻었다. 군자들은 맹모가 환경에 따라 변화를 잘 주었다고들 한다. 『시경』에 "저 훌륭하신 분이시여, 내가 무엇을 주면 좋을까?"라 한 것은 이를 두고 한 말이다.

맹자가 어렸을 적에 배우다 말고 집을 돌아왔다.

맹모가 베를 짜고 있다가 이렇게 물었다. "어디까지 배웠느냐?"

맹자가 말했다. "그저 그렇습니다."

그러자 맹모는 칼로 베를 잘라버렸다.

맹자가 두려워하며 그 까닭을 물으니 맹모가 말했다. "네가 공부를 그만둔 것은 내가 이 베를 자른 것과 똑같다. 무릇 군자란 배움으로 이름을 세우고, 질문으로 지식을 넓혀야 한다. 그렇게 하여 집에서는 편안하고 외부로 나가면 해를 멀리하는 것이다. 지금 공부를 그만둔다면 마구간의 잡부를 면할 수 없고, 재앙에서도 벗어날 방도가 없게 된다. 베 짜는 일로 먹고 살면서 중도에 그만두고 하지 않는 것과 무엇이 다르겠느냐? 그러면 어떻게 남편과 자식에 옷을 해 입히고 오래 양식이 떨어지지 않게 하겠느냐? 여자로서 먹고 사는 일을 그만두고 남자로서 덕을 닦는 일에 게으름을 피운다면, 도둑이 되지 않으면 머슴이 되는 것이다."

맹자가 두려워하며 아침저녁으로 공부에 힘써 쉬지 않았다. 자사子思를 스승으로 섬겨 마침내 천하의 유명한 유학자가 되었다. 군자들은 맹모가 어머니로서의 도리를 알았다고들 한다. 『시경』에 "저 훌륭하신 분이시여, 내가 무엇을 일러주면 좋을까?"라 한 것은 이를 두고 한 말이다.

맹자가 장가를 가서 부부가 쓰는 방에 들어가려 했더니 그의 아내가 웃옷을 벗고 방 안에 있었다. 맹자는 불쾌해하며 마침내 돌아서서 들어가지 않았다.

부인이 맹모에게 알리고 친정으로 돌아가겠다며 말했다. "제가 듣기로 부부간의 도리는 부부가 쓰는 방에서는 신경 쓰지 않는다 합니다. 지금 제가 방에 홀로 있는데, 남편이 저를 보고 발끈하여 화를 낸

1. 나아갈 때와 물러날 때를 스스로 알다

것은 저를 손님으로 여긴 것입니다. 부녀자의 도의는 대체로 손님으로는 유숙하지 않는 것이니, 부모님께 돌아가고자 합니다."

그러자 맹모가 맹자를 불러다 말했다. "예법에 이르기를 '문에 들어설 때는 누가 계신지 묻는다'고 했는데, 이는 공경함을 나타내기 위한 것이다. '대청에 오를 때는 인기척을 크게 낸다'고 했는데, 이는 맞을 준비를 하게 하기 위한 것이다. '방에 들어설 때는 눈길을 아래로 한다'고 했는데, 이는 남의 허물을 볼까 두려워하는 것이다. 지금 너는 예법을 잘 살피지 않고 오히려 아내에게 예법을 따지고 있으니, 이 또한 예법에서 멀어진 것이 아니겠느냐?"

맹자가 사과하고 결국 부인을 머무르게 하였다. 군자들은 맹모가 예법을 알고 고부간의 도리에도 밝았다고들 한다.

맹자가 제나라에 머물 때 근심하는 기색이 있었다.

맹모가 이를 보고 물었다. "네게 근심하는 기색이 있는 것 같은데, 무슨 일이냐?"

맹자가 말했다. "아무것도 아닙니다."

그 후 어느 날 맹자는 집에 있으면서 기둥을 끌어안고 탄식했다.

맹모가 이를 보고 물었다. "저번에 네게 근심하는 기색이 있었는데 아무것도 아니라고 했다. 지금 기둥을 끌어안고 탄식하던데, 무슨 일이냐?"

맹자가 대답했다. "제가 듣기로 군자는 자신의 능력에 맞는 자리에 나아가되 구차하게 얻어 상을 받지 않고 영화와 봉록을 탐하지 않는다고 합니다. 제후가 말을 들어주지 않으면 그 이상은 말하지 않고, 들어주더라도 써주지 않으면 그 조정에 발을 들여놓지 않는다고 합니다. 지금 제 도가 제나라에서는 쓰이지 않아 떠나고자 하지만, 어머니께서 연로하시니 그래서 걱정이 됩니다."

맹모가 말했다. "무릇 부녀자의 예법이란 하루 다섯 끼를 정성스럽게 마련하고, 술이나 장을 담가 덮개를 씌우고, 시부모를 봉양하고, 옷을 짓는 것 정도이다. 그래서 규방에서만 수양하지 집 밖의 일에 뜻을 두지 않는다. 『주역』에서는 '집 안에서 음식을 준비하는 일을 놓치지 말라'고 했고, 『시경』에서는 '예의에서 벗어나서는 안 되니 술 담그고 밥 짓는 일이 그것'이라고 했다. 이는 부녀자에게는 멋대로 할 수 있는 권한이 없고, '삼종지도三從之道'가 있다는 것을 말하는 것이다. 그래서 어려서는 부모를 따르고, 출가해서는 남편을 따르며, 남편이 죽으면 자식을 따르는 것이 예법이다. 지금 너는 어른이 되었고 나는 늙었다. 너는 네 도의를 실천하고 나는 내 예법을 행하면 되는 것이다."

군자들은 맹모가 부녀자의 도리를 알았다고들 한다. 『시경』에 "온화한 얼굴빛에 웃음 띤 모습, 화내지 않고 가르침을 베푸시네"라 했으니, 이를 두고 한 말이다.

• • • •

원문 鄒孟軻之母也. 號孟母. 其舍近墓, 孟子之少也, 嬉遊爲墓間之事, 踴躍築埋. 孟母曰, 此非吾所以居處子也. 乃去舍市傍. 其嬉戱爲賈人衒賣之事. 孟母又曰, 此非吾所以居處子也. 復徙舍學宮之傍. 其嬉遊乃設俎豆揖讓進退. 孟母曰, 眞可以居吾子矣. 遂居之. 及孟子長, 學六藝, 卒成大儒之名. 君子謂孟母善以漸化. 詩云, 彼姝者子, 何以予之. 此之謂也. 孟子之少也, 旣學而歸, 孟母方績, 問曰, 學何所至矣. 孟子曰, 自若也. 孟母以刀斷其織. 孟子懼而問其故, 孟母曰, 子之廢學, 若吾斷斯織也. 夫君子學以立名, 問則廣知, 是以居則安寧, 動則遠害. 今而廢之, 是不免於厮役, 而無以離於禍患也. 何以異於織

1. 나아갈 때와 물러날 때를 스스로 알다

績而食, 中道廢而不爲, 寧能衣其夫子, 而長不乏糧食哉. 女則廢其所食, 男則墮於脩德, 不爲竊盜, 則爲虜役矣. 孟子懼, 旦夕勤學不息. 師事子思, 遂成天下之名儒. 君子謂孟母知爲人母之道矣. 詩云, 彼姝者子, 何以告之. 此之謂也. 孟子旣娶, 將入私室, 其婦袒而在內. 孟子不悅, 遂去不入. 婦辭孟母而求去, 曰, 妾聞夫婦之道, 私室不與焉. 今者妾竊墮在室, 而夫子見妾, 勃然不悅, 是客妾也. 婦人之義, 蓋不客宿, 請歸父母. 於是孟母召孟子而謂之曰, 夫禮, 將入門, 問孰存, 所以致敬也. 將上堂, 聲必揚, 所以戒人也. 將入戶, 視必下, 恐見人過也. 今子不察於禮, 而責禮於人, 不亦遠乎. 孟子謝, 遂留其婦. 君子謂孟母知禮, 而明於姑母之道. 孟子處齊, 而有憂色. 孟母見之曰, 子若有憂色, 何也. 孟子曰, 不敏. 異日閒居, 擁楹而歎. 孟母見之曰, 鄕見子有憂色, 曰不也, 今擁楹而歎, 何也. 孟子對曰, 軻聞之, 君子稱身而就位, 不爲苟得而受賞, 不貪榮祿. 諸侯不聽, 則不達其上. 聽而不用, 則不踐其朝. 今道不用於齊, 願行而母老, 是以憂也. 孟母曰, 夫婦人之禮, 精五飯, 冪酒漿, 養舅姑, 縫衣裳而已矣. 故有閨內之脩, 而無境外之志. 易曰, 在中饋, 无攸遂. 詩曰, 無非無儀, 惟酒食是議. 以言婦人無擅制之義, 而有三從之道也. 故年少則從乎父母, 出嫁則從乎夫, 夫死則從乎子, 禮也. 今子成人也, 而我老矣. 子行乎子義, 吾行乎吾禮. 君子謂孟母知婦道. 詩云, 載色載笑, 匪怒匪教. 此之謂也.

울면서 마속의 목을 베다

읍참마속泣斬馬謖

유비는 임종 무렵에 제갈량에게 말했다.
"마속은 말이 실제를 앞서 크게 쓸 수는 없으니 그대가 잘 살피시오."
제갈량은 그러나 그렇지 않다고 생각해 마속을 참군으로 삼고,
매번 불러다 담론을 나눌 때면 낮부터 밤까지 이어지곤 했다.
- 『삼국지』 〈촉지 · 마속전〉

'부정 청탁 및 금품 수수의 금지에 관한 법률', 일명 김영란 법이 지난 2016년부터 시행되고 있습니다. 우리나라는 국제투명성기구가 밝힌 부패인식지수(CPI)에서 100점 만점에 53점으로 대상 176개국 중 52위(2016년 기준)에 머물러, 여전히 부패 문제가 해소되지 않은 상태입니다. 이 법의 시행으로 우리나라의 투명성이 더 높아지기를 바라는 마음 간절합니다. 그렇지만 법 적용 대상에서 국회의원과 변호사가 빠지고, 사립학교법인과 언론사의 임직원이 포함된 것은 형평성의 측면에서 이해하기 어렵습니다.

부패인식지수 40점을 받아 공동 79위의 성적표를 받아든 중국도 부패 문제로 골머리를 앓고 있는 나라 가운데 하나입니다. 습근평習近平(시진핑) 중국 국가주석은 2012년 11월 취임하자마자 반부패 운동을 벌여오고 있습니다. 지금까지 수십 명의 차관급 이상 고위공직자가 부패와 비리 혐의로 수사를 받았고, 그중 상당수는 사법처리되었습니다.

1. 나아갈 때와 물러날 때를 스스로 알다

지속적인 반부패 운동에 따라 중국의 호화 명품 시장이 된서리를 맞아 고급자동차 브랜드가 사상 처음으로 마이너스 성장으로 돌아서고, 전국적으로 수십만 대에 이르는 관용차官用車가 감축되어 관용차 기사들의 실직이 사회문제가 될 정도라고 합니다.

이러한 반부패 운동에 낙마한 인사에는 습근평 주석의 측근도 포함되었습니다. 부패 혐의로 차관급인 대만사무판공실 부주임에서 물러난 공청개龔清概(궁칭가이)가 그 가운데 한 명입니다. 습근평 주석은 1985년부터 2002년까지 17년간 복건성에서 근무했는데, 이때 복건성 출신의 공청개를 발탁해 지난 2013년에는 북경으로 불러와 대만 업무를 담당하는 부서의 2인자 자리를 맡겼습니다. 공청개가 습근평 주석이 총애하는 측근이기는 하지만, 반부패 운동을 계속 펼치기 위해서는 낙마가 부득이 해 언론에서는 '읍참마속泣斬馬謖'의 사례로 언급하고 있습니다.

'읍참마속'은 『삼국지』의 주인공 제갈량諸葛亮이 울면서 부하 장수 마속馬謖의 목을 베었다는 뜻입니다. 대의를 위해서는 측근이라도 가차 없이 제거하는 권력의 공정성 또는 과단성을 뜻하기도 하고, 더 큰 목적을 위해 측근이나 심복을 희생시키는 일을 가리키기도 합니다. 대개의 고사성어는 인구에 회자되면서 본래의 고사는 차츰 희석되고, 성어만 남아 어느 하나의 뜻으로 굳어지게 마련입니다. '읍참마속'도 예외는 아닙니다. 이러한 고사를 찾아 음미하다보면 사자성어에 담긴 더 깊은 뜻을 알게 되기도 합니다.

'읍참마속'의 배경이 되는 고사는 서기 227년 촉나라의 북벌이 그 배경입니다. 당시 촉나라의 승상이던 제갈량은 기산祁山으로 진출하여 위나라 사마의司馬懿와 일전을 준비하고 있었습니다. 결전에 앞서 중요한 사안의 하나가 보급과 수송의 요충지인 가정街亭을 어떤 장수에게 맡기느냐 하는 것이었는데, 제갈량의 선택은 젊은 장수 마속馬謖이었습니다. 마속은 제갈량의 의형제와도 같은 조정의 중신 마량馬良의 아우이면서 병법에도 능해 제갈량의 신임을 받고 있었습니다.

그러나 마속은 제갈량의 기대와 달리 형편없는 작전을 펼쳐 대패를 자초했습니다. 지형지물을 이용해 적의 진출로를 차단하라는 제갈량의 명령을 멋대로 어기고 산 위로 올라가 진을 쳤습니다. 적군을 산으로 유인해 역습을 노린 책략이었으나, 위나라 군대는 이런 전술에 말려들지 않고 산기슭을 포위한 채 보급로와 식수원을 차단했습니다. 결국 마속의 군대는 식수와 식량이 바닥나 어려움을 겪었습니다. 포위망을 뚫고자 산 아래로 내려왔다가 결국 위나라 군대에 궤멸당하고 말았습니다. 『삼국지연의』 제96회에서는 이후의 이야기를 이렇게 전하고 있습니다.

> 마속이 스스로 결박한 채 제갈량의 군막 앞에 당도하자, 제갈량은 그가 군령을 어기고 화를 자초한 것을 크게 나무랐다. 본보기를 위해 군법을 엄정히 집행할 것을 알리자 마속이 울면서 용서를 빌었다. 이때 제갈량도 눈물을 훔치며 마속의 식솔들을 잘 거두어주겠다고 약속했다. 마속에게 한 번 더 기회를 주자는 간언에 제갈량은 다시 눈물을 흘리며 군법의 기강이 무너지면 적을 토벌할 수 없다고 답했다. 결국 무사가 마속을 참해 수급을 바치자 제갈량이 대성통곡했다.

여기까지만 보면 제갈량이 마속을 참하며 운 것은 군법과 인정 사이의 갈등에서 비롯된 것으로 여겨집니다. 그러나 위의 이야기는 어디까

1. 나아갈 때와 물러날 때를 스스로 알다

지나 소설 『삼국지연의』의 설명입니다. 정사正史 『삼국지』에 전하는 내용은 이와 사뭇 다릅니다.

먼저 〈제갈량전〉을 보면, 마속을 죽여 백성들에게 사죄했다고만 하고 제갈량이 울었다는 내용은 없습니다. 다시 〈마속전〉을 보면, 제갈량이 마속을 참했다는 내용이 없고, 마속이 군령을 어긴 죄로 하옥되어 감옥에서 병사하자 제갈량이 눈물을 흘렸다고 했습니다. 또 〈상랑전向朗傳〉을 보면, 마속이 가정의 전투에서 패한 후 달아났다고 했습니다.

따라서 '읍참마속'은 소설 『삼국지연의』가 정사 『삼국지』에서 마속과 관련하여 기술된 것을 이리저리 모아 제갈량의 인간적인 면모를 드러낸 결과라 하겠습니다. 제가 보기에 가장 역사적 사실에 부합된다고 생각하는 것은 〈마속전〉에 기술된 내용입니다. 여기에는 마속과 관련된 제갈량의 실책이 자세하게 소개되어 있습니다. 첫째는 유비劉備의 말을 듣지 않은 것입니다. 유비는 실속 없이 말이 앞서는 인물로 마속을 평가하고 크게 기용하지 말라고 당부했지만, 제갈량은 마속을 부관으로 임명하고 매일 군사 방면의 일을 그와 논의했습니다. 둘째는 참모들의 말을 듣지 않은 것입니다. 참모들은 가정을 지키는 데 경험이 풍부한 노장을 기용해야 한다고 건의했지만, 제갈량은 이를 묵살하고 마속으로 밀어붙였습니다.

〈마속전〉만 놓고 보면 제갈량은 직접 마속을 참하지도 않았습니다. 마속이 감옥에서 병으로 사망하자 눈물을 흘렸을 뿐입니다. 어떤 기술이 더 역사적 사실에 부합하는지 확인할 길이 없지만, 〈마속전〉대로라면 제갈량은 일반적인 인식과 달리 다소 문제가 있는 사람입니다. 주변 사람들의 충고와 간언을 묵살하고 마속을 기용하여 실패를 맛본 뒤에도 크게 반성한 기색을 찾아보기 어렵기 때문입니다. 어지러워진 마음을 가라앉히기 위해서는 다시 소설 『삼국지연의』로 돌아가는 것이 좋겠습니다.

제갈량이 말했다. "내가 통곡하는 것은 마속 때문이 아니다. 마속을 기용하지 말라고 하셨던 선제 유비의 말씀이 떠올라 통곡하는 것이다."

고전 읽기

『삼국지三國志』〈촉지蜀志 · 마속전馬謖傳〉

마량馬良의 동생 마속馬謖은 자가 유상幼常이다. 형주 종사 신분으로 선주 유비를 따라 촉군으로 들어가 면죽현과 성도현의 현령, 월수군 태수에 임명되었다. 재주와 도량이 일반 사람을 뛰어넘었고 군사 전략에 대한 토론을 좋아해 승상 제갈량은 그를 높이 평가했다.

유비는 임종 무렵에 제갈량에게 말했다. "마속은 말이 실제를 앞서 크게 쓸 수는 없으니 그대가 잘 살피시오."

제갈량은 그러나 그렇지 않다고 생각해 마속을 참군으로 삼고, 매번 불러다 담론을 나눌 때면 낮부터 밤까지 이어지곤 했다.

건흥 6년(228년) 제갈량은 기산으로 출병했다. 당시 경험이 풍부한 장수인 위연과 오일 등이 있어, 논의하는 자들은 모두 이들을 선봉장으로 삼아야 한다고들 했다. 그러나 제갈량은 다수의 의견을 무시하고 마속을 발탁해 선봉에서 대군을 통솔하게 했다. 그러나 마속

1. 나아갈 때와 물러날 때를 스스로 알다

은 위나라 장수 장합과 가정에서 전투를 벌이다 장합에게 격파되고 병졸들이 뿔뿔이 흩어졌다. 제갈량은 나아가 의지할 곳이 없어지자 군대를 퇴각시켜 한중으로 돌아갔다.

마속이 하옥되었다가 죽은 까닭에 제갈량은 그를 위해 눈물을 흘렸다. 마량이 죽었을 때 나이가 36세였고, 마속은 39세였다.

• • • •

원문 良弟謖, 字幼常, 以荊州從事隨先主入蜀, 除綿竹成都令越嶲太守. 才器過人, 好論軍計, 丞相諸葛亮深加器異. 先主臨薨謂亮曰, 馬謖言過其實, 不可大用, 君其察之. 亮猶謂不然, 以謖爲參軍, 每引見談論, 自晝達夜. 建興六年, 亮出軍向祁山. 時有宿將魏延吳壹等, 論者皆言以爲宜令爲先鋒. 而亮違衆拔謖, 統大衆在前, 與魏將張部戰于街亭, 爲部所破, 士卒離散. 亮進無所據, 退軍還漢中. 謖下獄物故, 亮爲之流涕. 良死時年三十六, 謖年三十九.

2

책 한 권을 반복해 읽어 그 뜻을 저절로 알다
: 부지런한 삶

시인함인矢人函人
도룡지기屠龍之技
금성옥진金聲玉振
청출어람青出於藍
현량자고懸梁刺股
위편삼절韋編三絶
모수자천毛遂自薦
척과만거擲果滿車
한우충동汗牛充棟
우각괘서牛角掛書

화살과 갑옷 만드는 사람

시인함인矢人函人

맹자께서 말씀하셨다. "화살 만드는 사람이라고 어찌 갑옷 만드는 사람보다
어질지 않다고 할 수 있겠는가? 그러나 화살 만드는 사람은
오직 사람에게 상처를 못 입힐까 걱정하고, 갑옷 만드는 사람은
오직 사람이 상처를 입을까 걱정한다.
-『맹자』〈공손추상〉

한국고용정보원에서 펴낸『한국직업사전』에 따르면 우리나라의 직업 수는 약 1만 2천 개이고 직업 이름 수는 약 1만 5,500개라고 합니다. 1969년에 최초로 나온 직업사전에 등록된 직업명 수가 3천여 개였다고 하니, 몇십 년 사이에 직업 이름이 다섯 배로 증가한 것입니다. 최근에도 20여 개의 직업이 새롭게 직업사전에 등재되었다고 합니다. '빅데이터 전문가'나 '소셜미디어 전문가'처럼 과학기술의 발전을 반영한 것도 있고, '이혼 상담사'나 '정리수납 컨설턴트'처럼 변화하는 사회의 다양한 모습을 반영한 것도 보입니다.

예부터 "직업에는 귀천이 없다"고들 했습니다. 그렇지만 현실은 꼭 그렇지 않다는 느낌이 드는 것이 사실입니다. 몇 년 전 한국직업능력개발원이 직업과 관련된 과목의 고등학교 교과서 16종을 분석했더니, 직업의 귀천을 드러내는 문장이 적잖이 발견되었다고 합니다. 또 최근 한 취업 포탈 회사에서 성인남녀 2,236명을 대상으로 '직업에 귀천이 있

다고 생각하느냐'고 설문한 결과 52.1%가 '있다'고 답했고, 직업의 귀천을 나누는 기준은 '사회적 인식'과 '소득수준'이 큰 비중을 차지한다는 결과도 나와 있습니다.

이웃 중국에서도 경제가 발전하고 사회가 변화함에 따라 이색 직업이 속출하고 있습니다. 쇼핑을 도와주는 '쇼핑 도우미', 종류도 가지가지인 중국 음식에서 취향에 따라 입맛에 맞는 것을 골라주는 '음식 주문사'를 비롯해, 잘못한 일이 있을 때 사과를 대신 해주는 '사과 대변인', 카드결제 등에 쓸 서명을 디자인해주는 '사인 디자이너' 등 기상천외한 직업들이 이목을 끕니다. 가치관, 배우자와 함께 인생의 3대 선택 가운데 하나가 직업이라는 말이 있는 것을 보면, 직업의 선택도 참 중요한 일인 듯합니다.

중국 고대 주周나라와 전국시대 각국의 관직 제도를 기록한 책으로 『주례周禮』라는 것이 있습니다. 이 책은 본래 관직 제도를 다뤘다 하여 『주관周官』으로 불리다가, 예경禮經의 하나로 받아들여지면서 주례라는 명칭을 새로이 얻었습니다. 현재 시각에서 보면 각종 직업을 망라하고 있는 셈이어서 주나라 판 '직업사전'이라고 부를 만합니다.

『주례』에 소개된 여러 직업에는 시인矢人과 함인函人도 포함되어 있습니다. '시인'의 '시矢'는 화살이니 시인은 화살을 만드는 사람이고, '함인'의 '함函'은 갑옷이니 함인은 갑옷을 만드는 사람입니다. 『주례』에서는 시인의 경우, 용도에 따라 화살대의 무게중심을 어떻게 맞춰야 하는지와 화살이 날아가는 속도를 유지하면서도 방향을 잘 잡으려면 깃털의 양을 어떻게 설계해야 하는지 설명했습니다. 함인에 대한 설명에서는, 갑옷을 입는 사람의 체형에 맞게 가죽 조각을 잇는 것이 가장 중요하고, 그 다음으로는 가죽 조각을 이으려고 뚫는 구멍을 최대한 작게 만들어야 한다고 했습니다.

그런데 시인과 함인은 어쩔 수 없이 맞대결을 해야 하는 처지가 됩니다. 전쟁터에 나가면 화살은 갑옷을 뚫어야 하고 갑옷은 화살에 뚫리지 않아야 하기 때문입니다. 이런 까닭에 『맹자』에는 이 둘을 합친 '시인함인矢人函人'이라는 표현이 나옵니다. 맹자는 시인과 함인의 얄궂은 운명을 두고 이렇게 말했습니다.

> 화살 만드는 사람은 오직 사람에게 상처를 못 입힐까 걱정하고, 갑옷 만드는 사람은 오직 사람이 상처를 입을까 걱정한다.

〈공손추상公孫丑上〉 편에 보이는 말입니다. 맹자의 '시인함인' 이야기를 들으니 언뜻 짚신장수와 우산장수 아들을 둔 할머니 이야기가 연상됩니다. 이 할머니는 궂은 날이면 짚신장수 아들이 짚신을 못 팔아서 울상이고, 맑은 날이면 우산장수 아들이 우산을 못 팔아서 울상이었습니다. 그 모습을 보다 못한 손자가 할머니에게 궂은 날엔 우산이 잘 팔려서 기쁘고 맑은 날엔 짚신이 잘 팔려서 기쁘다고 생각하면 어떠냐고, 할머니에게 해결책을 알려주었다는 이야기입니다.

짚신이나 우산이야 어느 것을 만들어 팔든 사람 목숨과 큰 상관이 없지만, 화살과 갑옷은 그렇지가 않습니다. 화살은 목숨을 뺏으려는 공격용 무기이고, 갑옷은 목숨을 지키려는 방어용 무기입니다. 이런 관점에서 보면, 화살을 만드는 '시인'은 못된 사람이고, 갑옷을 만드는 '함인'은 착한 사람처럼 여겨지기도 합니다. 그러나 직업이 그렇게 보이게 만드는 것이지, 사람 자체가 좋고 나쁜 것은 아닐 것입니다. 그래서 맹자도 이렇게 말합니다.

화살 만드는 사람이라고 어찌 갑옷 만드는 사람보다 어질지 않다고 할 수 있겠는가?

맹자는 또 병을 고치는 의원과 관棺을 짜는 목수의 사례도 들었습니다. 의원은 사람이 살기를 바라고 목수는 사람이 죽기를 바란다는 뜻에서 한 말일 것입니다. 그래서 결론 삼아 "술불가불신야術不可不愼也", 즉 어떤 기술을 익혀 직업을 선택할 것인지 신중해야 한다고 했습니다. 시인과 함인의 경우 화살과 갑옷을 만드는 사람 모두 선한 사람일 수 있지만, 한 사람은 화살을 만들면서 어떻게 하면 그것으로 사람에게 더 치명적인 상처를 남길까 궁리하고, 다른 한 사람은 갑옷을 만들면서 어떻게 하면 위험한 화살로부터 소중한 생명을 지킬까 궁리하다 보면 두 사람의 인성도 달라질 수 있다고 본 것입니다.

맹자가 '시인함인'의 비유를 통해 궁극적으로 전달하고자 한 메시지는 결국 인의仁義의 선택입니다. 우리가 외부의 강요 없이 직업을 선택할 때, 귀천貴賤이 아니라 선악善惡을 기준으로 고를 수 있듯이 인의도 우리의 선택에 달렸다는 것입니다. 어질고 의로운 일을 하는 것도 내 마음이고, 사악하고 불의한 일을 하는 것도 내 마음입니다. 맹자는 이 대목에서 공자님 말씀 한 구절을 인용합니다.

어진 곳을 골라 머물지 않는다면 어찌 지혜롭다 하겠는가?

이는 직업의 선택에도 그대로 적용되는 말일 것입니다. 내가 할 수 있고 해야 할 일이 무엇인지 부지런히 찾아 나서야 하겠습니다.

2. 책 한 권을 반복해 읽어 그 뜻을 저절로 알다

고전 읽기

『주례周禮』〈동관고공기冬官考工記〉

시인矢人은 화살을 만든다. 쇠뇌용 화살은 3등분하고 주살용 화살도 3등분하여, (무게중심의) 3분의 1은 앞쪽에 두고 3분의 2는 뒤쪽에 둔다. 전투용 화살과 사냥용 화살은 5등분하여 5분의 2는 앞쪽에 두고 5분의 3은 뒤쪽에 둔다. 작고 짧은 화살은 7등분하여 7분의 3은 앞쪽에 두고 7분의 4는 뒤쪽에 둔다. ……(화살은) 앞이 약하면 숙여지고, 뒤가 약하면 솟구치고, 가운데가 약하면 휘어지고, 가운데가 강하면 떠오르고, 깃이 많으면 느리고, 깃이 적으면 흔들린다. 이 때문에 끼운 다음 흔들어봄으로써 깃의 많고 적음이 적절한지 살펴야 한다. 휠 때는 굵기가 적절한지 살펴야 한다.

……함인函人은 갑옷을 만든다. 물소가죽 갑옷은 일곱 조각 이음이고, 들소가죽 갑옷은 여섯 조각 이음이고, 합성 가죽 갑옷은 다섯 조각 이음이다. 물소가죽 갑옷은 수명이 100년이고, 들소가죽 갑옷은 수명이 200년이고, 합성 가죽 갑옷은 수명이 300년이다. 무릇 갑옷을 만들 때는 반드시 먼저 본을 만든 다음에 가죽을 재단해야 한다. 허리 위와 허리 아래의 균형을 맞추어 무게가 일정해야 한다. 길이에 맞게 허리둘레를 조정한다. 무릇 갑옷 가죽을 정성껏 두드리지 않으면 튼튼하지 않으며, 잘 다듬고 나면 가죽이 부드러워진다. 무릇 가죽을 살피는 방법은 구멍을 검사해 구멍이 작은지 살피고, 안쪽을 검사해 부드러운지 살피고, 이음새를 검사해 곧은지 살피는 것이다.

• • • •

원문 矢人爲矢. 鍭矢參分, 茀矢參分, 一在前, 二在後. 兵矢田矢五分, 二在前, 三在後. 殺矢七分, 三在前, 四在後. ……前弱則俛, 後弱則翔, 中弱則紆, 中强則揚, 羽豐則遲, 羽殺則趮. 是故, 夾而搖之, 以視其豐殺之節也. 橈之, 以視其鴻殺之稱也. ……函人爲甲. 犀甲七屬, 兕甲六屬, 合甲五屬. 犀甲壽百年, 兕甲壽二百年, 合甲壽三百年. 凡爲甲必先爲容, 然後制革. 權其上旅, 與其下旅, 而重若一. 以其長爲之圍. 凡甲鍛不摯, 則不堅, 已敝則橈. 凡察革之道, 視其鑽空欲其窓也, 視其裏欲其易也, 視其朕欲其直也.

『**맹자**孟子』 〈**공손추상**公孫丑上〉

맹자께서 말씀하셨다. "**화살 만드는 사람**이라고 어찌 **갑옷 만드는 사람**보다 어질지 않다고 할 수 있겠는가? 그러나 화살 만드는 사람은 오직 사람에게 상처를 못 입힐까 걱정하고, 갑옷 만드는 사람은 오직 사람이 상처를 입을까 걱정한다. 사람의 목숨을 비는 무당과 관棺 만드는 목수 역시 그러하다. 그러므로 생업의 기술을 선택할 때 신중해야 한다. 공자께서 말씀하시길 '마을의 풍속이 어질어야 좋으니, 어진 곳을 골라 머물지 않는다면 어찌 지혜롭다 하겠는가?'라고 하셨다. 대저 인은 하늘이 내린 존귀한 벼슬이고, 사람이 살기 편안한 집이다. 아무도 막지 않는데 어질지 않다면 그것은 지혜롭지 못한 것이다. 어질지 못하고 지혜롭지 못하고 예의가 없고 의롭지 않으면, 남에게 부림을 받게 된다. 남에게 부림을 받으면서 그것을 부끄러워하는 것은 활 만드는 사람이 활 만들기를 부끄러워하고, 화살 만드는 사람이 화살 만들기를 부끄러워하는 것과 같다. 만약 그것이 부끄럽다면 인仁을 행하는 것만 같은 것이 없다. 어진 이의 자세는 활쏘기와 같으니, 활 쏘는 사람은 먼저 자신을 바르게 한 뒤에 쏘고, 쏜 것이 적중하지 않아도 자신을 이긴 사람을 원망하지 않고 반대로 자신에게서 그

원인을 찾을 뿐이다.

• • • •

원문 孟子曰, 矢人豈不仁於函人哉. 矢人惟恐不傷人, 函人惟恐傷人. 巫匠亦然, 故術不可不愼也. 孔子曰, 里仁爲美, 擇不處仁, 焉得智. 夫仁天之尊爵也, 人之安宅也. 莫之禦而不仁, 是不智也. 不仁不智, 無禮無義, 人役也. 人役而恥爲役, 由弓人而恥爲弓, 矢人而恥爲矢也. 如恥之, 莫如爲仁. 仁者如射, 射者正己而後發, 發而不中, 不怨勝己者, 反求諸己而已矣.

용을 도살하는 재주

도룡지기屠龍之技

주평만(朱泙漫)은 용을 도살하는 법을
지리익(支離益)에게서 배우면서 천금의 가산을 썼다.
3년 만에 기술을 터득했으나 그 기술을 써먹을 데는 없었다.
- 『장자』 〈열어구〉

최근 인공지능 방면의 발전 속도가 부쩍 높아지고 있습니다. 인공지능은 1950년대부터 연구되기 시작했지만, 그간 과도한 기대에 비해 기술적 발전이 더뎌 부침을 거듭했습니다. 그러나 2010년대 들어 컴퓨터 사용에 따르는 비용이 하락하고 빅 데이터를 통한 학습 등의 기술이 개발되면서, 인공지능의 성능 개선이 눈에 띄게 빨라졌습니다. 인공지능은 방대한 지식 처리, 빠른 수치 계산, 오류 없는 판단 등 인간이 약점을 보이는 방면에서 우위를 점해, 이런 영역을 중심으로 인간의 노동을 대체하는 비율이 높아지고 있습니다.

한국고용정보원은 우리나라 주요 직업 406개 중 인공지능이나 로봇을 활용한 자동화로 직무가 대체될 확률이 높은 것이 무엇인지 발표한 바 있습니다. 이에 따르면 콘크리트공, 도축원屠畜員, 제품 조립원, 청원경찰, 조세행정사무원, 경리사무원, 환경미화원, 세탁기계 조작원, 택배원 등이 대체 확률 순위 10위 안에 들어 있습니다. 대체로 단순 반복

2. 책 한 권을 반복해 읽어 그 뜻을 저절로 알다

의 성격이 강한 업종이라는 공통점이 보이긴 했는데, 2위에 도축원이 오른 것이 흥미로웠습니다.

직업능력개발원의 직업 설명을 찾아보니 "도축원은 소, 돼지, 닭 등의 가축을 식용으로 사용할 수 있도록 도살하여 부위별로 알맞은 크기로 자르고, 손질 및 가공, 처리하는 일을 담당한다"고 되어 있습니다. 식용으로 사용하기 위해 가축을 도살하고, 가축의 외피와 뼈를 제거한 다음 부위별로 가축의 고기를 적당한 크기로 자른다고 업무를 설명하면서, 칼, 톱 등 위험한 도구를 사용하기 때문에 주의력이 필요하며, 사람들의 먹거리와 직결되는 직업이므로 철저한 위생관념이 요구된다고 했습니다.

전 세계적으로 채식주의자는 5% 미만으로 알려져 있고, 대다수의 사람들이 닭, 오리, 돼지, 토끼, 칠면조, 양, 염소, 소 등의 가축에서 얻는 식육용 고기를 먹고 삽니다. 이들 가축의 연간 총 소비량은 80억 마리에 이르니, 전 세계 사람이 연간 1인당 한 마리 이상씩 소비하는 셈입니다. 이들의 상당수는 도축원이 맡아 처리할 텐데, 앞으로는 이런 작업을 인공지능이나 로봇이 사람을 대체하리라는 전망인 것입니다.

그런데 『장자』 〈열어구列禦寇〉 편을 보면 '도룡屠龍'이라 하여 용을 도살하는 이야기가 보입니다. 여기서 나온 고사성어가 '도룡지기屠龍之技', 즉 용을 잡아 도살하는 기술입니다. 용이 소, 돼지, 닭 등의 가축과 함께 엄연히 십이지十二支 동물의 하나로 등장하는 것을 보면, 옛날 사람들은 분명히 용을 동물의 일종으로 간주했던 것 같습니다. 게다가 대개 도살은 "식육을 먹기 위해서 가축을 죽이고 고기로 만드는 일련의 작업"을 가리키므로, '도룡'이라는 말이 있는 것을 보면 용도 그 고기를 식용하는 대상이었던 모양입니다.

용의 형상에 대한 고대 중국 사람들의 인식을 살펴보면, 여러 동물이 합성된 모습으로 나타납니다. 전체적으로는 뱀에 가깝고, 여기에 물고기의 비늘, 사슴의 뿔, 사자의 머리, 돼지의 코, 잉어의 꼬리, 악어의 입, 독수리의 발 등이 더해집니다. 중국 하남성 복양현濮陽縣에서 발굴된 자료를 통해 용의 기원을 악어에서 찾았던 흔적도 찾아볼 수 있습니다.

'도룡'의 용이 악어를 전제로 했다고 가정하면, '식용 악어'의 문제를 생각해볼 수 있습니다. 미국에서는 연간 1만 마리 이상의 악어가 도축되어 식용으로 팔려나가는데, 식감은 약간 질긴 닭고기와 비슷하다고 합니다. 미국과 달리 중국에서는 악어를 상업적으로 이용하고 판매하는 것을 금지하고 있습니다. 그러나 몇 년 전 북경北京의 한 마트에서 살아 있는 악어를 판매했을 정도로 공공연하게 식용 악어가 유통되는 실정입니다. 별로 알고 싶지는 않지만 악어를 도축하는 나름의 방법도 분명히 있을 것입니다.

그러나 용의 기원이 악어에 있다고 해서 용이 곧 악어인 것은 아닙니다. 용은 어디까지나 전설상의 동물이고 그 모습도 여러 동물이 합성되었으니, 만약 잡아서 식탁에 올릴 수 있다면 당연히 고도의 도축 기술이 필요할 것입니다. 『장자』〈열어구〉 편에서는 '도룡지기', 즉 용을 도살하는 기술을 배운 '달인'으로 주평만朱泙漫이란 사람을 소개합니다. 주평만은 천금의 가산을 탕진해가면서 지리익支離益이라는 사람으로부터 용을 도살하는 기술을 배우기 시작해 3년 만에 터득했다고 합니다.

장자가 용 도살 기술을 배웠다는 주평만을 소개한 것은 이 사람의 기술이 놀라웠기 때문은 아니었습니다. 용을 도살하는 기술이 아무리 대단하더라도 쓸모가 없다는 얘기를 하고자 하는 것이 장자의 의도였

2. 책 한 권을 반복해 읽어 그 뜻을 저절로 알다

습니다. 기술은 실용성이 있어야지 멀리 가서 힘들게 배워왔다고 능사는 아닙니다. 소, 닭, 돼지를 잡는 기술은 식탁에 올릴 고기를 얻기 위해 꼭 필요한 일이지만 사람들은 이를 천하게 여깁니다. 그 대신 용을 잡는 화려한 기술을 찾아 시간과 노력을 허비합니다. 장자는 이러한 허위의식을 비판한 것입니다.

이런 까닭에 장자가 진정한 '생활의 달인'으로 추천한 사람은 용이 아니라 소를 잡는 도축원인 포정庖丁이었습니다. 이 포정은 19년 동안 한 자루의 칼로 수천 마리의 소를 도축했지만, 여전히 숫돌에 방금 간 듯 칼날이 서 있다고 했습니다. 그 비결은 눈이 아니라 마음으로 소를 대하면서 천리天理를 따라 쇠가죽과 고기, 살과 뼈 사이의 커다란 틈새를 자유롭게 비집고 다니기 때문이라고 합니다. 이것은 아무 쓸 데 없는 '도룡지기'와는 차원이 다른 기술입니다.

대학에서 학생들을 가르치는 일을 업으로 삼고 있다 보니, 이따금 제가 가르치는 것이 '도룡지기'는 아닌가 돌아보게 됩니다. 특히 실용과는 다소 거리가 있다는 소리를 듣는 중국 고전을 전수하는 입장에 있다 보니 더욱 그렇습니다. "고전 공부가 밥 먹여주느냐?"라는 질문은 마치 용 잡는 기술을 가르쳐서 과연 당신의 학생이 오늘 저녁 식탁에 고기반찬을 올릴 수 있겠느냐는 말로 들립니다. 그러나 이렇게 생각해 볼 수도 있지 않을까요? 전설상의 동물인 용을 잡는 기술을 배우면 적어도 인공지능이나 로봇에게 내 일자리를 내주지 않아도 될지 모른다고 말입니다.

『장자莊子』 〈열어구列禦寇〉

주평만朱泙漫은 용을 도살하는 법을 지리익支離益에게서 배우면서 천금의 가산을 썼다. 3년 만에 기술을 터득했으나 그 기술을 써먹을 데는 없었다.

• • • •

원문 朱泙漫學屠龍於支離益, 單千金之家, 三年技成而無所用其巧.

『장자莊子』 〈양생주養生主〉

한 백정이 문혜군文惠君을 위해 소를 잡는데, 손으로 스치고 어깨로 기대고 발로 밟고 무릎을 굽힐 때마다 뼈를 바르는 소리가 획획거리고 칼을 놀릴 때마다 소리가 울려 퍼져 음악 가락에 맞지 않는 것이 없었다. 그래서 탕湯임금의 음악인 〈상림上林〉의 춤에 부합하고, 요堯임금의 음악인 〈경수經首〉의 합주와도 맞아떨어졌다.

문혜군이 말했다. "과연 훌륭하구나. 기술이 어찌 이 정도에 이를 수 있는 것이냐?"

백정이 칼을 놓고 대답했다. "제가 좋아하는 것은 도道로서 이는 솜씨보다 수준 높은 것입니다. 처음 제가 소를 잡았을 때는 눈에 보이는 것이 모두 온전한 소일 뿐이었습니다. 그러다 3년이 지나니 온전한 소가 보이지 않게 되었습니다. 요즘에 와서 신은 마음으로 대할 뿐 눈으로 보지 않는데, 감각기관은 멈추고 마음만 움직이는 것입니다. 천연의 이치에 따라 큰 틈을 벌리고 텅 빈 곳으로 칼을 넣는 것은 소의 본래 생김새를 따르는 것이라, 힘줄이나 근육을 살짝이라도 건드린 적이 없으니 하물며 큰 뼈는 말할 것도 없습니다. 유능한 백정도 해마다 칼을 바꾸는 것은 살을 베기 때문이고, 보통의 백정이 달마다 칼을 바꾸는 것은 뼈를 자르기 때문입니다. 지금 제 칼은 19년이 되었고 잡은 소가 수천 마리지만, 칼날은 마치 새로 숫돌에 간 듯합니다. 저 뼈마디에는 틈이 있는 데 비해 칼날에는 두께가 없습니다. 두께가 없는 것을 틈이 있는 곳에 밀어 넣으니, 필시 넉넉한 공간에서 칼을 놀리는 여유로움이 있습니다. 이로 인해 19년이나 되었어도 칼날이 숫돌에 새로 간 듯한 것입니다. 그렇기는 하나 매번 근육이 뭉친 곳에 이르면 저도 그 어려움을 알기에 조심스럽고 신중해져서 시선을 집중하고 동작도 느려집니다. 칼놀림이 아주 미세해지면 후드득 살이 이미 떨어져 흙처럼 땅에 쌓입니다. 그러면 칼을 들고 일어나 사방을 바라보고 서서히 만족감을 느끼면서 칼을 닦아 집어넣습니다."

문혜군이 말했다. "훌륭하다. 내 백정의 말을 듣고 양생養生의 도를 깨달았도다."

• • • •

원문 庖丁爲文惠君解牛, 手之所觸, 肩之所倚, 足之所履, 膝之所踦, 砉然嚮然, 奏刀騞然, 莫不中音. 合於桑林之舞, 乃中經首之會. 文惠君曰, 譆, 善哉. 技蓋至此乎. 庖丁釋刀對曰, 臣之所好者道也, 進乎技矣, 始臣之解牛之時, 所見無非全牛者. 三年之後, 未嘗見全牛也. 方今之時, 臣以神遇而不以目視, 官知止而神欲行. 依乎天理, 批大郤, 導大窾, 因其固然, 技經肯綮之未嘗微礙, 而況大軱乎. 良庖歲更刀, 割也, 族庖月更刀, 折也. 今臣之刀十九年矣, 所解

數千牛矣, 而刀刃若新發於硎. 彼節者有閒, 而刀刃者無厚. 以無厚入有閒, 恢恢乎其於遊刃必有餘地矣. 是以十九年而刀刃若新發於硎. 雖然, 每至於族, 吾見其難爲, 怵然爲戒, 視爲止, 行爲遲. 動刀甚微, 謋然已解, 如土委地. 提刀而立, 爲之四顧, 爲之躊躇滿志, 善刀而藏之. 文惠君曰, 善哉. 吾聞庖丁之言, 得養生焉.

특종의 소리와 특경의 떨림

금성옥진金聲玉振

공자 같은 분을 집대성이라 하는데, 집대성이라 함은
먼저 특종을 울리는 것으로 시작하여 팔음이 연주되고 마지막으로
특경을 울리는 것으로 끝나는 음악의 일대 종합 연주다.
-『맹자』〈만장하〉

천재음악가 모차르트와 그의 재능을 시기했던 살리에리의 암투를 그렸던 영화 〈아마데우스〉가 있습니다. 이 영화의 음악감독은 지난 2016년 향년 92세를 일기로 타계한 명지휘자 네빌 마리너였습니다. 그는 1984년 개봉되어 아카데미상 8개 부문을 석권했던 이 영화의 오리지널 사운드 트랙(OST)을 맡았는데, 이 영화음악 음반도 650만 장이나 팔려나가 클래식 음반 최다판매 기록으로 남아 있습니다.

네빌 마리너는 1924년 영국 런던에서 태어나 어린 시절 아버지로부터 바이올린을 배우고 1937년 왕립음악대학에 들어갔습니다. 1948년에는 모교인 왕립음악대학의 교수가 되어 학생들을 가르치면서 바이올린 연주 활동도 계속하다, 지휘자로 전향하여 1959년 아카데미실내악단을 창단했습니다. 그는 75세 때 잡지사와의 인터뷰에서 나이가 드니 자기가 원하는 일을 고를 수 있는 게 가장 즐겁다고 했습니다. '즐거움'과 '돈'이 결합되는 일이라면 적극 고려해보겠다고 했고, 그 뒤로도

구순이 될 때까지 15년 동안 더 현역 지휘자로 활동했습니다.

그러고 보니 최근에 네빌 마리너뿐 아니라 피에르 불레즈, 니콜라우스 아르농쿠르, 조르주 프레트르 등 세계적인 명지휘자들이 여럿 세상을 떠났습니다. 그런데 이들은 타계 당시의 연세가 각각 91세, 87세, 92세, 94세로 비교적 장수했습니다. 얼마 전 내한 공연을 한 헤르베르트 블롬스테트도 구순의 고령인데, 스타니스와프 스크로바체프스키는 무려 95세까지 현역으로 활동했습니다. 이쯤 되면 '지휘자는 장수한다'는 속설이 허언만은 아닌 듯도 합니다.

『맹자』 〈만장하萬章下〉 편을 보면 '금성옥진金聲玉振'이라는 말이 보입니다. 이는 "재주와 지혜, 그리고 인덕人德을 충분히 조화 있게 갖추고 있음"을 비유합니다. 이 말은 원래 음악 연주에서 비롯된 것입니다. 금金은 특종特鐘을 뜻하니, '금성金聲'이란 고대의 기악 합주에서 맨 먼저 특종을 쳐서 시작하는 것입니다. 옥玉은 악기의 일종인 특경特磬을 뜻하니, 합주의 마지막에 특경을 쳐서 연주를 마무리 짓는 것입니다.

맹자가 음악 이야기를 꺼낸 것은 사람마다 다른 덕성을 설명하기 위해서였습니다. 그는 백이伯夷, 이윤伊尹, 유하혜柳下惠 세 사람의 인품을 자세하게 소개한 뒤 이렇게 결론 지었습니다.

> 백이는 성인으로서 청렴결백한 것이 그 특성이고, 이윤은 성인으로서 천하의 중대한 사명을 자임한 것이 그 특성이며, 유하혜는 성인으로서 남과 잘 조화된 것이 그 특성이다.

세 사람 모두 성인으로서의 덕망을 갖추었는데, 저마다 '淸(맑을 청)', '任(맡길 임)', '和(조화로울 화)'로 요약되는 특징이 있다는 것입니

2. 책 한 권을 반복해 읽어 그 뜻을 저절로 알다

다. 맹자는 이어서 그렇다면 공자는 어떤 사람인지 설명했습니다. 그는 "그때의 마땅함에 따라 올바로 행동한 것이 특성인 분"이 공자라 하면서, 그것은 "모아서 크게 이룬다"는 뜻의 '집대성集大成'에서 비롯되었다고 했습니다. 즉 공자는 백이의 '청淸', 이윤의 '임任', 유하혜의 '화和'를 모두 가지고 있다는 것입니다. 그리고 집대성이란 다시 말하면 기악 합주에서 특종으로 시작해 특경으로 마무리하는 '금성옥진'이라고 했습니다. 이에 관한 맹자의 말을 더 들어보면 다음과 같습니다.

> 먼저 특종을 울리는 것으로 시작하여 팔음八音이 연주되고 마지막으로 특경을 울리는 것으로 끝나는 음악의 일대 종합 연주다. 종소리를 울리는 것은 팔음의 맥락이 유지되도록 그 시작을 지어 주는 것이고, 끝으로 경을 울리는 것은 그동안 유지되던 맥락에 끝마무리를 지어주는 것이다.

고대의 기악 합주는 특종으로 시작되어 금석사죽金石絲竹과 포토혁목匏土革木의 여덟 부류의 악기가 두루 연주되다가 다시 특경으로 끝났습니다. 이 과정에서 처음과 끝의 맥락을 잡아주는 것이 바로 특종과 특경의 역할입니다. 맹자는 공자가 여덟 부류의 악기를 모아 크게 이루는 이른바 '집대성자'로서 시작과 마지막을 장악하는 능력이 있었다고 본 것입니다. 이런 능력의 원동력은 무엇일까요? 맹자는 이렇게 설명합니다.

> 맥락의 시초를 잡아주는 것은 지혜[智]의 작용이고, 맥락의 끝마무리를 지어 주는 것은 성스러움[聖]의 힘이다. '지'는 활 쏘는 데 비겨 말하면 기술에 속하는 것이고, '성'은 활 쏘는 데 비겨 말하면 활 당기는 힘이다. 이것

은 마치 백 보 밖 먼 거리에서 활을 쏘는데, 그 화살이 과녁까지 도달하는 것은 활 쏜 사람의 힘에 의한 것이지만 그 화살이 과녁에 맞는 것은 활 쏜 사람의 힘이 아닌 것과 같다.

맹자는 다시 성인으로서 공자의 특성을 활쏘기에 비유했습니다. 활을 쏘아 화살이 과녁에 명중시키려면 먼저 화살을 과녁에 조준할 수 있는 기술이 있어야 하고, 활시위를 충분히 당겨 화살이 과녁까지 날아갈 힘이 뒷받침되어야 합니다. 맹자는 활쏘기에서의 이런 기술이 금성金聲, 즉 특종을 치는 듯한 지혜의 작용이고, 활시위를 당기는 힘이 옥진玉振, 즉 특경을 치는 듯한 성스러움의 힘이라고 했습니다. '금성'과 '옥진'이 모여 집대성이 되고 만인이 우러르는 성인이 되었던 것입니다.

몇 년 전 저는 공자의 사당인 공묘孔廟가 있는 산동성 곡부曲阜에 다녀온 적이 있습니다. 입구에서 '집대성'을 뜻하는 대성전大成殿까지 가려면 여러 패방牌坊, 즉 돌로 만든 문을 지나야 합니다. 그 가운데 첫 번째 패방 상단에 붉은 글씨로 큼지막하게 쓰여 있는 글귀가 바로 '금성옥진'입니다. 공자의 집대성은 특종을 쳐서 음악을 시작하고 특경을 쳐서 음악을 마무리하는 일로부터 비롯되었다는 의미일 것입니다.

관현악단에 국한해보면 지휘자의 역할도 '집대성'에 다름 아닙니다. 관악기, 현악기, 타악기 등의 각종 악기를 연주하는 많은 수의 연주자를 이끌어, 연주가 단순히 음표의 나열이 되지 않도록 만들어야 합니다. 그 처음과 끝에 '금성옥진'이 있게 됩니다. 많은 지휘자들이 노년까지 현역으로 활동하며 장수하는 것도, 어쩌면 이렇게 완벽한 조화를 위한 노력 덕분이 아닐까요? 지휘자를 '스승'이라는 뜻의 이탈리아어인 '마에스트로'라 부르는 것에서 다시 맹자가 공자를 '금성옥진'이라 칭한 의미를 새겨보게 됩니다.

고전 읽기

『맹자孟子』〈만장하萬章下〉

맹자께서 말씀하셨다. "백이伯夷는 부정한 것이면 눈으로 보지 않았고, 부정한 소리면 귀로 듣지 않았다. 적합한 임금이 아니면 섬기지 않았고, 적합한 백성이 아니면 다스리지 않았다. 다스려지면 나아가고 어지러워지면 물러났다. 사나운 정치가 행해지는 곳이나 사나운 백성들이 머무는 곳에는 차마 살지 못했다. 그래서 (예의범절을 모르는) 마을사람과 함께 있는 것을 마치 조복과 조관을 갖추고 시커먼 재에 앉아 있는 것과 같이 생각했다. 주왕紂王이 다스리던 시절에는 북해의 물가에 살면서 천하가 맑아지기를 기다렸다. 그래서 백이의 기풍을 들은 사람들은 아둔하고 탐욕스런 자도 청렴해지고 나약한 자도 뜻을 세웠다.

그런가 하면 이윤伊尹은 이렇게 말했다. '누구를 섬기든 임금이 아니고, 누구를 다스리든 백성이 아닌가?' 그리고는 다스려져도 나아가고 어지러워도 나아갔다. 또 이렇게 말했다. '하늘이 이 백성을 내어서는 먼저 안 자로 나중에 안 자를 일깨우고 먼저 깨우친 자로 나중에 깨우친 자를 일깨우게 하였다. 나는 하늘의 백성 가운데 먼저 깨우친 자이다. 나는 장차 이 도리를 가지고 이 백성들을 일깨울 것이다.' 이윤은 천하의 백성들 필부필부匹夫匹婦 중에서 요임금과 순임금의 혜택을 받지 못한 이가 있는 것을 마치 자신이 도랑으로 밀어서 빠뜨린 것처럼 생각하였으니, 이는 그가 천하의 무거운 사명을 자임한 것이다.

유하혜柳下惠는 더러운 임금을 부끄럽게 여기지 않고, 미관말직도 사양하지 않았다. 나아가서는 자신의 현명함을 감추지 않으며 반드시 올바른 도리를 지켰다. 그러다 버려져도 원망하지 않았으며, 곤궁에 빠져도 근심하지 않았다. (예의범절을 모르는) 마을사람과 함께 지내도 그들을 너그럽게 대하며 차마 떠나지 못했다. '너는 너고 나는 난데 비록 내 옆에서 벌거벗고 있다 한들 어찌 나를 더럽힐 수 있겠느냐'는 생각이었다. 그래서 유하혜의 기풍을 들은 사람들은 편협한 자도 너그러워지고 박정한 자도 후하게 되었다.

공자께서 제나라를 떠나실 때 일어두었던 쌀을 건져 가셨다는데, 노나라를 떠나실 때는 '내 발이 잘 떨어지지 않는다'고 하셨으니, 이는 부모의 나라를 떠나는 도리다. 속히 할 만하면 속히 하고, 오래 있을 만하면 오래 있고, 머물 만하면 머물고, 벼슬할 만하면 한 분이 공자다."

맹자께서 말씀하셨다. "백이는 성인으로서 청렴결백한 것이 그 특성이고, 이윤은 성인으로서 천하의 중대한 사명을 자임한 것이 그 특성이며, 유하혜는 성인으로서 남과 잘 조화된 것이 그 특성이다. 공자는 성인으로서 그때의 마땅함에 따라 올바로 행동한 것이 특성인 분이다. 공자 같은 분을 집대성이라 하는데, 집대성이라 함은 먼저 특종을 울리는 것으로 시작하여 팔음이 연주되고 마지막으로 특경을 울리는 것으로 끝나는 음악의 일대 종합 연주다. 종소리를 울리는 것은 팔음의 맥락이 유지되도록 그 시작을 지어주는 것이고, 끝으로 경을 울리는 것은 그동안 유지되던 맥락에 끝마무리를 지어주는 것이다. 맥락의 시초를 잡아주는 것은 지혜[智]의 작용이고, 맥락의 끝마무리를 지어주는 것은 성스러움[聖]의 힘이다. '지'는 활 쏘는 데 비겨 말하면 기술에 속하는 것이고, '성'은 활 쏘는 데 비겨 말하면 활 당기는 힘이다. 이것은 마치 백 보 밖 먼 거리에서 활을 쏘는데, 그 화살이 과녁까지 도달하는 것은 활 쏜 사람의 힘에 의한 것이지만 그 화살이 과녁에 맞는 것은 활 쏜 사람의 힘이 아닌 것과 같다."

• • • •

원문 孟子曰, 伯夷, 目不視惡色, 耳不聽惡聲. 非其君, 不事, 非其民, 不使. 治則進, 亂則退. 橫政之所出, 橫民之所止, 不忍居也, 思與鄕人處, 如以朝衣朝冠坐於塗炭也. 當紂之時, 居北海之濱, 以待天下之淸也. 故聞伯夷之風者, 頑夫廉, 懦夫有立志. 伊尹曰, 何事非君, 何使非民. 治亦進, 亂亦進, 曰, 天之生斯民也, 使先知覺後知, 使先覺覺後覺. 予, 天民之先覺者也. 予將以此道覺此民也. 思天下之民匹夫匹婦有不與被堯舜之澤者, 若己推而內之溝中, 其自任以天下之重也. 柳下惠不羞汙君, 不辭小官. 進不隱賢, 必以其道. 遺佚而不怨, 阨窮而不憫. 與鄕人處, 由由然不忍去也. 爾爲爾, 我爲我, 雖袒裼裸裎於我側, 爾焉能浼我哉. 故聞柳下惠之風者, 鄙夫寬, 薄夫敦. 孔子之去齊, 接淅而行, 去魯, 曰, 遲遲吾行也, 去父母國之道也. 可以速則速, 可以久則久, 可以處則處, 可以仕則仕, 孔子也. 孟子曰, 伯夷, 聖之淸者也. 伊尹, 聖之任者也. 柳下惠, 聖之和者也. 孔子, 聖之時者也. 孔子之謂集大成. 集大成也者, 金聲而玉振之也. 金聲也者, 始條理也, 玉振之也者, 終條理也. 始條理者, 智之事也, 終條理者, 聖之事也. 智, 譬則巧也, 聖, 譬則力也. 由射於百步之外也, 其至, 爾力也, 其中, 非爾力也.

파란색은 쪽에서 나온다

청출어람靑出於藍

"파란색 염료는 쪽으로부터 이루어지나, 쪽이 파란색 염료보다 못하네.
스승이 어찌 늘 일정하겠는가, 경전을 밝히는 데 달렸을 뿐."
-『북사』〈이밀전〉

충주 쪽으로 여행을 다녀왔다는 이야기를 지인들로부터 몇 차례 들었습니다. 이렇게 충주까지 쉽게 다녀올 수 있는 것은 10여 년 전쯤 중부내륙고속도로의 여주-김천 구간이 개통되면서 이 지역의 교통이 편리해진 덕분일 것입니다. 충주 지역에서 가볼 만한 곳으로 수안보온천과 더불어 탄금대彈琴臺를 빼놓을 수 없습니다. 명승 제42호로 지정된 탄금대는 기암절벽을 끼고 흐르는 남한강 줄기 한켠 울창한 소나무 숲 속에 있어 풍광이 빼어납니다. 산 정상에 있는 탄금정에서 내려다보는 경치가 아름답기 그지없습니다.

'금을 타는 누대'라는 뜻의 탄금대라는 이름의 유래는 삼국시대로 거슬러 올라갑니다. 대가야국에서 12현금인 가야금을 만든 우륵于勒이 신라로 망명하자, 진흥왕은 그를 위해 충주에 거처를 마련해 주었습니다. 그리고 얼마 후 계고階古를 비롯한 세 사람을 충주로 보내, 우륵으로부터 가야 음악을 배우게 했습니다. 우륵은 이들에게 가야의 12현금과 노래, 춤 등을 가르치며 여생을 보냈는데, 탄금대는 곧 '우륵이 가야금을 타던 누대'라는 뜻입니다.

최근에 어떤 분이 쓴 책을 보니, 우륵에게서 가야금을 배운 계고의 이야기가 실려 있었습니다. 계고는 우륵이 전한 가야의 음악 열두 곡을 다섯 곡으로 간추리는 한편, 곡에 담긴 가야의 색채를 신라의 정서에 맞게 고쳤다고 합니다. 그리하여 진흥왕으로부터 훌륭하다는 찬사를 들었다는 것입니다. 계고에게 가야금을 전수한 우륵은 처음 다섯 곡을 듣고 가야의 음악을 멋대로 바꾼 계고에게 화를 냈으나, 이내 그것이 망국의 음악이라는 굴레를 벗어나 아정雅正한 음악이 되었다는 점을 인정했다고 합니다. 우륵이 가야의 악성樂聖으로 떠받들어지기는 하지만, 가야금이 천 년 세월을 뛰어넘어 지금까지 전해지는 데 계고의 공이 아주 컸다는 점에서 '청출어람靑出於藍'의 사례가 아닌가 싶습니다.

'청출어람'이라는 말은 『순자荀子』 〈권학勸學〉 편에 보입니다. 순자는 배움의 중요성을 강조하면서 "청취지어람, 이청어람靑取之於藍, 而靑於藍", 즉 "파란색은 쪽이라는 염료에서 얻지만 쪽보다 훨씬 파랗다"고 했습니다. 쪽은 마디풀과에 속하는 1년생 초본식물로서, 말리면 짙은 남색을 띠는 잎을 염료로 씁니다. 쪽을 한자로는 '남藍'이라 쓰고 쪽을 이용한 염색을 남염이라 부릅니다. 출토물을 통해 이집트에서 3,300년 전에 남염을 했다는 사실이 밝혀졌을 만큼, 남염은 오랜 역사를 가지고 있습니다.

순자가 '파란색'과 '쪽'의 비유를 써서 강조하려 했던 것은 배움 그 자체보다 배움의 꾸준함이었습니다. 쪽에서 파란색 염료를 얻으려면 먼저 쪽을 베어서 항아리에 넣고 물을 부은 뒤 며칠 동안 볕에 두어야 합니다. 쪽을 건져낸 항아리에 회를 넣고 발효시켜 일주일이 지나야 염색이 가능합니다. 우리나라에도 쪽 염색을 체험할 수 있는 곳이 여러 곳 있는데, 이 과정을 체험해본 사람들은 한결같이 쪽을 이용한 염색이 무척 손이 많이 간다고들 합니다. 그러나 그렇게 힘든 과정을 이겨내야만 천을 물들이는 아름다운 쪽빛을 감상할 수 있습니다. 그래서 순자도 "학불가이이學不可以已", 즉 "배움을 중도에 그만두어서는 안 된다"고 했습니다.

'파란색' 염료가 '쪽'에서 나왔지만 쪽보다 훨씬 파란 빛깔을 자랑하듯이 스승에게 배운 제자도 스승을 넘어설 수 있습니다. 지금 우리가 쓰는 '청출어람'은 대개 이런 뜻입니다. 이로부터 '출람지재出藍之才'라는 말도 나왔습니다. "쪽에서 나온 파란색 염료 같은 재주"라는 뜻으로 스승을 뛰어넘는 성취를 보인 제자를 가리킵니다.

동서고금에 '청출어람'의 사례가 적지 않게 있지만, 중국에서는 북위北魏라는 나라의 공번孔璠과 이밀李謐의 이야기가 유명합니다. 이밀은 공번의 문하에서 배운 학생이었습니다. 그런데 열심히 공부하고 노력한 결과 학문의 깊이가 공번을 능가하게 되어, 공번이 도리어 이밀에게 가르침을 청했다고 합니다. 이때 나온 말이 "청성람, 남사청靑成藍, 藍謝靑"이니, 곧 "파란색은 쪽으로 이루어졌으나 쪽이 푸른색만 못하다"는 것입니다. 사실 쪽이 파란색 염료가 되었으니 '쪽빛'이란 말도 나온 것이 아니겠습니까? 그러니 쪽의 입장에서 본다면 파란색 염료에게 쪽을 널리 알려준 공에 고마움을 표할 수도 있겠다는 생각입니다.

그러나 '청출어람'의 이면에 쪽이 항아리에 담긴 과정이 있었음도 잊지 말아야겠습니다. 파란색 염료가 거저 나온 것이 아니라, 쪽이 항아리에 들어가 며칠을 보내고 다시 회에 버무려지는 고통의 과정이 있었던 것입니다. 계고에게 가야금을 전수한 우륵의 경우에도, 그가 가야

2. 책 한 권을 반복해 읽어 그 뜻을 저절로 알다

에서 이룩한 음악 세계를 거의 다 잃고 신라의 취향으로 새로 만들어진 다섯 곡을 접해야 했습니다. 우륵은 가슴이 아팠지만 제자가 만든 그 다섯 곡을 '정악正樂'이라고 높이 평가해주었습니다. 어쩌면 '남'의 희생이 있기에 '청'이 빛나는 것인지도 모릅니다.

『순자』는 〈권학〉 편에서 '청출어람'에 뒤이어 "빙수위지, 이한어수氷水爲之, 而寒於水"라는 말도 했습니다. "얼음은 물로 이루어지지만 물보다 차갑다"는 뜻입니다. 이 말이 '청출어람'에 가려 잘 쓰이지 않는 것은 아마도 이런 이유에서일 것으로 여겨집니다. 물이 얼어서 얼음이 되면 물보다 차가운 것은 틀림없으나, 얼음은 가만히 두면 도로 물이 됩니다. 이는 제자가 열심히 공부해서 한때 스승을 능가하는 '출람지재'가 되었다가, 더 이상 노력을 하지 않고 게으름을 피우다 원래 상태로 돌아가는 것을 연상시킵니다.

그러나 세상에 영원히 변치 않는 것은 없다는 견지에서 보면, "빙수위지, 이한어수"가 순환의 진리를 보여주는 듯도 합니다. 물이 얼음이 되었다가 다시 물이 된다는 것은 스승을 뛰어넘은 제자가 다시 스승이 되면, 또 그를 뛰어넘는 제자가 나오는 것과 같은 이치가 아닐까요? 바둑계에서는 제자가 스승을 이겼을 때를 일러 '보은報恩'이라고 합니다. 이런 보은이 한 번에 그치지 않고 대대로 이어진다면 눈부신 발전을 기대해볼 수 있을 것입니다.

『순자荀子』 〈권학勸學〉

군자가 말했다. "배움은 어떤 이유에서든 그만두어서는 안 된다." 파란색 염료는 그것을 남초로부터 얻지만, 쪽보다 파랗다. 얼음은 물이 그것이 되었지만 물보다 차갑다. 나무의 곧기가 먹줄과 맞더라도 불에 달궈서 수레바퀴를 만들면 그 구부러짐이 그림쇠에 맞게 되어 비록 다시 말리더라도 다시 곧게 되지 않는 까닭은 달굼이 그것을 그렇게 만든 때문이다. 따라서 나무는 먹줄을 거치면 곧게 되고, 쇠는 숫돌을 가까이 하면 날카롭게 되며, 군자는 널리 배우고 날마다 자신을 점검하고 살피면 지혜가 분명해지고 행실에 잘못이 없게 된다.

· · · ·

원문 君子曰, 學不可以已. 靑取之於藍, 而靑於藍. 冰水爲之, 而寒於水. 木直中繩, 輮以爲輪, 其曲中規, 雖有槁暴, 不復挺者, 輮使之然也. 故木受繩則直, 金就礪則利. 君子博學而日參省乎己, 則知明而行無過矣.

『북사北史』 〈이밀전李謐傳〉

이밀李謐의 자는 영화永和이며, 어려서부터 공부를 좋아해 제자백가를 두루 읽었다. 처음에는 소학박사 공번孔璠을 스승으로 섬겼으나, 몇 년 뒤에는 공번이 도리어 이밀에게 배움을 청했다. 같은 문하의 학생들이 이를 두고 속담을 하나 만들어냈다. "파란색 염료는 쪽으로부터 이루어지나, 쪽이 파란색 염료보다 못하네. 스승이 어찌 늘 일정하겠는가, 경전을 밝히는 데 달렸을 뿐."

2. 책 한 권을 반복해 읽어 그 뜻을 저절로 알다

• • • •

원문 謐字永和, 少好學, 周覽百氏. 初師事小學博士孔璠, 數年後, 璠還就謐請業. 同門生爲之語曰, 青成藍, 藍謝青, 師何常, 在明經.

머리카락을 대들보에 묶고

현량자고懸梁刺股

손경(孫敬)은 글공부를 좋아했는데 이따금 잠이 몰려오면
머리카락을 방의 대들보에 묶으며 스스로 독려했다.
항시 문을 닫고 있어서 별명이 '폐호선생'이었다.
- 장방, 『초국선현전』

2017년 치러진 마지막 시험을 끝으로 사법시험이 시행 55년 만에 막을 내렸습니다. 사법시험은 변호사, 판사, 검사 등의 법조인이 되기 위해 필수적인 자격시험으로 1963년 처음 시행되었습니다. 그러다 지난 2007년 사법시험과 사법연수원을 폐지하고 법학전문대학원에서 법조인을 양성하는 것을 골자로 한 법안이 통과되면서, 사법시험은 이번 제59회를 끝으로 역사 속으로 사라지게 되었습니다.

마지막 사법시험에서는 50명으로 예정된 합격자를 두고 총 186명이 응시해 3.72대 1의 경쟁률을 보였습니다. 그 전 해 1차 시험 합격자 가운데 2차 시험에 불합격한 인원을 대상으로 진행된 까닭에 경쟁률이 그다지 높지 않았습니다. 고사장 앞에서 사법시험 존치를 요구하는 시위가 벌어진 것처럼, 일각에서는 사법시험이 폐지되어서는 안 된다고 주장합니다. 법학전문대학원의 문턱이 높아 가정형편이 어려운 사람들이 도전하기 어렵고, 입학 전형도 공정성을 담보하기 어렵다는 이유

2. 책 한 권을 반복해 읽어 그 뜻을 저절로 알다

에서입니다. 이에 대해 폐지론자들은 기왕에 막대한 투자를 한 법학전문대학원으로 법조인 배출을 일원화해, 시험에만 매달리는 '고시 낭인浪人'을 막아야 한다고 봅니다.

사법시험은 지난 55년간 시행되면서 숱한 뒷이야기를 남겼습니다. 최종 합격자 발표가 날 때마다 먼저 수석합격의 영광을 얻은 이들이 언론에 소개되었습니다. 그 가운데 신승남 전 검찰총장, 박주선 의원, 강지원 변호사, 조재연 변호사, 원희룡 제주지사 등은 일반 국민에게도 널리 알려진 인물들입니다. 1992년에 치러진 제34회 사법시험에서 수석 합격한 원희룡 지사는 합격수기에서 당시의 수험생활을 이렇게 밝힌 바 있습니다.

> 하루 생활은 아침 7시에 학교 도서관에 나가 밤 11시까지 공부에 집중했다. 자기 관리를 엄격히 하기 위해서 조그만 생활일지를 마련해 그날 공부한 시간을 체크하고 집중 정도와 감정 상태를 기록했다. 몸이 괴로울 때마다 공장에서 3일간 철야작업을 하던 극한적 상황을 떠올렸다. 그러나 몸이 너무 피곤해 견딜 수 없을 때에는 집에 돌아와 한 시간 정도 곤히 자고 다시 일어나 이불 위에 엎드려 경제학이나 문화사 책을 읽었다.

사법시험이나 대입시험 등 장기간의 준비를 요하는 시험을 앞둔 수험생들은 정해진 시간에 더 많은 공부를 해야 합니다. 그래서 잠을 줄여가며 공부를 하지 않을 수 없는 까닭에 '사당오락四當五落'이라는 말도 유행했습니다. 하루에 네 시간 이하로 자야 합격하고 다섯 시간 이상 자면 떨어진다는 뜻인데, 수석합격자들의 인터뷰마다 항상 '충분히 수면을 취했다'는 내용이 빠지지 않는 것은 수수께끼입니다.

시험에 합격하기 위해서 잠을 줄여야 한다는 말은 예나 지금이나 크게 달라지지 않은 듯합니다. 중국의 고사성어에 '현량자고懸梁刺股'라는 말이 있는데, 이는 "머리카락을 대들보에 묶고, 허벅지를 송곳으로 찌른다"는 뜻입니다. 두 가지 모두 공부하는 이가 잠을 쫓기 위해 하는 행동이기에, 분발하여 학문에 정진하는 것을 비유하는 말로 쓰입니다.

별개의 두 가지 고사가 한데 묶여 하나의 성어를 이루는 경우가 종종 있는데, '현량자고' 역시 그러합니다. 먼저 '현량' 고사의 주인공인 중국 한나라 때 사람 손경孫敬에 대해 알아보겠습니다. 손경은 어려서부터 공부를 즐겨했습니다. 저녁에 책을 보기 시작하면 아침까지 꼬박 날을 새는 것이 보통이었습니다. 이웃사람들이 손경에게 문을 걸어 잠그고 글공부만 한다 하여, '폐호선생閉戶先生'이라는 별명을 붙여줄 정도였습니다.

그러나 공부를 좋아하는 손경도 늦은 밤 쏟아지는 잠까지 막을 수는 없었던 모양입니다. 때로는 졸음이 밀려와 꾸벅꾸벅 졸다 놀라 깨기도 했는데, 그는 이를 막을 방법을 궁리하다가 한 가지 기발한 생각을 떠올렸습니다. 그것은 머리카락을 끈으로 묶어 대들보에 매다는 것이었습니다. 졸다가 고개를 숙이면 대들보에 묶인 머리카락이 당겨져 정신이 번쩍 들게 하기 위해서였습니다. 손경은 이런 식으로 학업에 매진해 후에 유학자로서 큰 추앙을 받았습니다. '대들보에 매단다'는 뜻의 '현량' 고사는 진晉나라 장방張方이 쓴 『초국선현전楚國先賢傳』에 전해집니다.

2016년 손경의 고향인 형수시衡水市에 '손경학당孫敬學堂'이 문을 열었습니다. 600명을 수용할 수 있는 숙소와 교실을 갖춘 일종의 체험학습관인데, 유치원부터 초등학교까지의 학생들을 대상으로 단기간 중국의 전통 예절과 예술을 학습할 수 있는 곳입니다. 우리나라 못지않게 교육열이 높은 중국에서 '현량' 고사의 주인공인 손경을 내세운 학당을 개관한 것으로 여겨집니다.

'자고' 고사의 주인공은 『전국책戰國策』의 〈진책秦策〉에 소개된 소진蘇秦입니다. 소진은 전국시대에 진秦나라가 세력을 키워 다른 여섯 나라를 위협하자, 여섯 나라 간의 합종연횡을 시도했던 인물입니다. 그러나 유세 초반에 진나라 왕을 설득하려던 일은 큰 성공을 거두지 못했습니다. 소진이 거지꼴이 되어 집으로 돌아오자 부모와 아내 등 가족들이 모두 그를 외면했습니다.

가족들의 냉담한 반응이 모두 자신이 부족한 탓이라고 생각한 소진은 공부에 더욱 매진하기로 결심했습니다. 책 상자를 열어 공부할 책을 찾던 그는 강태공 여상呂尙이 쓴 병법서 한 권을 발견하고 책상 앞에 앉아 열심히 읽고 또 읽었습니다. 책을 읽다 피곤해져 졸음이 밀려오면 송곳으로 허벅지를 찔러 피가 다리까지 흐를 정도였습니다. '자고'는 여기에서 나온 말로, 허벅지를 찌른다는 뜻입니다. 한 해 꼬박 그렇게 병법서를 공부한 소진은 마침내 종횡가로서 대단한 명성을 얻어 여섯 나라의 재상에 오를 수 있었습니다.

'대들보에 매단다'는 '현량' 대신 '머리카락을 매단다'고 하여 '현두懸頭'라고도 씁니다. 이것이 '자고'와 합쳐진 '현두자고'는 당唐나라 때 이연수李延壽가 펴낸 역사서인 『북사北史』에 보이니, 당나라 이후로는 손경과 소진의 고사가 하나의 고사성어로 묶여 쓰인 듯 합니다.

질병관리본부에 따르면 우리나라 학생들의 평균 수면시간은 학년이 올라감에 따라 계속 줄어들어, 고3이 되면 하루 다섯 시간을 겨우 넘긴다고 합니다. 최소 일곱 시간은 자야 질병을 예방하고 공부의 효율도 높아진다고 하니, 현량자고의 정신으로 부지런히 공부하더라도 충분히 수면을 취하는 것이 바람직하겠습니다.

고전 읽기

장방張方, 『**초국선현전**楚國先賢傳』

손경孫敬은 글공부를 좋아했는데 이따금 잠이 몰려오면 **머리카락을 방의 대들보에 묶으며** 스스로 독려했다. 항시 문을 닫고 있어서 별명이 '폐호선생'이었다.

• • • •

원문　孫敬好學, 時欲寤寐, 懸頭至屋梁以自課. 常閉戶, 號爲閉戶先生.

『**전국책**戰國策』 〈**진책**秦策〉

소진蘇秦은 진나라 왕에게 유세하는 글을 써서 열 차례나 올렸으나, 그의 주장은 받아들여지지 않았다. 조나라에서 얻은 흑담비 가죽옷도 다 해지고 황금 백 근도 탕진해, 자금과 생필품이 바닥나자 진나라를 떠나 돌아올 수밖에 없었다. 헝겊으로 다리를 감고 짚신을 신은 채 책과 전대를 짊어진 모습이 비쩍 말랐고, 얼굴은 꺼멓게 뜬 꼬락서니에 부끄러워하는 기색이 있었다.

돌아가 집에 다다르니 아내는 베틀에서 내려오지 않고 형수는 밥도 지어주지 않고 부모도 말을 섞으려 하지 않았다.

소진은 탄식하며 말했다. "아내는 나를 남편으로 여기지 않고, 형

2. 책 한 권을 반복해 읽어 그 뜻을 저절로 알다

수는 나를 시동생으로 여기지 않고, 부모님은 나를 자식으로 여기지 않으니, 이 모두가 나의 불찰이다."

이에 밤에 책을 꺼내 책 상자 수십 개를 펼쳐놓았다가, 태공망太公望의 『음부경陰符經』에 쓰인 책략을 발견하고는, 엎드려 읽으며 요약하고 단련하여 상대의 마음을 읽고 설득하는 췌마법揣摩法으로 삼았다. 책을 읽다 졸리면 송곳을 가져다 스스로 자신의 **허벅지를 찔러** 피가 다리까지 흘렀다.

그리고는 이렇게 말했다. "어찌 군주에게 유세하여 금옥과 비단을 내놓게 하지 못하면서 공경公卿과 재상의 귀한 자리를 얻겠는가?"

한 해가 흘러 췌마법을 완성하자 이렇게 말했다. "이것이야말로 진정 당대의 군주에게 유세할 만하다."

• • • •

원문 說秦王書十上而說不行. 黑貂之裘弊, 黃金百斤盡, 資用乏絶, 去秦而歸. 羸縢履蹻, 負書擔橐, 形容枯槁, 面目犁黑, 狀有歸色. 歸至家, 妻不下紝, 嫂不爲炊, 父母不與言. 蘇秦喟歎曰, 妻不以我爲夫, 嫂不以我爲叔, 父母不以我爲子, 是皆秦之罪也. 乃夜發書, 陳篋數十, 得太公陰符之謀, 伏而誦之, 簡練以爲揣摩. 讀書欲睡, 引錐自刺其股, 血流至足. 曰, 安有說人主不能出其金玉錦繡, 取卿相之尊者乎. 期年揣摩成, 曰, 此眞可以說當世之君矣.

가죽끈이 세 번 끊어지다

위편삼절韋編三絶

공자는 만년에 『주역』을 좋아해 〈단〉, 〈계〉, 〈상〉, 〈설괘〉, 〈문언〉 편의
서문을 지었다. 『주역』을 읽다가 가죽끈이 세 번 끊어졌다.
공자는 이렇게 말했다. "만약 내게 몇 년이 더 있다면,
이렇게 해서 내가 『주역』에 통달할 수 있을 텐데."
- 『사기』 〈공자세가〉

얼마 전 통계청에서 발표한 '한국인의 생활시간 변화상'에 따르면, 10세 이상 국민의 하루 평균 독서시간이 고작 6분이라고 합니다. 이는 1999년의 9분에서 5년마다 1분씩 감소하는 추세를 보인 것입니다. 그 대신 휴대폰 사용시간은 1년에 8분씩 증가해 하루 평균 84분에 이르렀습니다. 독서를 하는 시간보다 휴대폰을 보는 시간이 14배 많은 것입니다. 물론 휴대폰을 이용해 독서를 하는 인구도 점차 증가하고 있으나, 전체적인 독서량의 증가에는 별다른 영향을 주지 못한 것으로 보입니다.

평균 독서시간이 줄어드는 것과 달리 한 해에 발행되는 도서는 갈수록 증가하고 있습니다. 최근 우리나라에서 한 해에 발행된 신간新刊의 종수는 4만 5천 종에 달합니다. 한 해 신간이 4만 5천 종이라는 통계수치는 언뜻 감이 잘 오지 않습니다. 중국의 정사 가운데 하나인 『한서漢書』에는 〈예문지藝文志〉라 하여 당시 존재하던 서적의 목록을 수록했는

데, 여기에 실린 책의 종류가 1만 3천 권 정도였습니다. 그러니까 우리나라에서 한 해에 나오는 신간서적이 한나라 때 전체 책의 세 배 규모인 것입니다. 청나라 때 천하의 책을 모두 모았다는 '사고전서四庫全書'도 채 8만 권을 넘지 않습니다. 우리나라 신간서적을 2년만 한데 모으면 '사고전서' 규모가 된다는 얘기입니다.

독서시간은 갈수록 줄어드는데 신간서적은 오히려 더 늘어나니, 양서를 골라 제대로 읽어야 할 필요성이 그 어느 때보다 높아졌습니다. 독서방법에 대한 논의에서 빠지지 않고 등장하는 것이 '정독'과 '다독'입니다. '정독精讀'은 정밀하게 읽는다는 뜻으로, 글의 표면적 의미뿐만 아니라 심층적 의미까지 파악하려고 노력하는 것입니다. '다독多讀'은 다양한 종류의 책을 많이 읽는다는 뜻으로, 책의 내용을 얕게 훑으며 필요한 지식을 습득하는 것입니다.

정독과 다독은 각기 일장일단이 있어서 여건이 허락한다면 이 둘을 결합한 '정다독精多讀', 즉 정밀하게 많이 읽기가 이상적일 것입니다. 그러나 하루 평균 6분의 독서시간으로는 어림없는 목표라고 여겨집니다. 그런데 여기에 또 '복독復讀'의 압력도 있습니다. '복독'은 같은 책을 되풀이하여 읽는 것입니다. '독서백편의자현讀書百遍義自見'이라 했으니, "책이나 글을 백 번 읽으면 그 뜻이 저절로 이해된다"는 뜻입니다.

'복독'의 대가로는 단연 공자孔子가 꼽힙니다. '위편삼절韋編三絶'의 일화가 공자의 '복독'을 증명해주는데, 사마천의 『사기史記』〈공자세가孔子世家〉에 따르면 "공자는 만년에 주역을 좋아해 주역을 읽다가 가죽끈이 세 번 끊어졌다"고 했습니다. '위편韋編'은 가죽으로 맨 책끈을 말합니다. 공자 시대에는 아직 종이가 발명되지 않아서 대나무 조각을 잘라 그 위에 글을 쓰고 가죽끈으로 묶어 두루마리 형태로 보관했습니다. 그런데 책을 읽느라 이 두루마리를 자주 폈다 말았다 하다 보니 가죽끈이 세 번이나 끊어졌다는 것입니다.

'정독'과 '다독'도 쉬운 것은 아니지만, 같은 책을 반복해서 읽은 것도 여간 끈기가 필요한 일이 아닙니다. 그런데 다른 일화를 통해 알 수 있는 공자의 성격을 보면, 공자는 어렵지 않게 '복독'을 해냈을 것 같습니다. 제가 생각하기에 공자는 몰입하고 심취하기를 즐기는 유형입니다. 예를 들면 공자는 자신을 평가하여 "발분發憤하여 밥 먹는 것도 잊고 즐거움으로 근심마저 잊은 채 세월이 흘러 몸이 늙어가는 것조차 모른다"고 한 바가 있으니, '몰입'하는 성격입니다. 또 제나라에서 순임금의 소韶라는 음악을 듣고는 석 달 동안 고기 맛을 몰랐다고 했으니, '심취'하는 성격입니다.

공자가 가죽끈이 세 번이나 끊어지도록 읽은 책은 『주역周易』입니다. 『주역』은 유가의 경전 가운데 하나로, 복희씨伏羲氏가 팔괘를 만들고 신농씨神農氏가 64괘를 나눈 것에다, 주나라 문왕文王이 괘를 설명하는 사辭를 붙여 이루어진 것으로 알려진 책입니다. 본래는 점을 치는 데 사용되었으나, 공자 등에 의하여 철학적 사색과 사상적 의미가 부여되었습니다.

『논어』 〈자로子路〉 편에는 "불항기덕, 혹승지수不恒其德, 或承之羞"라 하여 『주역』 제32괘의 효사爻辭가 인용되어 있습니다. "자신의 덕을 일정하게 지키지 못하면 수치스러운 일이 이어질 것"이라는 뜻인데, 공자는 이 말에 덧붙여 점을 치는 것보다는 이렇게 윤리도덕을 준수하는 것이 낫다고 했습니다. 따라서 공자가 '위편삼절'할 정도로 『주역』을 열심히 반복해 읽은 것은, 점에 관심이 있어서라기보다는 이 책에 내용에서 도덕적 수양의 이치를 발견할 수 있었기 때문으로 여겨집니다.

2. 책 한 권을 반복해 읽어 그 뜻을 저절로 알다

우리나라에도 '복독'의 경지를 보여준 이가 없지 않습니다. 예를 들면 조선 후기의 시인인 김득신金得臣은 자신이 읽은 글의 횟수를 기록한 〈독수기讀數記〉라는 글을 남긴 것으로 유명한데, 그는 이 글에서 『사기』의 〈백이열전伯夷列傳〉을 11만 3천 번 읽었다고 했습니다. 옛날에는 '십만'을 '억만億萬'이라고 표현했기에, 김득신은 〈백이열전〉의 복독 10만 회를 넘긴 기념으로 자신의 서재를 '억만재億萬齋'로 바꾸기도 했습니다. 정약용은 김득신이 〈백이열전〉을 11만 3천 번 읽는 데 대략 4년이 걸렸을 거라고 추산한 바 있습니다. 공자가 『주역』을 읽으며 '위편삼절'하기까지 얼마나 시간이 걸려서 몇 번을 읽었을까 궁금해지기도 합니다.

그러나 공자의 '위편삼절'을 본받는다 하여 무턱대고 많이 읽기를 시도하는 것은 바람직해 보이지 않습니다. 도미야 이타루富谷至라는 일본 학자는 '위편韋編'이 '가죽끈'이 아니라 '가로로 묶은 끈'이라는 뜻이고, 당시에는 주로 실로 죽간을 묶었다고 주장한 바 있습니다. 조선 정조 때 사람인 오윤상吳允常의 말에 크게 공감이 갑니다.

> 공자가 위편삼절 했다지만 익숙하게 읽었다는 것일 뿐, 만 번씩 읽지는 않았을 것이다. 성인은 지나치거나 모자란 일이 없으니, 책을 읽는 횟수도 중도中道에 맞았을 것이다.

그런데 이렇게 말한 오윤상도 『상서尙書』를 2만 번, 『주역周易』 〈계사전繫辭傳〉을 1만 번 읽었다고 합니다. 이 분은 책을 단단히 묶어서 잘 끊어지지 않았나 봅니다. 책장을 넘기면서 일부러 손바닥으로 훑어 책을 시커멓게 만들었던 저의 비법을 알려드리고 싶습니다.

『사기史記』〈공자세가孔子世家〉

공자는 만년에 『주역』을 좋아해 〈단彖〉, 〈계繫〉, 〈상象〉, 〈설괘說卦〉, 〈문언〉 편의 서문을 지었다. 『주역』을 읽다가 **가죽끈이 세 번 끊어졌다**.

공자는 이렇게 말했다. "만약 내게 몇 년이 더 있다면, 이렇게 해서 내가 『주역』에 통달할 수 있을 텐데."

• • • •

원문 孔子晩而喜易, 序彖繫象說卦文言. 讀易, 韋編三絶. 曰, 假我數年, 若是, 我於易則彬彬矣.

『사기史記』〈백이열전伯夷列傳〉

무릇 학자들이 기록한 서적은 대단히 많지만 그래도 육예六藝에서 믿을 만한 것을 찾는다. 『시경』과 『서경』에도 빠진 부분이 있지만, 그래도 우虞나라와 하夏나라의 기록은 알 수 있다. 요堯임금이 제위를 물려주려 하면서 우임금과 순임금에게 선양했는데, 순임금과 우임금 사이에 사악四岳과 12주의 목牧이 모두 우임금을 추천했다. 이에 우임금에게 벼슬을 주어 시험하면서 수십 년 동안 직무를 맡게 하였고, 공적이 드러난 뒤에야 정치를 넘겼다. 이는 천하가 소중한 그릇이고 제왕이 높은 통치자이기에 천하를 전하는 것이 이처럼 어렵다는 것을 보여준다.

그러나 호사가들은 이렇게 말한다. "요임금이 허유許由에게 천하를 물려주려 했으나, 허유는 받지 않고 그것을 수치로 여겨 달아나 숨었다. 하나라 때에는 변수卞隨와 무광務光 같은 자들이 있었다. 이런 사람들은 어째서 칭송되는 것인가?"

나 태사공은 말한다. "내가 기산箕山에 오르자 그 위에 아마 허유의 무덤이 있을 것이라고들 했다. 공자는 고대의 어질고 성스럽고 현명한 사람들을 차례로 열거하면서, 오나라의 태백이나 백이를 자세히 언급했다. 나는 허유와 무광의 의로움이 지극히 높다고 들었는데 그 (『시경』이나 『서경』의) 문장에는 대략적인 언급도 없으니 무슨 까닭인가? 공자는 이렇게 말했다. '백이와 숙제는 지난 원한을 생각하지 않았기에 원망하는 일이 드물었다. ……인(仁)을 구하여 그것을 얻었는데, 또 무엇을 원망하겠는가?' 그러나 나는 백이의 뜻을 슬프게 생각했다. 『시경』에 실리지 않은 시를 보면 공자의 말과는 다른 부분이 있다. 전하는 바는 이러하다."

백이와 숙제는 고죽국孤竹國 임금의 두 아들이었다. 아버지는 숙제를 왕으로 세우고 싶어 했다. 아버지가 죽자, 숙제는 백이에게 양보하려 했다. 그러자 백이는 "부왕의 명이다"라 하고는 달아나버렸다. 숙제 역시 왕위에 오르려 하지 않고 달아났다. 고죽국 사람들이 그래서 가운데 아들을 옹립했다. 이에 백이와 숙제는 서백西伯인 창昌이 노인을 잘 모신다는 말을 듣고 그에게 귀의하려 했다. 그런데 도착해 보니 서백은 죽고 그의 아들 무왕武王이 나무로 만든 위패를 수레에 싣고 시호를 문왕文王이라 하고는, 동쪽으로 상나라 주紂임금을 토벌하려 했다.

백이와 숙제가 말고삐를 붙들고 이렇게 간언했다. "아버지가 돌아가셨는데 장례도 치르지 않고 바로 창과 방패를 드는 것을 효라 할 수 있겠소? 신하로서 군주를 죽이는 것을 인仁이라 할 수 있겠소?"

좌우에 있던 이들이 병기를 들이대자, 강태공 여상呂尙이 이렇게 말했다. "이들은 의로운 분들이다." 이에 보호하여 돌려보냈다.

무왕은 상나라의 난리를 평정했고 천하가 주나라를 받들었지만, 백이와 숙제는 이를 부끄럽게 여겨 주나라의 곡식을 먹지 않는 것이 의롭다고 생각했다. 그래서 수양산首陽山에 숨어 고사리를 뜯어 먹었다. 굶어 죽을 지경이 되어 노래를 지었는데 그 가사가 이러했다. "저 서산西山에 올라 고사리를 뜯는다. 폭력을 폭력으로 바꾸고도 그 잘못을 알지 못하는구나. 신농, 우, 하의 시대는 이미 사라졌으니, 우리는 어디로 돌아갈까? 아, 죽는 일만 남았으니, 운명이 다하였구나."

그리고는 마침내 수양산에서 굶어죽었다. 이로써 본다면 원망한 것인가, 아닌가?

어떤 사람은 이렇게 말한다. "하늘의 도道는 사사로움이 없어 늘 착한 사람과 함께 한다."

그렇다면 백이와 숙제는 착한 사람이라고 할 수 있지 않을까? 그들은 이처럼 인仁을 쌓고 행실을 깨끗하게 했어도 굶어죽었다. 또 일흔 명의 제자 중에서 공자는 유독 안연이 학문을 좋아한다고 칭찬했다. 그러나 안회는 늘 쌀독이 비었고 술지게미나 쌀겨조차 넉넉지 않아 요절하고 말았다. 하늘이 착한 사람에게 복을 내린다면 어찌 이러하겠는가?

춘추시대의 도적인 도척盜跖은 날마다 무고한 사람을 죽이고 인육을 날로 먹었다. 포악한 짓을 멋대로 저지르면서 수천 명의 패거리를 모아 천하에 횡행했지만, 결국 천수를 누렸으니 이는 그의 어떤 덕행의 결과인가? 이런 것은 특히 크고 분명하게 드러난 예들이다. 최근

2. 책 한 권을 반복해 읽어 그 뜻을 저절로 알다

에도 행실이 올바르지 않고 법으로 금지된 것만 일삼는데도 한평생 편하고 즐겁게 살며 부유함이 대대로 끊어지지 않는 이가 있다. 그런가 하면 땅을 골라가며 딛고 때를 가려 말을 하고 길을 가도 지름길로 가지 않고 공정하지 않으면 분통을 터뜨리는데도, 재앙을 만나는 사람이 이루 헤아릴 수 없을 정도로 많다. 나는 이런 사실이 매우 당혹스럽다. 만약 이른바 하늘의 도라 한다면 이는 옳은 것인가, 그른 것인가?

공자는 이렇게 말했다. "길이 다르면 서로 도모하지 않는다."

이것은 각자 자신의 뜻에 따른다는 말이다.

그래서 공자는 또 이렇게 말했다. "부귀라는 것이 만약 찾을 수 있는 것이라면 말채찍을 잡는 천한 일이라도 나는 또한 할 것이다. 그러나 만약 찾을 수 없는 것이라면 나는 내가 좋아하는 바를 따르겠다. ……날이 추워진 뒤라야 소나무와 잣나무가 늦게 시드는 것을 안다."

세상이 온통 흐린 다음에야 깨끗한 선비가 비로소 나타난다. 어찌하여 저렇게 부귀한 이를 중시하고 이처럼 깨끗한 이를 경시하는 것일까?

공자는 이렇게 말했다. "군자는 죽은 뒤에 자신의 이름이 불리지 않는 것을 싫어한다."

가의賈誼는 이렇게 말했다. "탐욕스러운 자는 재물에 죽고, 열사는 명예에 죽고, 뽐내기 좋아하는 자는 권세에 죽고, 보통 사람은 생계에 매달린다. ……빛이 나는 물체는 서로를 비추고, 같은 종류의 물건은 서로 어울린다. ……구름은 용을 따르고, 바람은 호랑이를 따른다. 성인이 있어야 만물이 뚜렷해진다."

백이와 숙제가 비록 어진 사람들이긴 했지만 공자의 칭송을 듣고 그 이름이 더욱 드러났다. 안연이 비록 학문에 독실하긴 했지만 공자라는 천리마의 꼬리에 붙음으로써 그 행실이 더욱 드러났다. 바위나 동굴에 숨어 사는 선비들의 진퇴에 때가 있는 것도 이와 같다. 그러나 그 명성은 사라지고 이름이 불리지 않으니 슬픈 일이다. 서민의 골목에 사는 사람이 덕행을 닦아 명성을 세우고자 해도 청운의 선비에 붙지 않는다면, 어찌 후세에 명성을 남기겠는가?

• • • •

원문 夫學者載籍極博, 猶考信於六藝. 詩書雖缺, 然虞夏之文可知也. 堯將遜位, 讓於虞舜, 舜禹之間, 岳牧咸薦, 乃試之於位, 典職數十年, 功用既興, 然後授政. 示天下重器, 王者大統, 傳天下若斯之難也. 而說者曰堯讓天下於許由, 許由不受, 恥之逃隱. 及夏之時, 有卞隨 · 務光者. 此何以稱焉. 太史公曰, 余登箕山, 其上蓋有許由冢云. 孔子序列古之仁聖賢人, 如吳太伯伯夷之倫詳矣. 余以所聞由光義至高, 其文辭不少概見, 何哉. 孔子曰, 伯夷叔齊, 不念舊惡, 怨是用希. 求仁得仁, 又何怨乎. 余悲伯夷之意, 睹軼詩可異焉. 其傳曰, 伯夷叔齊, 孤竹君之二子也. 父欲立叔齊, 及父卒, 叔齊讓伯夷. 伯夷曰, 父命也. 遂逃去. 叔齊亦不肯立而逃之. 國人立其中子. 於是伯夷 · 叔齊聞西伯昌善養老, 盍往歸焉. 及至, 西伯卒, 武王載木主, 號爲文王, 東伐紂. 伯夷叔齊叩馬而諫曰, 父死不葬, 爰及干戈. 可謂孝乎. 以臣弑君, 可謂仁乎. 左右欲兵之, 太公曰, 此義人也. 扶而去之. 武王已平殷亂, 天下宗周, 而伯夷叔齊恥之, 義不食周粟, 隱於首陽山, 采薇而食之. 及餓且死. 作歌. 其辭曰, 登彼西山兮, 采其薇矣. 以暴易暴兮, 不知其非矣. 神農虞夏忽焉沒兮, 我安適歸矣. 于嗟徂兮, 命之衰矣. 遂餓死於首陽山. 由此觀之, 怨邪非邪. 或曰, 天道無親, 常與善人. 若伯夷叔齊, 可謂善人者非邪. 積仁絜行如此而餓死. 且七十子之徒, 仲尼獨薦顏淵爲好學. 然回也屢空, 糟糠不厭, 而卒蚤夭. 天之報施善人, 其

何如哉. 盜蹠日殺不辜, 肝人之肉, 暴戾恣睢, 聚黨數千人橫行天下, 竟以壽終. 是遵何德哉. 此其尤大彰明較著者也. 若至近世, 操行不軌, 專犯忌諱, 而終身逸樂, 富厚累世不絶. 或擇地而蹈之, 時然後出言, 行不由徑, 非公正不發憤, 而遇禍災者, 不可勝數也. 余甚惑焉, 儻所謂天道, 是邪非邪. 子曰, 道不同不相爲謀, 亦各從其志也. 故曰, 富貴如可求, 雖執鞭之士, 吾亦爲之. 如不可求, 從吾所好. 歲寒, 然後知松柏之後凋. 擧世混濁, 淸士乃見. 豈以其重若彼, 其輕若此哉. 君子疾沒世而名不稱焉. 賈子曰, 貪夫徇財, 烈士徇名, 夸者死權, 衆庶馮生. 同明相照, 同類相求. 雲從龍, 風從虎, 聖人作而萬物覩. 伯夷叔齊雖賢, 得夫子而名益彰. 顔淵雖篤學, 附驥尾而行益顯. 巖穴之士, 趣舍有時若此, 類名堙滅而不稱, 悲夫. 閭巷之人, 欲砥行立名者, 非附靑雲之士, 惡能施于後世哉.

자신을 추천하다

모수자천毛遂自薦

문하에 모수라는 자가 있었는데, 앞으로 나와서 평원군에게
자신을 추천하며 이렇게 말했다. "당신이 장차 초나라와 합종을 맺고자
식객과 문하 스무 명과 함께 가기로 약속하고 사람들 밖에서 찾지 않는다고 들었습니다.
한 사람이 모자란다 하니, 저를 일원으로 충원해 떠나시기를 바랍니다."
- 『사기』〈평원군열전〉

어느 해 겨울 대학원생들과 충남 보령시 대천해수욕장 인근으로 학회에서 주최하는 동계수련회를 다녀왔습니다. 영하 10도에 가까운 추운 날씨에 칼바람을 맞으면서도 오랜만에 보는 겨울바다인지라 동행한 사람들 모두 해변으로 나가 바다를 구경했습니다. 몇몇 젊은 대학원생들은 미리 챙겨온 셀카봉으로 연신 사진을 찍기 바빴습니다. 아름다운 풍경보다는 자기 자신과 친구들의 얼굴이 사진에 잘 나오는 것이 더 중요하다는 생각인 듯 보였습니다.

이렇게 요즘은 셀카봉이 젊은이들의 여행에서 빼놓을 수 없는 준비물이 되었습니다. 셀카봉을 누가 발명했는지 정확하게 알려지지 않았지만, 미국 시사주간지 《타임》에서 지난 2014년 최고의 발명품 가운데 하나로 선정했을 만큼 선풍적인 인기를 끌었습니다. 현재의 형태와 가장 유사한 제품을 미국의 한 업체가 시판했을 때의 이름은 '셀피 스틱selfie stick'이었다고 합니다. 우리는 '셀프 카메라'를 줄여서 '셀카'라 하

고 여기에 막대기를 뜻하는 '봉棒'자를 붙여 셀카봉이라 하는데, 셀카를 나타내는 공식 영어 단어는 '셀피'인 모양입니다.

물론 '셀피'도 본래부터 영어에 있던 단어는 아닙니다. 대략 2002년부터 인터넷 관련 학회에서 처음 쓰이기 시작해 점차 대중화되다가, 2013년에는 세계적 권위를 자랑하는 옥스퍼드 영어사전 온라인 판에 등재되고, 그해에 '올해의 단어'로 선정되기도 했습니다. 이전에도 카메라 삼각대와 자동타이머를 이용해 '셀피'를 찍을 수 있었지만, 셀피가 이런 사진과 다른 점은 자신이 간직하려고 하기보다 소셜 네트워크 서비스(SNS) 등에 올려 타인에게 보여주려고 하는 것이 더 큰 동기라는 사실입니다.

소셜 네트워크 서비스에 셀피를 올려 자신을 노출하고 드러내는 행위를 학자들은 '자기홍보 행위'라고 부릅니다. 그리고 이러한 자기홍보 행위의 바탕에는 '자기애自己愛'가 있다고 분석합니다. 자기애가 강한 사람은 자신을 타인보다 대단한 존재로 인식하고 타인의 칭찬과 주목을 끌려는 욕구가 높은데, 이런 사람들이 더 셀피에 집착한다는 것입니다. 그런데 이와는 역설적으로 사람들은 남의 셀피에는 거의 관심이 없거나 부정적 반응을 보이는 경우가 많다는 연구결과도 있어, 셀피에 과연 자기홍보 효과가 있는지 의심스럽기도 합니다.

셀피와 관련하여 생각해볼 만한 고사성어로 『사기』 〈평원군열전平原君列傳〉에 나오는 '모수자천毛遂自薦'이 있습니다. 모수자천은 중국 전국시대 조나라의 모수라는 사람이 자천, 즉 스스로 자신을 추천했다는 말입니다. 이야기의 내막은 이러합니다.

조나라의 왕자인 평원군 조승趙勝은 평소 뛰어난 인재를 좋아하여 휘하에 수천 명의 문객門客을 거느리고 있었습니다. 그런데 어느 해에

진秦나라가 조나라를 공격해 와 수도 한단邯鄲을 포위하자, 조나라 왕은 평원군을 초나라에 사신으로 보내 연합전선을 구축하고자 합니다. 명을 받은 평원군은 문객 가운데 문무를 겸비한 자 20명을 선발해 초나라로 떠나려고 했습니다. 가장 뛰어난 문객들로 19명까지 채우고 마지막 한 사람이 마땅치 않아 평원군이 한창 고민하고 있을 때, 모수가 평원군 앞으로 나서서 한 사람이 부족하다면 멀리서 찾지 말고 문객 중의 한 사람인 자신을 끼워달라고 합니다.

평원군은 모수가 조금 낯설었던지 그간 문객으로 몇 년이나 있었느냐고 묻습니다. 모수가 꼬박 3년이 되었다고 하자, 평원군은 주머니에 송곳을 넣어두면 언젠가는 송곳이 주머니를 뚫고 나오는 법인데, 모수 당신은 아무런 장점이 없기 때문에 그동안 눈에 띄지 않았던 것이 아니냐고 의심합니다. "능력과 재주가 뛰어난 사람은 스스로 두각을 나타내게 된다"는 뜻의 '낭중지추囊中之錐'가 바로 이때 평원군이 한 말에서 비롯된 것입니다.

모수는 평원군의 날카로운 질문에 굴하지 않고, 자신은 그동안 주머니에 들어갈 기회조차 주어지지 않았기 때문에 뚫고 나올 여지도 없었다고 항변합니다. 그의 기개를 높이 산 평원군은 결국 초나라 사절단 20명 안에 모수를 포함시킵니다. 평원군 일행은 초나라에 도착해 조나라와 초나라가 연합해 진나라에 대항하는 방안을 모색했지만, 한동안 별다른 성과를 올리지 못합니다. 그러자 이미 모수의 언변에 탄복하고 있던 19명의 문객들이 일제히 모수를 해결사로 추천합니다.

그러자 모수는 칼을 빼들고 조나라와 초나라 두 왕이 회담을 하고 있는 단상으로 올라가 초나라 왕을 위협합니다. 모수는 그 자리에서 사방 5천리의 광대한 영토를 가진 대국 초나라가 덩치에 걸맞지 않게 진나라의 위협에 당당하게 맞서지 않는다고 초나라 왕을 질타합니다. 또 초나라가 이미 진나라로부터 세 차례나 치욕을 당하고도 복수를 하지 않는다면 비겁한 짓이라고 쏘아붙입니다. 이 말을 들은 초나라 왕은 마침내 조나라와 연합해 진나라와 싸우겠다는 합의서에 서명합니다.

모수의 대담한 활약 덕분에 초나라와의 협상을 성공리에 마치고 조나라로 돌아온 평원군은 이런 말을 남깁니다.

> 나는 이제 감히 인재를 판별하지 못하겠다. 그간 내가 직접 살펴본 사람만 수천 명이어서 천하에 빠뜨린 인재가 없다고 자부했건만, 모수의 능력을 미처 알아보지 못했다. 모수는 초나라에 가자마자 조나라의 위상을 높였고, 몇 마디 말로 백만대군도 하지 못할 일을 해냈다.

평원군은 이렇게 모수의 공적을 높이 평가하고, 문객 가운데 가장 높은 대우를 해주었습니다.

현대는 '자기PR 시대'라 하여 자기를 알리지 않으면 살아남을 수 없다고들 합니다. 그래서 '모수자천'의 긍정적 의미도 더 부각되는 것 같습니다. 그렇다고 하여 자기애에 기반을 둔 과도한 포장이나 무모한 도전이 유행처럼 번져서는 곤란하겠습니다. 사실 성공을 하긴 했지만 모수가 공식적인 외교석상에서 초나라 왕을 칼로 위협한 방법이 꼭 옳다고는 볼 수 없습니다. 그래서 '모수자천'은 본래 "어려운 일을 당하여 스스로 그 일을 맡고 나선다"는 뜻이지만, "일의 전후도 모르고 무작정 나선다"는 뜻으로도 쓰입니다. '자기PR 시대'에도 정도正道와 겸손의 미덕이 사라진 것은 아니라는 생각입니다.

고전 읽기

『사기史記』 〈평원군열전平原君列傳〉

진나라가 (조나라의 수도) 한단을 포위하자 조나라는 평원군을 보내 도움을 요청하며 초나라와 합종合從하기로 했다. 평원군은 식객과 문하에서 용기와 힘이 있고 문무를 겸비한 자 스무 명과 함께 가기로 약속했다. 평원군은 이렇게 말했다.

"만약 평화롭게 맹약을 맺을 수 있다면 좋겠습니다만, 평화롭게 맹약을 맺을 수 없다면 초나라 궁전 밑에서 희생의 피를 마시며 반드시 합종을 확정하고 돌아오겠습니다. (함께 갈) 선비들은 밖에서 찾지 않고 식객과 문하에서 뽑아도 충분하겠습니다."

그런데 열아홉 명을 뽑고는 나머지 중에서 뽑을 만한 사람이 없어서 스무 명을 채우지 못하고 있었다. **문하에 모수라는 자가 있었는데, 앞으로 나와서 평원군에게 자신을 추천하며 이렇게 말했다.**

"당신이 장차 초나라와 합종을 맺고자 식객과 문하 스무 명과 함께 가기로 약속하고 사람들 밖에서 찾지 않는다고 들었습니다. 한 사람이 모자란다 하니, 저를 일원으로 충원해 떠나시기를 바랍니다."

이에 평원군이 말했다. "선생은 내 문하에 있은 지 몇 년이나 되었소?"

모수가 말했다. "예서 3년이 되었습니다."

평원군이 말했다. "무릇 현명한 선비가 세상에 있는 것은 비유하자면 송곳이 주머니에 있는 것과 같아, 그 끝이 금방 드러나는 법이오. 지금 선생은 내 문하에 3년이나 있었는데도, 좌우에서 아직 칭송한 적이 없고 나도 선생에 대해 들은 것이 없소. 이는 선생에게 재능이 없다는 것이니, 선생은 함께 갈 수 없소. 선생은 남아 있으시오."

그러자 모수가 말했다. "저는 그래서 오늘에야 주머니 속에 넣어 달라 청하는 것입니다. 만약 제가 조금 일찍 주머니에 들어갔더라면, 송곳 자루까지 뚫고 나왔지 그 끝만 보이지는 않았을 것입니다."

평원군은 결국 모수도 함께 가기로 했다. 열아홉 사람은 서로 눈짓을 하며 비웃었지만, 입 밖으로 내지는 않았다. 모수는 초나라로 가면서 열아홉 사람과 논쟁을 벌였는데 열아홉 사람이 모두 탄복했다.

평원군이 초나라와 합종하기 위해 이로운 점과 해로운 점을 이야기하는데, 해가 뜰 때 말을 시작해 해가 중천이 되도록 결정하지 못했다.

열아홉 사람이 모수에게 말했다. "선생이 올라가 보시오."

모수가 칼을 쥔 채 계단을 뛰어 올라 평원군에게 아뢰었다. "합종의 이해득실은 두 마디면 결정될 터인데, 오늘은 해가 뜰 때 합종을 말해 한낮까지 결정을 내리지 못하는 것은 무엇 때문입니까?"

그때 초나라 왕이 평원군에게 물었다. "저 빈객은 누구입니까?"

평원군이 대답했다. "제 사인舍人입니다."

초나라 왕이 버럭 소리를 질렀다. "썩 내려가지 못할까? 내가 그대의 주인과 대화중인데, 당신은 무엇 하는 자인가?"

모수가 칼을 쥐고 앞으로 나아가 말했다. "왕께서 저를 꾸짖으시는 것은 초나라 병사가 많다고 생각하기 때문입니다. 그러나 지금 열 걸음 이내에서는 왕께서 초나라 병사가 많은 것을 믿을 수 없고, 왕의 목숨은 제 손에 달려 있습니다. 제 주인이 앞에 계신데, 저를 꾸짖으시는 것은 무엇 때문입니까? 또 제가 듣기로 은나라 탕왕은 땅 70리로 천하의 왕이 되었고, 주나라 문왕은 땅 100리로 제후를 신하로 삼았다고 합니다. 어찌 그들에게 사졸이 많았기 때문이겠습니까? 진실로 그 세력에 의지해 위엄을 떨쳤기 때문입니다. 그런데 지금 초나라는 땅이 사방 5천리이고 창을 든 병사가 100만이니, 이는 패자覇者가 될 만한 바탕입니다. 초나라의 강성함에 대해 천하가 당해낼 수 없습니다. (진나라 장군인) 백기는 형편없는 자인데도 병사 수만 명을 이끌고 군대를 일으켜 초나라와 싸운 결과, 첫 번째 전투에서 언鄢과 영郢을 점거하고, 두 번째 전투에서 이릉을 불태우고, 세 번째 전투에서 왕의 선조들을 욕보였습니다. 이는 백 대代가 지나도 원통한 일이고 조나라도 부끄러워하는데, 왕께서는 이를 부끄러워할 줄 모르고 있습니다. 합종은 초나라를 위한 것이지 조나라를 위한 것이 아닙니다. 제 주인이 앞에 계신데, 저를 꾸짖으시는 것은 무엇 때문입니까?"

초나라 왕이 말했다. "알겠소. 참으로 선생의 말 그대로이니, 삼가 사직을 받들어 합종을 하겠소."

모수가 말했다. "합종이 결정된 것입니까?"

초나라 왕이 말했다. "결정되었소."

그러자 모수는 초나라 왕의 좌우 신하들에게 말했다. "닭과 개와 말의 피를 가져 오시오."

모수는 구리쟁반을 받쳐 들고 무릎을 꿇은 채 초나라 왕에게 나아가며 말했다. "왕께서 마땅히 먼저 피를 마셔 합종을 결정하시고, 다음은 제 주인이고 그 다음이 저입니다."

이렇게 하여 마침내 어전 위에서 합종을 결정했다. 모수는 왼손으로 구리쟁반의 피를 받들고 오른손으로 열아홉 사람을 불러 이렇게 말했다. "그대들은 당 아래에서 이 피를 마시시오. 그대들은 범속하고 무능하니, 이른바 남의 힘으로 일을 이루는 자들이오."

2. 책 한 권을 반복해 읽어 그 뜻을 저절로 알다

평원군은 합종을 결정하고 돌아왔다. 조나라로 돌아와서는 이렇게 말했다. "나는 이제 감히 인재를 판별하지 못하겠다. 그간 내가 직접 살펴본 사람만 수천 명이어서 천하에 빠뜨린 인재가 없다고 자부했건만, 모수의 능력을 미처 알아보지 못했다. 모수는 초나라에 가자마자 조나라의 위상을 높였고, 몇 마디 말로 백만대군도 하지 못할 일을 해냈다. 나는 감히 다시는 인물을 평가하지 않겠다."

그리고는 모수를 상객上客으로 삼았다.

• • • •

원문 秦之圍邯鄲, 趙使平原君求救, 合從於楚. 約與食客門下有勇力文武備具者二十人偕. 平原君曰, 使文能取勝, 則善矣. 文不能取勝, 則歃血於華屋之下, 必得定從而還. 士不外索, 取於食客門下足矣. 得十九人, 餘無可取者, 無以滿二十人. 門下有毛遂者, 前, 自贊於平原君曰, 遂聞君將合從於楚, 約與食客門下二十人偕, 不外索. 今少一人, 願君卽以遂備員而行矣. 平原君曰, 先生處勝之門下幾年於此矣. 毛遂曰, 三年於此矣. 平原君曰, 夫賢士之處世也, 譬若錐之處囊中, 其末立見. 今先生處勝之門下三年於此矣, 左右未有所稱誦, 勝未有所聞, 是先生無所有也. 先生不能, 先生留. 毛遂曰, 臣乃今日請處囊中耳. 使遂蚤得處囊中, 乃穎脫而出, 非特其末見而已. 平原君竟與毛遂偕. 十九人相與目笑之而未廢也. 毛遂比至楚, 與十九人論議, 十九人皆服. 平原君與楚合從, 言其利害, 日出而言之, 日中不決. 十九人謂毛遂曰, 先生上. 毛遂按劍歷階而上, 謂平原君曰, 從之利害, 兩言而決耳. 今日出而言從, 日中不決, 何也. 楚王謂平原君曰, 客何爲者也. 平原君曰, 是勝之舍人也. 楚王叱曰, 胡不下. 吾乃與而君言, 汝何爲者也. 毛遂按劍而前曰, 王之所以叱遂者, 以楚國之衆也. 今十步之內, 王不得恃楚國之衆也, 王之命縣於遂手. 吾君在前, 叱者何也. 且遂聞湯以七十里之地王天下, 文王以百里之壤而臣諸侯, 豈其士卒衆多哉, 誠能據其勢而奮其威. 今楚地方五千里, 持戟百萬, 此霸王之

資也. 以楚之彊, 天下弗能當. 白起, 小豎子耳, 率數萬之衆, 興師以與楚戰, 一戰而擧鄢郢, 再戰而燒夷陵, 三戰而辱王之先人. 此百世之怨而趙之所羞, 而王弗知惡焉. 合從者爲楚, 非爲趙也. 吾君在前, 叱者何也. 楚王曰, 唯唯, 誠若先生之言, 謹奉社稷而以從. 毛遂曰, 從定乎. 楚王曰, 定矣. 毛遂謂楚王之左右曰, 取雞狗馬之血來. 毛遂奉銅槃而跪進之楚王曰, 王當歃血而定從, 次者吾君, 次者遂. 遂定從於殿上. 毛遂左手持槃血而右手招十九人曰, 公相與歃此血於堂下. 公等錄錄, 所謂因人成事者也. 平原君已定從而歸. 歸至於趙, 曰, 勝不敢復相士. 勝相士多者千人, 寡者百數, 自以爲不失天下之士, 今乃於毛先生而失之也. 毛先生一至楚, 而使趙重於九鼎大呂. 毛先生以三寸之舌, 彊於百萬之師. 勝不敢復相士. 遂以爲上客.

던진 과일이 수레에 가득 차다

척과만거擲果滿車

반악은 지극히 아름다워서 매번 다닐 때마다 할머니들이 과일을 던져
수레가 가득 찼다. 장재는 아주 못생겨서 매번 다닐 때마다
어린이들이 돌멩이를 던져 역시 수레가 가득 찼다.
- 배계, 『어림』

우리나라 코미디계의 대부라 불리던 구봉서 씨를 기억하십니까? 그는 비교적 유복한 집의 외아들로 태어나, 열아홉 살 때 우연히 아코디언 악사로 악극단에 발을 들여놓은 뒤 평생을 코미디언으로 살았습니다. 1956년부터는 영화계에도 진출해 영화 400여 편에 출연하는 등 팬들의 인기를 한 몸에 받았습니다. 당시 초등학생들이 존경하는 사람으로 구봉서 씨 이름을 많이 적어내는 바람에, 문화공보부 장관에게 불려가 주의를 들었다는 일화도 있습니다.

저도 어렸을 적 구봉서 씨가 출연하던 코미디 프로그램을 즐겨보았던 기억이 납니다. 특히 "김수한무 거북이와 두루미 삼천갑자 동방삭"으로 시작되는 긴 이름 때문에 벌어지는 우스꽝스러운 이야기 연기가 재미있었습니다. 장수를 기원하는 이 이름처럼 구봉서 씨도 2016년에 돌아가실 때 향년 91세였으니 비교적 장수하셨습니다.

구봉서 씨가 젊었을 적 악극배우로 활동했을 당시에는 날리던 '오

빠'였다고 합니다. 공연을 마치면 무대 뒤로 쪽지가 오거나 숙소로 인력거가 오는 경우가 많았는데, 이를 따라가 보면 구봉서 씨를 흠모하는 여성 팬이 요릿집에 한 상 차려놓고 기다렸다는 것입니다. 악수를 하려고 치마가 흘러내리는 줄도 모르고 여성 팬들이 뛰어왔다는 일화를 한 방송에서 본인이 직접 들려주기도 했습니다. 방송에서 공개된 20대 후반 시절 사진을 보니, 그보다 두 살 위였던 미국 배우 말론 브란도를 닮았다는 평이 과장이 아니었습니다.

구봉서 씨의 젊은 시절 사진을 보고 '척과만거擲果滿車'라는 고사성어가 떠올랐습니다. 이 말은 '과일을 던져 수레에 가득 찬다'는 뜻으로, 그 주인공은 중국 서진西晉 때의 문인인 반악潘岳입니다. 남조 송나라 때 유의경劉義慶이 편찬한 『세설신어世說新語』의 〈용지容止〉 편에서는 반악에 대해 이렇게 기록하고 있습니다.

> 반악은 오묘한 자태와 용모를 갖추고 기품도 멋졌다. 젊었을 적 활을 끼고 낙양 거리에 나가면, 그를 본 부녀자들이 손에 손을 잡고 함께 그를 에워쌌다.

『세설신어』에 주석을 붙인 양梁나라 유효표劉孝標는 진나라 배계裴啓가 지은 『어림語林』이라는 책을 인용하여 이렇게 덧붙였습니다.

> 반악은 지극히 아름다워서 매번 다닐 때마다 할머니들이 과일을 던져 수레가 가득 찼다.

'척과만거'라는 말이 바로 이 『어림』에서 유래되었음을 알 수 있습

2. 책 한 권을 반복해 읽어 그 뜻을 저절로 알다

니다. 할머니들이 과일을 던진 것은 아마도 반악의 주의를 끌기 위한 행동이었을 것입니다. 그렇다면 '중국 역사상 최초의 오빠'라고 불리는 반악은 어떤 인물이었을까요? 『진서晉書』 〈반악전〉에 기록된 내용을 간추려보면 이러합니다.

반악은 관리 집안에서 태어나 어려서부터 신동으로 이름이 났습니다. 반악이 스무 살 때 지은 글이 유명세를 타자 이를 시기하는 사람들이 많이 나타나, 그 뒤로 10년 동안 이렇다 할 관직을 얻지 못했습니다. 서른이 넘어서 현령 벼슬을 받았고, 이후 몇 개의 관직을 더 역임했습니다. 그런데 빼어난 외모와 출중한 재능과 달리, 『진서』에 기록된 그의 인품은 전연 딴판입니다.

> 반악은 성정이 경박하고 조급했으며 권세에 빌붙었다. 당시의 권세가였던 가밀賈謐에게 아부하기를 좋아해, 그의 수레가 떠난 뒤에도 먼지에 대고 절을 할 정도였다. 손수孫秀라는 인물이 반악의 휘하에 있다가 자주 반악에게 모욕을 당했는데, 나중에 손수가 요직에 오르자 반악을 모함하여 반악은 삼족이 멸하게 되었다.

이러한 사서의 기록만 놓고 보면 반악은 전혀 존경할 만한 인물이 못 된다고 여겨집니다. 그런데도 그가 '척과만거'의 주인공으로 여인들의 선망이 되었으니, 서진 시기에 얼마간 외모지상주의가 만연했던 것이 아닌가 싶습니다. "오묘한 자태와 용모를 갖추고 기품도 멋졌다"고 반악을 소개했던 『세설신어』의 〈용지〉 편이 전적으로 인물의 외모를 논평한 편목이라는 점에서 외모에 대한 세간의 관심을 반영합니다. 〈용지〉 편에는 반악과 관련하여 다음과 같은 두 가지 내용을 더 찾아볼 수 있습니다. 그 가운데 하나는 이러합니다.

> 반악과 하후담夏侯湛은 나란히 아름다운 용모를 갖추어 함께 다니기 좋아했고, 당시 사람들이 그들을 '연벽聯璧', 즉 한 쌍의 옥이라고 불렀다.

반악과 하후담 두 사람의 외모가 출중하다는 것을 자타가 공인했다는 이야기입니다. 다른 하나는 이러합니다.

> 좌사左思는 아주 못생겼는데도 반악을 흉내 내며 돌아다니자, 여러 부녀자들이 일제히 그에게 침을 뱉었다. 좌사는 크게 기가 꺾여 돌아왔다.

이 대목만 보면 좌사가 침 세례를 받은 이유가 못생겨서인지, 겁도 없이 부녀자들의 오빠인 반악을 흉내 내서인지 분명하지 않습니다. 그러나 『진서』〈반악전〉에는 또 이런 대목이 있습니다.

> 반악과 동시대 사람인 장재張載는 아주 못생겨서 밖에 나가기만 하면 어린이들이 그에게 돌멩이를 던졌다.

못생긴 것이 좌사의 죄목이라는 사실이 여기에서 명확해집니다. 서진 시대에 못생긴 사람들은 코미디언 이주일처럼 "못생겨서 죄송합니다"라는 말을 입에 달고 살아야 했을 것 같습니다.

그러나 인품 면에서 반악을 인정해줄 만한 부분이 전혀 없는 것은 아닙니다. 그는 '척과만거'의 주인공으로 부녀자들에게 인기가 많았지만, 여성 편력 기질을 지니지는 않았습니다. 어려서 결혼한 부인 양씨楊

2. 책 한 권을 반복해 읽어 그 뜻을 저절로 알다

氏가 결혼 생활 20여 년 만에 세상을 뜨자, 슬픔을 이기지 못하고 〈도망시悼亡詩〉 세 수를 지어 영전에 바쳤고, 평생 재혼하지 않은 채 독신으로 살았습니다.

젊었을 적 반악처럼 '척과만거'의 인기를 누렸던 구봉서 씨의 장례식장에 조문객의 발길이 끊이지 않았다고 합니다. 이처럼 그를 추모하는 사람들이 많았던 이유가 그의 외모가 출중하기 때문은 아닐 것입니다. 그보다는 한평생 희극인으로서의 외길을 걸으며 삶에 최선을 다하던 그의 모습을 기억하고자 함일 것입니다. 그가 생전에 남긴 인터뷰 한 대목이 인상 깊습니다.

> 사람들이 구봉서를 떠올리며, 그래 옛날에 구봉서가 있었지, 그 사람 코미디할 때 좋았어, 지금은 살았나 죽었나, 그래주면 고맙고 좋을 것 같아요.

고전 읽기

『세설신어世說新語』〈용지容止〉

반악은 자태와 용모에 오묘함이 있었고, 얼굴 표정도 훌륭했다. 젊었을 때 그가 탄환을 가지고 낙양 거리에 나서면 그를 본 아낙네들이 손에 손잡고 함께 그를 에워쌌다. 좌사左思는 아주 못생겼는데도 반악을 흉내 내며 돌아다니자, 여러 부녀자들이 일제히 그에게 침을 뱉었다. 좌사는 크게 기가 꺾여 돌아왔다. 반악과 하후담夏侯湛은 나란히 아름다운 용모를 갖추어 함께 다니기 좋아했고, 당시 사람들이 그들을 '한 쌍의 옥'이라고 불렀다.

· · · ·

원문 潘岳妙有姿容, 好神情. 少時, 挾彈出洛陽道, 婦人遇者, 莫不連手共縈之. 左太沖絶醜, 亦復效岳遨遊, 於是羣嫗齊共亂唾之, 委頓而返. 潘安仁夏侯湛並有美容, 喜同行, 時人謂之連璧.

배계裴啓, 『**어림**語林』

반악은 지극히 아름다워서 매번 다닐 때마다 할머니들이 **과일을 던져 수레가 가득 찼다**. 장재張載는 아주 못생겨서 매번 다닐 때마다 어린이들이 돌멩이를 던져 역시 수레가 가득 찼다.

· · · ·

원문 安仁至美, 每行, 老嫗以果擲之, 滿車. 張孟陽至醜, 每行, 小兒以瓦石投之, 亦滿車.

『**진서**晉書』〈**반악전**潘岳傳〉

반악은 성정이 경박하고 조급했으며 권세에 빌붙었다. 당시의 권세가였던 가밀賈謐에게 아부하기를 좋아해, 그의 수레가 떠난 뒤에도 먼지에 대고 절을 할 정도였다. ……반악은 손수孫秀라는 인물의 사람 됨됨이를 싫어해 자주 그를 매질하고 욕보여 손수가 늘 불만을 품고 있었다. 조왕 사마륜司馬倫이 정사를 보필하게 되자 손수는 중서령이 되었다. ……얼마 후 손수는 마침내 반악과 석숭, 구양건 등이 회

2. 책 한 권을 반복해 읽어 그 뜻을 저절로 알다

남왕 사마윤司馬允과 제왕 사마경司馬冏을 받들어 반란을 꾀한다고 모함해 주살하고 삼족을 멸했다.

• • • •

원문 岳性輕躁, 趨世利, 與石崇等諂事賈謐, 每候其出, 與崇輒望塵而拜. ……岳惡其爲人, 數撻辱之, 秀常銜忿. 及趙王倫輔政, 秀爲中書令. ……俄而秀遂誣岳及石崇 · 歐陽建謀奉淮南王允 · 齊王冏爲亂, 誅之, 夷三族.

소가 땀을 흘리고

한우충동汗牛充棟

다른 사람들의 설이 틀리다고 들춰내며 화를 내고, 염치를 모르고 목소리를 높여
서로 공격하고 배척해댔다. 자기의 학설로 책을 저술하겠노라며,
집 안에 있으면 책이 대들보까지 들어차고 집 밖을 나서면 지고 다니느라
소나 말이 땀을 흘릴 정도였다.
- 유종원, 〈문통선생육급사묘표〉

'세계 책의 날'이라는 것이 있습니다. 1995년 유네스코에서 독서와 출판을 장려하기 위해 제정한 날입니다. 날짜가 4월 23일이 된 것은 스페인 카탈루냐 지방의 축제일인 '세인트 조지의 날'에서 따왔기 때문입니다. 이 날에는 책을 읽는 사람에게 꽃을 선물하는 풍습이 있었다고 합니다. 또 세계적인 문호인 세르반테스와 셰익스피어가 1616년 4월 23일 같은 날 세상을 뜬 것을 되새기는 의미도 담겨 있습니다.

그런데 '세계 책의 날'보다 8년이나 앞선 지난 1987년에 우리나라에서 '책의 날'을 지정했다는 것을 아는 사람은 의외로 많지 않습니다. 우리나라 '책의 날'은 10월 11일이며, 이는 팔만대장경이 완간된 날을 기념한 것입니다. 대한출판문화협회에서는 '책의 날'을 기념해 전 국민을 대상으로 애서가와 독서인을 찾아 격려하는 의미에서 '모범 장서가' 공모전을 추진하는 등의 기념행사를 펼칩니다.

'모범 장서가'의 기준을 보니 일반 도서를 2천 권 이상 소장하고 있

2. 책 한 권을 반복해 읽어 그 뜻을 저절로 알다

어야 한다는 것이었습니다. 저도 명색이 책을 가까이 하는 대학교 선생이다 보니 가지고 있는 책이 2천 권은 족히 넘는데, 아쉽게도 직업상 책을 소장하는 교직자는 규정상 신청 대상에서 제외한답니다. 사실 연구실에 수천 권의 책을 쌓아두고 있기는 하지만, 욕심을 부려 사 모은 것이 태반이고 제대로 읽어본 책은 많지 않으니, 애초에 '모범 장서가'와는 거리가 있기도 했습니다.

장서가 많은 것을 가리키는 말로 '한우충동汗牛充棟'이 있습니다. 네 글자를 한데 붙여 풀이하면 "땀을 흘리는 소가 대들보를 채운다"는 엉뚱한 뜻이 되니, '한우'와 '충동'으로 두 글자씩 끊어서 새겨야 합니다. 즉 소가 끄는 수레에 책을 실으면 소가 땀을 흘리고, 책을 집에 쌓으면 대들보까지 닿을 만큼 책이 많다는 말입니다.

'한우충동'의 유래는 중국 당나라 때의 문장가인 유종원柳宗元의 글 〈문통선생육급사묘표文通先生陸給事墓表〉에서 찾아볼 수 있습니다. 이 글은 유종원이 자기 스승인 문통선생 육질陸質의 무덤 앞에 세운 푯말에 쓴 것입니다. 육질은 조광趙匡과 담조啖助와 같은 학자들에게서 경학을 배워 특히 『춘추春秋』에 해박했던 인물입니다. 이런 능력을 인정받아 당시의 국립대학 격인 국자감에서 교수를 지내고, 황태자시독皇太子侍讀에 임명되어 태자에게 경전을 가르쳤습니다.

육질의 이력이 이런 까닭에 유종원도 그의 묘표에서 먼저 유가의 경전 가운데 하나인 『춘추』로 시작해 육질의 생평을 회고했습니다. 『춘추』는 공자가 편찬한 노나라 역사책으로, 은공隱公으로부터 애공哀公에 이르기까지 노나라 임금 12명이 재위한 242년 간의 사적을 기록한 것입니다.

그런데 공자는 이 『춘추』에서 상당히 말을 아껴, 겨우 16,500자에 수백 년의 역사를 담았습니다. 공자와 제자들의 언행을 담은 『논어』가 1만 3천 자 정도인 것을 감안하면 역사책치고는 짧은 분량입니다. 그래서 후대 사람들은 공자가 『춘추』를 통해 이렇게 간명하게 역사를 언급한 것을 '춘추필법春秋筆法'이라 부르고, 많은 사람들이 그 속에 담긴 '미언대의微言大義'를 찾아 나서게 되었습니다.

유종원은 이렇게 말하고 있습니다.

> 공자가 『춘추』를 지은 이후 1,500여 년 동안 '전傳'이라고 이름을 달고 후세에 전해진 것이 다섯 가지였다가 지금은 세 가지가 통용되고 있다. 또 죽간과 목판을 들고 노심초사하며 더 자세한 주석을 단 것이 수백 수천 가지에 이른다.

경전을 해설한 책을 '전'이라 하는데, 『춘추』의 경우 『공양전公羊傳』, 『곡량전穀梁傳』, 『좌전左傳』 등이 널리 읽혔습니다. 그 중에서도 좌구명左丘明이 지었다고 전해지는 『좌전』이 가장 인기가 있었고, 이밖에도 여러 사람들이 『춘추』의 내용을 설명하는 책을 지었습니다. '한우충동'이 등장하는 것은 그 다음 대목입니다.

> 다른 사람들의 설이 틀리다고 들춰내며 화를 내고, 염치를 모르고 목소리를 높여 서로 공격하고 배척해댔다. 자기의 학설로 책을 저술하겠노라며, 집 안에 있으면 책이 대들보까지 들어차고 집 밖을 나서면 지고 다니느라 소나 말이 땀을 흘릴 정도였다.

유종원의 글에 따르면 원래의 순서는 '충동'이 먼저고 다음이 '한우'

2. 책 한 권을 반복해 읽어 그 뜻을 저절로 알다

인데 후대에 뒤바뀐 모양입니다. '한우'와 '충동'의 순서보다 중요한 것은 유종원이 '한우충동'을 긍정적으로 바라본 것이 아니라는 점입니다. 그는 이어서 『춘추』를 두고 이렇게 많은 책이 난립했지만 실제로 공자가 말하고자 했던 '미언대의'는 더욱 아리송하게 되었다고 비판했습니다. 수준이 높고 훌륭한 책이 사장되는가 하면, 말만 번지르르한 책이 이목을 끄는 경우가 있다고 했습니다. 또 자기가 배운 책만 옳다는 아집으로 죽간에 적힌 낡은 학설을 신주단지 모시듯 애지중지하며 무리를 지어 서로 헐뜯는다고 지적했습니다.

유종원의 논리는 결국 스승 육질의 노고를 추모하는 것으로 귀결됩니다. 그는 육질이 수십 년간의 연구를 바탕으로 지은 『춘추집주春秋集註』의 뛰어난 장점을 이렇게 소개했습니다.

> 그 도는 성인을 중심으로 삼고 요순을 표적으로 하여, 광대한 것을 포괄하고 위아래로 교차하면서도 정도에서 벗어나지 않았다.

한마디로 말해서 공자의 본뜻을 헤아려 그동안 『춘추』를 둘러싸고 벌어진 온갖 이설들을 이치에 맞게 정리했다는 것입니다.

저도 책이 한 권 두 권 늘어나 좁은 연구실에서 '한우충동'의 모양새를 연출하고 있습니다. 가끔 학생들이 찾아와 "이 많은 책을 다 읽으셨냐" 물을 때는 "다 장식용"이라며 짐짓 겸손한 척했지만, 내심 책을 좀 모았다고 우쭐한 마음도 없지는 않았습니다. 그런데 '한우충동'의 유래를 찾아 유종원의 글을 찬찬히 읽다보니 뜨끔한 생각이 듭니다. 유종원의 말마따나 성인의 뜻을 제대로 아는 일이 책 권 수로 해결되는 것은 아니니 말입니다. 앞으로 더 부지런히 책을 읽어야겠습니다.

고전 읽기

유종원柳宗元, 〈문통선생육급사묘표文通先生陸給事墓表〉

공자가 『춘추』를 지은 이후 1,500여 년 동안 '전傳'이라고 이름을 달고 후세에 전해진 것이 다섯 가지였다가 지금은 세 가지가 통용되고 있다. 또 죽간과 목판을 들고 노심초사하며 더 자세한 주석을 단 것이 수백 수천 가지에 이른다. 다른 사람들의 설이 틀리다고 들춰내며 화를 내고, 염치를 모르고 목소리를 높여 서로 공격하고 배척해댔다. 자기의 학설로 책을 저술하겠노라며, **집 안에 있으면 책이 대들보까지 들어차고 집 밖을 나서면 지고 다니느라 소나 말이 땀을 흘릴 정도였다.** 어떤 것은 이치에 맞아도 사라지고, 어떤 것은 이치에 어긋나도 널리 알려졌다. 후대의 배우는 자들이 다 늙도록 기운을 빼면서 이것저것을 보아도 그 근본을 찾을 수가 없었다. 그러다 보니 자기가 배운 것만 오로지 하면서 그와 다른 것은 비방하고, 말라빠진 죽간에 적힌 글대로 무리를 지어 썩은 뼈를 지키다 부자父子 간에도 서로 다치게 하는 지경에 이르렀다. 군주와 신하의 관계를 망친 적도 이전 시대에는 많이 있었다. 성인의 뜻을 알기 어려움이 이토록 심한 것이다. 그런데 오군 사람인 육질 선생이 있어, 그의 스승과 벗인 천수 사람 담조와 조광과 함께 성인의 뜻을 잘 알았다. 그래서 『춘추』의 말이 이들에 이르러 빛을 보게 되었던 것이다. 보통 사람이나 어린이도 모두 배움을 쌓으면 성인의 도에 들어가고 성인의 가르침을 전할 수 있게 하였으니, 그 덕이 어찌 대단하다고 하지 않을 수 있겠는가?

선생의 자는 모(백충白冲)이다. 책을 읽은 뒤 저술의 근본을 터득하고 스승과 벗을 얻을 수 있었다. 이에 고금의 설을 합치고 같고 다른 것을 골라, 말로써 잇고 글로써 모았다. 대략 도를 강론한 것이 20여 년이고 책에 기록한 것이 또 10여 년이라, 그 사업을 대대적으로 준비해 『춘추집주』 10편, 『변의』 7편, 『미지』 2편을 지었다. 이로써 중심이 되는 큰 도리를 밝혀내고, 공적인 도구를 펼쳐냈다. 그 도는 성인을 중심으로 삼고 요순을 표적으로 하여, 광대한 것을 포괄하고 위아래로 교차하면서도 정도에서 벗어나지 않았다. 그 법은 문왕과 무왕을 머리고 하고 주공을 날개로 삼아, 예를 갖추어 오르내리고 좋아하고 싫어하고 기뻐하고 화를 내면서도 보통을 넘어서지 않았다. 저술이 완성되어 세상의 총명한 인물에게 전수하고 펼쳐 밝히게 하였으니, 그래서 이 책이 나오자 선생은 유학儒學의 대가가 되었다. 이로써 천자에게 직간하는 신하가 되고, 상서랑, 국자박사, 급사중, 황태자시독 등을 역임하며 모두 그 도를 펼쳐냈다. 두 주의 자사刺史를 지내면서 고을 사람들이 인仁을 알게 되었다. 영정 연간에는 동궁을 모시면서 그가 배운 바를 강론하고 〈고군신도〉를 지어 바치니, 그의 도가 위까지 다다를 수 있었다. 이 해에 천자를 뒤이어 제위에 올라 다스리게 되어 스승으로 모시는 유자儒者를 존경하고 우대하였으나, 선생이 질병을 알리자 친히 문안하여 예를 다하였다. 모월 모일 경사에서 세상을 떠나, 모월 모일 모군 모리에서 장례를 지냈다.

아아. 선생은 책에 도를 남겼으나 정치에 시행하지는 못했고, 말로 도를 실천하였으나 세상이 다스려지는 것은 보지 못했다. 문하 사람들과 세상의 유자들이 이 때문에 더욱 통곡했다. 장례를 지내면서 선생이 성인의 도를 훌륭한 글로 옮긴 책을 지어 후세에 통하게 할 수 있었기에, 마침내 서로 상의해 문통 선생이라는 시호를 지었다. 몇 년 뒤, 그의 책을 배운 이가 묘를 찾아가 그의 도가 나온 바를 슬퍼하며,

돌에 새겨 갈문碣文을 남긴다.

• • • •

원문 孔子作春秋千五百年, 以名爲傳者五家, 今用其三焉. 秉觚牘, 焦思慮, 以爲論註疏說者百千人矣. 攻訐很怒, 以辭氣相擊排冒沒者, 其爲書, 處則充棟宇, 出則汗牛馬, 或合而隱, 或乖而顯 後之學者, 窮老盡氣, 左視右顧, 莫得而本. 則專其所學, 以訾其所異, 黨枯竹, 護朽骨, 以至於父子傷夷. 君臣詆悖者, 前世多有之. 甚矣聖人之難知也. 有吳郡人陸先生質, 與其師友天水啖助洎趙匡, 能知聖人之旨. 故春秋之言, 及是而光明. 使庸人小童, 皆可積學以入聖人之道, 傳聖人之教, 是其德豈不侈大矣哉. 先生字某. 旣讀書, 得制作之本, 而獲其師友. 於是合古今, 散同異, 聯之以言, 累之以文. 蓋講道者二十年, 書而誌之者又十餘年, 其事大備, 爲春秋集註十篇, 辯疑七篇, 微旨二篇. 明章大中, 發露公器. 其道以聖人爲主, 以堯舜爲的, 苞羅旁魄, 膠轕下上, 而不出於正. 其法以文武爲首, 以周公爲翼, 揖讓升降, 好惡喜怒, 而不過乎物. 旣成, 以授世之聰明之士, 使陳而明之, 故其書出焉, 而先生爲巨儒. 用是爲天子爭臣, 尙書郎國子博士給事中皇太子侍讀, 皆得其道. 刺二州, 守人知仁. 永貞年, 侍東宮, 言其所學, 爲古君臣圖以獻, 而道達乎上. 是歲, 嗣天子踐阼而理, 尊優師儒, 先生以疾聞, 臨問加禮. 某月日終於京師. 某月日葬於某郡某里. 嗚呼. 先生道之存也以書, 不及施於政, 道之行也以言, 不及睹其理. 門人世儒, 是以增慟. 將葬, 以先生爲能文聖人之書通於後世, 遂相與謚曰文通先生. 後若干祀, 有學其書者過其墓, 哀其道之所由, 乃作石以表碣.

소의 뿔에 책을 걸다

우각괘서牛角掛書

이밀은 매우 기뻐하며 병을 핑계로 사직하고, 격려에 느낀 바가 있어
열심히 책을 읽었다. 포개가 구산에 있다는 말을 듣고 그리로 가
공부하고자 했다. 부들로 안장을 엮은 소에 올라타,
쇠뿔에는 『한서』 한 질을 매달고 가면서 읽었다.
- 『신당서』 〈이밀전〉

뉴스를 통해 '독서유랑단'이라는 단체에서 '책 읽는 지하철'을 주제로 한 플래시 몹flash mob 행사를 열었다는 소식을 접한 적이 있습니다. 플래시 몹은 불특정 다수가 사전 연락을 통해 약속된 시간에 약속된 장소에 모여, 미리 정해진 행동을 하고 흩어지는 것을 가리킵니다. '독서유랑단'에서는 이런 플래시 몹 형식을 통해 지하철에서 책을 읽는 행사를 한다고 합니다.

열 명의 회원으로 이루어진 한 조가 서울의 한 대형서점이 있는 지하철 5호선 광화문역을 출발해 영등포구청역에서 2호선으로 환승하고, '독서유랑단' 본부가 있는 합정역에 도착하는 것이 약속된 행동입니다. 이렇게 하려면 대략 1시간 20분 정도가 소요되는데, 이 시간 동안 참가자는 각자 준비한 책을 읽은 후 한데 모여 독서토론도 하고 자유롭게 이야기를 나눈다는 것입니다.

요즘처럼 스마트폰이 유행하기 전에는 지하철에서 책을 읽는 사람

이 제법 많았습니다. 그러나 지금은 '지구상의 멸종 위기 종'의 하나가 지하철에서 책을 읽는 사람이라는 말이 나올 정도로 찾아보기 어려운 실정입니다. 실제로 몇 년 전의 조사에 따르면, 같은 지하철 차량에 타고 있는 700명을 조사했더니 겨우 네 명만 책을 읽고 있었다고 합니다.

또 한 설문조사에 의하면 지하철에서 서서 갈 때와 앉아서 갈 때 각각 무엇을 주로 하는지를 묻는 답변으로 압도적 1위가 '스마트폰을 본다'였고, 2위는 서서 갈 때의 경우 '멍하니 있다', 앉아서 갈 때 '책이나 신문을 본다'로 나타났습니다. 지하철 타는 시간을 효율적으로 활용하고 있다고 생각하느냐는 질문에 대한 긍정적 응답은 평균 38% 수준이었는데, '책이나 신문을 본다'고 답한 사람들의 긍정적 응답은 57%로 월등히 높았습니다. 이런 결과를 보면 지하철에서 책 읽기 운동은 더욱 확산될 필요가 있을 것 같습니다.

'책 읽는 지하철'과 관련해 떠오르는 사자성어가 하나 있는데, 바로 '우각괘서牛角掛書'입니다. 『신당서』 〈이밀전李密傳〉에 보이는 이 말은 우각牛角 즉 소의 뿔에 괘서掛書 즉 책을 건다는 뜻입니다. 고사의 내용을 구체적으로 살펴보면 다음과 같습니다.

이밀은 중국 수나라 말기에 고위관료 집안에서 태어난 덕분에 문음門蔭으로 벼슬길에 올라 태자 호위부대의 일원이 되었습니다. 이밀은 용모가 비범하고 눈빛이 예사롭지 않아, 곧 수나라 양제煬帝의 눈에 띄었습니다. 양제는 이밀이 호위부대에 있을 만한 인물이 아니라고 생각해, 신하인 우문술宇文述을 불러 호위부대 근무를 그만두고 학문에 더 정진하라고 전했습니다. 이 소식을 접한 이밀은 매우 기뻐하며 그날로 호위부대를 사직하고 집으로 돌아가 열심히 글공부를 했습니다.

문하에 들어가 학문을 배울 스승을 찾던 이밀은 구산緱山에 은거하는 포개包愷라는 학자를 찾아가기로 마음먹었습니다. 그런데 이밀의 집이 있는 장안에서 구산까지는 천 리나 되는 먼 길이었기에 가면서 책을 읽을 수 있는 방법이 없을까 고민했습니다. 이밀은 궁리 끝에 부들로 안장을 엮어 소 등에 얹고, 소의 두 뿔에 한나라의 반고가 쓴 역사책인 『한서漢書』 한 질을 매달았습니다. '우각괘서'는 바로 여기서 나온 말입니다.

이밀은 그렇게 소 위에서 『신당서』를 읽으며 구산을 향해 가다가, 나라에 큰 공을 세워 월국공越國公에 봉해진 양소楊素라는 인물을 만났습니다. 이밀이 양소를 알아보고 소에서 내려 인사를 올리자 양소는 무슨 책을 그렇게 열심히 읽고 있느냐고 물었습니다. 이밀은 〈항우전項羽傳〉을 읽는 중이라고 했습니다. 이밀을 기특하게 생각한 양소는 집으로 돌아가 아들인 양현감楊玄感에게 이밀을 만난 이야기를 들려주었고, 양현감은 이밀과 교분을 맺었습니다.

이밀과 양현감 두 사람 모두 실정을 거듭하고 있는 수나라가 오래가지 못할 것을 예견하고 있었습니다. 수나라 양제가 고구려 정벌에 나섰을 때 양현감은 여양黎陽이라는 지방에서 군수물자 수송을 맡고 있었는데, 몰래 장안으로 사람을 보내 이밀과 접촉하고 봉기를 도모했습니다. 이밀이 여러 계책을 제시했으나 고집이 셌던 양현감은 이밀이 하책下策이라고 생각했던 낙양洛陽 공략을 감행하다 실패하고 달아나다가 죽었습니다.

양현감이 죽은 뒤 이밀은 와강군瓦崗軍이라는 봉기군에 가담해 수나라 양제의 폭정에 저항했습니다. 이밀의 뛰어난 책략으로 와강군의 세력이 갈수록 커졌고, 와강군 내부에서 이밀의 위치도 급상승했습니다. 그러나 와강군의 지도자인 적양翟讓과 군령과 상벌 등의 문제를 두고 다투다 결국 그를 죽인 것은 그의 일생에 큰 오점으로 남았습니다. 그 후 이밀은 수나라 군대에 쫓기다 당나라에 투항했고, 당나라에서도 다시 반란을 일으켰다가 부하에게 피살되는 등 말로가 좋지 않았습니다.

그렇지만 그는 중국 역사에서 부지런히 공부를 열심히 한 인물로 추앙받습니다. 벽을 뚫어 이웃집의 불빛으로 공부했다는 '착벽차광鑿壁借光' 고사의 주인공 한나라의 광형匡衡, '형설지공螢雪之功'의 두 주인공인 진나라의 차윤車胤과 손강孫康, 집이 가난해 항상 땔나무를 진 채 공부를 했다는 오나라의 주매신朱買臣 등이 이밀과 함께 거론되곤 합니다. 이들은 모두 요즘 유행하는 말로 '흙수저'인 사람들인 반면, '우각괘서'의 주인공 이밀은 '금수저' 출신이었는데도 열심히 책을 읽었던 점은 높이 평가할 만합니다.

요즘은 소가 더 이상 교통수단이 아니니 '우각괘서'를 재현하기는 어려울 것입니다. 대신 지하철에서 책 읽기를 더 열심히 하면 어떨까 싶습니다. 저는 개인적으로 지하철에서 책 읽기를 좋아하는 편입니다. 예전에 박사학위 논문을 쓸 때 지하철 3호선을 타고 당시 집이 있던 경기도 고양시에서 서울까지 오갔는데, 매일 지하철로 출근하면서 논문 자료를 읽고 지하철로 퇴근하면서 초고를 다듬어 하루 한 쪽씩 논문을 채워나가 1년 만에 완성했던 기억이 있습니다. 그래서 가끔 우리 학과 대학원생들에게 '나는 지하철에서 박사학위를 받았다'고 그때의 경험담을 들려주기도 합니다. 지하철에서 더 편히 읽을 수 있도록 출판사에서도 조그마한 크기의 문고본이나 책을 넘기기 편한 스프링 제본의 책을 더 많이 펴내주었으면 좋겠습니다.

2. 책 한 권을 반복해 읽어 그 뜻을 저절로 알다

고전 읽기

『신당서新唐書』〈이밀전李密傳〉

이밀李密은 자가 현수 또는 법주이며, 그의 선조는 요동 양평 사람이다. 증조부는 이름이 필로, 북위北魏 때 사도를 지내 도하씨라는 성을 받았으며, 북주北周에서는 태사를 지내고 위국공에 봉해졌다. 조부는 이름이 요로, 형국공에 봉해졌다. 부친은 이름이 관으로 수나라 조정에서 상주국, 포산군공에 봉해졌다. 이로부터 장안에 정주했다.

이밀은 뜻과 포부가 웅대하고 심원하였고 대책과 전략도 많았다. 사재를 털어 문객들을 키우고 현자를 예우하는 데 전혀 인색하지 않았다. 문음門蔭으로 좌친위부대도독과 동궁천우비신이 되었다. 얼굴 생김새가 비범하고 눈의 흰자위와 검은자위가 뚜렷했다.

양제가 그를 보고 우문술에게 말했다. "좌친위부의 저 얼굴 까만 젊은이는 누구요?"

"포산공 이관의 아들 이밀입니다."

양제가 말했다. "주위를 관찰하는 모습이 범상치 않으니, 좌친위부에 두지 마시오."

며칠 후 우문술이 이밀에게 이렇게 권했다. "너는 집안이 훌륭하니 마땅히 재주와 학문으로 이름을 내야지, 삼위三衛에 있어서야 되겠느냐?"

이밀은 매우 기뻐하며 병을 핑계로 사직하고, 격려에 느낀 바가 있어 열심히 책을 읽었다. 포개가 구산에 있다는 말을 듣고 그리로 가 공부하고자 했다. 부들로 안장을 엮은 소에 올라 타, **쇠뿔에는 『한서』 한 질을 매달고** 가면서 읽었다.

월국공 양소가 길에서 그를 만나 말고삐를 잡고 그의 뒤쪽으로 다가가 물었다. "어떤 서생이 이렇게 부지런히 공부를 하시나?"

이밀이 양소를 알아보고 소에서 내려 인사했다. 무엇을 읽는가 물어보니 〈항우전〉이라 했다. 그리하여 말을 나누면서 양소는 이밀을 기특하게 여겼다.

양소는 집으로 돌아와 아들 현감에게 이렇게 말했다. "내가 이밀의 식견과 도량을 보니, 너희 같은 아이들과는 다르더라."

양현감이 이에 정성껏 이밀과 사귀었다. 그러던 어느 날 이밀에게 몰래 이렇게 말했다. "임금에게 의심이 많아지고 있으니, 수나라의 운명도 길지 않아 보입니다. 중원에 어느 날 경보가 떨어지면 그대와 저는 선후가 어떻게 될까요?"

이밀이 말했다. "두 진영이 승부를 겨룰 때 함성을 지르며 좌충우돌해 적에게 두려움을 주는 면에서는 제가 당신만 못합니다. 그러나 천하의 영웅을 손에 쥐고 몰아가며 원근에서 귀의하게 만드는 점에서는 당신이 저만 못합니다."

• • • •

원문 李密字玄邃, 一字法主, 其先遼東襄平人. 曾祖弼, 魏司徒, 賜姓徒何氏, 入周爲太師魏國公. 祖曜, 邢國公. 父寬, 隋上柱國蒲山郡公. 遂家長安. 密趣解雄遠, 多策略. 散家貲養客禮賢不愛藉. 以蔭爲左親衛府大都督東宮千牛備身. 額銳角方, 瞳子黑白明澈. 煬帝見之, 謂宇文述曰, 左仗下黑色小兒爲誰. 曰, 蒲山公李寬子密. 帝曰, 此兒顧眄不常, 無入衛. 它日, 述諭密曰, 君世素貴, 當以才學顯, 何事三衛間哉. 密大喜, 謝病去, 感厲讀書. 聞包愷在緱山, 往從之. 以蒲韉乘牛, 挂漢書一帙角上, 行且讀. 越國公楊素適見于道, 按轡躡其後, 曰, 何書生勤如此. 密識素, 下拜. 問所讀, 曰, 項羽傳. 因與語, 奇之. 歸謂子

玄感曰, 吾觀密識度, 非若等輩. 玄感遂傾心結納. 嘗私密曰, 上多忌, 隋曆且不長, 中原有一日警, 公與我孰後先. 密曰, 決兩陣之勝, 噫嗚咄嗟, 足以讋敵, 我不如公. 攬天下英雄馭之, 使遠近歸屬, 公不如我.

3

불쌍히 여기는 마음은 어짊의 시작이다

: 함께 사는 삶

공휴일관功虧一簣
교언영색巧言令色
결초보은結草報恩
측은지심惻隱之心
역지사지易地思之
군주민수君舟民水
구맹주산狗猛酒酸
복소파란覆巢破卵
백아절현伯牙絶絃
당동벌이黨同伐異

공든 탑이 무너지다

공휴일관功虧一簣

작은 덕에 신중하지 않으면 장차 큰 덕에 해를 미칠 것입니다.
비유하건대 아홉 길의 높은 산을 쌓을 때도 한 삼태기의
흙이 모자라 완성하지 못하는 법입니다.
-『상서』〈주서 · 여오〉

지난겨울 가족들과 대만으로 여행을 다녀왔습니다. 대만은 학회 참석차 두 차례 다녀온 적이 있었지만 정작 수도인 대북臺北(타이베이)은 가본 적이 없어, 이번에는 대북 중심으로 둘러보기로 했습니다. 평일에 출발했는데도 인천공항에서 대만으로 향하는 비행기는 빈자리 하나 없이 만석이었습니다. 대만 여행객이 최근에 부쩍 늘었다는 소문을 눈으로 확인할 수 있었습니다.

한국관광공사와 대만관광청 자료를 보니, 대만이 우리나라 겨울철 해외 관광지로 열 손가락 안에 들어 있습니다. 2016년 한 해 대만에 다녀온 우리나라 관광객은 80만 명이 넘었는데, 이는 지난 2000년의 8만 명과 비교했을 때 무려 열 배나 늘어난 숫자라고 합니다. 몇 년 전 모 TV 방송사에서 원로 탤런트 몇 분이 자유여행으로 대만에 다녀온 프로그램을 방송한 뒤로, 대만 관광객이 해마다 10만 명 이상씩 증가했다는 이야기가 있습니다.

3박 4일 일정으로 대만에 간 우리 가족은 도착 첫날 국부기념관國父紀念館과 101타워 등 대북 시내를 둘러보았습니다. 이튿날과 셋째 날에는 각각 서쪽과 동쪽 교외로 행선지를 잡아, 서쪽으로는 미국의 샌프란시스코를 연상시키는 항구 담수淡水(단수이)를 다녀오고, 동쪽으로는 천등天燈 날리기로 유명한 십분十分(스펀)과 여러 편의 영화 촬영지로 잘 알려진 구분九份(지우펀) 등을 가보았습니다. 십분에서 가족들의 건강과 행복을 비는 글귀를 네 면에 적어 하늘 높이 날린 천등이 인상에 남습니다.

그런데 대만에서 돌아온 뒤 언론보도를 통해 우리 가족과 비슷한 일정으로 대만을 다녀왔던 여학생들의 피해 소식을 들었습니다. 여학생 셋이 택시 한 대로 여행을 했는데, 그 중 두 명이 택시기사가 건넨 요구르트를 마시고 잠든 사이 기사가 한적한 곳으로 차를 몰고 가 몹쓸 짓을 했다는 것입니다. 이로 인해 그동안 비교적 안전한 여행지로 생각되었던 대만에 대한 인상이 크게 나빠졌고, 사고처리 과정에서 보여준 우리나라 주대북대표부의 대응도 여론의 도마 위에 올랐습니다.

대만의 택시여행 사고 소식을 듣고, '공휴일관功虧一簣'이라는 말의 의미를 되짚어 보았습니다. 우리 속담에 "공든 탑이 무너지랴"는 말이 있습니다. 온 힘을 다하여 정성 들여 쌓은 탑은 무성의하게 바삐 쌓은 탑보다는 무너질 위험이 훨씬 적다는 뜻입니다. 그러나 무너지는 탑을 보면 탑 전체가 허술해서라기보다는 어느 한쪽 사소한 부분이 잘못 되어, 그것으로 균형이 흐트러진 결과인 경우가 다반사입니다. '공휴일관'은 이처럼 애쓴 공이 '일관一簣', 즉 한 삼태기의 작은 부분으로 무너진다는 말입니다. 삼태기는 대오리나 싸리 등을 엮어 만든 도구로 흙 같은 것을 져 나를 때 쓰는 도구입니다.

'공휴일관'이 처음 등장하는 문헌은 사서삼경의 하나인 『상서尙書』입니다. 이 책의 〈주서周書 · 여오旅獒〉 편은 주나라 무왕 때 서쪽의 여旅라는 나라에서 큰 개를 진상하자, 무왕의 동생인 소공召公이 무왕에게 간언한 내용을 담은 것입니다. 소공은 이 글에서 먼저 무왕이 선정을 펼친 덕분에 주변국에서 주나라에 복종한다는 의미에서 진상품을 보내오는 것은 경하할 일이라고 했습니다. 그러나 그렇다고 진기한 진상품에 마음을 쓰지 않도록, 그것들을 제후나 인접국에 다시 선물로 주는 것이 좋다고 간언했습니다.

소공의 논리는 이런 것이었습니다. 주변국에서 보내오는 진상품은 대체로 식품, 의류, 생활용품이라서 덕행德行과 직접적인 관련이 없다고 했습니다. 또 이런 것들은 평소에 흔히 볼 수 없는 진귀한 것들로 이루어진다고 했습니다. 그러므로 진상품에 마음을 두게 되면 덕행과 멀어지고 일상생활에 대한 감각도 무뎌지게 된다는 것입니다. 그렇게 되면 백성들의 삶에 대한 관심도 멀어질 수밖에 없습니다. 소공은 여에서 보낸 큰 개도 마찬가지라고 했습니다. 이 개는 키가 넉 자나 되고 사람 말도 알아들었다고 하는데, 만약 임금이 주나라에서 기르는 개에 관심을 두지 않고 주변국의 개에 관심을 보이면 백성들의 관심도 그리로 향한다고 경계했습니다.

'공휴일관'이 등장하는 것은 다음 대목으로 소공은 이렇게 자신의 간언을 마무리했습니다.

> 아침부터 저녁까지 부지런하지 않은 때가 한시라도 있어서는 안 됩니다. 작은 덕에 신중하지 않으면 장차 큰 덕에 해를 미칠 것입니다. 비유하건대 아홉 길의 높은 산을 쌓을 때도 한 삼태기의 흙이 모자라 완성하지 못하는 법입니다. 제 말씀을 귀담아 들으신다면 백성들이 영원히 제 자리

를 지켜 대대로 왕노릇할 수 있을 것입니다.

무왕이 상나라를 멸망시키고 주나라를 건국해 자리를 잡아가고 있는 시점이라, 진상품 하나에 대한 처리도 신중할 필요가 있다고 간언한 것입니다.

'공휴일관'이라는 표현 그대로는 아니나, 『논어』에도 비슷한 내용이 보입니다. 〈자한子罕〉 편에서 공자는 이렇게 말했습니다.

> 산을 만드는 데 비유하자면 한 삼태기의 흙이면 완성할 수 있는데도 거기서 멈춘다면 그것은 내가 멈춘 것이다. 평지를 메우는 데 비유하자면 한 삼태기의 흙을 퍼 넣어 한걸음 나아갔다면 그것은 내가 나아간 것이다.

공자는 매사에 '일관', 즉 한 삼태기의 흙이 대단히 중요하다고 설파했습니다. 큰 공을 세우는 출발점도 한 삼태기이고 그것을 완성하는 것도 한 삼태기라고 보았습니다. 이것을 바꾸어 말하면 큰 공을 일순간에 무너뜨리는 것도 한 삼태기라는 얘기가 됩니다.

이번 택시기사 사건으로 인해 친절하고 안전한 여행지 대만이라는 인식이 깨어진다면, 그것은 우리나라와 대만 모두의 손해일 것입니다. 우리나라는 여행을 통해 좋은 추억을 쌓을 수 있는 곳이 하나 줄어들고, 대만은 중국 대륙에 의지하지 않고도 연간 대만 방문객 1천 만 명을 돌파한 그간의 노력이 퇴색할 우려가 있습니다. 대만 법원은 사건을 일으킨 택시기사에게 징역 11년의 중형을 선고했습니다만, 향후 유사한 사건이 재발하지 않도록 힘써야 할 것입니다. 또 주대북대표부에서도 대만을 여행하는 우리나라 관광객 신변보호에 더욱 심혈을 기울여,

'공휴일관'의 사태를 미연에 방지하길 바라는 마음입니다.

고전 읽기

『상서尙書』〈주서周書 여오旅獒〉

서려西旅에서 큰 개를 공물貢物로 바치자, 태보太保가 이에 〈여오旅獒〉를 지어서 왕을 경계하며 말했다. "아, 명왕明王이 덕을 삼가시면 사이四夷가 모두 손님이 되어 원근에 관계없이 모두 지방에서 나오는 물건을 바치는데, 의복과 음식과 그릇과 일용품뿐이었습니다. 왕이 덕으로 이룬 것을 이성異姓의 나라에 보여주시어 그 일을 폐함이 없게 하시며, 보옥을 백숙伯叔의 나라에 나눠주시어 친함을 펴게 하시면, 사람들이 물건을 가볍게 여기지 않고 그 물건을 덕으로 생각할 것입니다. 덕이 성하면 업신여기지 않으니, 군자를 업신여기면 사람의 마음을 다하게 할 수 없고, 소인을 업신여기면 그 힘을 다하게 할 수 없을 것입니다. 귀와 눈에 사역당하지 말고 온갖 법도를 바르게 하십시오. 사람을 하찮게 여기면 덕을 잃고 사물을 감상하면 뜻을 잃을 것입니다. 뜻을 도로써 편안하게 하시고, 말을 도로써 대하십시오. 무익한 일을 하여 유익한 일을 해치지 않아야 공功이 이에 이루어지니, 이상한 사물을 귀히 여기고 일용품을 천히 여기지 않으면 백성들이 이에 풍족해집니다. 개나 말은 그 지방 토종이 아니거든 기르지 말며, 진기한 새나 짐승을 나라에서 기르지 마십시오. 먼 지방의 사물을 보배로 여기지 않으면 멀리 있는 사람이 오고, 오직 현자賢者만 보배로 여기면 가까운 사람이 편안할 것입니다. 아침부터 저녁까지 부지런하지 않은 때가 한시라도 있어서는 안 됩니다. 작은 덕에 신중하지 않으면 장차 큰 덕에 해를 미칠 것입니다. 비유하건대 아홉 길의 높은 산을 쌓을 때도 **한 삼태기의 흙이 모자라 완성하지 못하는 법입**니다. 제 말씀을 귀담아 들으신다면 백성들이 영원히 제 자리를 지켜 대대로 왕노릇할 수 있을 것입니다."

• • • •

원문 西旅厎貢厥獒, 太保乃作旅獒, 用訓于王. 曰, 嗚呼. 明王愼德, 四夷咸賓, 無有遠邇, 畢獻方物, 惟服食器用. 王乃昭德之致于異姓之邦, 無替厥服, 分寶玉于伯叔之國, 時庸展親, 人不易物, 惟德其物. 德盛不狎侮, 狎侮君子, 罔以盡人心, 狎侮小人, 罔以盡其力. 不役耳目, 百度惟貞. 玩人喪德, 玩物喪志, 志以道寧, 言以道接. 不作無益害有益, 功乃成, 不貴異物賤用物, 民乃足. 犬馬, 非其土性不畜, 珍禽奇獸, 不育于國. 不寶遠物, 則遠人格, 所寶惟賢, 則邇人安. 嗚呼. 夙夜罔或不勤. 不矜細行, 終累大德, 爲山九仞, 功虧一簣. 允迪玆, 生民保厥居, 惟乃世王.

『논어論語』〈자한子罕〉

공자께서 말씀하셨다. "산을 만드는 데 비유하자면 **한 삼태기의 흙이면 완성할 수 있는데도 거기서 멈춘다면** 그것은 내가 멈춘 것이다. 평지를 메우는 데 비유하자면 한 삼태기의 흙을 퍼 넣어 한걸음 나아갔다면 그것은 내가 나아간 것이다."

• • • •

원문 子曰, 譬如爲山, 未成一簣, 止吾止也. 譬如平地, 雖覆一簣, 進吾往也.

교묘히 꾸민 말과 얼굴빛

교언영색巧言令色

공자께서 말씀하셨다.
"말을 좋게 하고 얼굴빛을 곱게 하는 사람이 인한 이가 드물다."
- 『논어』〈학이〉

한 회사에서 퇴사한 직원이 사내 게시판에 올린 글이 화제가 된 적이 있습니다. 그는 '회장님께 올리는 글'이라는 제목으로 이런 내용의 글을 썼습니다.

> 지금 회장님 곁에는 듣기 좋고 달콤한 말만 하는 아첨꾼 같은 이들만 남아 있습니다. 회사를 떠나는 일개 직원의 마지막 충언이라고 생각하시고 우리 직원들의 이야기를 한번 들어주시길 간곡히 부탁드립니다.

이에 대해 회장은 진심 어린 충언에 감사하며 합리적인 제안은 적극 수용하겠다는 답글을 올렸다고 합니다. 2천여 년 전에 사마천司馬遷이 쓴 『사기史記』에도 〈영행열전佞幸列傳〉, 즉 '아첨꾼 열전'이 있는 것을 보면, 아첨의 문제는 어제오늘의 일이 아닌 듯합니다. 『정관정요貞觀政要』에도 이런 대목이 있습니다.

아첨꾼들은 나라를 좀먹는 해충이다. 이런 자들은 달콤한 말로 선을 위장하고 당파를 지어 사사로운 이익을 도모하니, 무능한 군주 중에 이들에게 미혹되지 않은 자가 없고 충신들은 억울함을 당한다. 이것은 난초가 자라려 하나 무심한 가을바람에 꺾이는 것과 다름없다. 현명한 정치를 하려는 군주는 아첨꾼들의 눈과 귀를 막아야 한다.

이것은 태종 이세민李世民이 신하들에게 한 말입니다. 아첨꾼의 대표적인 특징은 감언이설甘言利說을 늘어놓고 짐짓 얼굴 표정을 꾸미는 것입니다. 그래서 공자는 "교묘히 꾸민 말과 아름답게 꾸민 얼굴빛에는 인함이 드물다"고 했습니다. 똑같은 내용이 〈학이學而〉 편과 〈양화陽和〉 두 군데 있는 것으로 보아, 공자는 이런 부류의 인간들을 특히 싫어했던 것 같습니다. 주희朱熹의 풀이에 따르면 '교언영색'은 "말을 잘하고 얼굴빛을 좋게 하여 밖으로 꾸밈으로써 다른 사람을 기쁘게 하는 데 힘쓰는 것"입니다. 그 목적은 물론 상대방의 환심을 사서 무언가 이득을 보려 함입니다.

『논어』 〈계씨季氏〉 편에서 공자는 '손자삼우損者三友'라 하여 사귀어 손해가 되는 세 부류의 친구를 열거했습니다. 여기서 말한 '편벽便辟', '선유善柔', '편녕便佞'을 한마디로 정리하면 '교언영색'에 다름 아닙니다. 공자는 말만 번지르르한 사람을 좋게 평가하지 않았습니다. 예를 들어 중옹仲雍이라는 제자에 대해서 "어진 사람인지는 잘 모르겠지만 말재주는 어디에 쓰겠는가?"라 했는가 하면, "내가 이래서 말만 그럴 듯하게 잘하는 사람[佞]을 미워한다"고 제자인 자로를 비판하기도 했습니다. 행동보다 말이 앞설 바에는 차라리 어눌함이 낫다는 것입니다.

교언영색을 멀리하라고 한 공자의 가르침을 따르고자 한다면, 어떤 이가 교언영색에 힘쓰는 아첨꾼인지 구별할 능력이 필요할 것입니다. 리처드 스텐걸은 『아부의 기술』이라는 책에서 아첨꾼을 구별하는 방법 몇 가지를 알려줍니다.

아랫사람에게는 거칠게 행동하고 윗사람에게 공손하다면 아첨꾼일 가능성이 높다. 진정한 친구는 한 번의 눈길로 애정과 충심을 전달하는 반면 아첨꾼은 형식적인 수단에 의존한다. 또 진정한 친구는 친구들을 돕는 데 반해, 아첨꾼은 당신과 친구들이 멀어지도록 만든다. 아첨꾼은 대체로 불안해하고 다른 사람이 욕을 먹을 때 좋아한다. 아첨꾼은 자신의 일을 마치 다른 사람의 일처럼 이야기하고, 다른 사람의 일은 제 일처럼 이야기한다.

그런데 정말 교언영색은 백해무익하기만 한 것일까요? 다산 정약용의 생각은 조금 다른 듯합니다. 그는 강진에 유배되었을 때 논어에 대한 주석서인 『논어고금주論語古今注』를 저술했는데, '교언영색'에 대한 자신의 생각을 이렇게 밝혔습니다.

교언영색이 죄악은 아니다. 다만 성인께서 사람을 관찰할 때 매양 교언영색 하는 자를 보면 그 사람이 대개 인仁하지 못한 경우가 많았기 때문에 그래서 다만 드물다고 말한 것이다. 교언영색에도 때로는 좋은 사람이 있다. '드물다'라는 말은 참으로 적절한 말이다. 만약 '절대 없다'고 한다면 실제에서 멀어진다.

교언영색과 인仁이 공존할 때도 있다는 것이 정약용의 생각입니다. 그렇다면 교언영색이 순전히 나쁜 뜻으로 쓰이는 아첨과 완전히 같은 말은 아닌가 봅니다. 사실 아첨과 칭찬은 경계가 뚜렷하지 않습니다. 아첨은 실제가 없는 빈 소리, 즉 거짓이고 칭찬은 실제를 바탕으로 한 진실이라고도 하지만, 실제가 있고 없음도 그리 쉽게 판단할 수 있는 것이 아닙니다. 그래서 『논어』〈팔일〉 편을 보면 공자도 이렇게 어려움을 호소하고 있습니다.

> 군주를 섬길 때 예를 다하는 것은 당연한 것인데도 사람들은 이를 아첨한다고 생각한다.

어쨌든 군주는 나라를 대표하는 사람이므로 언행에서 정성스럽게 예의를 갖추어야 마땅한데, 그것을 옆에서 지켜보는 이들 가운데 일부는 군주에게 잘 보이려고 아첨한다고 오해한다는 것입니다. 예의를 갖추려는 마음이 밖으로 드러나 말과 표정으로 이어지면 얼마간 교언영색과 상통하는 부분이 생기게 되기 때문일 것입니다.

교언영색이라고 해서 모두 아첨은 아니라고 한다면, 오히려 전향적으로 이렇게 생각해보는 것은 어떨까요? 인仁과 부합하는 범위 내에서 적절한 교언영색으로 예의를 갖추자고 말입니다. "교묘히 꾸민 말과 아름답게 꾸민 얼굴빛에는 인함이 드물다"고는 했지만, 이런 가르침을 문자 그대로만 받아들여 사람들을 대할 때 말과 표정을 지나치게 딱딱하게 할 필요도 없을 듯합니다. 따뜻한 말 한마디, 아름다운 미소 한 번이 세상을 바꾸는 경우를 흔히 볼 수 있습니다. "칭찬은 고래도 춤추게 한다"고 하지 않습니까? 꼭 필요한 칭찬으로 긍정적 인간관계를 만들어가는 지혜가 요구되는 시대라 하겠습니다.

고전 읽기

『논어論語』〈학이學而〉

공자께서 말씀하셨다. "말을 좋게 하고 얼굴빛을 곱게 하는 사람이 인한 경우가 드물다."

· · · ·

원문 子曰, 巧言令色, 鮮矣仁.

『논어論語』〈팔일八佾〉

공자께서 말씀하셨다. "군주를 섬길 때 예를 다하는 것은 당연한 것인데도 사람들은 이를 아첨한다고 생각한다."

· · · ·

원문 子曰, 事君盡禮, 人以爲諂也.

『논어論語』〈계씨季氏〉

공자께서 말씀하셨다. 유익한 벗이 세 종류요, 유해한 벗이 세 종류다. 정직한 이를 사귀고, 성실한 이를 사귀고, 박학한 이를 사귀면 유익하다. (이익을 위해) 에둘러 말하는 이를 사귀고, 생글거리(며 아첨하)는 이를 사귀고, (이익을 위해) 말만 번지르르한 이를 사귀면 유해하다.

· · · ·

원문 孔子曰, 益者三友, 損者三友. 友直友諒友多聞益矣, 友便辟友善柔, 友便佞損矣.

『정관정요貞觀政要』 〈두참사杜讒邪〉

정관貞觀 연간 초년에 태종太宗이 신하들에게 말했다. "짐이 이전 시대를 보건대, 아첨꾼들은 나라를 좀먹는 해충이다. 이런 자들은 달콤한 말로 선을 위장하고 당파를 지어 사사로운 이익을 도모하니, 무능한 군주 중에 이들에게 미혹되지 않은 자가 없고 충신들은 억울함을 당한다. 이것은 난초가 자라려 하나 무심한 가을바람에 꺾이는 것과 다름없다. 현명한 정치를 하려는 군주는 아첨꾼들의 눈과 귀를 막아야 한다."

• • • •

원문 貞觀初, 太宗謂侍臣曰, 朕觀前代, 讒佞之徒, 皆國之蟊賊也. 或巧言令色, 朋黨比周. 若暗主庸君, 莫不以之迷惑, 忠臣孝子所以泣血銜冤. 故叢蘭欲茂, 秋風敗之. 王者欲明, 讒人蔽之.

풀을 묶어 은혜를 갚다

결초보은結草報恩

이날 밤 위과는 비로소 편히 잠들 수 있었는데, 꿈에 낮에 보았던 노인이 나타나 앞으로 걸어오더니 읍을 하며 말했다. "장군께서는 두회가 붙잡힌 연유를 아시는지요? 그것은 이 늙은이가 풀을 묶어 그를 막았기에 그래서 걸려 넘어져 붙잡혔던 것입니다."

– 풍몽룡, 『동주열국지』 제55회

사람이 죽음에 이르러 남긴 말을 유언이라고 합니다. 『삼국사기』에 따르면 신라의 제30대 왕인 문무왕文武王은 이런 유언을 남겼습니다. 사람이 죽고 나면 한 줌 흙으로 돌아갈 뿐이니, 장례를 치르고 능을 마련하는 데 재물을 낭비하지 말라는 것이었습니다. 후에 신문왕神文王이 된 태자는 문무왕의 유언을 받들어, 유해를 화장하고 동해 바다의 바위에 뿌렸습니다. 이것이 현재 전하는 문무왕 수중릉입니다. 문무왕의 뜻은 동해의 용이 되어 왜구의 침입을 막는 것이었다고 하니, 한 나라의 지도자로서 죽어서도 나라의 안녕을 위해 애쓰겠다는 정신을 높이 살 만합니다.

그의 뒤를 이은 신문왕으로서는 인도印度 식으로 화장을 해달라는 문무왕의 유언에 당황했을 법도 합니다. 그러나 문무왕이 자신의 죽음을 미리 예감하고 논리도 정연하게 당부의 말을 남긴 유조遺詔인지라, 감히 거역하지 못하고 그대로 유언을 따랐습니다. 현대에 들어서도 고

인의 유언은 법적 효력을 갖습니다. 다만 이것을 정해진 격식을 갖춘 유언장에 남겨야 하는데, 이때 중요한 것은 작성 연월일과 집 주소, 이름을 포함하여 자필로 직접 쓰고 날인해야 한다는 점입니다. 날인하는 도장은 인감도장이 아니라도 되고 지장도 가능하다고 합니다.

유언장의 효력을 둘러싸고 벌어진 법적 분쟁 소식을 들은 적이 있습니다. 이미 고인이 된 A씨가 사망 전에 전 재산을 아들 B씨에게 물려줄 생각으로, 그러한 내용을 담은 유언장을 작성했다고 합니다. A씨가 사망한 뒤 B씨는 유언장의 내용을 토대로 A씨의 전 재산을 상속받고자 했는데, 상속을 받지 못하게 된 A씨의 다른 자녀들이 유언장의 유효성을 문제 삼은 것입니다. A씨가 유언장에 적은 주소가 문제였는데, 1134-4로 써야 할 지번을 1134까지만 쓴 것이 발단이었습니다. 1심에서는 다른 자녀의 주장이 받아들여져 유언장의 법적 효력이 없다고 보았으나, 항소심에서는 다시 B씨의 손을 들어주었습니다. 1134까지만 써도 우편물을 받을 수 있다는 것이 주요한 이유 가운데 하나였습니다.

이 소식을 듣고 언뜻 '결초보은結草報恩'이라는 고사성어가 떠올랐습니다. '결초보은'은 "죽어서도 잊지 않고 은혜를 갚는다는 뜻이지만, 그 유래를 살펴보면 사실 유언과 관련이 깊습니다. 이 말의 출전은 『좌전左傳』입니다. 선공宣公 15년조를 보면 이런 내용이 보입니다. 춘추시대 진晉나라의 대부 위무자魏武子에게 첩이 하나 있었는데, 위무자는 평소에 아들 위과魏顆에게 자신이 죽거든 첩을 개가시키라고 했다고 합니다. 그런데 병이 깊어져 숨을 거두기 직전에는 다시 첩을 순장殉葬시키라는 유언을 남깁니다. 위무자가 세상을 뜨자 위과는 아버지의 첩을 개가시켰습니다. 위무자가 병환이 깊을 때는 정신도 혼미했으므로 맑은 정신으로 한 말을 따르겠다는 뜻이었습니다.

여기까지는 위무자가 아들 위과에게 남긴, 상반된 유언 이야기입니다. 보통 유언이라면 돌아가시기 직전에 한 말을 더 비중 있게 다루기 마련이지만, 위과는 생사를 오가는 병석에서 남긴 유언보다 평소 멀쩡히 살아계실 때 하신 말씀을 따르겠다고 했습니다. '결초보은'의 이야기가 그 뒤에 이어집니다.

위과가 후에 장수가 되어 진秦나라와의 전투에 나서게 됩니다. 두 나라의 군대가 막 교전을 펼치려고 할 때, 갑자기 한 노인이 나타나 풀을 고리 모양으로 묶습니다. 위과와 맞서던 적장 두회杜回가 이 풀 고리에 걸려 넘어지는 바람에, 위과는 두회를 사로잡습니다. 그날 밤 위과의 꿈에 노인이 나타나서 이렇게 말합니다.

> 나는 당신이 개가시켜준 선친 첩의 애비 되는 사람이오. 당신이 선친이 맑은 정신일 때 하신 말씀을 따랐기에 내가 이런 방법으로 보답을 했소이다.

중국 명나라 풍몽룡馮夢龍이 지은 역사소설 『동주열국지東周列國志』에 이 '결초보은'의 이야기가 조금 더 자세하게 윤색되어 나옵니다. 여기서는 위무자가 자신이 죽은 뒤 첩을 어떻게 할 것인가를 두고 상반된 이야기를 하는 상황이 두 가지로 분명하게 제시됩니다. 위무자가 전쟁터로 출정을 할 때면 아들을 불러놓고 자신이 전쟁터에서 죽거든 개가시키라고 분부하고, 집으로 돌아와 병들어 죽게 되었을 때는 당시 귀족들의 풍습대로 첩을 순장시키라고 유언했다는 것입니다.

이것은 풍몽룡이 의도적으로 공公과 사私 두 가지 상황을 설정한 결과로 여겨집니다. 전쟁터에 나설 때의 위무자는 이미 나라를 위해 한 목숨 바칠 각오를 한 상태라서 일신의 안위나 영달을 꾀하지 않았습니다. 혹시 전쟁터에서 죽을지 모르니 그때를 대비해서 순장시킬 첩을 데려가겠다는 장수는 없을 것입니다. 그러나 전쟁터에서 돌아와 집에서 죽음을 맞이할 때가 되면 세상만사를 자기중심적으로 판단하게 됩니다. 그래서 저승 가는 길이 적적할지 모르니 산 사람이라도 함께 묻어 달라고 말이 바뀌었던 것입니다.

어쩌면 이렇게 상황에 따라 이랬다저랬다 변덕이 죽 끓듯 하는 것이 인간의 본성일지도 모르겠습니다. 그런데 어른의 말씀을 존중하고자 하는 후손으로서는, 이럴 때 어떤 쪽을 따라야 할지 애매해지는 것도 사실입니다. 그래서 풍몽룡은 『좌전』에는 보이지 않는 위과의 동생 위기魏錡를 등장시켜 갈등을 증폭시켰습니다. 즉 선친의 첩을 개가시킬 것을 주장하는 형에 맞서, 아버지가 돌아가시기 전에 마지막으로 하신 말씀이 진정한 유언이라며 순장을 고집한 것입니다.

이때 위과가 동생 위기를 설득하면 한 말이 바로 "효자종치명, 부종난명孝子從治命, 不從亂命", 즉 "효자는 어른의 정신이 맑을 때의 명을 따르지, 정신이 혼미할 때의 명을 따르지 않는다"는 것입니다. 위무자는 평소 용맹하기로 이름난 장수였습니다. 그렇다면 위무자가 전장으로 나갈 때 정신이 맑았을지, 아니면 집에서 임종을 할 때 정신이 맑았을지 판단하는 것도 그리 어렵지는 않았을 것입니다. 이처럼 '결초보은'의 고사는 은혜에 보답한다는 것보다 어떻게 현명하게 유언을 이행할 것인지를 더 생각해보게 합니다.

그러고 보니 앞서 뉴스에 나왔던 A씨의 다른 자녀들이 B씨에게 전 재산을 남긴다는 유언은 정신이 혼미할 때 하신 말씀이라고 주장할지 모르겠습니다. A씨가 평소에는 어떤 말씀을 하셨는지 궁금하기도 합니다.

고전 읽기

『좌전左傳』 선공宣公 15년조

춘추시대 진晉나라의 대부 위무자魏武子에게 첩이 하나 있었는데 둘 사이에 자식을 얻지 못했다. 위무자는 평소에 아들 위과魏顆에게 자신이 죽거든 첩을 개가시키라고 했다. 그런데 병이 깊어져 숨을 거두기 직전에는 첩을 순장殉葬시키라는 유언을 남겼다. 위무자가 세상을 뜨자 위과는 아버지의 첩을 개가시키면서 아버지가 병환이 깊을 때는 정신도 혼미했으므로 맑은 정신으로 한 말을 따르겠다고 했다. 위과가 후에 장수가 되어 진秦나라와의 전투에 나서게 되었다. 두 나라의 군대가 막 교전을 펼치려고 할 때 갑자기 한 노인이 나타나 풀을 고리 모양으로 묶었다. 위과와 맞서던 적장 두회杜回가 전투 중에 이 풀 고리에 걸려 넘어졌고, 위과는 그런 두회를 사로잡았다.

그날 밤 위과의 꿈에 노인이 나타나서 이렇게 말했다. "나는 당신이 개가시켜준 선친 첩의 애비 되는 사람이오. 당신이 선친이 맑은 정신일 때 하신 말씀을 따랐기에 내가 이런 방법으로 보답을 했소이다."

• • • •

원문 初, 魏武子有嬖妾, 無子. 武子疾, 命顆曰, 必嫁是. 疾病, 則曰, 必以爲殉. 及卒, 顆嫁之, 曰, 疾病則亂, 吾從其治也. 及輔氏之役, 顆見老人結草以亢杜回. 杜回躓而顚, 故獲之. 夜夢之曰, 余, 而所嫁婦人之父也. 爾用先人之治命, 余是以報.

풍몽룡馮夢龍, 『동주열국지東周列國志』 제55회

이날 밤 위과는 비로소 편히 잠들 수 있었는데, 꿈에 낮에 보았던 노인이 나타나 앞으로 걸어오더니 읍을 하며 말했다. "장군께서는 두회가 붙잡힌 연유를 아시는지요? 그것은 이 늙은이가 풀을 묶어 그를 막았기에 그래서 걸려 넘어져 붙잡혔던 것입니다."

위과가 크게 놀라며 말했다. "평소 내가 노인장과 면식이 없었는데 이렇게 도움을 받았으니 어떻게 보답을 하면 좋겠소?"

노인이 말했다. "저는 바로 선친의 첩인 조희祖姬의 애비 되는 사람입니다. 장군께서 제 딸을 잘 시집보내라는 선친의 명을 따르셨기에 제가 구천 아래에서 장군께서 제 딸의 목숨을 살려준 데 감복해, 미력이나마 다 해서 장군께서 이러한 전공을 세우실 수 있도록 도왔습니다. 장군께서 더 노력하시면 후세에 틀림없이 대대로 영화를 누리고 자손들도 부귀해져 왕후가 될 것이니, 제 말씀을 잊지 마십시오."

본래 위과의 아버지 위주魏犨(위무자)에게는 애첩이 하나 있어 이름을 조희라 했다.

위주가 병이 들자 매번 출정할 때마다 필히 위과에게 이렇게 부탁했다.

"내가 만약 모래벌판에서 전사하거든 너는 마땅히 나를 위해 좋은 배필을 골라서 이 여인을 시집보내어라. 제 갈 곳을 잃지 않도록 해야 내가 죽어서도 눈을 감겠구나."

위주는 병세가 위독해졌을 때 다시 위과에게 이렇게 부탁했다. "이 여인은 내가 사랑하고 아끼는 사람이니, 반드시 나를 위해 순장을 시켜서 내가 지하에서도 짝이 있도록 해주기 바란다."

말을 마치자마자 위주는 세상을 떠났다. 위과는 아버지 장례를 치르면서 조희를 순장시키지 않았다.

그러자 위기魏錡가 말했다. "아버지가 임종 시에 하신 유언을 기억

못하시오?"

위과는 이렇게 말했다. "아버지께서 평소에는 이 여인을 반드시 개가시키라고 분부하셨으니, 임종 시에는 혼미해져서 하신 말씀이다. 효자는 어른의 정신이 맑을 때의 명을 따르지, 정신이 혼미할 때의 명을 따르지 않는 법이다."

그리고는 장례가 끝나자 마침내 선비를 골라 조희를 개가시켰다. 이러한 음덕이 있었기에 노인이 풀을 묶어 보답했던 것이다.

위과는 꿈에서 깨어 위기에게 꿈 이야기를 들려주었다. "내가 당시에 아버지의 마음을 깊이 헤아려 이 여인을 죽이지 않았는데, 뜻밖에 여인의 아버지가 이처럼 지하에서 은혜로 알고 있었더구나." 위기가 탄복해마지 않았다.

• • • •

원문 是夜, 魏顆始得安睡, 夢日間所見老人, 前來致揖曰, 將軍知杜回所以獲乎. 是老漢結草以御之, 所以顚躓被獲耳. 魏顆大驚曰, 素不識叟面, 乃蒙相助, 何以奉酬. 老人曰, 我乃祖姬之父也. 爾用先人之治命善嫁吾女, 老漢九泉之下, 感子活女之命, 特效微力, 助將軍成此軍功. 將軍勉之, 後當世世榮顯, 子孫貴爲王侯, 無忘吾言. 原來魏顆之父魏犫, 有一愛妾, 名曰祖姬. 犫病每出征, 必囑魏顆曰, 吾若戰死沙場, 汝當爲我選擇良配, 以嫁此女, 勿令失所, 吾死亦瞑目矣. 及魏犫病篤之時, 又囑顆曰, 此女吾所愛惜, 必用以殉吾葬, 使吾泉下有伴也. 言訖而卒. 魏顆營葬其父, 並不用祖姬爲殉. 魏錡曰, 不記父臨終之囑乎. 顆曰, 父平日吩咐必嫁此女, 臨終乃昏亂之言. 孝子從治命, 不從亂命. 葬事畢, 遂擇士人而嫁之. 有此陰德, 所以老人有結草之報. 魏顆夢覺, 述於魏錡曰, 吾當時曲體親心, 不殺此女, 不意女父銜恩地下如此. 魏錡歎息不已.

불쌍히 여기는 마음

측은지심惻隱之心

이를 통해 보면 불쌍히 여기는 마음이 없으면 사람이 아니고,
부끄러워하는 마음이 없으면 사람이 아니며, 사양하는 마음이 없으면 사람이 아니고,
옳고 그름을 아는 마음이 없으면 사람이 아니다.
- 『맹자』 〈공손추상〉

심장마비로 쓰러진 개인택시 기사를 모른 체하고 떠난 승객의 행동이 사람들의 공분을 산 적이 있습니다. 택시를 운전하는 기사 이 모 씨가 쓰러지면서 택시가 앞차와 추돌해 멈춰 섰습니다. 그런데 이 택시에 타고 있던 승객 둘이 119에 구조 신고도 하지 않고, 차 열쇠를 뽑아 트렁크에서 골프 가방을 꺼낸 뒤 다른 택시를 잡아타고 현장을 떠났다는 것입니다. 목격자가 "사고 수습을 할 때까지 자리를 지켜야 하지 않느냐?"고 물었지만, 그대로 서둘러 빠져나갔다고 합니다. 이 모 씨는 다른 시민의 신고로 병원으로 옮겨졌지만 끝내 숨졌습니다.

이 택시에 탔던 승객들은 기사 이 모 씨를 방치한 이유에 대해 일본으로 출국하기 위해 공항으로 가던 길이었고, 공항버스 출발 시간이 임박해 현장에서 지체할 시간이 없었다고 해명했습니다. 도로교통법에는 교통사고가 발생했을 때, 차량 운전자 및 승무원에게 사상자 구호 등 필요한 조치를 취할 것을 의무화하고 있지만, 승객에 대한 규정은

따로 없습니다. 따라서 현재로서는 이 모 씨의 택시에 탔던 승객을 처벌할 법적 근거가 마련되어 있지 않은 상태입니다. 그러나 앞으로 같은 일이 또 발생하지 않도록 무언가 조치가 취해져야 할 것 같습니다.

프랑스에서는 자신에게 위험을 초래함이 없는 상태에서 타인에 대한 구조를 고의로 하지 않았을 경우, 5년의 구금형 또는 우리 돈 1억 원 가량의 벌금형을 받는다고 합니다. 우리나라에서도 택시기사 이 모 씨 사건을 계기로 일명 '착한 사마리아인 법'을 도입해야 한다는 일각의 주장이 힘을 얻고 있습니다. 착한 사마리아인Good Samaritan은 신약성경의 누가복음에 나오는 이야기로, 사마리아인이 적대 관계에 있는 유대인이 강도를 당해 길에 쓰러져 있는 것을 도왔다는 내용입니다.

그러나 '구조 불이행죄'를 도입하려는 움직임에 대해 반대하는 시각도 없지 않습니다. 개인의 도적적 판단에 맡길 문제에까지 법의 잣대를 들이밀 때 발생할 수 있는 부작용도 만만치 않다는 것입니다. 예를 들어 승객이 어떤 택시를 타는 순간 바로 그 택시 기사의 안전에 관한 법적 의무를 지게 된다는 것이 과하다는 생각입니다. 다만 법의 제정과 별개로 이 사건과 관련된 도덕적, 윤리적 문제는 짚고 넘어가야 하지 않을까 합니다.

인간의 본성이 선하다는 '성선설性善說'을 주장했던 맹자孟子는 『맹자』〈공손추상公孫丑上〉 편에서 이렇게 말한 바 있습니다.

> 불쌍히 여기는 마음이 없으면 사람이 아니고, 부끄러워하는 마음이 없으면 사람이 아니며, 사양하는 마음이 없으면 사람이 아니고, 옳고 그름을 아는 마음이 없으면 사람이 아니다. 불쌍히 여기는 마음은 어짊의 단초이고, 부끄러움을 아는 마음은 옳음의 단초이며, 사양하는 마음은 예절

의 단초이고, 옳고 그름을 아는 마음은 지혜의 단초이다.

이 대목에서 맹자는 이른바 '사단설四端說'을 제기했습니다. '사단四端'이란 인간이 선천적으로 가지고 있는 네 가지 단초를 가리킵니다. 그것은 각각 '불쌍히 여기는 마음', '부끄러워하는 마음', '사양하는 마음', '옳고 그름을 아는 마음'입니다. 이를 한자로 나타내면 '측은지심惻隱之心', '수오지심羞惡之心', '사양지심辭讓之心', '시비지심是非之心'이 됩니다. 이 '사단'이 없으면 사람이 아니라 했으니, 거꾸로 말하면 사람마다 모두 이 '사단'을 가지고 있다는 것이고, 그렇게 생각한 것이 바로 성선설의 핵심입니다.

인간에게 '사단'이 있기에 이를 확충하여 인仁, 의義, 예禮, 지智로 나아갈 수 있다고 맹자는 말했습니다. 인간이 나면서 모두 어질고, 의롭고, 예절 바르고, 지혜로운 것이 아니라도, 사단을 바탕으로 그러한 마음을 더 확대해 나가면 '인의예지'의 네 가지 덕을 완성할 수 있다고 본 것입니다. 맹자가 왕도정치를 실현 가능한 목표로 제시한 것도, 결국 인간의 사단에 대한 강력한 믿음에 기초하고 있다고 생각됩니다.

맹자는 사단 중에서도 '측은지심', 즉 불쌍히 여기는 마음에 대해 더 많은 설명을 덧붙였습니다. 측은지심을 설명하기 위해 맹자가 먼저 언급한 것이 '불인지심不忍之心'입니다. 이것은 글자 그대로 풀이하면 '차마 하지 못하는 마음'인데, 구체적으로 말하자면 "남의 불행에 대해 차마 모른 척하고 지나칠 수 없는 마음"을 가리킵니다.

맹자는 그 사례로 어린아이가 막 우물에 빠지려고 하는 상황을 들었습니다. 이때 사람들은 다 놀라고 불쌍하게 여기는 마음이 들어 급히 달려가 구하려고 한다는 것입니다. 그것은 그러한 선행을 통해 어떠한

대가, 이를테면 어린아이의 부모와 친해지거나, 마을 사람들이나 친구들에게 칭송을 듣거나, 그렇게 하지 않았을 때 듣게 될 원성을 방지하거나 하는 목적이 있어서가 아니라고 했습니다. 차마 어린아이가 우물에 빠지는 것을 그냥 보고만 있을 수 없는 마음, 그것이 불인지심이요 측은지심이며, 이는 인간이 가진 본성이라는 것이 맹자의 주장입니다.

유가 철학은 인간의 도덕적 수양을 중요한 과제로 삼았습니다. 그래서 도덕적 수양의 기본이 되는 본성에 대한 탐구가 활발했는데, 성선설을 주장한 맹자와 달리 순자荀子는 성악설을 주장했습니다. 성악설은 인간의 본성이 악하다는 뜻이라기보다, 인간이 선천적으로 감성적 욕망을 가지고 있어서 그것을 방임하면 악한 결과를 초래할 수 있다는 것입니다. 이런 관점에서 수양을 위해서는 인간에게 본래부터 갖추고 있는 '사단'을 잘 길러야 하는 것이 아니라, 감성적 욕망을 절제하는 체계적인 교육이 필요하다고 순자는 역설했습니다.

위험에 빠진 택시기사를 방치한 승객 소식을 접하면서, 저는 이것이 맹자보다 순자의 주장에 힘을 실어주는 사례라는 생각이 들었습니다. 인간에게 본래 '측은지심'이 있어서 누구나 남의 불행을 차마 모른 척하고 그냥 지나칠 수 없다는 맹자의 주장이 왠지 공허하게 들렸기 때문입니다. 그보다 인간에게는 선천적으로 감성적 욕망이 있어서, 욕망대로 행동하도록 방치하면 위험하다는 순자의 성악설이 설득력 있어 보였습니다. 그렇다고 해도 학설의 차이로만 여기기에는 여전히 찜찜한 구석이 남습니다. 인간에게는 생명이 위험한 택시기사를 외면할 만큼, 20분마다 온다는 공항버스를 놓치지 않고 싶은 감성적 욕망이 존재한다는 사실을 인정하는 것 말입니다.

고전 읽기

『맹자孟子』〈공손추상公孫丑上〉

맹자께서 말씀하셨다. "사람에게는 모두 남에게 차마 못하는 마음이 있다. 옛날 선왕先王들은 남에게 차마 못하는 마음이 있어 남에게 차마 못하는 정사를 행하셨다. 남에게 차마 못하는 마음으로 남에게 차마 못하는 정사를 행한다면, 천하를 다스리는 것은 손바닥 위에 놓고 움직이는 것처럼 쉬울 것이다. 사람에게는 모두 남에게 차마 못하는 마음이 있다고 말하는 것은, 예컨대 지금 어떤 사람이든, 갑자기 어린아이가 우물 속으로 빠지려는 것을 보게 되었을 때, 모두 깜짝 놀라고 측은한 마음이 들게 되는 것을 보면 알 수 있는 것이다. 이것은 구해준 인연으로 어린아이의 부모와 교분을 맺으려고 해서도 아니고, 아이를 구했다고 마을 사람이나 친구들에게 칭찬을 듣고자 해서도 아니며, 구하지 않았을 때 듣게 될 잔인하다는 비난의 소리들이 싫어서 그런 것도 아니다. 이를 통해 보면 **불쌍히 여기는 마음**이 없으면 사람이 아니고, 부끄러워하는 마음이 없으면 사람이 아니며, 사양하는 마음이 없으면 사람이 아니고, 옳고 그름을 아는 마음이 없으면 사람이 아니다. 불쌍히 여기는 마음은 어짊의 단초이고, 부끄러움을 아는 마음은 옳음의 단초이며, 사양하는 마음은 예절의 단초이고, 옳고 그름을 아는 마음은 지혜의 단초이다. 사람이 이 사단四端을 가지고 있음은 사지四肢를 가지고 있는 것과 같다. 이 사단을 가지고 있으면서도 인의仁義를 행할 수 없다고 스스로 말하는 자는 자신을 해치는 자이고, 자기 임금이 인의를 행할 수 없는 사람이라고 말하는 자는 임금을 해치는 자이다. 무릇 나에게 있는 이 사단을 모두 확충해 나갈 줄 알면, 마치 불이 처음 타오르고 샘물이 처음 솟아 나오는 것처럼, 처음은 미약하지만 결과는 대단할 것이다. 진실로 이 사단을 제대로 확충해 나간다면 천하도 보호할 수 있겠지만, 확충해 나가지 못한다면 부모도 섬길 수 없을 것이다."

• • • •

원문 孟子曰, 人皆有不忍人之心. 先王有不忍人之心, 斯有不忍人之政矣. 以不忍人之心, 行不忍人之政, 治天下, 可運於掌上. 所以謂人皆有不忍人之心者, 今人乍見孺子將入於井, 皆有怵惕惻隱之心, 非所以內交於孺子之父母也, 非所以要譽於鄕黨朋友也, 非惡其聲而然也. 由是觀之, 無惻隱之心, 非人也, 無羞惡之心, 非人也, 無辭讓之心, 非人也, 無是非之心, 非人也. 惻隱之心, 仁之端也. 羞惡之心, 義之端也. 辭讓之心, 禮之端也. 是非之心, 智之端也. 人之有是四端也, 猶其有四體也. 有是四端而自謂不能者, 自賊者也. 謂其君不能者, 賊其君者也. 凡有四端於我者, 知皆擴而充之矣, 若火之始然, 泉之始達. 苟能充之, 足以保四海, 苟不充之, 不足以事父母.

처지를 바꾸어 생각하다

역지사지易地思之

맹자께서 말씀하셨다. "우와 후직과 안회는 도가 같다.
우는 천하에 물에 빠진 자가 있으면 자기가 빠뜨린 것처럼 생각하며,
직은 천하에 굶주린 자가 있으면 자기가 굶주리게 만든 것처럼 생각했다.
이 때문에 그렇게 천하 사람을 구제하는 데에 급했던 것이다.
우와 직과 안회는 처지가 바뀌면 다 그렇게 했을 것이다.
-『맹자』〈이루하〉

서울 지하철 4호선 혜화역과 동대문역 사이, 낙산공원 아래에 위치한 이화마을을 돌아보고 온 적이 있습니다. 이 마을에서는 지난 2006년에 '낙산 프로젝트'가 진행되었습니다. 비교적 소외되고 낙후된 이 지역의 시각적 환경을 개선하고자, 70여 명의 작가가 나서 동네 곳곳에 그림을 그리고 조형물을 설치했습니다. 그 뒤로 이곳은 '이화동 벽화마을'로 널리 이름이 알려졌습니다. 특히 계단에 그려진 잉어와 해바라기는 이 마을을 찾는 관람객들의 사랑을 듬뿍 받았습니다.

그런데 이화동 벽화마을의 상징과도 같았던 잉어와 해바라기 그림이 회색 페인트로 덧칠해져 사라지는 사건이 있었습니다. 경찰이 수사에 나서 벽화를 지운 혐의로 이화마을 주민 다섯 명을 입건했습니다. 이들은 벽화로 인해 관람객들이 마을에 몰려들면서 소음과 낙서를 견디다 못해 벽화를 페인트로 지웠다고 합니다. 관리를 맡고 있는 구청이나 다른 주민들과 상의 없이 독단적으로 벽화를 지워 5천여만 원 상당

의 그림을 훼손한 것은 잘 했다고 볼 수 없습니다. 그러나 이 사건은 이 마을에 다녀간 한 사람으로서 저도 혹 주민들에게 피해를 주었던 것은 아닌지 되돌아보게 해주었습니다.

이화동 벽화마을 같은 곳은 관광지나 행락시설과 달리 평범한 주민들이 사는 주택가입니다. 이 마을에서 영업을 하는 분들은 많은 관람객들이 찾아오는 것을 반길 수도 있겠으나, 그렇지 않은 일반 주민들은 주거지와 관광지를 가리지 않는 일부 관람객들의 소음과 낙서에 고통을 호소할 수 있습니다. 주거지를 지나는 암사동 유적 부근의 둘레길에서도 쓰레기와 소음 문제로 민원이 끊이지 않는다는 뉴스를 접하기도 했는데, 이런 벽화마을이나 둘레길을 잘 다녀가려면 '역지사지易地思之'의 태도가 필요할 것입니다.

'역지사지'의 유래는 『맹자孟子』의 〈이루離婁〉 편으로 알려져 있습니다. 그러나 '역지사지'라는 표현이 그대로 나오는 것은 아니고, '역지즉개연易地則皆然'이라 하여 "처지가 바뀌면 다 그렇게 했을 것이다"라는 뜻의 말이 보입니다. 맹자는 이렇게 말했습니다.

> 우禹와 후직后稷과 안회顔回는 도가 같다. 우는 천하에 물에 빠진 자가 있으면 자기가 빠뜨린 것처럼 생각하며, 직은 천하에 굶주린 자가 있으면 자기가 굶주리게 만든 것처럼 생각했다. 우와 직과 안회는 처지가 바뀌면 다 그렇게 했을 것이다.

여기에 등장하는 우와 직은 각각 중국 하나라와 주나라의 시조이고, 안회는 공자의 제자입니다. 우와 직은 바삐 국사를 돌보느라 세 번 자기 집 문 앞을 지나면서도 들어가지 못했다고 하고, 안회는 어려운 형편에 살면서도 한 주발의 밥과 한 표주박의 물에 안빈낙도安貧樂道했습니다. 공자는 이들 세 사람을 모두 어진 이라고 칭송한 바 있습니다. 맹자는 이들이 처한 시대와 상황이 매우 달랐지만 추구하는 도가 같았으므로, 처지가 바뀌면 똑같이 행동했을 것이라고 했습니다.

'역지즉개연'이라는 말은 〈이루〉 편 뒤쪽에 한 번 더 나옵니다. 증자曾子는 무성武城에 있을 때 월越나라가 쳐들어오자 사람들을 이끌고 피신했습니다. 반면, 증자의 제자인 자사子思는 위衛나라에 있을 때 제齊나라가 쳐들어오자 임금을 지키겠노라며 떠나지 않았습니다. 맹자는 이에 대해 당시 증자는 스승의 신분이었고 자사는 신하의 신분이었기에 그러했다며, 증자와 자사의 처지가 바뀌면 다 그렇게 했을 것이라고 했습니다.

위와 같은 용례로 보아 『맹자』에 쓰인 '역지즉개연'의 의미가 '상대방의 처지에서 생각해보라'는 '역지사지'와 완전히 같은 것은 아닙니다. '역지사지'는 순전히 우리나라에서 쓰인 말로 여겨집니다. 『조선왕조실록』 〈태종실록〉에 이런 이야기가 보입니다. 손효종孫孝宗이라는 사람의 아내가 순금사巡禁司에 붙들려 가 남편의 은신처를 추궁 당하자 이렇게 대답했습니다.

> 부부의 정리상 알아도 말을 못할 텐데 모르는 것을 어쩌겠소? 당신네도 아내가 있을 터이니 처지를 바꾸어 생각해 보시오.

이 대목의 기록에 정확히 '역지사지'라는 말이 쓰였습니다. 찬성사贊成事로 있던 남재南在라는 사람이 손효종 아내가 한 이 말을 듣고 감동하여 석방했다고 합니다.

사실 '역지사지'의 의미를 더 드러낸 것은 『맹자』보다 『논어』 〈위령공衛靈公〉 편에 보이는 공자의 말이 아닌가 합니다. 공자는 제자인 자공子貢이 평생 간직할 한 말씀을 요청하자 "기소불욕, 물시어인己所不欲, 勿施於人"이라고 답했습니다. 자기가 하고 싶지 않은 것이라면 남에게도 그렇게 하지 말라는 뜻입니다. 처지를 바꾸어 놓고 생각하면 분명한 답이 나온다는 말입니다.

사람 사이의 갈등을 치유하는 방법의 하나로 제시되는 '역할극'에 바로 이런 '역지사지'의 의미가 담겨 있지 않은가 합니다. '역할극'은 다른 사람의 역할을 실행해보면서 자신이나 타인의 행동에 대한 새로운 통찰을 얻도록 하는 심리상담의 한 방법입니다. 갈등 관계에 있던 부부가 역할극을 통해 서로의 입장을 이해하고 화해에 이르렀다는 이야기를 심심찮게 듣습니다. '역지사지'의 태도가 인간관계에서 얼마나 중요한 것인지 새삼 깨닫게 됩니다.

이화동 벽화마을 사건을 지켜보면서 몇 년 전 다녀온 남해군의 독일마을도 떠오릅니다. 시원스럽게 펼쳐진 남해 바다를 배경으로 독일풍의 이국적인 주택들이 늘어선 아름다운 곳입니다. 그러나 정작 독일마을 주민들은 주거 환경이 나빠졌다고 아우성입니다. 밀려드는 자동차에 매연과 소음이 진동하고, 가정집을 기웃거리는 관광객들의 시선도 탐탁지 않다는 것입니다. 누가 내 집 주변에서 그런다면 나는 어떻게 할지 '역지사지'로 생각해볼 일인 듯합니다.

고전 읽기

『맹자孟子』〈이루하離婁下〉

우禹와 후직后稷은 태평시대를 만나, 세 번이나 자기 집 문 앞을 지나면서도 직무에 바빠 집에 들어가 보지 못하였는데, 공자께서 그들을 훌륭하게 여기셨다. 안회顔回는 어지러운 시대를 만나, 빈민가에 살면서 한 그릇의 밥과 한 바가지 물만으로 끼니를 때웠다. 다른 사람 같으면 그 고통을 견디지 못하는데, 안회는 그 즐거움을 바꾸지 않았으므로, 공자께서 그를 훌륭하게 여기셨다. 맹자께서 말씀하셨다. "우와 후직과 안회는 도가 같다. 우는 천하에 물에 빠진 자가 있으면 자기가 빠뜨린 것처럼 생각하며, 직은 천하에 굶주린 자가 있으면 자기가 굶주리게 만든 것처럼 생각했다. 이 때문에 그렇게 천하 사람을 구제하는 데에 급했던 것이다. 우와 직과 안회는 **처지가 바뀌면 다 그렇게 했을 것**이다. 예컨대, 지금 한 집에 같이 사는 사람이 밖에 나가 싸운다고 하자. 그럴 경우에는, 그를 구하기 위해 산발한 채 갓끈만 매고 나가도 괜찮을 것이다. 그러나 한 동네나 이웃에서 서로 싸우는 자들이 있다고 하자. 그럴 때 산발한 채 갓끈만 매고 나가 말린다면, 이는 미혹된 행동이니, 이런 경우에는 비록 문을 닫고 있더라도 괜찮은 것이다."

• • • •

원문 禹稷當平世, 三過其門而不入, 孔子賢之. 顏子當難世, 居於陋巷, 一簞食一瓢飮, 人不堪其憂, 顏子不改其樂, 孔子賢之. 孟子曰, 禹稷顏回同道, 禹思天下有溺者, 由己溺之也. 稷思天下有饑者, 由己饑之也. 是以如是其急也. 禹稷

顔子, 易地則皆然. 今有同室之人, 鬪者救之, 雖被髮纓冠而救之, 可也. 鄕隣有鬪者, 被髮纓冠而往救之, 則惑也. 雖閉戶, 可也.

『논어論語』〈위령공衛靈公〉

자기가 하고 싶지 않은 것이라면 남에게도 그렇게 하지 말라.

• • • •

원문　己所不欲, 勿施於人.

군주가 배라면 백성은 물이다

군주민수君舟民水

전해오는 말에 이르기를 "군주가 배라면 백성은 물이다.
물은 배를 뜨게 하지만 그 물이 배를 뒤엎기도 한다"고 했으니
이를 가리키는 말이다.
–『순자』〈왕제〉

얼마 전 우리 학교 서문과西文科의 한 교수님과 대화를 나누다 쿠바에 어학연수생을 보내는 계획을 추진 중이라는 얘기를 들었습니다. 쿠바 하면 생각나는 것이 '공산국가', '피델 카스트로', '야구' 세 가지밖에 없는데, 이런 쿠바에 우리 학교 학생을 보내는 시대가 되었다는 것이 신선하게 느껴졌습니다. 그러고 보니 미국과 쿠바도 50여 년 만에 국교 정상화를 선언했고, 우리도 쿠바 경제인들과 경제협력위원회를 개최한 바 있으니, 또 다른 시대가 도래한 것은 틀림없는 것 같습니다.

쿠바가 공산주의 국가가 된 것은 지난 1959년의 일입니다. 1956년 피델 카스트로, 체 게바라, 라울 카스트로 등의 사회주의 혁명가들이 이끄는 82명의 무리가 멕시코에서 배를 타고 쿠바의 시에라 마에스트라에 도착합니다. 이들은 이후 두 차례에 걸친 무장 투쟁을 벌여 마침내 미국의 지원을 받던 독재자 풀헨시오 바티스타 장군을 몰아내고 쿠바를 공산주의 국가로 만듭니다.

외신을 통해 쿠바 혁명을 기념하기 위한 열병식 소식을 접했는데, TV 화면에서 두 가지가 눈길을 끌었습니다. 하나는 펼침막을 들고 행진하는 학생들의 모습이었습니다. 펼침막에 "우리는 피델이다"라고 씌어 있었는데, 피델은 바로 쿠바 혁명의 주인공 피델 카스트로를 가리킵니다. 또 하나는 쿠바 혁명 당시 혁명가들이 멕시코에서 쿠바로 올 때 탔다는 배 '그란마 호'의 모형이 행진 대열과 함께 했다는 점이었습니다.

'그란마 호'는 쿠바 혁명의 시발점이자 피델 카스트로 정권 탄생의 상징과도 같은 것인데, 이것이 교수들이 선정한 2016년 올해의 사자성어인 '군주민수君舟民水'와 묘하게 교차되었습니다. '올해의 사자성어'는 교수신문이 주관하여 전국의 교수 수백 명을 대상으로 한 해를 압축적으로 정리할 만한 말을 선정하는 것입니다. 2016년에는 『순자』 〈왕제王制〉 편에 보이는 '군주민수'가 선정되었는데, "군주가 배라면 백성은 물"이라는 뜻입니다.

『순자』에서 '군주민수'라는 말이 나오게 된 배경을 더 자세히 살펴보겠습니다. 〈왕제〉 편은 왕도정치를 펼치는 군주의 정치제도를 논한 내용을 담고 있습니다. 순자는 먼저 왕도정치의 근간은 현명하고 능력 있는 자를 등용하고 그렇지 못한 자를 내치는 것이라고 했습니다. 여기서 나아가 인과 의로써 천하 사람을 대하여 전쟁을 치르지 않고도 천하 사람이 복종하게 되는 존재가 바로 '왕자王者', 즉 왕도정치를 펼치는 군주라고 설파했습니다. 그래서 〈왕제〉 편에서는 이러한 왕자에 의해 제정되는 구체적 제도에 어떤 것들이 있는지 이야기했습니다. '군주민수'가 등장하는 대목은 '말' 이야기로부터 시작됩니다. 순자는 이렇게 말합니다.

> 말이 수레에 놀란다면 사람들이 수레 타기를 불안해하고, 백성들이 정치에 놀란다면 통치자가 그 자리에서 불안해한다. 말이 수레에 놀란다면 조용히 가라앉히는 수밖에 없고, 백성들이 정치에 놀란다면 은혜를 베푸는 수밖에 없다.

순자는 말, 수레, 승객의 비유를 들어 백성, 정치, 통치자의 관계를 설명했습니다. 승객이 편안하려면 말이 수레를 편안히 받아들여야 하듯이, 통치자가 편안하려면 백성이 정치를 편안히 받아들여야 한다는 것입니다. 백성이 정치를 편안히 받아들일 방법으로 순자는 다음과 같은 것을 제시했습니다.

> 현명하고 착한 자를 골라 쓰고, 독실하고 공경스런 자를 끌어올리며, 효성과 우애를 진작시키고, 고아와 과부를 보살피며, 빈궁한 자를 도와준다. 이렇게 하면 백성들이 정치에 안심할 것이고, 그런 다음에야 통치자도 그 자리에서 편안할 것이다.

순자는 여기서 '선현량選賢良', 즉 현명하고 착한 인재를 선발하는 것을 가장 먼저 언급했습니다. '인사가 만사다'라는 말이 있는 것처럼, 모든 일은 결국 사람으로부터 시작되는 까닭입니다. '군주민수'가 나오는 것은 그 다음 대목입니다. 순자는 계속해서 이렇게 말했습니다.

> 전해오는 말에 이르기를 '군주가 배라면 백성은 물이다. 물은 배를 뜨게 하지만 그 물이 배를 뒤엎기도 한다'고 했으니 이를 가리키는 말이다.

물이 없으면 배도 무용지물이고, 물은 배를 띄우기만 하는 것이 아니라 뒤엎기도 한다는 것은 여러 역사적 사례가 증명하는 틀림없는 말입니다. 순자는 '군주민수'를 통해 군주와 백성이 어떤 관계인지 보여준 후에 군주가 지켜야 할 세 가지 원칙을 덧붙였습니다.

> 첫째, 군주가 편안하고자 한다면 정치를 공평하게 하고 백성을 사랑해야 한다.
>
> 둘째, 군주가 영광되기를 바란다면 예의를 드높이고 선비들을 공경해야 한다.
>
> 셋째, 군주가 공적을 쌓아 명망을 얻기를 바란다면 어진 자를 받들고 유능한 자를 기용해야 한다.

순자는 이 세 가지 원칙만 지키면 그 나머지는 저절로 되고, 그렇지 않으면 그 외의 것들이 아무리 훌륭해도 소용이 없다고 했습니다. 이 역시 되새겨볼 말이라고 생각합니다. 순자는 끝으로 공자의 말을 인용하며 이 단락을 매듭지었습니다. 공자는 군주의 등급을 셋으로 나누었습니다. 상급의 군주는 중요한 원칙과 작은 원칙을 모두 지킵니다. 중급의 군주는 중요한 원칙은 지키되 작은 원칙은 오락가락합니다. 하급의 군주는 중요한 원칙을 지키지 않으니 그 나머지는 볼 것도 없습니다. 여기서 말하는 '중요한 원칙'이란 위에서 언급한 '군주가 지켜야 할 세 가지'를 가리킵니다. 그리고 그 세 가지 원칙의 벼리에 '군주민수'가 있습니다.

쿠바 혁명 기념식에서 행진 모습이 특히 인상적이었던 것은 쿠바 혁명을 상징하는 배인 연한 녹색의 '그란마 호' 주위를 흰 셔츠를 입은 인

파가 가득 메웠기 때문이었습니다. 쿠바 사람들도 '군주민수'라는 고사성어를 아는지 어떤지는 확실치 않지만, 그 모습은 영락없는 '군주민수'였습니다. 임금이 배라면 백성은 물이어서 언제든 배를 띄울 수도 있고 배를 뒤집을 수도 있다는 이 말을 위정자들이 더욱 가슴에 새겼으면 하는 생각입니다.

고전 읽기

『순자荀子』〈왕제王制〉

말이 수레에 놀란다면 사람들이 수레 타기를 불안해하고, 백성들이 정치에 놀란다면 통치자가 그 자리에서 불안해한다. 말이 수레에 놀란다면 조용히 가라앉히는 수밖에 없고, 백성들이 정치에 놀란다면 은혜를 베푸는 수밖에 없다. 현명하고 착한 자를 골라 쓰고, 독실하고 공경스런 자를 끌어올리며, 효성과 우애를 진작시키고, 고아와 과부를 보살피며, 빈궁한 자를 도와준다. 이렇게 하면 백성들이 정치에 안심할 것이고, 그런 다음에야 통치자도 그 자리에서 편안할 것이다. 전해오는 말에 이르기를 "**군주가 배라면 백성은 물이다.** 물은 배를 뜨게 하지만 그 물이 배를 뒤엎기도 한다"고 했으니 이를 가리키는 말이다.

군주가 편안하고자 한다면 정치를 공평하게 하고 백성을 사랑함만 같은 것이 없고, 영광되기를 바란다면 예의를 드높이고 선비들을 공경함만 같은 것이 없고, 공적을 쌓아 명망을 얻기를 바란다면 어진

자를 받들고 유능한 자를 기용함만 같은 것이 없다. 이것이 백성을 다스리는 큰 줄기다. 세 가지 줄기가 타당하면, 그 나머지도 타당하지 않은 것이 없을 것이다. 세 가지 줄기가 타당하지 않으면, 그 나머지를 설사 타당하게 처리해도 오히려 장차 이득이 없을 것이다.

공자는 이렇게 말했다. "큰 줄기도 옳고 작은 줄기도 옳으면 상급의 군주다. 큰 줄기는 옳지만 작은 줄기에서 한 쪽은 나오고 한 쪽은 들어간다면 중급의 군주다. 큰 줄기가 그르면 작은 줄기가 비록 옳더라도 나는 그 나머지는 보지 않겠다."

• • • •

원문 馬駭輿, 則君子不安輿, 庶人駭政, 則君子不安位. 馬駭輿, 則莫若靜之, 庶人駭政, 則莫若惠之. 選賢良, 擧篤敬, 興孝弟, 收孤寡, 補貧窮. 如是, 則庶人安政矣. 庶人安政, 然後君子安位. 傳曰, 君者, 舟也, 庶人者, 水也. 水則載舟, 水則覆舟. 此之謂也. 故君人者, 欲安, 則莫若平政愛民矣, 欲榮, 則莫若隆禮敬士矣, 欲立功名, 則莫若尙賢使能矣. 是人君之大節也. 三節者當, 則其餘莫不當矣. 三節者不當, 則其餘雖曲當, 猶將無益也. 孔子曰, 大節是也, 小節是也, 上君也. 大節是也, 小節一出焉, 一入焉, 中君也. 大節非也, 小節雖是也, 吾無觀其餘矣.

개가 사나우면 술이 시어진다

구맹주산狗猛酒酸

"개가 사납다고 술이 왜 안 팔리는 겁니까?"
"사람들이 무서워하기 때문이지. 아이에게 돈과 주전자를 들려 보내
술을 받아오게 한다고 해보세. 그런데 개가 사납게 으르렁대며 물려고 하니,
그래서 술이 시어질 정도로 팔리지 않는 것일세."
-『한비자』〈외저설 우상〉

1970년대 이후 대규모로 택지개발이 이루어지고, 주택을 대량 공급하는 정책이 이어지면서 주택 유형이 크게 바뀌었습니다. 서울시를 예로 들면 강남과 신도시에 아파트가 집중적으로 공급되면서, 1970년 채 1%도 되지 않았던 아파트가 2005년을 기점으로 전체 주택의 절반을 넘어섰습니다. 예전 단독주택의 대문에는 으레 세 개의 문패가 걸려 있기 마련이었습니다. 하나는 주인 이름이 적힌 것이고, 나머지 둘은 각각 '개 조심'과 '신문사절'이었던 것으로 기억합니다.

그래서 우리나라 실정을 잘 모르는 외국인이 단독주택에 사는 누군가를 찾아갔다가, 대문 앞에서 "개 조심 씨 계십니까?"라고 하더라는 우스갯소리가 널리 유행하기도 했습니다. 단독주택에서는 이렇게 개를 기르는 경우가 많았는데, 더러 집에서 기르던 개에 물리는 사고도 있었습니다. 제 어머니만 해도 집에서 기르던 셰퍼드 종의 개에 물려 팔에 큰 상처를 입기도 했습니다. 1970년대 신문을 검색해보니, 집에

서 사나운 개를 키우는 집에서는 우편집배원을 위해 반드시 '개 조심' 팻말을 달자는 캠페인을 지금의 우정사업본부인 체신청에서 펼쳤다는 뉴스가 보입니다.

조심해야 할 사나운 개 순위에 빠지지 않고 등장하는 개는 핏불 테리어라는 종입니다. 미국에서 영국의 불도그와 테리어를 교배해 만든 투견인데, 동물들을 보면 물고 싶은 욕구를 참기 힘들어하고, 한번 물면 절대 놓치지 않는 집착이 강하다고 합니다. 얼마 전 한 70대 여성이 한 주택가를 지나던 중, 목줄이 풀린 개에 물려 전치 16주의 중상을 입어 견주가 법정 구속되는 사건이 있었는데, 행인이 다리를 절단하게 될 정도로 사납게 문 개의 품종이 바로 이 핏불 테리어였습니다.

또 캐나다 토론토 시에서는 한 콘도에서 애완견이 핏불 테리어에 물려 죽는 사건이 발생해, 배상을 둘러싸고 소송이 진행된 바 있습니다. 이 핏불 테리어는 산책 후 돌아오던 애완견에게 갑자기 달려들어 물어 죽였다가 토론토 동물 서비스에 넘겨져 안락사 되었습니다. 몬트리올 시에서는 한 여성이 핏불 테리어에 물려 사망하는 사건을 계기로 핏불 테리어 견종 소유 금지법이 제정되었으나, 동물학대방지협회의 청원으로 법 시행이 잠정 연기되었습니다. 이래저래 핏불 테리어는 조심해야 할 사나운 개로 유명세를 톡톡히 치르고 있습니다.

중국의 고전 『한비자韓非子』에도 사나운 개와 관련한 고사성어가 보입니다. '구맹주산狗猛酒酸'이 그것인데, "개가 사나우면 술이 시어진다"는 뜻입니다. 『한비자』〈외저설 우상外儲說右上〉 편에서 자세한 내용을 살펴보면 이러합니다.

송나라에 술을 파는 장사꾼 장씨莊氏가 있었습니다. 그는 됫박에 담는 술의 양을 속이지도 않고 손님을 정성스럽게 맞이했을 뿐만 아니라

술맛도 기가 막혔습니다. 그런데 술집을 알리는 깃발을 높이 매달고 술을 팔았는데 장사가 잘 되지 않았고, 오래 묵은 술은 시어버렸습니다. 장씨는 이렇게 장사가 안 되고 파리만 날리는 이유가 궁금해서, 이 마을의 어른인 양천楊倩이라는 사람을 찾아갔습니다.

양천은 대뜸 네가 키우는 개가 사납지 않느냐고 물었습니다. 장씨는 사나운 개가 있긴 하다면서 그게 술이 팔리지 않는 이유와 무슨 관계가 있느냐고 되물었습니다. 그러자 양천은 사람들이 그 개를 두려워하기 때문이라고 했습니다. 대개 사람들은 아이에게 주전자를 들려 보내 술을 받아오게 하는데, 개가 사납게 으르렁대며 물려고 한다는 것입니다. 이런 까닭에 사람들은 더 이상 이 집에 가서 술을 사지 않으니 술이 시어질 수밖에 없다고 했습니다.

한비자는 이 '구맹주산' 이야기를 예로 들면서 나라에도 '사나운 개'가 있을 수 있다고 했습니다. 치국의 도를 아는 사람이 훌륭한 책략을 군주에게 제공하려고 해도 권세 높은 신하가 사납게 으르렁대며 물려고 하면, 그 훌륭한 책략을 가진 사람이 군주에게 가까이 갈 수 없어 군주가 고립되고 만다는 것입니다.

한비자는 이어서 제나라 군주 환공桓公과 재상 관중管仲의 대화를 소개했습니다. 환공이 나라를 다스리는 데 무엇을 가장 걱정해야 하는지 묻자, 관중은 사당의 쥐를 걱정해야 한다고 다소 엉뚱한 대답을 내놓았습니다. 환공이 그 까닭을 물으니 관중은 이렇게 대답했습니다.

> 사당은 보통 목재로 만들고 겉에 칠을 하는데, 쥐가 구멍을 뚫고 들어가 그 안에 살게 됩니다. 불을 피워 쫓으려니 나무로 된 사당이 탈 염려가 있고, 물을 대 쫓으려니 칠이 벗겨질까 걱정입니다. 이래서 사당의 쥐를 잡

기가 어려운 법입니다.

관중은 이렇게 설명한 뒤 군주 주변 사람들을 경계해야 할 필요성을 역설했습니다. 군주의 시종들은 궁궐 밖에 나가면 군주의 권세를 등에 업고 백성들에게서 재물을 갈취하고, 궁궐 안으로 들어오면 자기들끼리 결탁해 군주 앞에서 죄상을 숨긴다고 했습니다. 또 이들은 군주의 일거수일투족을 살펴 조정 밖 패거리들에게 알려 권세를 높여가기에, 여러 신하들도 그들의 힘을 빌려 부귀를 얻는다는 것입니다. 법관들도 이들을 처벌하지 않기에 법체계마저 혼란에 빠지지만, 또 이들을 처벌하자니 군주가 편안하게 지낼 수 없다고 했습니다.

한비자는 관중의 말을 통해 '사나운 개'가 어떤 존재인지 분명하게 설파했습니다. 사나운 개와 같은 신하는 권세를 손아귀에 넣은 뒤 법령을 조작하면서, 그들을 위해 일하면 틀림없이 이득이 생길 것이지만, 만약 그렇지 않으면 반드시 손해를 보는 일이 있을 것이라고 사람들에게 으름장을 놓는다는 것입니다. 사나운 개들이 이렇게 덕망 높은 인사들을 물어뜯고 있는데도 군주가 알아채지 못한다면, 나라가 망하는 것은 시간문제라고 했습니다.

우리는 대통령 탄핵이라는 홍역을 치르기도 했고, 그 결과로 새로운 대통령을 뽑는 선거를 전보다 앞당겨 실시하기도 했습니다. 국회 청문회를 통한 진상 규명과 특별검사의 수사를 통해 국정농단의 배후에 있었던 '사나운 개'와 '사당의 쥐'의 존재에 대해서도 많은 사실을 알게 되었습니다. 아무쪼록 국정을 책임지는 대통령이라면 그런 전철을 다시 밟지 않도록, '구맹주산'의 이치를 되새기면서 주변에 사람을 물 만한 사나운 개가 없는지 돌아봐야 할 것입니다.

고전 읽기

『한비자韓非子』〈외저설 우상外儲說右上〉

송나라 사람 가운데 술을 파는 자가 있었다. 양을 잴 때 대단히 공정하고, 손님을 맞을 때 매우 정중하고, 빚은 술이 아주 맛나고, 주점을 알리는 깃대를 무척 높이 내걸었다. 그런데 눈에 띄게 장사가 안 되어 술이 시게 되는지라, 그 연유가 괴이하여 아는 사람에게 물어보기로 했다. 마을의 어른인 양천에게 물으니 양천은 이렇게 말했다.

"자네 집 개가 사나운가?"

"개가 사납다고 술이 왜 안 팔리는 겁니까?"

"사람들이 무서워하기 때문이지. 아이에게 돈과 주전자를 들려 보내 술을 받아오게 한다고 해보세. 그런데 **개가 사납게 으르렁대며 물려고 하니, 그래서 술이 시어질 정도로 팔리지 않는 것**일세."

대개 나라에도 개가 있으니, 도를 깨달은 이가 책략을 가지고 만승(수레 1만 대)의 군주를 깨우치려 해도, 대신들이 사나운 개가 되어 그를 맞아 물려고 한다. 이것이 임금이 눈이 가려지고 위협 당하는 이유이고, 도를 깨달은 이가 기용되지 못하는 이유다.

그래서 환공桓公이 관중管仲에게 "나라를 다스리는 데 가장 걱정스러운 것이 무엇인가?"라고 묻자, "가장 걱정스러운 것은 사당의 쥐"라고 대답한 것이다. 환공이 "어째서 사당의 쥐를 걱정하는가?"라고 하자, 관중은 이렇게 대답했다. "임금께서도 사당 짓는 것을 보셨겠지요? 사당은 보통 목재로 만들고 겉에 칠을 하는데, 쥐가 구멍을 뚫고 들어가 그 안에 살게 됩니다. 불을 피워 쫓으려니 나무로 된 사당이 탈 염려가 있고, 물을 대 쫓으려니 칠이 벗겨질까 걱정입니다. 이래서 사당의 쥐를 잡기가 어려운 법입니다. 지금 임금의 좌우 측근들이 밖에 나가면 위세를 부리며 백성들에게서 이득을 취하고, 들어와서는 패거리를 지어 임금에게 악을 숨깁니다. 안으로 임금의 상황을 엿보아 밖에 알리고, 안팎으로 위세를 부려 여러 신하와 벼슬아치에게서 부를 이룹니다. 관리는 처벌하지 않자니 법이 문란해지고 처벌하자니 임금이 불안해져, 죄를 묻지 않고 덮어두니, 이 또한 나라에는 사당의 쥐라 하겠습니다."

그러므로 신하가 권력을 장악하여 금지령을 내리면서, 자신에게 도움을 주는 자는 반드시 이득을 볼 것이고 자신에게 도움을 주지 않는 자는 반드시 손해가 날 것이라고 명시하니, 이 또한 사나운 개인 것이다. 대신이 사나운 개가 되어 도를 깨달은 선비를 물고, 좌우 측근이 또 사당의 쥐가 되어 임금의 사정을 엿보는데도, 임금이 깨닫지 못하고 이와 같다면 임금이 어찌 눈이 가려지지 않을 것이며, 나라가 어찌 망하지 않을 수 있겠는가?

• • • •

원문 宋人有酤酒者, 升概甚平, 遇客甚謹, 爲酒甚美, 縣幟甚高. 著然不售, 酒酸, 怪其故, 問其所知. 問長者楊倩, 倩曰, 汝狗猛耶. 曰, 狗猛則酒何故而不售. 曰, 人畏焉. 或令孺子懷錢挈壺甕而往酤, 而狗迓而齕之, 此酒所以酸而不售也. 夫國亦有狗, 有道之士懷其術, 而欲以明萬乘之主, 大臣爲猛狗迎而齕之. 此人主之所以蔽脅, 而有道之士所以不用也. 故桓公問管仲, 治國最奚患, 對曰, 最患社鼠矣. 公曰, 何患社鼠哉. 對曰, 君亦見夫爲社者乎. 樹木而塗之, 鼠穿其間, 掘穴託其中, 燻之則恐焚木, 灌之則恐塗阤, 此社鼠之所以不得也. 今人君之左右, 出則爲勢重而收利於民, 入則比周而蔽惡於君. 內間主之情以告外, 外內爲重, 諸臣百吏以爲富. 吏不誅則亂法, 誅之則君不安, 據而有之,

此亦國之社鼠也. 故人臣執柄而擅禁, 明爲己者必利, 而不爲己者必害, 此亦猛狗也. 夫大臣爲猛狗而齕有道之士矣, 左右又爲社鼠而間主之情, 人主不覺, 如此, 主焉得無壅, 國焉得無亡乎?

새 둥지를 뒤집어 알을 깨뜨리다

복소파란覆巢破卵

신이 듣기에 '새 둥지를 뒤집어 알을 깨뜨리면 봉황이 날아오지 않고,
태를 갈라 새끼를 구우면 기린이 오지 않는다'고 합니다. '
지금 제가 대왕의 명을 받들어 돌아가 우리 임금께 보고하면
두려움에 감히 실행하지 않을 수 없겠습니다만,
같은 입장의 섭양군과 경양군의 마음도 다치지 않겠습니까?"
- 『전국책』 〈조책〉

중국의 인터넷판 신문을 읽다가 지난 2008년 북경 올림픽 주경기장으로 쓰였던 '조소鳥巢(냐오차오)'에서 〈빛과 교향악의 시청각 쇼〉라는 공연이 있었다는 소식을 접했습니다. 중국에서는 최근에 레이저 광선을 이용한 축제나 행사가 많아졌는데, 여기에 고전과 현대를 망라하는 음악을 곁들여 풍성한 볼거리를 제공하겠다는 생각인 모양입니다. 공연장을 '조소'로 잡았으니 올림픽을 주제로 한 음악을 많이 편성해 분위기를 한껏 끌어올렸을 것입니다.

공연이 열린 '조소'의 정식 명칭은 국립경기장으로, 9만 1천 석을 갖춘 올림픽 주경기장으로 설계되었습니다. 지난 2008년 북경 올림픽 개막식에서 '공자孔子의 노래'라는 제목 하에, 공자의 제자 3천 명이 저마다 대나무 조각을 엮어 만든 죽간을 들고 펼친 공연이 아직도 인상 깊게 남아 있습니다. 그 후로 '공자 마케팅'이 대대적으로 펼쳐진 것을 보면, 중국이 올림픽을 이용해 중국문화의 우수성을 세계에 알리겠다는

의도가 상당히 성공을 거둔 것 같습니다.

2003년 당시 중국 정부는 올림픽 주경기장 건축 디자인을 공모했습니다. 그 결과 스위스 건축디자인 회사와 중국 건축디자인 연구원이 합작으로 제출한 디자인이 다른 12개 팀을 누르고 최종 선정되었습니다. 원래 이 디자인 팀은 중국 도자기 표면에 갈라진 듯 나 있는 선에 착안해 주경기장 디자인 안을 내놓았는데, 사람들이 그 모습이 오히려 새 둥지 같다며 이를 뜻하는 '조소'로 불렀습니다. 도중에 디자인 변경을 통해 최초의 디자인에서 지붕이 사라지자 더욱 새 둥지에 가까운 형태가 되었습니다. 우리나라 올림픽 주경기장이 도자기와 처마의 곡선에 착안했다 하였으니, '새 둥지'가 되면서 오히려 표절시비에서 자유로워졌는지도 모르겠습니다.

새 둥지는 새가 알을 낳고 부화한 새끼를 키우는 보금자리입니다. 새가 둥지를 만드는 과정은 바구니를 짜는 것과 비슷한데, 아무데나 아무렇게나 만드는 것은 아닌 모양입니다. 박새의 경우 수컷이 둥지를 만들 후보 몇 군데를 암컷에게 보여주면, 최종적으로 암컷이 그 가운데 하나를 결정한다고 합니다. 『시경』 〈작소鵲巢〉 편을 보면, "까치가 둥지를 둠에 비둘기가 살도다"라는 구절이 있습니다. 성격이 꼼꼼한 까치가 둥지를 잘 만들어 놓으면 그렇지 못한 비둘기가 그 둥지를 빌려 쓴다는 말입니다.

새 둥지와 관련한 고사성어로 '복소파란覆巢破卵'이라는 말이 있습니다. "새 둥지가 뒤집혀 새 알이 깨진다"는 뜻인데, 큰 집단이 무너지면 그 구성원들도 해를 입음을 비유합니다. 이 '복소파란'은 『전국책戰國策』에 보이며, 〈조책趙策〉에 소개된 자세한 내용은 이러합니다.

진秦나라가 위魏나라를 공격해 승리를 거두자 제후들이 모두 진나라에 축하 사절을 보냅니다. 조趙나라 왕도 사절을 보냈는데, 무슨 연유에서인지 진나라 왕은 연거푸 사절을 거절합니다. 조나라 왕이 대책을 논의한 끝에 언변이 좋기로 유명한 양의諒毅를 재차 사절로 보내기로 합니다. 양의가 이런저런 말로 진나라 왕을 구슬러 접견하는 데까지 성공했는데, 진나라 왕은 다시 받아들이기 어려운 조건을 제시합니다. 조나라 왕의 아우인 조표趙豹와 평원군平原君이 여러 차례 자신을 업신여겼으니, 이들 둘의 목을 자기 앞에 대령하라는 것입니다. 그러자 양의는 진나라 왕에게 이렇게 말합니다.

새 둥지를 뒤집어 알을 깨뜨리면 봉황이 날아오지 않습니다.

'복소파란'은 여기나 나온 말로서, 조나라 왕의 아우들에게 너무 모질게 하면 조나라 왕도 마음을 달리 먹을 수 있다는 말입니다. 그러면서 양의는 진나라 왕에게도 섭양군葉陽君과 경양군涇陽君 같은 아우가 있지 않느냐고 되묻습니다. 조나라 왕의 아우를 죽이려는 모습은 그들에게도 위협이 될 것이라 했습니다. 진나라 왕은 그 말을 듣고 마음이 다소 누그러져, 조표와 평원군을 국정에 참여시키지 않는 선에서 성의를 표하라고 한 발 물러섭니다.

'복소파란'과 거의 같은 의미의 말로 '복소무완란覆巢無完卵'이 있습니다. 이 말은 『세설신어世說新語』에 보이는 것으로, 〈언어言語〉 편에 등장합니다. 한나라 말기에 공융孔融이라는 인물이 있었는데, 공자의 20대 손이면서 재주가 뛰어나 건안칠자建安七子의 한 사람으로 불렸습니다. 당시 조정의 권력을 쥔 조조曹操 휘하의 장수 하후돈夏侯惇이 유비가 이끄는 촉군에게 패하자, 조조는 다시 50만 대군을 모아 유비를 칠 계획을 세웁니다. 공융은 이에 불만을 품고 "성품이 그른 사람이 바른 사람을 치려 하니 어찌 성공할 수 있겠느냐"고 조조를 비판합니다.

그 전에도 여러 차례 공융으로부터 모욕적인 말을 들었던 조조는, 더 이상 참지 못하고 공융을 체포하라는 명을 내립니다. 당시 공융에게는 아직 어린 두 아들이 있었는데, 형이 아홉 살이고 동생이 여덟 살이었습니다. 공융의 두 아들은 아버지가 곧 체포되리라는 소식을 듣고도 놀라는 기색 없이 하던 놀이를 계속 할 뿐이었습니다. 공융은 자신을 체포하러 온 관리에게 벌은 자신이 받을 테니 두 아들은 살려줄 수 있겠느냐고 묻습니다. 그러자 아들이 천천히 앞으로 나와 공융에게 이렇게 말합니다.

> 아버지, 뒤집어진 둥지에 어떻게 온전한 알이 있을 수 있겠습니까?

얼마 후 관리가 두 아들마저 잡으러 옵니다. 『세설신어』는 여기까지만 소개했지만, 『후한서』 〈공융전〉에는 이후의 이야기가 더 있습니다. 〈공융전〉에는 둘째가 일곱 살짜리 딸로 등장하는데, 조조가 보낸 관리가 잡으러 오자 둘째는 오빠에게 이렇게 말합니다.

> 오빠, 만약 죽은 사람에게도 지각이 있다면 부모님을 만나 뵐 수 있을 테니 이것이 가장 큰 바람이에요.

이들은 처형될 때에도 얼굴색 하나 변하지 않아 보는 이들을 더 아프게 했다고 합니다.

앞에서 조나라를 위기에서 구해낸 양의 이야기를 했습니다. 우리도 매년 6월을 호국보훈의 달로 지정해 나라를 위해 목숨을 바친 애국선열과 국군 장병들을 추념하고 있습니다. 이들은 '복소파란'의 위기에서 새 둥지를 안전하게 보호하고자 애썼던 분들입니다. 그 덕분에 우리가 지금의 평화로운 삶을 영위하고 있음을 늘 잊지 않아야겠습니다.

고전 읽기

『전국책戰國策』〈조책趙策〉

진秦나라가 위魏나라를 공격해 영읍寧邑을 차지하자 제후들이 모두 축하를 보냈다. 조趙나라 왕도 사신을 보내 축하했는데, 세 번이나 거절당하고 의사를 전하지 못했다.

조나라 왕이 이를 걱정하여 좌우 신하들에게 말했다. "진나라가 강한 힘으로 영읍을 얻어 제나라와 조나라를 제압하고 있소. 제후들이 모두 축하하기에 나도 축하사절을 보냈으나 홀로 의사를 전하지 못했소. 이는 기필코 우리를 치겠다는 듯인데 어찌하면 좋겠소?"

그러자 좌우 신하들이 말했다. "사신이 세 번이나 갔는데 의사를 전하지 못했다는 것은 필시 사신으로 간 자가 적임자가 아니기 때문입니다. 양의諒毅라는 자가 달변가이니 대왕께서 시험 삼아 사신으로 보내보시지요."

양의는 직접 명을 받고 떠났다.

진나라에 이르러 진나라 왕에게 서신을 바치며 말했다. "대왕께서 영읍까지 땅을 넓히시어 제후들이 모두 축하했습니다. 우리 임금께서도 역시 이를 축하하면서 감히 모르는 척 있을 수 없어, 사신을 보내 선물을 받들어 세 번이나 대왕의 궁정에 이르렀지만 사신이 의사를 전하지 못했습니다. 사신에 만약 죄가 없다면 대왕께서 그 기쁨을 끊지 마시옵고, 만약 사신에게 죄가 있다면 달게 받겠습니다."

진나라 왕은 사신을 시켜 이렇게 답했다. "내가 조나라에 시키는 일을 크든 작든 모두 내 말대로 듣는다면, 서신과 선물을 받을 것이로되, 만약 내 말을 듣지 않겠다면 사신은 돌아가도록 하시오."

양의가 이렇게 대답했다. "제가 여기 온 것은 본디 대국의 뜻을 받들고자 함이니 어찌 감히 어렵다고 할 게 있겠습니까? 대왕께서 만약 영을 내리시는 것이 있으면 서쪽의 진나라를 받들어 행하며 감히 의심함이 없을 것입니다."

이에 진나라 왕은 양의를 인견하여 말했다. "(조나라 왕의 두 아우인) 조표趙豹와 평원군平原君이 자주 과인을 우롱하였으니 조나라에서 이 둘을 죽인다면 가할 것이나, 만약 죽이지 못한다면 지금 제후를 이끌고 한단의 성 아래에서 명을 기다릴 것이오."

양의가 말했다. "조표와 평원군은 우리 임금의 친형제이니, 대왕께 섭양군葉陽君과 경양군涇陽君이 있는 것과 같습니다. 대왕께서는 효도의 치세로 천하에 알려져 있으시어, 옷을 몸에 맞게 편하게 해주시고 음식을 입에 맞게 조절해, 어느 것 하나 섭양군과 경양군에 나누어주지 않은 게 없었습니다. 섭양군과 경양군의 수레와 옷이 대왕의 것과 같지 않은 것이 없습니다. 신이 듣기에 '**새 둥지를 뒤집어 알을 깨뜨리면** 봉황이 날아오지 않고, 태를 갈라 새끼를 구우면 기린이 오지 않는다'고 합니다. 지금 제가 대왕의 명을 받들어 돌아가 우리 임금께 보고하면 두려움에 감히 실행하지 않을 수 없겠습니다만, 같은 입장의 섭양군과 경양군의 마음도 다치지 않겠습니까?"

진나라 왕이 말했다. "알았소. 그럼 정치에 참여하지 못하게 하시오."

양의가 대답했다. "우리 임금에게 깨우쳐줄 수 없는 친형제가 있어 대국의 미움을 산다면 내치도록 간청할 것이며, 정치에 간여하지 못하게 하여 대국의 뜻에 따르겠습니다."

진나라 왕이 이에 기뻐하며 선물을 받고 양의를 후하게 대접했다.

• • • •

원문 秦攻魏, 取寧邑, 諸侯皆賀. 趙王使往賀, 三反, 不得通. 趙王憂之, 謂左右曰, 以秦之强, 得寧邑, 以制齊趙. 諸侯皆賀, 吾往賀而獨不得通. 此必加兵我, 爲之奈何. 左右曰, 使者三往不得通者, 必所使者非其人也. 曰諒毅者, 辨士也, 大王可試使之. 諒毅親受命而往. 至秦, 獻書秦王曰, 大王廣地寧邑, 諸侯皆賀. 敝邑寡君亦竊嘉之, 不敢寧居, 使下臣奉其幣物三至王廷, 而使不得通. 使若無罪, 願大王無絶其歡, 若使有罪, 願得請之. 秦王使使者報曰, 吾所使趙國者, 小大皆聽吾言, 則受書幣, 若不從吾言, 則使者歸矣. 諒毅對曰, 下臣之來, 固願承大國之意也, 豈敢有難. 大王若有以令之, 請奉而西行之, 無所敢疑. 于是秦王乃見使者, 曰, 趙豹平原君數欺弄寡人, 趙能殺此二人, 則可, 若不能殺, 請今率諸侯受命邯鄲城下. 諒毅曰, 趙豹平原君親寡君之母弟也, 猶大王之有葉陽涇陽君也. 大王以孝治聞于天下, 衣服使之便于體, 膳啗使之嗛于口. 未嘗不分于葉陽涇陽君. 葉陽君涇陽君之車馬衣服無非大王之服御者. 臣聞之, 有覆巢毁卵而鳳皇不翔, 刳胎焚夭而騏驎不至. 今使臣受大王之令, 以還報敝邑之君, 畏懼不敢不行, 無乃傷葉陽君 · 涇陽君之心乎. 秦王曰, 諾, 勿使從政. 諒毅曰, 敝邑之君有母弟不能敎誨, 以惡大國, 請黜之, 勿使與政事, 以稱大國. 秦王乃喜, 受其弊而厚遇之.

『**세설신어**世說新語』〈**언어**言語〉

공융이 잡혀가니 주변사람들이 두려워했다. 당시 공융의 자식은 큰 아이가 아홉 살이고 작은 아이가 여덟 살이었다. 두 아이는 하던 대로 탁정琢釘 놀이를 하며 전혀 허둥대는 기색이 없었다.

공융이 사자에게 이렇게 말했다. "죄가 내게서 그치고 두 아이는 온전할 수 있기를 바라오."

아이가 천천히 나아가며 말했다. "아버지, 뒤집어진 둥지에 어떻게 온전한 알이 있을 수 있겠습니까?"

잠시 후에 아이들도 잡혀갔다.

• • • •

원문 孔融被收, 中外惶怖. 時融兒大者九歲, 小者八歲, 二兒故琢釘戲, 了無遽容. 融謂使者曰, 冀罪止於身. 二兒可得全不. 兒徐進曰, 大人豈見覆巢之下, 復有完卵乎. 尋亦收之.

『**후한서**後漢書』〈**공융전**孔融傳〉

당초 딸의 나이는 일곱 살, 아들의 나이는 아홉 살로, 나이가 어려 목숨을 보전하고 남의 집에 얹혀 살고 있었다. 두 아이가 바둑을 두고 있었는데, 공융이 잡혀가도 꿈쩍하지 않았다.

주위 사람이 물었다. "아버지가 잡혀가는데 일어나지도 않다니, 왜 그랬느냐?"

대답은 이러했다. "어찌 둥지가 훼손되었는데 알이 깨지지 않을 수 있겠습니까?"

주인이 육즙을 주자 아들은 목이 말랐던지 그것을 마셨다.

딸이 말했다. "오늘 같은 화를 만났는데 어찌 오래 살 수 있겠어요? 그래도 고기 맛이 느껴지나요?"

오빠가 울면서 육즙을 내려놓았다. 누군가가 조조에게 알려 마침내 모두 죽이게 했다.

잡혀갈 때가 되자 딸이 오빠에게 말했다. "만약 죽은 사람에게도 지각이 있다면 부모님을 만나 뵐 수 있을 테니 이것이 가장 큰 바람이에요."

그리고는 목을 내밀어 형을 받았는데 안색조차 변하지 않아, 그것을 보고 마음 아파하지 않는 이가 없었다.

• • • •

원문 初, 女年七歲, 男年九歲, 以其幼弱得全, 寄它舍. 二子方弈棊, 融被收而不動. 左右曰, 父執而不起, 何也. 答曰, 安有巢毀而卵不破乎. 主人有遺肉汁, 男渴而飮之. 女曰, 今日之禍, 豈得久活, 何賴知肉味乎. 兄號泣而止. 或言於曹操, 遂盡殺之. 及收至, 謂兄曰, 若死者有知, 得見父母, 豈非至願. 乃延頸就刑, 顏色不變, 莫不傷之.

백아가 줄을 끊다

백아절현伯牙絶絃

종자기가 죽자 백아는 금을 부수고 줄을 끊고 죽을 때까지 다시 금을 타지 않았다.
세상에 족히 다시 금을 타서 들려줄 이가 없다고 생각했던 것이다.
- 『여씨춘추』 〈효행람〉

둘째 아이가 미술에 관심이 많아 이따금 미술관을 찾게 됩니다. 2016년에는 국립현대미술관이 과천으로 이전한 지 30년이 되는 해를 기념해 〈달은, 차고, 이지러진다〉를 주제로 한 특별전이 열렸습니다. 국립현대미술관 과천관의 대표작 가운데 하나로 백남준의 미디어 아트 작품 〈다다익선〉을 빼놓을 수 없습니다. 〈다다익선〉은 지난 1988년에 TV 수상기 1,003개를 18m 높이의 5층탑으로 쌓아 올려 만든 작품입니다. 직접 보면 세계 각국의 풍경을 담은 모니터의 화면에 압도당하게 됩니다.

백남준 하면 '비디오 아트'가 떠오르고, 학교도 미대를 다녔다고 들어서 미술 방면의 거장으로만 생각했는데, 음악에도 소질과 관심이 많았다고 합니다. 어려서부터 피아노를 배워 작곡을 했고, 미대를 다니면서도 작곡 공부를 꾸준히 했습니다. 독일로 건너간 후에는 더욱 음악에 심취해 행동음악의 기수로 큰 명성을 얻었습니다.

1996년 백남준은 뇌경색으로 쓰러지면서 왼쪽 신경이 마비되어 휠체어에 의지하게 되었지만 그대로 물러서지는 않았습니다. 『백남준을 말하다』라는 책에서 가야금의 명인 황병기는 당시 상황을 이렇게 회고하고 있습니다.

> 1995년 광주 비엔날레에서 나는 백남준과 같은 무대에서 연주했고, 그 다음해 독일 다름슈타트 현대 음악제에서도 함께 연주하기로 되었지만 백남준은 올 수 없었다. 그해 4월에 백남준은 뇌경색 증세가 생겨 반신불수가 되었기 때문이다. 백남준은 반신불수가 되었지만 여전히, 아니 오히려 더 왕성한 창작활동을 했다. 그는 "반신이면 충분할 뿐만 아니라 그전보다도 더 새로운 아이디어가 솟아난다"고 했다.

백남준은 자기가 태어난 지 80년이 되는 해에 황병기를 초청해 한판을 벌이겠다는 인터뷰를 남겼지만, 지난 2006년 74세를 일기로 타계했습니다. 황병기는 분향소를 찾아 〈침향무〉를 연주해 백남준의 영전에 바쳤는데, "마치 백남준이 내 안에 들어와 함께 연주하는 것 같아 눈물이 났다"고 『백남준을 말하다』에 썼습니다. 백남준과 황병기가 분야는 조금 다르지만 서로의 예술 세계를 진정으로 이해했던 두 사람이 아닌가 싶습니다.

황병기의 글을 읽으면서 '백아절현伯牙絶絃'이라는 말이 떠올랐습니다. 이것은 금琴 연주로 이름이 높던 백아伯牙가 줄을 끊었다는 뜻으로, 자기를 알아주는 절친한 벗의 죽음을 슬퍼한 것입니다. 배경이 되는 이야기는 『열자列子』의 〈탕문편湯問篇〉과 『여씨춘추呂氏春秋』 〈효행람孝行覽〉에 보이는데, 『여씨춘추』에 실린 이야기가 조금 더 고사성어와 관련이 깊습니다.

대략적인 이야기는 이러합니다. 백아가 금을 타면 종자기鍾子期라는 사람이 그 연주를 경청했습니다. 백아가 태산을 노니는 느낌을 담아 금을 연주하면, 종자기는 "훌륭한 금 연주입니다. 높디높은 것이 태산과 같습니다"라고 찬사를 보냈습니다. 잠시 후에 백아가 다시 흐르는 물을 염두에 두고 금을 연주하면, 종자기는 다시 "훌륭한 금 연주입니다. 출렁거리는 것이 흐르는 물 같습니다"라고 찬사를 보냈습니다. 그랬던 종자기가 죽자 백아는 금을 부수고 줄을 끊은 뒤, 죽을 때까지 다시 금을 타지 않았습니다. 세상에 금 연주를 들려줄 만한 사람이 다시없다는 생각에서였습니다.

백아는 어떻게 금 연주의 명인이 되었고, 종자기는 또 어떻게 금 연주자의 마음까지 들여다볼 수 있게 되었는지 궁금했습니다. 그래서 자료를 더 찾아보니 당나라 사람 오긍吳兢이 펴낸 음악 관련 서적인 『악부해제樂府解題』에 백아가 금을 배운 과정이 소개되어 있었습니다. 백아는 성련成連이라는 은사에게 금을 배웠는데, 성련이 보기에는 백아에게 3년을 꼬박 가르쳤지만 단순한 연주 기교만 늘었지 청중에게 감동을 줄 만한 정신적 울림이 없었습니다.

그래서 어느 날 성련은 백아에게 자신의 스승을 찾아가서 한 수 배워오자고 하고 그와 함께 동해의 봉래산으로 떠났습니다. 동해의 한 섬에 도착하자 성련은 스승을 모시고 오겠다고 떠난 후 며칠이 지나도록 돌아오지 않았습니다. 백아는 섬에서 금을 연습하며 초조하게 성련을 기다리던 중 섬 주변의 산과 바다를 유심히 관찰하게 되었습니다. 산과 바다에서 들려오는 온갖 자연의 소리에 귀를 기울이게 된 백아는, 그것에서 느낀 소감을 금으로 타면서 한껏 정신이 고양되는 순간을 맛볼 수 있었습니다. 얼마 후 돌아온 성련은 백아의 금 연주를 듣고 흡족해하면서 자연이야말로 최고의 스승이라는 것을 깨우쳐주었습니다.

종자기는 백아와 마찬가지로 전국시대 초나라 사람이었습니다. 일설에는 그가 평범한 나무꾼이었다고 하는데, 나무꾼이 음악에도 조예가 깊었다면 대단한 일이겠지만, 그의 무덤이 현재까지 남아 있는 것을 보면 틀림없이 귀족 계층이었을 것으로 보입니다. 연구에 따르면 종씨鍾氏 집안이 초나라에서 대대로 '악윤樂尹', 즉 음악을 관장하는 관리를 맡았다고 합니다. 이 주장에 더 신뢰가 갑니다. 지금으로 치면 국립국악원장쯤 되는 분이 백아의 금 연주를 듣고 대번 그 속에 담긴 뜻을 알아챘다는 것입니다.

연전에 중국 호북성 무한武漢에 답사를 가서 금대琴臺를 방문한 적이 있습니다. 금대는 바로 백아와 종자기가 만나 금 연주를 하고 감상했다는 곳입니다. 이곳 정원 한쪽에 백아와 종자기의 석상이 있습니다. 백아가 허리를 굽혀 종자기에게 감사를 표하는 장면으로 보입니다. 백아가 아무리 금 연주의 명인이 되었다 하더라도, 그 연주에 담긴 세계를 이해해준 종자기가 없었다면 여전히 절반의 성공에 불과했다는 생각입니다. 완전한 성공을 위해 백아에게는 종자기가 필요했고, 그가 나타나준 데 감사를 표한 것 같습니다.

2017년 서울 창신동에 백남준 기념관이 건립되어 개관했습니다. 그러고 보니 기념관 개관식에서 황병기의 〈침향무〉가 연주되었는지도 모르겠습니다. 이런 견지에서 보면 백아가 금의 줄을 끊었다는 '백아절현'은 조금 심했다는 생각도 듭니다. 최소한 종자기의 기일에는 한 번씩 그의 영전에 금 연주를 들려주어야 하지 않을까요? 또 제2의 종자기가 나타나지 말라는 법도 없지 않습니까?

고전 읽기

『여씨춘추呂氏春秋』〈효행람孝行覽〉

백아伯牙가 금을 타면 종자기鍾子期가 그것을 경청했다. 백아가 바야흐로 금琴을 타며 태산에 뜻을 두면, 종자기는 이렇게 말했다. "훌륭한 금 연주입니다. 높디높은 것이 태산과 같습니다." 잠깐 사이에 흐르는 물에 뜻을 두면 종자기는 또 이렇게 말했다. "훌륭한 금 연주입니다. 출렁거리는 것이 흐르는 물 같습니다." 종자기가 죽자 **백아는** 금을 부수고 **줄을 끊고** 죽을 때까지 다시 금을 타지 않았다. 세상에 족히 다시 금을 타서 들려줄 이가 없다고 생각했던 것이다. 비단 금만 그런 것이 아니라 현자 역시 그러하다. 비록 현자가 있더라도 예로써 그를 대우하지 않는다면, 현자가 어찌 충성을 다하겠는가? 이는 마부가 말을 잘 몰지 못하면 천리마라도 스스로 천 리를 달릴 수 없는 것과도 같다.

• • • •

원문 伯牙鼓琴, 鍾子期聽之. 方鼓琴而志在太山, 鍾子期曰, 善哉乎鼓琴, 巍巍乎若太山. 少選之間, 而志在流水, 鍾子期又曰, 善哉乎鼓琴, 湯湯乎若流水. 鍾子期死, 伯牙破琴絶弦, 終身不復鼓琴, 以爲世無足復爲鼓琴者. 非獨琴若此也, 賢者亦然. 雖有賢者, 而無禮以接之, 賢奚由盡忠. 猶御之不善, 驥不自千里也.

오긍吳兢, 『악부해제樂府解題』

백아는 성련成連 선생에게 금을 배웠는데, 3년 동안 이룬 것 없이 마음을 싹 비우고 감정을 하나로 모으는 데 아직 서툴렀다. 성련 선생이 이렇게 말했다. "내 스승 방자춘이 지금 동해에 계시는데, 사람을 감동시킬 줄 아신다." 그리고는 백아와 함께 갔다. 봉래산에 이르러 백아를 머물게 하고는 이렇게 말했다. "너는 여기서 연습을 해라. 나는 스승님을 모시고 올 테니." 그리고는 배를 저어 떠나갔는데, 열흘이 지나도록 돌아오지 않았다. 백아는 근처를 둘러보았지만 아무도 없었고, 다만 바닷물이 동굴을 빠져나가며 스치고 사라지는 소리만 들려왔다. 산과 숲은 적막한데 새떼만 구슬피 울기에 처량하게 탄식하며 말했다. "선생님께서 내 마음을 옮겨가게 하셨구나." 그리고는 금을 가져다 노래를 불렀다. 노래가 끝나자 성련 선생이 돌아오기에 배를 저어 그를 맞이해 돌아갔다. 백아는 마침내 천하의 명인이 되었다.

• • • •

원문 伯牙學琴於成連先生, 三年不成, 至於精神寂寞, 情之專一, 尙未能也. 成連云, 吾師方子春, 今在東海中, 能移人情. 乃與伯牙俱往. 至蓬萊山, 留宿伯牙曰, 子居習之, 吾將迎師. 刺船而去, 旬時不返. 伯牙近望無人, 但聞海水洞滑崩澌之聲. 山林窅寞, 群鳥悲號, 愴然而嘆曰, 先生將移我情. 乃援琴而歌, 曲終, 成連回, 刺船, 迎之而還. 伯牙遂為天下妙矣.

같은 이들이 무리를 짓다

당동벌이黨同伐異

무제 이후, 유학을 숭상하니 경술을 마음에 품고 따르며 모일 때마다
곧잘 회의가 있게 되어 석거각에서 서로 나뉘어 논쟁했고,
같은 이들이 무리를 지어 다른 이들을 공격했으며,
자기 학파의 주장을 고수하는 무리들이 시대를 풍미하게 되었다.
-『후한서』〈당고열전〉

지난 학기에 우리 학교 공학교육혁신센터에서 주관하는 특강의 연사로 나설 기회가 있었습니다. 공대 학생들의 인문학적 교양 습득을 위한 시리즈 강연의 한 자리였는데, 저는 '중국 문화'에 대한 강연을 맡았습니다. 강연의 초점을 어디에 둘까 고민하다가, 문화가 주제인 만큼 '다름'과 '틀림'의 차이에 대해서 생각해보기로 했습니다.

한국과 중국은 오랜 역사 동안 더불어 살아온 가까운 이웃이기는 하지만 다른 점도 적지 않습니다. 그런데 더러 '다름'을 '틀림'으로 잘못 이해하고, 서로 소모적인 비방에 나서기도 합니다. 예를 들면 우리나라 사람 가운데 일부는 중국 사람을 '되놈'이라고 부르고, 중국사람 가운데 일부는 한국 사람을 '고려봉자高麗棒子'라고 부릅니다. '되놈'은 오랑캐라는 뜻이고 '고려봉자'는 고려인 머슴이라는 뜻이니, 하나같이 상대방의 '다름'을 '틀림'으로 받아들여 비하하는 말입니다.

'다름'을 용납하지 못하는 태도를 집약적으로 나타낸 말로 '당동벌

이黨同伐異'라는 것이 있습니다. "같은 이들이 무리를 지어 다른 이들을 공격한다"는 뜻입니다. 이 말은 육조시대 송宋나라의 범엽范曄이 쓴 『후한서後漢書』에 보입니다. 그는 후한의 가장 큰 정치적 사건이라 할 당고黨錮를 서술하고자 『후한서』에 '당고열전黨錮列傳'을 두고, 이와 관련된 인물의 전기를 썼습니다.

'당동벌이'를 제대로 이해하기 위해서는 먼저 '당고'가 무엇인지 알아보아야 합니다. 당고는 당인黨人, 즉 특정한 정치적 입장을 가진 무리를 금고禁錮에 처해 활동을 하지 못하도록 막는 것을 말합니다. 후한 시대에는 이런 당고가 두 차례 벌어지면서, 수백 명의 지식인들이 죽거나 서인으로 몰락하는 화를 입었습니다.

후한 때 발생한 두 차례 당고는 모두 환관이 가해자이고 유학자 출신 관리들이 피해자였습니다. 후한의 임금인 영제靈帝는 어린 나이에 제위에 올라 장양張讓 등의 환관 열 사람이 국정을 좌지우지했는데, 역사에서는 이들을 십상시十常侍라고 부릅니다. 전한 때 외척이 지나치게 국정에 간여한 것이 문제가 되어 결국 왕망王莽에게 나라를 넘겼다가, 한나라를 재건한 후한에 와서는 다시 환관이 득세했던 것입니다.

통치 권력을 둘러싸고 저마다 강한 세력을 형성한 외척과 환관에 맞선 제3의 정치집단이 유학자 출신 관리들이었습니다. 『후한서』에서 범엽은 이들의 형성 과정을 이렇게 요약합니다.

> 무제武帝 이후, 유학을 숭상하니 경술經術을 마음에 품고 따르며 모일 때마다 곧잘 회의가 있게 되어 석거각石渠閣에서 서로 나뉘어 논쟁했고, 같은 이들이 무리를 지어 다른 이들을 공격했으며, 자기 학파의 주장을 고수하는 무리들이 시대를 풍미하게 되었다.

'같은 이들이 무리를 지어 다른 이들을 공격한다'는 '당동벌이'가 바로 여기 등장합니다. 범엽이 말한 '석거각의 논쟁'이란 전한 때인 기원전 51년, 궁궐 안 석거각에서 『시경』, 『서경』, 『역경』, 『예기』, 『춘추』 등 오경五經의 전문가들이 한데 모여 경전의 내용을 두고 서로 다르게 이해하는 입장을 토론한 것을 가리킵니다. 이러한 학술적 토론은 장려할 만한 것이지만, 문제는 이들 한나라 유학자들이 '다름'을 '틀림'으로 받아들이고 '당동벌이'에 나섰다는 점입니다. 뿌리가 같은 유학자들끼리도 생각이 다른 이들을 용납하지 못하는 풍토 속에서, 유학자들과 환관 세력과의 충돌은 불가피했습니다. 범엽의 말을 더 들어보겠습니다.

> 환제桓帝와 영제靈帝 무렵 군주는 황폐해지고 정치는 어긋났으며, 나라의 운명은 환관들에게 맡겨진 까닭에 유생들은 그들과 함께 하기를 부끄럽게 여겼다. 그래서 필부들은 울분에 가득 찼고 처사들은 논의를 활발하게 진행했다.

당시 유학자 출신 관리를 대표하는 인물로 관리에 대한 감찰 업무를 수행하는 사례교위司隷校尉 이응李膺이 있었습니다. 그는 환관 장양의 동생인 현령 장삭이 임신한 여성을 살해하자, 장양 집에 숨어 있던 장삭을 붙잡아 곧장 처형했습니다. 또 환관과 친분이 두터운 장성張成이 사면령을 믿고 아들에게 살인을 지시하자, 장성의 아들 역시 체포하여 조정에서 내린 사면령을 무시하고 사형에 처했습니다.

그러자 장성도 반격에 나서 이응이 태학생들과 붕당을 만들어 조정을 비방한다고 모함하는 상주서를 올렸습니다. 환제는 이에 당인들을 모두 잡아들이라는 어명을 내렸고, 이응을 비롯한 200명이 체포되어 심문을 받았습니다. 여기저기서 억울하게 연루되었다는 탄원이 접수되자 환제는 당인들에게 사면령을 내려 석방했으나, 환관들의 요구대로 당인들을 지방으로 내려 보내고 다시 벼슬을 하지 못하도록 조치했으니 이것이 '1차 당고의 화'입니다. 이듬해 당인들은 다시 외척인 두무竇武와 힘을 합쳐 환관 제거에 나섰습니다. 그러나 사전에 기밀이 누설되면서 당인들은 환관들의 역습을 받아, 100여 명이 살해되고 600여 명이 변방으로 유배되었습니다. 이것이 '2차 당고의 화'입니다.

두 차례에 걸친 환관과 유학자 출신 관리들의 대결은 모두 환관의 승리로 끝났습니다. 그러나 환관들은 황건적의 난까지는 수습했으나, 군대를 이끌고 대궐로 들어온 원소袁紹와 조조曹操 등의 장군들에 의해 국정을 농단한 죄로 모두 처형되었습니다. 이후 한나라는 각지에서 군벌들이 난립하는 대혼란에 빠져 결국 멸망했습니다.

『후한서』〈당고열전〉에 등장하는 유학자 출신 관리들의 전기를 읽어보면, 이들은 하나같이 유학자 특유의 올곧음은 물론이고 분기탱천한 의협심까지 가지고 있었습니다. 불의를 용납하지 않겠다는 신념으로 똘똘 뭉쳐 목숨을 버리는 것도 대단하게 여기지 않았습니다. 이런 사람들이 하나둘이 아니었지만, 이들도 망해가는 한나라를 구하지는 못했습니다. 그 원인을 분석하면서 범엽은 이들의 한계가 '당동벌이'에 있다고 본 것입니다. 생각이 같은 사람들끼리만 무리를 지어 모든 '다름'을 '틀림'으로 규정하고 같지 않은 것은 다 없애겠다고 나서서는 큰 일을 이루기가 어려운 것 같습니다.

고전 읽기

『후한서後漢書』〈당고열전黨錮列傳〉

공자께서 말씀하셨다. "본성은 서로 가까우나 습관에 따라 서로 멀어진다."

사람의 좋고 나쁨은 본래 같지만, 옮기고 물들이는 길이 다르다는 말이다. 자제력이 있으면 행실이 방자하니 않으나, 외물에 이끌리면 의지가 사라지게 된다. 이런 까닭에 성인은 사람들이 본성을 다스리도록 인도하였으니, 방탕한 자를 제지하고 뜻을 같이 할 이를 선택할 때 신중히 하고 편애함을 삼가야 한다. 비록 인정과 사물에는 수만 가지 구별이 있고 바탕과 꾸밈에도 방법이 다르기는 하나, 성정을 도야하고 풍속을 바로잡는 데서는 이치가 매한가지다. 춘추시대 말기에는 경박하고 거짓되어 제왕의 도가 쇠퇴하고 손상되었지만, 여전히 인덕仁德에 의지해 자기 실력을 닦고 도의에 기대 공업을 이룩했다. 행동이 이치에 부합하면 강한 적수라도 기가 꺾였고, 한 마디 말이라도 정도에서 벗어나면 노비들도 해명에 나서곤 했다. 대체로 선배 철인哲人들이 남긴 법도는 충분히 따를 만했다.

전국시대에는 덕이 이미 쇠퇴하고 교활한 간계가 싹텄다. 강자는 승부를 가려 영웅이 되고, 약자는 간계가 부족해 굴욕을 당했다. 절반의 계책만 마련해도 만금의 보상을 받는가 하면, 한 가지 주장으로도 보물을 얻곤 했다. 혹자는 그냥 걸어와서 권력을 쥐기도 하고, 풀로 만든 옷을 벗어던지고 공경재상이 되기도 했다. 선비들이 기교를 부리며 변론으로 내달렸던 것은 요컨대 이득을 볼 수 있었기 때문이라 약속하지 않아도 그림자처럼 따라다녔다. 이로부터 애호하고 숭상하는 것이 뒤바뀌어 시대와 더불어 변모해갔으니, 이러한 풍조를 머물게 할 수도 없고 그 폐해를 돌이킬 수도 없었다.

한나라 고조가 무력으로 천하를 평정하자 무인들이 발흥하여, 국가 법령이 느슨해지고 예의제도가 간략해졌다. 사람들은 전국시대 네 사람의 군자(맹상군, 평원군, 신릉군, 춘신군)의 유풍을 계승하여 저마다 군주를 넘보려는 마음을 품고, 생명을 경시하고 의기를 중시하면서 원수와 은혜를 반드시 갚았다. 법령을 사적으로 만들어 실행하고 권력을 필부와 서민층까지 이양하니, 협객의 행위가 당시의 습속이 되었다. 무제 이후, 유학을 숭상하니 경술經術을 마음에 품고 따르며 모일 때마다 곧잘 회의가 있게 되어 석거각石渠閣에서 서로 나뉘어 논쟁했고, **같은 이들이 무리를 지어 다른 이들을 공격**했으며, 자기 학파의 주장을 고수하는 무리들이 시대를 풍미하게 되었다.

왕망에 이르러 전적으로 거짓을 내세워 끝내 나라를 찬탈하기에 이르니, 충성스럽고 의로운 무리들은 관직을 맡는 것을 치욕으로 여겨, 마침내 산림에 은거하는 것을 영화로 생각하며 궁핍한 생활을 달게 받아들였다. 비록 중흥의 운이 있어 한나라의 덕을 재차 열었으나, 자기 몸을 지키며 방도를 품는 것을 더욱 서로 모방하여, 벼슬을 거절하는 절개가 당시에 높이 평가되었다. 환제와 영제 무렵 군주는 황폐해지고 정치는 어긋났으며, 나라의 운명은 환관들에게 맡겨진 까닭에 유생들은 그들과 함께 하기를 부끄럽게 여겼다. 그래서 필부들은 울분에 가득 찼고 처사들은 논의를 활발하게 진행했다. 마침내 그 명성을 격려하고 선양하여 서로 품평하면서, 공경에 대해서도 평가를 내리고 조정의 일에 잘잘못을 따지니, 강직한 기풍이 이로부터 유행했다.

• • • •

원문 孔子曰, 性相近也, 習相遠也. 言嗜惡之本同, 而遷染之塗異也. 夫刻意則行不肆, 牽物則其志流. 是以聖人導人理性, 裁抑宕佚, 愼其所與, 節其所偏. 雖情品萬區, 質文異數, 至於陶物振俗, 其道一也. 叔末澆訛, 王道陵缺, 而猶假仁以效己, 憑義以濟功. 擧中於理, 則强梁褫氣;片言違正, 則厮臺解情. 蓋前哲之遺塵, 有足求者. 霸德旣衰, 狙詐萌起. 彊者以決勝爲雄, 弱者以詐劣受屈. 至有畫半策而綰萬金, 開一說而錫琛瑞. 或起徒步而仕執珪, 解草衣以升卿相. 士之飾巧馳辯, 以要能釣利者, 不期而景從矣. 自是愛尙相奪, 與時回變, 其風不可留, 其敝不能反. 及漢祖杖劍, 武夫敎興, 憲令寬賖, 文禮簡闊. 緖餘四豪之烈, 人懷陵上之心, 輕死重氣, 怨惠必讎. 令行私庭, 權移匹庶, 任俠之方, 成其俗矣. 自武帝以後, 崇尙儒學, 懷經協術, 所在霧會, 至有石渠分爭之論, 黨同伐異之說, 守文之徒, 盛於時矣. 至王莽專僞, 終於簒國, 忠義之流, 恥見纓紼, 遂乃榮華丘壑, 甘足枯槁. 雖中興在運, 漢德重開, 而保身懷方, 彌相慕襲, 去就之節, 重於時矣. 逮桓靈之間, 主荒政繆, 國命委於閹寺, 士子羞與爲伍, 故匹夫抗憤, 處士橫議. 遂乃激揚名聲, 互相題拂, 品覈公卿, 裁量執政, 婞直之風, 於斯行矣.

4

배운 것을 자꾸 되새겨보다

: 돌아보는 삶

습관도 오래되면 천성이다

습여성성習與成性

그러나 왕은 태도를 바꾸지 않았다. 이윤이 말했다.
"이 의롭지 못함은 습관이 오래되어 마침내 천성이 된 것이니,
나는 의리에 순종하지 않는 사람 곁에 있지 않겠다."
- 『상서』〈태갑상〉

제가 쓰는 달력에는 개인적인 기념일이 몇 개 표시되어 있습니다. 대체로 가족들의 생일, 결혼기념일과 같은 것인데, 그 가운데 하나인 4월 7일은 금연기념일입니다. 2005년 4월 7일에 17년간 피우던 담배를 끊은 후로 매년 그 날을 기념하고 있습니다. 금연을 하게 된 계기는 사실 별것 아니었습니다. 아침에 신문을 보다가 어떤 기사가 하나 눈에 띄었는데, 90세 되신 어르신이 어떤 단체의 회장에 취임하셨다는 내용이었습니다. 건강의 비결을 묻는 기자의 질문에, 어르신은 이런저런 생활습관을 소개하시면서 평생 담배를 입에 대지 않은 것도 말씀하셨습니다.

이 기사를 읽으면서 제가 떠올린 단어는 '건강'보다 '습관'이었습니다. 이 어르신이 90 평생 입에 대지 않은 것을 저는 17년이나 애지중지했는데, 그것은 정말 이 녀석을 끔찍이도 사랑하는 마음에서였을까 생각해보았습니다. 아무래도 그건 아닌 것 같았습니다. 사랑하지도 않는

데 왜 한시도 떨어지지 못했던 것일까라는 질문에 '습관'이라고밖에 답할 수 없었습니다. 그날부로 담배와 이별을 고하고, 녀석과 결별한 4월 7일을 금연기념일로 지정했습니다. 그 후로 다시 만나는 일 없이 십 수 년을 잘 버텼습니다.

'습관'과 관련된 고사성어로 '습여성성習與成性'이라는 말이 있습니다. 습관이 오래되면 마침내 천성天性이 된다는 뜻입니다. 이 말은 『상서尙書』 〈태갑상太甲上〉 편에 보입니다. 고대 중국의 상商나라는 탕湯이라는 훌륭한 임금과 이윤伊尹이라는 뛰어난 신하 덕분에 크게 발전했습니다. 그런데 탕 임금의 손자로서 제위에 오른 태갑은 어려서부터 왕궁에서 호의호식하는 생활에 익숙해져 왕위에 올라서도 방탕한 모습을 버리지 못했습니다. 그러자 이윤은 태갑에게 이렇게 간언했습니다.

> 할아버지인 탕왕께서는 날이 밝기 전에 일어나 실천에 옮길 덕행을 생각하며 아침을 기다리셨다가, 훌륭하고 뛰어난 인물들을 찾고 백성들을 계도하셨습니다. 검약의 덕을 실천해 영구한 도모를 생각하시기 바랍니다.

이윤의 이런 간언에도 불구하고 태갑의 나쁜 습관은 변하지 않았습니다. 이때 이윤이 태갑에게 한 말이 바로 '습여성성'입니다. 이윤은 이렇게 말했습니다.

> 이 의롭지 못함은 습관이 오래되어 마침내 천성이 된 것이니, 나는 의리에 순종하지 않는 사람 곁에 있지 않겠다.

그리고는 태갑을 제위에서 끌어내려 탕 임금의 무덤이 있는 동桐 땅으로 보냈습니다. 태갑은 동 땅으로 옮겨가면서 평소 가까이 따르던 무리들과도 헤어져 매일 탕 임금의 능묘를 바라보며 반성의 나날을 보낸 끝에, 마침내 이전의 방탕한 습관을 버리고 개과천선하여 제위에 복귀했습니다.

과학자들의 연구에 따르면 습관이 생기는 이유는 뇌의 '절약 본능' 때문이라고 합니다. 우리 뇌에 에너지를 절약하려는 본능이 있어서, 반복된 상황을 만나면 에너지를 써서 새로운 의사결정을 하기보다 기존의 행동을 반복한다는 것입니다. 《뉴욕타임스》 기자로 『습관의 힘』이라는 책을 쓴 찰스 두히그는 이렇게 말합니다.

> 상식적인 판단을 비롯해 모든 것을 무시하고 오직 그 습관에만 매달리게 만든다는 점에서 습관의 힘은 대단히 강력하다.

실제로 우리 행동의 40%는 생각 없이 습관에 의해서 이루어진다는 연구 결과도 있습니다.

습관의 힘이 이렇게 강한 까닭에 공자도 『논어』에서 '성근습원性近習遠'이라는 말을 했습니다. "본성은 가깝고 습관은 멀다"는 뜻인데, 조금 더 풀이해보면 우리가 타고난 본성은 서로 비슷하지만 살아가면서 좋은 습관이 몸에 배느냐 아니면 나쁜 습관이 몸에 배느냐에 따라 그 결과가 크게 달라진다는 것입니다. 아리스토텔레스의 생각도 공자와 크게 다르지 않습니다. 그는 『니코마코스 윤리학』에서 이렇게 말했습니다.

> 좋은 사람이 되는 것과 관련해서 어떤 사람들은 본성적으로 그렇게 되는 것이라 생각하고, 어떤 사람들은 습관에 의해서, 어떤 사람들은 가르침

에 의해서 그렇게 되는 것이라 생각한다. 나는 습관의 힘이 절대적이라고 생각한다.

동서양의 철인哲人들이 이구동성으로 습관의 중요성을 역설하고 있으니, 나쁜 습관을 버리고 좋은 습관을 들이는 데 노력을 아끼지 않아야겠습니다. 대표적으로 나쁜 습관에는 어떤 것들이 있을까요? 율곡 이이는 『격몽요결擊蒙要訣』의 〈혁구습장革舊習章〉에서 여덟 가지를 열거했는데, 앞의 두 가지만 소개하면 이러합니다.

첫째, 그 마음을 게을리 하고 그 행동을 아무렇게나 하며 다만 제 한 몸 편하게 지낼 것만 생각하고 규범에 구속되는 것을 싫어하는 것.

둘째, 항상 움직일 것만 생각하고 조용히 자기 마음을 지키려고 하지 않으며 어지럽게 드나들면서 쓸데없는 말만 하고 세월을 보내는 것.

이이 선생이 올바르게 세상을 살기 위해서 깨우쳐야 할 열 가지를 정리한 것이 『격몽요결』이니, 그 두 번째로 '해묵은 습관을 버려라'고 설파한 데서 습관의 중요성을 새삼 깨닫게 됩니다.

반대로 좋은 습관으로는 어떤 것이 있을까요? 무엇보다도 중요한 것이 건강이니, 건강을 지키는 좋은 습관을 알아보겠습니다. 한국건강관리협회가 일상에서 실천 가능한 건강 습관으로 소개한 6가지를 살펴보면 이러합니다.

첫째, 수면 시간을 정해두고 규칙적으로 잘 잔다.

둘째, 가벼운 운동을 주 3회 이상 꾸준히 한다.

셋째, 긍정적인 마음가짐과 적극적인 태도로 생활하도록 노력한다.

넷째, 정기적으로 건강검진을 받는다.

다섯째, 하루에 최소 여덟 번 손을 씻는다.

여섯째, 하루 2리터 이상 물을 마신다.

질병의 발생과 진행에 식습관, 운동습관, 휴양, 흡연, 음주 등의 생활습관이 미치는 영향을 받는 질환군을 '생활습관병'이라고 부른다고 합니다. 생활습관병을 유발하는 나쁜 습관 가운데 하나가 흡연이고 보면, 17년 동안 해묵어 거의 천성이 된 흡연을 과감히 떨친 4월 7일 금연기념일은 그래서 소중하게 생각됩니다. 앞으로는 좋은 습관을 새로 만든 기념일도 하나씩 늘려갈 수 있으면 좋겠습니다.

고전 읽기

『상서尙書』 〈태갑상太甲上〉

태갑太甲이 즉위하여 명석하지 못하자 이윤伊尹이 동桐 땅에 추방하였는데, 즉위한 지 3년째 되던 해에 다시 박읍亳邑으로 돌아와 상도常道를 생각하기에 이윤이 〈태갑〉 3편을 지었다.

태갑이 이윤에게 공순恭順하지 않자 이윤이 다음과 같은 글을 지었다. "선왕인 탕임금께서 하늘의 밝은 명을 돌아보시어 천지신명을 받드셨습니다. 사직과 종묘를 공경하고 엄숙히 하지 않음이 없으시니, 하늘이 그 덕을 살피시어 천명을 모아 만방을 어루만지고 편안하게 하셨습니다. 이에 저도 몸소 능히 좌우에서 군주를 보필하고 백성들을 편히 살게 했습니다. 이리하여 임금께서 그 대업을 계승하게 되신 것입니다. 제가 몸소 서읍의 하나라를 보니 처음부터 끝까지 충신忠信이 있고, 보좌하는 이 역시 충신이 있었는데, 그 뒤를 이은 걸왕桀王에게는 끝이 없고 보좌하는 이 역시 끝이 없었습니다. 임금께서는 경계로 삼아 임금의 법도를 실천하십시오. 임금의 법도대로 임금 노릇을 하지 않으면 선조를 욕보이게 될 것입니다."

그러나 태갑은 평소처럼 아무 생각이 없었다.

이윤이 이에 다시 말했다. "할아버지인 탕왕께서는 날이 밝기 전에 일어나 실천에 옮길 덕행을 생각하며 아침을 기다리셨다가, 훌륭하고 뛰어난 인물들을 찾고 백성들을 계도하셨습니다. 검약의 덕을 실천해 영구한 도모를 생각하시기 바랍니다. 사냥을 담당하는 관리인 우인虞人이 쇠뇌를 장전할 때 가서 화살 끝이 법도에 맞는지 살펴 발사하는 것과 같이 할 일이니, 그 원리를 공경하여 선조께서 실천하신 바를 따르십시오. 그러면 저도 기쁘고 만세에 훌륭한 명성이 있을 것입니다."

그러나 왕은 태도를 바꾸지 않았다.

이윤이 말했다. "이 의롭지 못함은 **습관이 오래되어 마침내 천성이 된 것**이니, 나는 의리에 순종하지 않는 사람 곁에 있지 않겠다."

그리고는 동 땅에 궁궐을 두고 선왕 가까이에서 가르쳐서 평생 혼미함이 없도록 했다. 태갑이 동 땅의 궁궐에 가서 집상執喪하며 능히 마침내 그의 덕을 이룰 수 있었다.

• • • •

원문　太甲旣立, 不明, 伊尹放諸桐, 三年, 復歸于亳, 思庸, 伊尹作太甲三篇. 惟嗣王不惠于阿衡. 伊尹作書, 曰, 先王顧諟天之明命, 以承上下神祇. 社稷宗廟, 罔不祗肅, 天監厥德, 用集大命, 撫綏萬方. 惟尹躬克左右厥辟, 宅師. 肆嗣王丕承其緖. 惟尹躬先見于西邑夏, 自周有終, 相亦惟終, 其後嗣王, 罔克有終, 相亦罔終. 嗣王戒哉, 祗爾厥辟. 辟不辟, 忝厥祖. 王惟庸罔念聞. 伊尹乃言曰, 先王昧爽丕顯, 坐以待旦, 旁求俊彦, 啓迪後人, 無越厥命以自覆. 愼乃儉德, 惟懷永圖. 若虞機張, 往省括于度, 則釋, 欽厥止, 率乃祖攸行. 惟朕以懌, 萬世有辭. 王未克變. 伊尹曰, 玆乃不義, 習與性成. 予弗狎于弗順. 營于桐宮, 密邇先王其訓, 無俾世迷. 王徂桐宮居憂. 克終允德.

『논어論語』〈양화陽貨〉

공자께서 말씀하셨다. "본성은 서로 가까우나 습관에 따라 서로 멀어진다."

• • • •

원문　子曰, 性相近也, 習相遠也.

날이 추워진 다음에야

세한송백歲寒松柏

날이 추워진 다음에야 소나무, 잣나무가 나중에 시듦을 알게 된다.
- 『논어』〈자한〉

조선 후기의 실학자이자 서화가로 유명한 분으로 추사秋史 김정희金正喜가 있습니다. 김정희는 북학파北學派인 박제가朴齊家에게 학문을 배우고, 24세 때 아버지를 따라 청나라로 가 현재의 북경인 연경燕京에 머물며 청나라를 대표하는 학자인 옹방강翁方綱, 완원阮元 등과 교류했습니다. 추사는 한나라 비석에 새겨진 글씨인 예서체隸書體에 심취해, 이를 해서楷書에 응용한 '추사체'를 만들어냈습니다. 추사체는 굵기의 차이가 심한 필획으로 비틀어진 듯한 모양의 글씨를 써 파격적인 조형미를 보여줍니다.

추사는 서예뿐 아니라 그림으로도 유명합니다. 그의 그림은 전형적인 문인화풍으로서, 담담하고 간결한 필선筆線으로 필묵의 아름다움을 담아내려 했습니다. 추사는 '청고고아淸高古雅'함을 추구했는데, 이는 맑고 고결하며 예스럽고 단아하다는 뜻입니다. 이런 정신세계를 잘 보여주는 추사의 그림으로, 그의 나이 59세 때 그린 〈세한도歲寒圖〉가 있습니다. 조선 후기 문인화의 대표작으로 인정받아 국보 제180호로 지정된 이 그림은 언뜻 보면 사뭇 실망스럽습니다. 초라한 집 한 채와 고목 몇 그루를 그린 것이 고작이기 때문입니다.

그가 〈세한도〉를 그린 것은 옥사에 연루되어 제주도로 귀양 간 지 5년째 되던 해였습니다. 그 전에 아내와도 사별하고 오직 책을 벗 삼아 지내던 그에게, 제자인 이상적李尙迪이 청나라에 사신으로 다녀오면서 구한 귀한 책을 추사에게 보내주었습니다. 오랜 귀양 생활에도 잊지 않고 책을 보내준 정성에 감동한 추사는 그에 대한 보답으로 그림 한 폭을 그리고, '장무상망長毋相忘'이라는 인장을 찍어 이상적에게 보내주었습니다. "오랫동안 잊지 말자"는 뜻이었습니다.

이 〈세한도〉에 담긴 뜻, 즉 '화제畫題'는 『논어』에서 따온 것입니다. 『논어』 〈자한子罕〉 편을 보면, "세한연후지송백지후조야歲寒然後知松柏之後彫也"라는 대목이 있습니다. "날이 추워진 다음에야 소나무, 잣나무가 나중에 시듦을 알게 된다"는 뜻입니다. 삼국시대 위나라의 하안何晏이 이 구절에 붙인 주석은 이러합니다.

> 범상한 사람이라도 치세에는 자신을 다스려 군자처럼 보일 수 있다. 세상이 어지러워진 이후에야 군자가 비굴하지 않고 바르다는 것을 알게 된다.

추사는 〈세한도〉를 통해 이상적이야말로 군자라고 칭송한 것입니다. 이런 뜻을 담은 말이 '세한송백歲寒松柏'으로서, "날이 추워진 이후의 소나무와 잣나무"라는 말입니다. 소나무와 잣나무는 모두 소나뭇과에 속하는 침엽수이자 상록수입니다. 서로 다른 점이라면 소나무는 잎이 둘이고 잣나무는 잎이 다섯이라는 것이 대표적입니다. 가수 양희은이 부른 노래 〈상록수〉의 가사는 '세한송백'의 의미를 잘 설명해줍니다.

저 들의 푸르른 솔잎을 보라
돌보는 사람도 하나 없는데
비바람 맞고 눈보라 쳐도
온 누리 끝까지 맘껏 푸르다

추사 김정희의 할아버지 김이주와 아버지 김노경은 모두 6조의 판서를 두루 지낸 고위관료였습니다. 이런 집안에서 태어난 추사는, 요즘 말로 하면 "금수저를 물로 태어난 엄친아"라고 해도 과언이 아닙니다. 그래서 추사의 아버지 김노경이 탄핵을 받아 죽고 추사도 제주도로 귀양을 가게 되기 전까지는 모두 추사에게 잘 보이려고 안달이었을 것입니다. 그러나 권력이 떠나면 따르던 사람도 사라지는 법입니다. 더구나 죄를 짓고 멀리 제주도로 귀양 간 추사를 아는 척할 까닭이 없습니다. 왕통王通의 『중설中說』에서도 "권세로 사귄 사람은 권세가 기울면 끊어지고, 이익으로 사귄 사람은 이익이 다하면 흩어진다"고 하지 않았습니까?

『채근담菜根譚』에서는 "권세가 약해진 사람을 대할 때 오히려 예우를 더 극진히 하라"고 설파하지만, 진정한 군자가 아니고서는 이런 경지에 이르기가 어렵습니다. 그런데 이상적은 권세도 기울고 이익을 기대할 것도 없는 추사에게 귀한 책을 보내주었으니 '세한송백'에 어울립니다. 그래서 추사는 그에게 〈세한도〉를 보내며 "소나무와 잣나무는 날이 추워지기 전에도 소나무와 잣나무이고, 날이 추워진 뒤에도 소나무와 잣나무"라고 덧붙였던 것입니다.

추사 김정희가 〈세한도〉를 통해 그 의미를 잘 드러낸 "세한연후송백지후조"를 서예로 남긴 분이 있으니 안중근 의사입니다. 보물 569-10호로 지정된 안중근 의사의 유묵은 1909년 하얼빈 역에서 이토 히로부미를 사살한 후에 체포되어 여순旅順(뤼순) 감옥의 형장에서 순국하기 직전인 1910년 3월에 쓴 것입니다. 『논어』 원전의 '뒤 후後'자 대신 '아니 부不'자를 써서 "세한연후송백지부조"라고 썼습니다. "날이 추워진 다음에야 소나무, 잣나무가 시들지 않음을 알게 된다"는 뜻입니다. 소나무, 잣나무는 늦게 시드는 것이 아니라 아예 시들지 않는 상록수이니, 안중근 의사의 표현이 더 이치에 맞다고 여겨집니다.

구한말 일본의 주권침탈이 가속화되기 전에는 애국자와 매국노가 분명하게 드러나지 않았을 것입니다. 1905년 을사조약 체결 당시 참정대신 한규설과 탁지부대신 민영기 등은 강하게 반대했고, 학부대신 이완용과 외부대신 박제순 등 다섯 명은 조약 체결에 찬성해 '을사오적'에 이름을 올렸습니다. 날이 추워지자 누가 소나무와 잣나무고 누가 추풍낙엽인지 분명해졌습니다. 1909년 안중근 의사는 러시아에서 열두 명의 동지들과 함께 단지회斷指會를 결성하고, 침략의 원흉 이토 히로부미伊藤博文와 이완용을 제거할 것을 단지의 피로 맹세했습니다.

안중근 의사가 '세한송백'의 뜻을 남기고 순국한 뒤에도 일제의 폭압적인 식민통치는 더욱 심해졌습니다. 이에 저항하여 결연히 일어선 '소나무와 잣나무'는 1919년 3월 1일, 서울과 평양 등 여섯 개 도시에서 독립만세운동을 전개했습니다. 해마다 삼일절이면 '세한송백'의 의미를 다시 생각해보게 됩니다.

고전 읽기

『논어論語』〈자한子罕〉

날이 추워진 다음에야 소나무, 잣나무가 나중에 시듦을 알게 된다. 『집주』: 소인도 잘 다스려지는 세상에서는 간혹 군자와 다를 바가 없다. 오직 이해관계에 부딪치거나 변고를 만난 다음에야 군자가 지켜내는 바를 볼 수 있게 된다.

• • • •

원문 歲寒然後知松柏之後彫也. 集注: 小人之在治世, 或與君子無異. 惟臨利害遇事變, 然後君子之所守可見也.

홍응명洪應明, 『채근담菜根譚』

권세가 약해진 사람을 대할 때 오히려 예우를 더 극진히 하라.

• • • •

원문 待衰朽之人, 恩禮當愈隆.

왕통王通, 『중설中說』〈예교禮教〉

권세로 사귄 사람은 권세가 기울면 끊어지고, 이익으로 사귄 사람은 이익이 다하면 흩어진다. 그래서 군자는 이에 가담하지 않는다.

• • • •

원문 以勢交者, 勢傾則絶. 以利交者, 利窮則散. 故君子不與也.

옛것을 익혀 새것을 알다

온고지신溫故知新

임금이 말하기를, "온고지신이란 무슨 말인가?" 하니, 이유경이 말하기를,
"옛 글을 익혀 새 글을 아는 것을 말합니다." 하자, 임금이 말하기를,
"그렇지 않다. 초학자는 이렇게 보는 수가 많은데, 대개 옛 글을 익히면
그 가운데서 새로운 의미를 알게 되어 자기가 몰랐던 것을
더욱 잘 알게 된다는 것을 말한다." 하였다.
– 『정조실록』 3권, 정조 1년 2월 1일

TV 드라마와 영화에서 꾸준하게 인기를 얻는 장르의 하나로 사극史劇이 있습니다. 최근의 사극을 보면 역사적 사실과 실존 인물의 행적에 허구를 가미하면서, 정치적 주제보다 인물의 행동과 심리를 잘 그려내 호평을 받고 있는 듯합니다. 그렇지만 기본적으로는 사극이 우리가 익히 알고 있는 역사적 사실에 바탕을 두는 까닭에 친근감을 자아내는 한편, 현대의 사안에 대해서도 충분히 시사점을 찾을 수 있다는 점이 매력적이지 않은가 합니다.

이러한 사극에 자주 등장하는 조선시대의 임금으로 정조正祖를 빼놓을 수 없습니다. 규장각 신하들이 일상에서 보고 들은 정조의 언행을 기록한 『일득록日得錄』이라는 책을 보면, 정조는 그 누구보다 치열하게 학문을 탐구했던 임금이라고 여겨집니다. 그는 책을 읽은 후에 반드시 기록을 해두는 습관이 있었습니다. 〈독서기讀書記〉라 이름 붙인 이 독후감 노트에 그가 어려서부터 읽은 책을 경전, 역사, 철학, 문학 등으로 분

류하여 제목과 저자를 기록했습니다. 뿐만 아니라 의심나는 곳에는 상세한 풀이를 달고 감상도 적어놓았으며, 틈 날 때마다 이 독후감을 되풀이해서 읽었습니다.

당대의 어느 학자 못지않게 열심히 학문을 탐구한 정조인지라 이와 관련된 일화도 많습니다. 『조선왕조실록』 가운데 『정조실록』을 보면, 정조가 즉위한 해에 신하들과 경전의 어구를 두고 문답을 나눈 내용이 보입니다. 정조가 검토관檢討官 이유경李儒慶에게 『논어』 〈위정爲政〉 편에 보이는 '온고지신溫故知新'의 의미를 묻자, 이유경은 "옛 글을 익혀 새 글을 아는 것을 말합니다"라고 대답했습니다. 그러자 정조는 초학자들이 대개 그렇게 잘못 이해한다며, "옛 글을 복습하면 그 가운데서 새로운 의미를 알게 되어 자기가 몰랐던 것을 더욱 잘 알게 된다"는 말이라고 수정해줍니다.

정조는 아마도 소싯적에 『논어』를 읽으면서 '온고지신'이 무슨 뜻일까 골똘히 생각해보고, 〈독서기〉에 자신의 생각을 기록해두었던 모양입니다. 그런데 우리가 흔히 쓰는 이 '온고지신'이 어떤 맥락에서 나온 말인지 따져보고 그 의미를 찬찬히 헤아리는 경우는 드문 듯합니다. 사전의 뜻풀이를 보면 대체로 "옛것을 익히고 그것을 미루어서 새것을 안다"는 정도로 되어 있는데, 먼저 여기서 '옛것'과 '새것'이 가리키는 대상이 무엇인지에 대해서도 의견이 분분합니다.

공자가 '온고지신'을 설파한 맥락을 알아보기 위해 『논어』의 해당 구절의 원문을 인용하면 이러합니다. "온고이지신, 가이위사의溫故而知新, 可以爲師矣" 흔히 '온고이지신'은 '옛것을 익혀 새것을 안다'고 풀이하고, '가이위사의'는 "다른 사람의 선생이 될 수 있다"고 풀이합니다. 그런데 '온고이지신'의 풀이가 그렇게 간단하지만은 않습니다. 어떤 사람은 "옛것도 익히고 새것도 안다"고 병렬관계로 이해하고, 또 어떤 사람은 "옛것을 익힘으로써 새것을 알게 된다"고 인과관계로 이해합니다.

여기서 먼저 짚어볼 것은 '온溫'자의 풀이입니다. 이 '온'자를 보통 '익히다'라고 풀이하는데, 더 정확히는 '복습한다'는 뜻입니다. 따라서 '옛것'은 막연히 '오래된 옛날 것'이 아니라, '내가 오래전에 배웠던 것'으로 보는 것이 합리적입니다. 이런 의미에서 본다면 '새것'의 의미도 '내가 이제까지 접하지 않았던 새로운 것'이라기보다, '이전에는 잘 모르고 그냥 지나쳤다가 복습을 통해 새롭게 알게 된 것'을 가리킨다고 할 것입니다. 정조가 검토관 이유경에게 깨우쳐주려 했던 '온고지신'의 의미도 이런 것이라고 생각됩니다.

또 하나 중요한 것은 공자가 이 '온고지신'을 '스승의 자격'과 연결지었다는 점입니다. 주희朱熹는 그 이유를 이렇게 설명합니다.

> 때때로 옛날에 들은 것을 복습해서 매번 새로운 것을 얻는 것이 있으면 배운 것이 바로 나에게 있다. 이렇게 되면 상대방에게 응답할 때 어떤 질문에도 막히지 않으므로 남의 스승이 될 수 있다는 것이다. 그러나 기억하고 질문만 하는 학문은 마음에 얻는 것이 없어 아는 것에 한계가 있다.

이러한 설명에 따르면 '온고지신'은 "고전을 배워서 현실에 응용하라"는 것과는 다른 차원의 이야기라는 것을 알 수 있습니다. 이전에 배웠던 내용을 시간이 날 때마다 스스로 되새겨보아야 남의 스승이 될 만한 정도로 참된 공부라는 것입니다.

공부법과 관련해 여러 책을 펴낸 박철범 씨의 생각도 정조와 일맥상통하는 것 같습니다. 그는 공부가 피아노를 배우는 것과 같다며 이렇게 말했습니다.

> 대부분 바이엘을 한 번 치고 나면 바로 체르니로 넘어가고 싶어하는데 그보다는 바이엘을 두세 번 복습해야 체르니를 배우기 쉽듯이, 한 학기 공부한 내용을 제대로 복습하고 나서야 다음 학기 공부가 수월해진다.

예습은 가볍게 하고 복습은 꼼꼼히 하라는 말도 이처럼 '온고지신'의 효과를 크게 생각하기 때문인가 봅니다. 정조보다 열 살 아래인 다산 정약용은 이 구절을 더 파격적으로 풀이했습니다. "온고지신의 기쁨이 있기에 스승 노릇을 할 만하다"고 본 것입니다. 저도 강단에서 학생들을 가르치는 위치에 있다 보니 정약용의 생각에 공감이 갑니다.

특히 제가 가르치는 고전은 학창시절에 직접 배웠던 것이 대부분입니다. 그래서 제자들에게 다시 그것을 가르치기 위해 강의를 준비하는 과정은 제게 복습이나 매한가지가 됩니다. 그렇게 다시 보면서 학생 때는 몰랐던 것, 또 지난 학기에는 몰랐던 것을 새롭게 아는 것이 없지 않습니다. 그야말로 온고지신의 기쁨입니다. 새 책을 읽는 것 못지않게 예전에 읽었던 책을 다시 읽으며 새로운 발견의 재미를 느껴보는 것도 좋겠다는 생각입니다.

요즘 인기리에 방영되고 있는 사극에 출연하고 있는 한 탤런트가 사극의 매력을 묻는 기자의 질문에 "사극은 온고지신의 재미가 있는 장르"라고 대답했다고 합니다. 듣고 보니 일리가 있습니다. 사극의 배경은 익히 알려진 역사지만, 사극을 통해 그 시대를 되돌아보면서 예전에 미처 몰랐던 인물이나 사건을 짚어볼 수 있기 때문입니다.

고전 읽기

『논어論語』〈위정爲政〉

옛것을 익혀 새것을 알면, 다른 사람의 선생이 될 수 있다. 『집주』: 때때로 옛날에 들은 것을 복습해서 매번 새로운 것을 얻는 것이 있으면 배운 것이 바로 나에게 있다. 이렇게 되면 상대방에게 응답할 때 어떤 질문에도 막히지 않으므로 남의 스승이 될 수 있다는 것이다. 그러나 기억하고 질문만 하는 학문은 마음에 얻는 것이 없어 아는 것에 한계가 있다.

• • • •

원문　溫故而知新, 可以爲師矣. 集注: 時習舊聞, 而每有新得, 則所學在我, 而其應不窮, 故可以爲人師. 若夫記問之學, 則無得於心, 而所知有限.

『정조실록』 3권, 정조 1년 2월 1일

임금이 말하기를, "온고지신이란 무슨 말인가?" 하니, 이유경이 말하기를, "옛 글을 익혀 새 글을 아는 것을 말합니다." 하자, 임금이 말하기를, "그렇지 않다. 초학자初學者는 이렇게 보는 수가 많은데, 대개 옛 글을 익히면 그 가운데서 새로운 의미를 알게 되어 자기가 몰랐던 것을 더욱 잘 알게 된다는 것을 말한다." 하였다.

• • • •

원문　上曰, 溫故知新, 何謂也. 儒慶曰, 溫故書而知新書之謂也. 上曰, 不然. 初學之人, 多如此看得, 而蓋謂溫故書, 則知新味於其中, 益知其所不知之謂也.

섭공이 용을 좋아하다

섭공호룡葉公好龍

이슬과 서리를 무릅쓰고 흙과 먼지를 뒤집어쓰면서 백여 일 동안 발에 굳은살이 박이도록 걸어, 감히 숨 돌릴 겨를도 없이 임금께 알현을 신청했는데, 이렇듯 7일 동안이나 예로써 맞이해주지 않으니 임금께서 선비를 좋아한다는 것이 용을 좋아했다던 섭공과 똑같습니다.
-『신서』〈잡사〉

우리나라 국보 제70호는 훈민정음 해례본입니다. 훈민정음 해례본은 조선 세종 28년인 1446년 반포한 훈민정음을 해설한 책으로, 정인지 등 집현전 학사들이 한글의 제작원리, 사용법 등을 설명했습니다. 모두 33장으로 이루어진 내용이 한 권으로 묶여 목판으로 인쇄되었습니다. 1939년 전후 간송 전형필이 안동의 서예가 이 모 씨로부터 구입해 간송미술관에 소장하고 있는 것이 국보 제70호로 지정된 간송본이며, 1997년에 세계기록문화유산으로도 등재되었습니다. 간송본 외에 2008년 경북 상주에서 또 다른 훈민정음 해례본이 발견되어 이를 상주본이라 합니다.

그런데 훈민정음 해례본 간송본과 상주본이 최근 모두 한바탕 수난을 당했습니다. 간송본의 경우 전형필이 진성이씨 종택이 소장하고 있던 것을 이 가문의 이 모 씨로부터 3000원, 지금으로 치면 대략 4300만 원에 구입한 것으로 알려져 있는데, 이 모 씨의 처가인 광산김씨 측에서 이의를 제기하고 나섰습니다. 사실은 이 모 씨가 광산김씨 긍구당 고택에 있던 해례본을 몰래 빼내 긍구당의 장서인이 찍힌 표지 등을 찢어 훼손한 뒤 간송에게 팔아넘겼다는 것입니다. 진성이씨와 광산김씨 두 가문은 기자회견을 열고 서로가 원래 주인이라며 진실게임에 나서기도 했습니다.

그런가 하면 상주본의 운명은 더 기구합니다. 상주본은 지난 2008년 상주에 사는 한학자 배 모 씨가 집을 이사하다 발견했다고 학계에 보고한 것입니다. 그러나 상주본이 공개된 지 열흘 만에 골동품상 조 모 씨가 나타나 "상주본은 배 모 씨가 자신의 집에서 훔쳐간 것"이라며 소유권 다툼이 시작되었습니다. 관계당국이 손을 놓고 있는 동안 경찰조사와 민사소송이 1년 넘게 이어졌고, 그 와중에 상주본은 낱장으로 분리되어 원형이 훼손되었습니다. 소유권 다툼의 결론은 배 모 씨가 책을 훔쳐간 것이 맞지만, 배 모 씨를 절도죄로 처벌할 수는 없다는 모순된 내용이었습니다.

그 후 일반 국민들은 상주본의 존재를 잠시 잊고 있었는데, 배 모 씨가 국회의원 재선거에 출마해 "훈민정음 해례본 상주본 국보 지정"을 공약으로 내세우면서 다시 화제가 되었습니다. 배 모 씨는 자신의 재산을 1조 원이라고 선관위에 신고했는데, 그 근거를 제시하라는 요구를 받고 2015년 화재로 불에 탄 훈민정음 해례본 낱장을 공개했습니다. 지난 2011년 대법원은 상주본의 소유권이 골동품상 조 모 씨에게 있다고 판결했고, 이듬해 사망한 조 모 씨가 생전에 소유권을 문화재청에 기증한 까닭에 문화재청에서는 배 모 씨에게 상주본 인도를 요구했습니다. 문화재보호법 위반 사건에서 무혐의 판결을 받은 배 모 씨가 이를 거부하면서 양측 간에 다시 지루한 소송전이 벌어지고 있습니다.

국보급 문화재인 훈민정음 해례본 간송본과 상주본에 얽힌 일련의 사태를 지켜보면서 '섭공호룡葉公好龍'의 고사성어를 생각해보았습니다. '섭공호룡'은 춘추시대 초나라 사람인 섭공이 용을 좋아한다는 뜻으로, 한나라 때 유향劉向이 펴낸 책『신서新序』에서 유래한 말입니다. 섭공은 공자와 거의 동시기에 활약한 인물로, 다년간 재상 자리를 지키며 초나라를 강국으로 이끌어 초나라 사람들의 칭송을 한 몸에 받았습니다.

초나라 소왕昭王 때인 기원전 489년, 천하를 주유하던 공자는 섭공의 치적을 전해 듣고 특별히 그를 만나보고자 채蔡나라에서 초나라를 방문했습니다. 당시 섭공은 공자에게 정치에 대해 자문했는데, 공자는 "나라 안에 있는 사람을 기쁘게 하고, 나라밖에 있는 사람을 찾아오게 하는 것"이라고 답변했습니다. 이때 섭공은 자신의 치적을 과시하려는 마음에서인지 "내가 있는 곳에 올곧은 사람이 있는데, 그 아비가 양을 훔친 것을 그 아들이 가서 고발하더라"는 이야기를 공자에게 들려주었습니다. 그러자 공자는 "우리가 있는 곳의 올곧은 사람은 그와는 약간 다릅니다. 아비는 아들을 숨겨주고 아들은 아비를 숨겨주니, 올곧음이란 그 가운데 있는 것입니다"라고 응수했습니다. 섭공은 '대의멸친大義滅親', 즉 대의를 위해서는 혈육도 버려야 한다고 주장한 반면, 공자는 가족 내에서 해결할 일이 따로 있다고 본 것입니다.

유향의『신서』〈잡사雜事〉편의 기록에 의하면 섭공은 용을 매우 좋아해 관복의 허리띠에도 용무늬를 새기고, 술잔에도 용무늬를 새기고, 집안의 벽과 기둥에도 용무늬를 새겼다고 합니다. 그러자 하늘에 사는 용이 그 소식을 듣고 땅으로 내려와 창문으로 머리를 집어넣고 꼬리를 대청에 두었습니다. 평소에 용을 그렇게 좋아하던 섭공은 실제로 용이 나타나자 혼비백산해 줄행랑을 쳤고 얼굴에 핏기가 가실 정도였습니다. 이런 이야기를 소개하면서 유향은 자장의 말을 빌려 이렇게 덧붙입니다.

> 섭공은 용을 좋아했던 것이 아니라 그저 용 같으면서 용이 아닌 것을 좋아했던 것이다.

유향이 섭공 이야기를 꺼낸 것은 사실 공자의 제자인 자장子張의 눈에 비친 노나라 애공哀公의 위선을 꼬집기 위해서였습니다. 자장은 애공을 알현하려고 7일을 기다렸으나 애공은 끝내 예를 갖추어 만나주지 않았습니다. 자장은 이런 말을 남기고 노나라를 떠났습니다.

> 애공께서 선비를 좋아한다는 말을 듣고 천 리 길을 달려와 임금께 알현을 신청했는데, 이렇듯 7일 동안이나 예로써 맞이해주지 않으니 임금께서는 선비를 좋아하는 것이 아니라 그저 선비 같으면서 선비가 아닌 자를 좋아했던 것입니다.

훈민정음 해례본 간송본과 상주본을 둘러싸고 벌어지는 볼썽사나운 모습에서도 '섭공호룡'의 그림자가 어른거리는 듯합니다. 저마다 우리 조상의 숨결이 담긴 귀중한 문화재를 가장 사랑하는 듯 말을 앞세우지만, 실상 그 속에서는 소유권을 주장하는 목소리가 더 크게 들려옵니다.

지난 1975년 프랑스국립도서관에서 근무하던 박병선 박사는 베르사유 별관 창고에서 프랑스가 병인양요 때 약탈해간 도서 '외규장각 의례'를 발견했습니다. 그 후 도서관 측의 갖은 위협에도 불구하고 반환 운동을 벌인 결과, 우리나라는 2011년 마침내 대여 형태로나마 외규장각 의례를 돌려받게 되었습니다. 외국에 있는 것도 힘들게 찾아오는 마당에, 국내에 있는 국보급 문화재를 소유권 분쟁 속에 태워먹어서야 되겠습니까?

고전 읽기

『신서新序』〈잡사雜事〉

자장子張이 노나라 애공哀公을 알현하려 했으나, 7일을 기다려도 애공이 예를 갖추어 상대하지 않기에 자장은 하인을 시켜 이런 말을 남기고 떠났다. "저는 애공께서 선비를 좋아한다는 말을 들었던 까닭에 천 리 길을 마다하지 않았습니다. 이슬과 서리를 무릅쓰고 흙과 먼지를 뒤집어쓰면서 백여 일 동안 발에 굳은살이 박이도록 걸어, 감히 숨 돌릴 겨를도 없이 임금께 알현을 신청했는데, 이렇듯 7일 동안이나 예로써 맞이해주지 않으니 임금께서 선비를 좋아한다는 것이 **용을 좋아했다던 섭공葉公**(자 자고)과 똑같습니다. 섭공은 용을 좋아해 둥근 자로 용을 그리고 끌로 용을 새기고 방에 조각된 무늬도 모두 용이었습니다. 그러자 용이 그 소식을 듣고 땅으로 내려와 창문으로 머리를 집어넣고 꼬리를 대청에 두었습니다. 섭공은 용을 보고는 버리고 달아나며 혼비백산한 모습이 완전히 얼이 빠진 상태였습니다. 섭공은 용을 좋아했던 것이 아니라 그저 용 같으면서 용이 아닌 것을 좋아했던 것입니다. 애공께서 선비를 좋아한다는 말을 듣고 천 리 길을 달려와 임금께 알현을 신청했는데, 이렇듯 7일 동안이나 예로써 맞이해주지 않으니 임금께서는 선비를 좋아하는 것이 아니라 그저 선비 같으면서 선비가 아닌 자를 좋아했던 것입니다. 『시경』에 이런 말이 있습니다. '마음속에 품고 있거늘 어찌 하룬들 잊으리오.' 감히 이렇게 말씀을 남기고 떠납니다."

• • • •

원문 子張見魯哀公, 七日而哀公不禮, 托仆夫而去曰, 臣聞君好士, 故不遠千里之外, 犯霜露, 冒塵垢, 百舍重趼, 不敢休息以見君, 七日而君不禮, 君之好士也, 有似葉公子高之好龍也. 葉公子高好龍, 鉤以寫龍, 鑿以寫龍, 屋室雕文以寫龍. 於是夫龍聞而下之, 窺頭於牖, 拖尾於堂. 葉公見之, 棄而還走, 失其魂魄, 五色無主, 是葉公非好龍也, 好夫似龍而非龍者也. 今臣聞君好士, 不遠千里之外以見君, 七日不禮, 君非好士也, 好夫似士而非士者也. 詩曰, 中心藏之, 何日忘之. 敢托而去.

머리카락을 뽑아도 헤아리기 어렵다

탁발난수擢髮難數

범수가 말했다. "네 죄가 얼마나 되느냐?"
"제 머리카락을 뽑아 제가 지은 죄를 다 더해도 오히려 부족합니다."
- 『사기』 〈범수채택열전〉

몇 년 전에 작고하신 저의 아버지는 생전에 늘 할아버지를 그리워하셨습니다. 할아버지는 1941년생이셨던 아버지가 한두 살 때 일본에서 돌아가셨다고 했습니다. 할머니 말씀에 의하면 돈을 벌어 오겠다고 일본으로 건너가셨으나, 1943년에 일본으로 할아버지와 함께 갔다가 돌아온 이웃 사람에 의해 유해도 없이 사망 소식만 전해졌다고 합니다.

아버지는 십수 년 전 산비탈에 있던 할머니 묘소를 양지바른 곳으로 이장하면서 그 옆에 할아버지 봉분도 함께 만드셨습니다. 봉분 안에 안장할 것이 마땅치 않아 석판에 할아버지 함자만 새겨 넣었습니다. 아버지는 늘 입버릇처럼 일본 규슈九州의 광산에 가서 흙이라도 한 줌 퍼오고 싶다고 하셨는데, 할머니로부터 할아버지가 규슈 광산에서 돌아가셨다고 들었기 때문이었습니다. 그러나 아쉽게도 그때까지 일본에 갈 기회가 없어 아버지의 꿈은 이루어지지 못했습니다.

그런 까닭에 일본에서 돌아가셨다는 할아버지의 흔적을 찾는 일이 늘 제 숙제였습니다. 집안에서 그래도 제가 공부깨나 했고 한자도 잘 읽는다는 이유에서였습니다. 그래서 저는 수시로 국가기록원 홈페이지를 검색하거나 국립중앙도서관에 가서 할아버지와 관련된 자료를 찾곤 했습니다. 그러다 1970년대에 우리나라 재무부에서 작성한 〈피징용사망자연명부〉의 존재를 알게 되었습니다.

이 〈피징용사망자연명부〉를 샅샅이 훑다가 저는 낯익은 주소 하나를 발견했습니다. 바로 제 주민등록상의 본적지 주소였습니다. 그 주소로 기재된 사망자 이름은 '김하관옥'. 관자 옥자를 쓰셨던 할아버지 함자의 일본식 표기였습니다. 사망일자는 1943년 10월 6일이었고, 사망지는 '우에기大鳥 섬'이었습니다. 일본 규슈에 '우에기 섬'이 있는가 했더니, 뜻밖에도 우에기 섬은 태평양 한가운데 있는 웨이크 아일랜드였습니다.

관련 자료를 더 찾아보니 할아버지는 일본으로 가셨다가 강제 징용되어 웨이크 아일랜드에서 일본 해군기지 건설 노무자로 일하셨습니다. 1943년 10월 5일에 웨이크 아일랜드에 대한 미군 전투기의 폭격이 있었는데, 할아버지의 사망일자가 10월 6일인 것을 보면 폭격 직후에 돌아가신 것 같습니다. 어떤 자료에 의하면 일본군이 미군의 폭격을 방해할 목적으로 민간인 노무자를 방패막이로 내세웠다고도 합니다. 폭격이 성공하자 일본군은 미군에 신호를 보냈다는 이유로, 포로로 잡고 있던 미국인 노무자 98명을 기관총으로 학살하기도 했습니다.

할아버지 관련 자료를 정리하면서 '탁발난수擢髮難數'라는 말이 떠올랐습니다. 이 말은 "머리카락을 뽑아도 다 헤아리기 어렵다"는 뜻으로, 지은 죄가 이루 다 셀 수 없을 정도로 많은 것을 비유합니다. 일제강점기 동안 일본이 우리를 대상으로 저지른 만행이 한두 가지가 아닌데,

그간 반성과 사과에는 매우 인색한 모습을 보였습니다. 이것은 더 큰 잘못이 아닐 수 없습니다.

'탁발난수'는 사마천의 『사기』 〈범수채택열전范雎蔡澤列傳〉에 보이는 말입니다. 자세한 내용을 살펴보면 이러합니다. 전국시대 위魏나라에 범수范雎라는 사람은 위나라의 대부 수가須賈의 문객으로, 수가를 따라 제齊나라에서 벼슬을 얻습니다. 범수가 제나라 양왕襄王에게 인정을 받은 것을 시기한 수가는 상국 위제魏齊에게 범수가 제나라와 내통했다고 무고합니다. 그 말을 들은 위제는 곧장 범수를 체포해 심하게 매질을 한 후 측간 옆 거적에 버렸는데, 범수는 병졸의 도움으로 죽음을 면하고 달아납니다.

위나라를 탈출할 기회를 엿보던 범수는 진나라 소왕昭王의 사신으로 위나라에 온 왕계王稽에게 의탁해 진나라로 망명합니다. 진나라 소왕은 범수를 중용해 왕실을 튼튼히 했고, 범수는 그 공로를 인정받아 재상의 지위에 올라 위나라를 칠 계획을 세웁니다. 위나라에서는 진나라가 공격한다는 첩보를 얻고 급히 대부 수가를 진나라에 사신으로 파견합니다. 그러자 범수는 신분을 감춘 채 다 해진 옷을 입고, 숙소에 묵고 있던 수가를 찾아갑니다.

수가는 범수를 보고 깜짝 놀라며 진나라에서 무엇을 하고 있느냐고 묻습니다. 범수는 위나라에서 죄를 짓고 도망쳐 와 남의 집에서 날품팔이로 연명하고 있다고 거짓으로 대답합니다. 그 말을 들은 수가는 범수의 처지를 불쌍하게 여겨 음식을 내주고 솜옷까지 챙겨줍니다. 그러자 범수는 수가의 일을 돕겠다고 나서서 마차를 빌려와 수가를 진나라 재상 청사까지 데려갑니다.

범수가 손수 마차를 몰고 청사 앞에 당도하더니 재상께 아뢰겠다고 먼저 들어갑니다. 그러나 한참을 기다려도 범수가 나오지 않는 것을 수상히 여긴 수가는 문지기에게 물어본 후에야 범수가 바로 재상이라는 것을 알게 됩니다. 수가는 깜짝 놀라 땅에 머리를 조아리며 범수에게 선처를 호소합니다. 그러자 범수는 수가에게 네 죄가 얼마나 되느냐고 물었고, 이때 수가가 대답한 말이 '탁발난수', 즉 머리카락을 다 뽑아도 세기 어려울 만큼 많다는 것이었습니다.

범수는 수가의 죄를 크게 나무라면서도 오랜만에 만난 자신에게 음식과 옷을 내준 것을 가상히 여겨 죽이지 않고 풀어줍니다. 대신 수가가 위나라로 돌아갈 때 당장 위제의 목을 가져오지 않으면 위나라를 쑥대밭으로 만들겠다고 전하라 합니다. 위제는 조趙나라와 초楚나라를 전전하며 몸을 숨길 곳을 찾다가 여의치 않자 자결하고 맙니다.

류승완 감독의 영화 〈군함도〉를 개봉하자마자 보게 된 것도 간접적으로나마 할아버지의 행적을 더듬어볼 수 있지 않을까 해서였습니다. 군함도로 강제 징용되어 극한 환경에서 석탄을 캤던 조선 노동자들처럼 할아버지도 웨이크 아일랜드에서 심하게 고생하다 돌아가셨을 것입니다. 일본 사람들은 군함도의 하시마端島 탄광을 세계문화유산으로 등재할 생각만 했지, 강제 징용의 잘못에 대해서는 일언반구 말이 없습니다. 이는 『사기』에서 수가가 범수에게 자기의 죄가 '탁발난수'라고 고백했던 것과 큰 차이를 보는 부분입니다. 일제에 의해 강제 징용되어 남태평양의 외딴 섬에서 돌아가신 할아버지의 영령이 고이 잠들 수 있는 진정한 '광복光復'이 언제쯤 올지 아직은 난망입니다.

고전 읽기

『사기史記』 <범수채택열전范雎蔡澤列傳>

범수范雎는 위나라 사람으로 자는 숙叔이다. 그는 제후들에게 유세하여 위나라 왕을 섬기고자 했다. 그러나 집이 가난하여 스스로 자금을 마련할 방도가 없어, 이에 먼저 위나라 중대부中大夫인 수가須賈를 섬겼다. 수가가 위나라 소왕昭王의 사신으로 제나라에 갈 때 범수도 따라갔다. 몇 달을 머물렀으나 이렇다 할 소득이 없었다. 제나라 양왕襄王은 범수의 변론이 뛰어나다는 말을 듣고, 이에 사람을 시켜 범수에게 황금 열 근 그리고 쇠고기와 술을 하사했으나, 범수는 사양하며 감히 받지 않았다. 수가가 이를 알고는 크게 화를 내며 범수가 위나라의 비밀을 제나라에 알렸기 때문에 그래서 이런 향응을 제공받은 것이라 여기고, 범수에게 쇠고기와 술만 받고 황금은 되돌려주라고 했다.

위나라로 돌아와서도 수가는 마음속으로 범수에게 화가 나 그 일을 위나라 재상에게 알렸다. 위나라의 재상은 위나라 여러 공자公子 가운데 하나인 위제魏齊였다. 위제는 크게 화를 내며 아랫사람을 시켜 범수를 매질해 갈비뼈가 부러지고 이가 빠지게 만들었다. 범수가 죽은 척하자 대나무 발로 둘둘 말아서 측간 옆에 두었다. 빈객들 가운데 술을 마신 자들이 취하여 번갈아 범수에게 오줌을 누었는데, 이는 일부러 모욕을 줌으로써 함부로 말을 하는 이가 없도록 후일을 경계한 것이었다.

대나무 발 속에 있던 범수가 지키는 자에게 말했다. "당신이 나를 나가게 해주면 내가 필히 그대에게 후히 사례하겠소."

지키는 자가 이에 발 속의 시체를 내다버리겠다고 청했다.

위제가 취하여 말했다. "그렇게 하라."

범수는 그렇게 하여 빠져나올 수 있었다. 나중에 위제는 후회하며 다시 지키는 자를 불러 찾아보게 했다. 위나라 사람 정안평鄭安平이 이 소식을 듣고 마침내 범수를 데리고 달아나 숨어 지냈고, 범수는 이름도 장록張祿으로 바꾸었다.

이 무렵에 진나라 소왕이 공문서를 전달하는 알자謁者 왕계를 위나라에 사신으로 보냈다. 정안평은 거짓으로 하인이 되어 왕계를 모셨다.

왕계가 물었다. "위나라에 나와 함께 서쪽으로 가서 유세할 만한 현자가 있는가?"

정안평이 말했다. "저희 동네에 장록 선생이라고 있는데, 나리를 뵙고 천하의 일에 대해 말씀을 드리고자 합니다. 그런데 그분에게 원수가 있어 낮에 뵙기는 어렵습니다."

왕계가 말했다. "밤에 그와 함께 오라."

정안평은 밤에 장록과 함께 왕계를 알현했다.

이야기가 다 끝나기도 전에 왕계는 범수가 현자라는 것을 알고 이렇게 말했다. "선생은 삼정三亭 남쪽에서 나를 기다려주시오."

왕계는 범수와 이렇게 은밀히 약속하고 떠났다. 왕계는 위나라를 하직하고 떠날 때 범수를 수레에 싣고 진나라로 들어갔다.

……진나라에서는 범수를 응읍應邑에 봉해 응후應侯라 불렀다. 이때가 진나라 소왕 41년의 일이다. 범수가 진나라의 재상이 된 뒤에도 진나라에서는 장록이라는 이름으로 불렀기에 위나라에서는 알지 못하고 범수가 이미 죽은 줄로만 생각했다. 위나라는 진나라가 곧 동쪽

으로 한나라와 위나라를 치려 한다는 말을 듣고 수가를 진나라에 사신으로 보냈다. 범수는 그 소식을 듣고 자신의 신분을 속인 채 평범한 옷을 입고 남몰래 수가 숙소로 찾아가 수가를 만났다.

수가가 범수를 보고 깜짝 놀라며 말했다. "범수, 자네는 무사했었구먼."

범수가 말했다. "그렇습니다."

수가가 웃으며 말했다. "범수 자네는 진나라에서 유세하고 있는가?"

"아닙니다. 제가 지난날 위나라 재상께 죄를 지어 달아나 이곳까지 왔는데 어찌 감히 유세를 하겠습니까?"

수가가 말했다. "그럼 지금은 무슨 일을 하는가?"

범수가 말했다. "저는 남의 집 품팔이꾼입니다."

수가가 마음속으로 그를 동정해 그를 머물러 앉히고 술과 음식을 주며 이렇게 말했다. "범수 자네가 이렇게 어려운 처지가 되었구먼."

이에 자신의 두터운 명주 솜옷 한 벌을 내주었다.

수가가 이어서 다시 물었다. "진나라 재상은 장 씨라던데 자네도 그를 아는가? 내가 듣기로 진나라 왕의 총애를 받고 있어서 천하의 일이 모두 장 재상에 의해 결정된다더군. 지금 내 일의 성패도 장 재상에게 달려 있는데, 자네가 혹 장 재상과 친한 사람을 알고 있는가?"

범수가 말했다. "제 주인께서 잘 아십니다. 저도 그래서 한번 뵌 적이 있는데, 제가 대부님을 위해서 장 재상을 만날 수 있도록 청해보겠습니다."

수가가 말했다. "내 말이 병들고 수레는 굴대가 부러진 데다 말 네 필이 끄는 큰 수레도 아니니 나는 갈 수가 없는 상황이야."

범수가 말했다. "그럼 제가 주인께 말 네 필이 끄는 큰 수레를 빌려다 드립지요."

범수가 돌아가서 말 네 필이 끄는 큰 수레를 마련해 오더니, 수가를 위해 수레를 몰아 진나라 재상의 관저로 들어갔다. 관저에서 바라보다 범수를 알아본 이들은 모두 피하여 숨기에 수가는 그것을 괴이히 여겼다.

범수는 재상 관저 문 앞에 이르자 수가에게 말했다. "저를 기다리고 계시면 제가 대부를 위해 먼저 들어가 재상께 알리겠습니다."

수가는 문 앞에서 기다렸는데 수레를 멈춘 지 오래되었기에 문지기에게 물었다. "범수가 나오지 않는 것은 무엇 때문인가?"

문지기가 말했다. "여기 범수라는 사람은 없습니다."

수가가 말했다. "방금 전에 나와 함께 수레를 타고 와서 들어간 사람 말이다."

문지기가 말했다. "그분은 우리 재상인 장록이십니다."

수가는 깜짝 놀라서 자신이 속은 것을 알고는 이에 웃옷을 벗어 몸을 드러내고 무릎으로 걸어 문지기를 통해 사죄했다. 이에 범수가 장막을 치고 많은 시종들을 거느린 채 수가를 만났다.

수가가 머리를 조아리며 죽을죄를 지었다고 했다. "저는 당신이 스스로의 힘으로 청운의 위에 이를지 생각하지 못했습니다. 저는 감히 다시는 천하의 책을 읽지 않을 것이며, 감히 다시는 천하의 일에 간여하지 않겠습니다. 제게 솥으로 삶아 죽일 죄가 있지만, 북쪽 오랑캐 땅으로 스스로 물러날 테니 부디 그대는 저를 살려주십시오."

범수가 말했다. "네 죄가 얼마나 되느냐?"

"제 머리카락을 뽑아 제가 지은 죄를 다 더해도 오히려 부족합니다."

범수가 말했다. "그대의 죄는 딱 세 가지다. 옛날 초나라 소왕 때 신포서申包胥가 초나라를 위해 오나라 군대를 물리쳤으므로 초나라 왕이 그를 형 땅의 5천 호에 봉하려고 했으나, 신포서가 사양하고 받지 않았던 것은 조상의 묘가 형 땅에 있었기 때문에 해야 할 일을 했다고 생각했기 때문이다. 지금 내 조상의 무덤 또한 위나라에 있으니 위나라를 배신할 이유가 없다. 그런데 그대는 이전에 내가 제나라에 다른 마음을 품고 있다고 여기고 위제에게 나를 모함했으니, 이것이 그대의 첫 번째 죄다. 위제가 나를 측간에서 욕보일 때 그대는 말리지 않았으니 이것이 두 번째 죄다. 번갈아가며 취하여 내게 오줌을 누는데도 그대는 어째서 가만히 있었느냐? 이것이 세 번째 죄다. 허나 그대가 죽음을 면할 수 있는 것은 명주 솜옷으로 나를 동정했기 때문이다. 친구의 마음이 있었기에, 그대를 풀어주노라."

이렇게 말을 마치고, 범수는 입궐하여 소왕에게 보고하고 수가를 숙소로 돌려보냈다.

• • • •

원문 范雎者, 魏人也, 字叔. 游說諸侯, 欲事魏王. 家貧無以自資, 乃先事魏中大夫須賈. 須賈魏昭王使於齊, 范雎從. 留數月, 未得報. 齊襄王聞雎辯口, 乃使人賜雎金十斤及牛酒, 雎辭謝不敢受. 須賈知之, 大怒, 以爲雎持魏國陰事告齊, 故得此饋, 令雎受其牛酒, 還其金. 旣歸, 心怒雎, 以告魏相. 魏相, 魏之諸公子, 曰魏齊. 魏齊大怒, 使舍人笞擊雎, 折脅摺齒. 雎詳死, 卽卷以簀, 置廁中. 賓客飮者醉, 更溺雎, 故僇辱以懲後, 令無妄言者. 雎從簀中謂守者曰, 公能出我, 我必厚謝公. 守者乃請出棄簀中死人. 魏齊醉, 曰, 可矣. 范雎得出. 後魏齊悔, 復召求之. 魏人鄭安平聞之, 乃遂操范雎亡, 伏匿, 更名姓曰張祿. 當此時,

秦昭王使謁者王稽於魏. 鄭安平詐爲卒, 侍王稽. 王稽問, 魏有賢人可與俱西游者乎. 鄭安平曰, 臣里中有張祿先生, 欲見君, 言天下事. 其人有仇, 不敢晝見. 王稽曰, 夜與俱來. 鄭安平夜與張祿見王稽. 語未究, 王稽知范雎賢, 謂曰, 先生待我於三亭之南. 與私約而去. ……秦封范雎以應, 號爲應侯. 當是時, 秦昭王四十一年也. 范雎旣相秦, 秦號曰張祿, 而魏不知, 以爲范雎已死久矣. 魏聞秦且東伐韓 · 魏, 魏使須賈於秦. 范雎聞之, 爲微行, 敝衣閒步之邸, 見須賈. 須賈見之而驚曰, 范叔固無恙乎. 范雎曰, 然. 須賈笑曰, 范叔有說於秦邪. 曰, 不也. 雎前日得過於魏相, 故亡逃至此, 安敢說乎. 須賈曰, 今叔何事. 范雎曰, 臣爲人庸賃. 須賈意哀之, 留與坐飮食, 曰, 范叔一寒如此哉. 乃取其一綈袍以賜之. 須賈因問曰, 秦相張君, 公知之乎. 吾聞幸於王, 天下之事皆決於相君. 今吾事之去留在張君. 孺子豈有客習於相君者哉. 范雎曰, 主人翁習知之. 唯雎亦得謁, 雎請爲見君於張君. 須賈曰, 吾馬病, 車軸折, 非大車駟馬, 吾固不出. 范雎曰, 願爲君借大車駟馬於主人翁. 范雎歸取大車駟馬, 爲須賈御之, 入秦相府. 府中望見, 有識者皆避匿, 須賈怪之. 至相舍門, 謂須賈曰, 待我, 我爲君先入通於相君. 須賈待門下, 持車良久, 問門下曰, 范叔不出, 何也. 門下曰, 無范叔. 須賈曰, 鄕者與我載而入者. 門下曰, 乃吾相張君也. 須賈大驚, 自知見賣, 乃肉袒膝行, 因門下人謝罪. 於是范雎盛帷帳, 侍者甚衆, 見之. 須賈頓首言死罪, 曰, 賈不意君能自致於青雲之上, 賈不敢復讀天下之書, 不敢復與天下之事. 賈有湯鑊之罪, 請自屛於胡貉之地, 唯君死生之. 范雎曰, 汝罪有幾. 曰, 擢賈之髮以續賈之罪, 尙未足. 范雎曰, 汝罪有三耳. 昔者楚昭王時而申包胥爲楚卻吳軍, 楚王封之以荊五千戶, 包胥辭不受, 爲丘墓之寄於荊也. 今雎之先人丘墓亦在魏, 公前以雎爲有外心於齊, 而惡雎於魏齊, 公之罪一也. 當魏齊辱我於廁中, 公不止, 罪二也. 更醉而溺我, 公其何忍乎. 罪三矣. 然公之所以得無死者, 以綈袍戀戀, 有故人之意, 故釋公. 乃謝罷. 入言之昭王, 罷歸須賈.

비단옷을 입고 고향에 돌아오다

금의환향錦衣還鄕

항우는 진나라 궁실이 모두 불에 타 엉망이 된 것을 보았고,
또 마음에 그리움이 일어 동쪽으로 돌아가려 하면서 이렇게 말했다.
"부귀하게 되었는데도 고향에 돌아가지 않으면 비단옷을 입고
밤길을 다니는 것과 같으니, 누가 알아주겠는가?"
-『사기』〈항우본기〉

몇 년 전 전라북도 남원에서 열린 춘향제에 한 번 가본 적이 있는데, 프로그램이 꽤 다채롭다는 인상을 받았습니다. 춘향제는 소설『춘향전』에 등장하는 춘향의 높은 정절을 기리는 전통문화 축제의 하나인데, 소설 속 주인공이 이런 높은 관심을 받는다는 것은 분명 이채로운 일입니다.

그런데『춘향전』의 남녀 주인공인 춘향과 이 도령이 실존인물을 바탕으로 했다는 주장도 없지 않습니다. 연세대 설성경 명예교수가 쓴 책을 보니, 이 도령의 모델이 된 인물의 본래 이름이 성이성成以性이었다고 합니다. 이 사람은 조선 광해군 때 사람으로 남원부사로 부임한 아버지를 따라 남원에 머무르면서 기생과 사귀었는데, 그 후 암행어사가 되어 남원에 내려와 옛날 사귀었던 기생을 찾았으나 그 기생은 이미 세상을 떠난 뒤였다는 것입니다.

『춘향전』에서 이 도령이 암행어사가 되어 남원에 내려왔을 때 춘향

은 변 사또의 수청을 거절한 죄로 옥고를 치르고 있었는데, 이때 이 도령은 일부러 거지꼴을 하고 월매를 찾아갑니다. 꾀죄죄한 이 도령의 몰골을 본 월매는 실망한 나머지 이렇게 탄식합니다.

> 백일 정성을 드린다면 아니 된다는 게 없다더니 일 년이 다 가도록 밤낮 축수 빌었더니 걸인 되어 왔네 그려. 이제는 잘 되라고 빌어볼 데도 없게 되니 죽었구나 죽었구나 내 딸 춘향이는 영 죽었네.

기대했던 금의환향錦衣還鄕과 하도 딴판이라 어이가 없었을 것입니다. '금의환향'은 "비단옷을 입고 고향에 돌아온다"는 뜻으로, '비단옷'은 곧 출세를 뜻합니다. 옛날 고관들은 비단옷을 입고 평민들은 베옷을 입었기에 이렇게 말한 것입니다. 그래서 『명심보감』〈성심省心〉 편에 부자도 다시 가난해질 수 있다는 의미에서 "금의포의갱환착錦衣布衣更換着"이라 했는데, "비단옷을 다시 베옷으로 갈아입는다"는 말입니다.

비단옷은 고사하고 베옷도 제대로 챙겨 입지 못한 채 옥으로 찾아온 이 도령의 모습을 보고 춘향도 실망감이 들지 않을 수 없었을 터인데, 그래도 성품이 고운 여인인지라 월매에게 이렇게 부탁합니다.

> 아이고 어머니, 서방님 참혹한 형상 차마 눈으로 못 보겠소. 내 함 속에 은비녀와 가락지도 들었으니 얼마라도 받고 팔어 서방님 의관 의복 해 드리고 나 죽은 후에라도 부디 괄시를 마옵소서.

다행히 '환향'은 했으니 '금의'는 자신이 패물이라도 팔아서 마련하겠다는 것입니다.

지금은 좋은 의미로 쓰고 있는 '금의환향'의 유래는 '의수야행衣繡夜行'에서 찾아볼 수 있습니다. '의수야행'은 '비단옷을 입고 밤길을 다닌다'는 뜻으로, 아무 보람 없는 행동을 비유하는 말입니다. 이와 관련된 이야기의 주인공은 항우項羽입니다. 유방劉邦이 먼저 진秦나라의 도읍인 함양咸陽을 차지하자, 화가 난 항우項羽는 홍문鴻門으로 유방을 불러 사죄를 받아냅니다.

유방이 순순히 물러나자 항우는 함양으로 진격하여 아방궁을 불태우고 궁궐의 금은보화를 약탈하는 등 포악한 짓을 서슴지 않았습니다. 그리고는 본인이 쑥대밭으로 만들어놓은 함양이 마음에 들지 않았던지 도읍을 자기 고향인 팽성彭城(지금의 강소성 서주시)으로 옮기려고 했습니다. 간의대부諫議大夫로 있던 한생韓生이라는 사람이 제왕의 땅인 함양을 버리는 것은 옳지 않다고 간언하자, 항우는 버럭 화를 내며 기름이 끓는 가마솥에 한생을 넣어 죽였습니다.

그때 항우가 천도 반대론자들에게 한 말이 바로 '의수야행'이었습니다. 길거리에서 "부귀하게 되었는데도 고향에 돌아가지 않으면, 비단옷을 입고 밤길을 다니는 것과 같다"는 말이 떠돌고 있는데 바로 항우 자신을 놀리는 말이라는 것입니다. 그런데 이 말은 사실 유방의 책사인 장량張良이 항우를 함양에서 끌어내기 위해 퍼뜨린 말이었는데, 얼른 고향으로 돌아가서 성공한 모습을 과시하고 싶었던 항우의 심리를 꿰뚫은 방책이었습니다.

결국 '의수야행'이라는 말을 듣기 싫었던 항우는 '금의환향'하여 팽성으로 도읍을 옮기고 스스로 서초패왕西楚霸王이라 칭했습니다. 논공행상을 통해 18명의 제후를 임명하면서 최대의 정적이었던 유방에게는 한중漢中이라는 땅을 떼어주고 한왕漢王으로 임명했습니다. 이 과정이 공정하지 못해 일부 제후들은 논공행상에 불만을 품고 항우 진영을 이탈했습니다.

한중에서 힘을 키운 유방은 56만 명의 군사를 이끌고 항우가 있는 팽성으로 진격했으나, 항우는 유방의 공격을 잘 막아냅니다. 그러나 조그만 실수도 용납하지 않았던 항우의 불같은 성격에 겁을 낸 휘하 장수들이 하나둘 떨어져 나가면서 항우는 서서히 고립되었습니다. 결국 해하垓下에서의 마지막 전투에서 유방에게 패한 뒤 자결하고 맙니다.

사실 항우가 자기의 고향인 팽성을 사랑했던 것을 크게 탓할 일은 아닙니다. 문제는 '금의환향'에 있습니다. 천하의 요새라는 함양을 차지하고 선정을 베풀었다면 고향 팽성 사람들이 자랑스러워해 마지않았을 것을, 굳이 비단옷을 입고 고향으로 돌아가 성공을 과시하고 싶은 마음이 화근이었습니다. 그 결과를 한 마디로 요약하자면 '패가망신'에 다름 아닌데, 그 속에는 파탄에 이른 연인과의 사랑도 포함됩니다. 항우와 우희가 모두 항우의 칼로 자결하는 비극적인 결말을 맞고 말았던 것입니다.

이런 점에서 '금의환향' 대신 거지꼴을 하고 남원으로 돌아온 이 도령이 백 번 나아 보입니다. 암행어사로 출두해 자신을 구출한 이 도령에게 춘향은 이렇게 말합니다.

> 반가워라 반가워라 설리예춘雪裡睿春이 반가워라. 외로운 꽃 춘향이가 남원 옥중 추절이 들어 떨어지게 되었더니 동헌에 새봄이 들어 이화춘풍이 날 살렸네.

고전 읽기

『명심보감明心寶鑑』〈성심省心〉

꽃이 졌다 꽃이 피고 피었다가 또 지고, 비단옷을 다시 베옷으로 갈아입는다. 호화로운 집이라고 반드시 언제나 부귀한 것이 아니고, 가난한 집이라고 반드시 내내 쓸쓸한 것은 아니다. 사람을 떠받쳐도 반드시 하늘에 오르는 것은 아니고, 사람을 떠밀어도 반드시 구덩이에 빠지는 것은 아니다. 그대에게 권하노니, 매사에 하늘을 원망하지 말라. 하늘의 뜻은 사람에게 후하거나 박함이 없다. 사람 마음 독하기가 뱀과 같음에 감탄하거니와, 누가 하늘의 눈이 수레바퀴처럼 돌아가고 있음을 알겠는가? 작년에 쓸데없이 동쪽 이웃의 물건을 취했더니, 오늘은 다시 북쪽 집으로 돌아간다. 의롭지 않은 돈과 재물은 끓는 물에 눈을 뿌리듯 사라질 것이요, 뜻밖에 오는 논밭은 물에 모래를 밀어 넣는 격이다. 만약 교활함과 속임수로 생계를 삼는다면, 마치 아침에 피었다 저녁에 지는 꽃과 같으리. 약으로도 재상의 목숨을 치료할 수 없고, 돈이 있어도 자손의 현명함을 사기 어려운 법. 하루 맑고 한가롭게 지내면 하루 신선이 되는 것이로다.

• • • •

원문 花落花開開又落, 錦衣布衣更換着. 豪家未必常富貴, 貧家未必長寂寞. 扶人未必上青霄, 推人未必塡邱壑. 勸君凡事, 莫怨天. 天意於人, 無厚薄. 感歎人心毒似蛇, 誰知天眼轉如車. 去年妄取東隣物, 今日還歸北舍家. 無義錢財湯潑雪, 儻來田地水推沙. 若將狡譎爲生計, 恰似朝開暮落花. 無藥可醫卿相壽, 有錢難買子孫賢. 一日清閑一日仙.

『사기史記』〈항우본기項羽本紀〉

며칠 있다가 항우는 군대를 이끌고 서쪽으로 가 함양을 도륙하고, 항복한 진나라의 왕 자영을 살해했다. 진나라 궁실에 불을 지르니 불이 석 달 동안 꺼지지 않았고, 그곳의 금은보화와 아녀자들을 거두어 동쪽으로 돌아왔다. 어떤 사람이 이렇게 항우를 설득했다. "관중은 산과 강으로 막혀 사방이 요새이고 땅이 비옥해 도읍으로 삼아 패자霸者가 될 만합니다." 그러나 항우는 진나라 궁실이 모두 불에 타 엉망이 된 것을 보았고, 또 마음에 그리움이 일어 동쪽으로 돌아가려 하면서 이렇게 말했다. "**부귀하게 되었는데도 고향에 돌아가지 않으면 비단옷을 입고 밤길을 다니는 것과 같으니**, 누가 알아주겠는가?" 설득하던 사람이 이렇게 말했다. "사람들이 초나라 사람은 원숭이가 관을 쓴 것일 뿐이라더니 과연 그렇구나." 항우가 그 말을 듣고 설득하던 사람을 삶아 죽였다.

• • • •

원문 居數日, 項羽引兵西屠咸陽, 殺秦降王子嬰. 燒秦宮室, 火三月不滅, 收其貨寶婦女而東. 人或說項王曰, 關中阻山河四塞, 地肥饒, 可都以霸. 項王見秦宮皆以燒殘破, 又心懷思欲東歸, 曰, 富貴不歸故鄉, 如衣繡夜行, 誰知之者. 說者曰, 人言楚人沐猴而冠耳, 果然. 項王聞之, 烹說者.

솥을 부수고 배를 가라앉히다

파부침선破釜沈船

장수가 예하부대와 제후의 지역으로 깊이 들어갈 때는
쇠뇌가 발사된 듯 배를 불태우고 솥을 부수어, 마치 양떼를 몰아가듯 몰고
오갈 뿐 양떼는 어디로 가는지 모르도록 해야 한다.
-『손자병법』〈구지〉

얼마 전 같은 학교에 근무하는 여러 교수님들과 여수, 순천 등지로 답사를 다녀왔습니다. 답사지 가운데 한 곳은 순천시 해룡면에 위치한 순천왜성이었습니다. 답사지의 가이드 역할을 맡은 한국사학과 교수님 설명에 따르면, 순천왜성은 정유재란 당시 왜군이 전라도를 공략하기 위한 전진기지로 3개월간 쌓았다고 합니다. 왜장 고니시 유키나가小西行長가 1만여 명의 왜병을 이끌고 순천왜성에 주둔했다는 설명을 듣고 나니, 400여 년의 역사가 주마등처럼 스쳐가는 듯했습니다.

정유재란이 한창이던 때 1598년 전쟁을 일으킨 장본인인 도요토미 히데요시豊臣秀吉가 사망하자, 왜군은 철군을 결정했습니다. 삼도수군통제사 이순신은 명나라 수군 제독인 진린陳璘과 함께 퇴로를 차단하기로 했는데, 순천왜성에 주둔하고 있던 고니시 유키나가는 진린에게 뇌물을 주고 빠져나가려 했습니다. 이순신은 노량 앞바다로 진격해 왜선 400여 척을 격파했으나, 남해 쪽으로 달아나는 왜군을 필사적으로 추

격하다 적의 유탄에 맞아 전사했습니다.

남원의 의병장 조경남이 쓴 임진왜란 때의 야사野史인 『난중잡록亂中雜錄』에는 명나라의 기록에 비친 왜군의 모습을 기록한 대목이 있습니다. 임진왜란이 발발하기 5개월 전, 도요토미 히데요시는 일본 전역에 포고령을 내려, "각각 3년의 양식을 마련하고 먼저 조선을 정벌하여, 조선 땅에 일본 백성을 모두 옮겨 농사를 짓게 해서 명나라에 대적하는 기지로 만들자"고 선동했습니다. 이 포고령에는 또 이런 대목이 있습니다.

> 조선을 빼앗거든 밤중에 성을 쌓을 때 사람을 포로로 잡고 재물을 빼앗는 것을 허락하지 않으며, 무릇 성을 쌓고 정벌할 때는 잠시 일각을 멈추거나 풀 한 오라기를 집어 갖는 일도 허락하지 않는다.

지금 순천에 남아 있는 왜성이 아직도 멀쩡한 모습을 유지하고 있는 것을 보면, 당시 일본이 얼마나 일심전력으로 성을 쌓았는지 짐작이 갑니다. 도요토미 히데요시는 또 "산을 만나면 산으로 가고 물을 만나면 물로 가며, 함정을 만나면 함정에 빠질망정 입을 열거나 발을 멈추는 것을 허락지 않는다. 앞으로 나아가다 죽은 자는 뒤에 남겨두고 후퇴하여 산 자는 목을 베고 그 가족을 몰살하겠다"고 엄포를 놓았습니다. 일본의 이런 살벌한 계획을 감지한 명나라 사신은 본국에 보낸 서신에서, 왜군들이 조선의 해안에 당도하면 타고 온 배를 불사르고 밥 해먹던 솥을 부수는 결의를 보인다면서 혀를 내둘렀습니다.

『난중잡록』에서 명나라 사신이 왜군을 묘사한 말은 '분주파부焚舟破釜'라 하여, 『손자병법』 〈구지九地〉 편에 등장합니다. 후대에는 이 '분주파부'라는 표현보다 '파부침선破釜沈船'이라 하여, "솥을 부수고 배를 불사른다"는 말이 더 흔히 쓰였습니다. '분주파부'와 '파부침선' 모두 살아 돌아가기를 기약하지 않고 결사적인 각오로 싸우겠다는 굳은 의지를 나타내는 말입니다. 그러나 순천왜성에 주둔하던 고니시 유키나가의 왜군은 명나라 장수에게 뇌물을 주면서까지 달아나려 했다니, 왜군이 다 '파부침선'의 결기를 보인 것은 아닌 모양입니다.

'파부침선' 고사는 사마천의 『사기』 가운데 〈항우본기項羽本紀〉에 보입니다. 진나라 말기 폭정에 시름하던 사람들은 전국에서 무장봉기를 일으켰고, 이때 항우도 숙부 항량項梁과 함께 봉기하여 책사 범증范增의 건의로 초나라 회왕의 손자인 웅심熊心을 추대하여 봉기의 명분과 민심을 얻습니다. 그런데 초왕이 상장군에 임명한 송의宋義는 조심성이 지나쳐 한 달 반 동안 전세만 살피면서 진군 명령을 내리지 않습니다.

항우는 서둘러 진군하여 거록鉅鹿에서 조왕을 포위하고 있는 진나라 군대를 안팎에서 협공하면 격파할 수 있다고 송의를 설득했지만, 송의는 진나라가 조나라와 싸워 지칠 때까지 지켜보자고 합니다. 당시 장한章邯이 이끄는 진나라 군대는 정도定陶에서 초나라 군대를 대파하고, 위魏, 제齊, 초楚, 조趙 네 나라를 거듭 공격하여 초나라에서도 항량이 전사함에 따라 초왕이 수도를 옮기고 항우도 후퇴해 있을 때여서 송의가 겁을 낼 만도 했습니다.

그러나 송의가 흉년이 들어 군량이 부족한 판국에 거창한 술자리를 벌이며 흥청망청한 기색을 보이자, 항우는 더 이상 참지 못하고 새벽에 송의의 막사를 찾아가 참살합니다. 주변의 여러 장수들이 항우의 기세에 눌려 서둘러 항우를 상장군으로 옹립했고, 초왕도 항우를 상장군으로 임명합니다. 항우는 그 즉시 부하 장수에게 2만의 군사를 이끌고 거록에서 진나라 군대에 포위된 조나라를 구원하게 합니다.

조나라 장수 진여陳餘가 거듭 구원병을 요청하자 항우는 다시 휘하의 병사를 모두 모아 장하漳河를 건너 거록으로 진군합니다. 이때 항우는 장하를 건너자마자 배를 물에 가라앉히고 솥을 깨버립니다. 막사도 불태우고 사흘 양식만 지니게 한 채 진나라 군대와 맞서 용감하게 돌진합니다. 당시 초나라뿐만 아니라 여러 제후국에서 거록으로 구원병을 보냈지만, 항우가 이끄는 초나라 군대만큼 혁혁한 전과를 올리지 못합니다. '파부침선'의 결과로 항우는 제후국의 장수들 가운데 맹주로 발돋움할 수 있었습니다.

순천왜성은 1963년 사적 제49호로 지정되었다가, 왜군이 쌓은 성이라는 사실이 밝혀지자 1999년에 이르러 전라남도기념물로 격하되었다고 합니다. 그래서 그런지 주말에도 이곳을 찾는 이는 거의 없었는데, 그렇게 지방기념물로 격하시킨 것이 옳은 판단인지 의문입니다. 400여 년 전 왜군이 '파부침선'의 각오로 우리 땅에 쳐들어와 영구히 주둔할 목적으로 단단히 성을 쌓았고, 이순신 장군이 이들을 몰아내기 위해 목숨을 바쳤던 역사의 현장이 한낱 지방기념물로 우리 국민들의 관심 밖에 놓여 있다는 것은 왠지 씁쓸합니다. 도요토미 히데요시가 세운 일본의 오사카 성을 보고 온 우리나라 관광객은 엄청나게 많을 텐데 말입니다.

고전 읽기

『손자병법孫子兵法』〈구지九地〉

장수는 고요하고 그윽하며 바름으로써 다스린다. 능히 사졸의 눈과 귀를 어리석게 하여 무지하게 만든다. 그 일을 바꾸고 계략을 고쳐서 남이 알지 못하게 만든다. 처한 곳을 바꾸고 길을 에둘러 남이 예상하지 못하게 만든다. 장수가 예하부대와 약속할 때는 마치 높은 곳에 오른 뒤 사다리를 치우듯 물러남이 없도록 해야 한다. 장수가 예하부대와 제후의 지역으로 깊이 들어갈 때는 쇠뇌가 발사된 듯 **배를 불태우고 솥을 부수어**, 마치 양떼를 몰아가듯 몰고 오갈 뿐 양떼는 어디로 가는지 모르도록 해야 한다. 3군의 병력을 집중시켜 위험한 곳에 투입하는 것, 이를 장수의 일이라 하는 것이다.

• • • •

원문 將軍之事, 靜以幽, 正以治. 能愚士卒之耳目, 使之無知. 易其事, 革其謀, 使人無識. 易其居, 迂其途, 使人不得慮. 帥與之期, 如登高而去其梯. 帥與之深入諸侯之地, 而發其機, 焚舟破釜, 若驅群羊而往, 驅而來, 莫知所之. 聚三軍之衆, 投之於險, 此謂將軍之事也.

『**사기**史記』〈**항우본기**項羽本紀〉

항우가 경자관군 송의宋義를 죽이자 그 위세가 초나라를 진동시켰고 명성이 제후들에게 알려졌다. 이에 당양군當陽君과 포장군蒲將軍에게 장병 2만을 거느리고 장하漳河를 건너 거록을 구원하게 했다. 전세가 다소 유리해지자 진여陳餘가 다시 구원병을 요청했다. 항우가 바로 병력 전원을 이끌고 장하를 건넌 뒤 **배를 물에 빠뜨리고 솥과 시루를 깨뜨렸다**. 막사도 불태우고 사흘치 양식만 지님으로써 병사들에게 필사의 각오로 돌아올 마음이 전혀 없음을 보여주었다. 이렇게 하여 도착하자마자 왕리王離를 포위하고 진나라 군대와 맞서 아홉 차례 전투를 치르는 동안 군량 수송 도로를 끊고 적군을 대파했다. 소각蘇角을 죽이고 왕리를 사로잡았다. 섭간涉間은 초군에 항복하지 않고 스스로 분신자살했다. 당시 초군은 제후 가운데 으뜸이었다. 제후의 군대로 거록을 구하고자 내려온 것이 열을 넘었으나 아무도 감히 군대를 움직이지 못했다. 초군이 진나라 군대를 공격할 때도 여러 장수들은 모두 군영에서 내려다볼 뿐이었다. 초군 전사들은 하나가 열을 당해내지 못하는 이가 없었다. 초군이 함성을 지르면 제후군은 저마다 덜덜 떨지 않는 이가 없었다. 이렇게 하여 진나라 군대를 격파하고 항우는 제후군의 장수들을 인견했다. 그들은 전차를 세워 만든 문으로 들어오며 무릎으로 기어오지 않는 이가 없었고 아무도 감히 고개를 들어 바라보지 못했다. 항우는 이로부터 처음으로 제후군의 상장군이 되었고 제후군은 모두 그에게 귀속되었다.

• • • •

원문 項羽已殺卿子冠軍, 威震楚國, 名聞諸侯. 乃遣當陽君蒲將軍將卒二萬渡河, 救鉅鹿. 戰少利, 陳餘復請兵. 項羽乃悉引兵渡河, 皆沈船, 破釜甑, 燒廬舍, 持三日糧, 以示士卒必死, 無一還心. 於是至則圍王離, 與秦軍遇, 九戰, 絶其甬道, 大破之. 殺蘇角, 虜王離. 涉間不降楚, 自燒殺. 當是時, 楚兵冠諸侯. 諸侯軍救鉅鹿下者十餘壁, 莫敢縱兵. 及楚擊秦, 諸將皆從壁上觀. 楚戰士無不一以當十, 楚兵呼聲動天, 諸侯軍無不人人惴恐. 於是已破秦軍, 項羽召見諸侯將, 入轅門, 無不膝行而前, 莫敢仰視. 項羽由是始爲諸侯上將軍, 諸侯皆屬焉.

항장이 칼춤을 추다

항장무검項莊舞劍

번쾌가 말했다. "오늘의 일은 어떻습니까?" 장량이 말했다.
"매우 다급하오. 지금 항장이 검을 뽑아 춤을 추는데
그 뜻이 계속 패공에게 있소이다."
-『사기』〈항우본기〉

근래 '두뇌 스포츠' 또는 '마인드 스포츠'라는 말이 자주 쓰입니다. '스포츠'는 본래 근육, 골격, 신경 등을 중심으로 한 인간 활동을 지칭하던 말이어서, 머리를 쓰는 게임이나 경기를 스포츠라 부르는 것이 어색하게 들렸는데 이것도 자주 들으니 익숙해지는 것 같습니다. '스포츠'의 개념에 대해서는 이견이 있겠으나, 적극적인 두뇌 활동이 치매 예방 등 건강에 좋다는 것이 정설이고 보면, '두뇌 스포츠'라는 말도 일리가 있어 보입니다.

바둑, 체스와 함께 대표적인 두뇌 스포츠의 하나로 장기가 있습니다. 초등학생 시절 큰댁에 다니러 가면 지금은 고인이 되신 백부께서 장기판부터 꺼내오시던 기억이 납니다. 어린 조카가 장기를 둘 줄 아는 것이 신기했던지, 백부께서 가끔 봐주기도 해서 열 판 중 한두 판은 이겼던 것도 같습니다. 장기의 공식 규칙인지는 잘 모르겠는데, 하수가 붉은색 장기 알을 쓰는 법이라고 들었습니다. 게다가 초록색 장기 알에 쓰인 한자는 날려 써서 알아보기도 어려웠으니, 아무 거나 고르라고 해도 붉은색을 골랐을 것입니다.

장기의 기원에 대해서는 여러 설이 분분합니다. 크게는 인도에서 들어왔다는 주장과 중국에서 들어왔다는 주장으로 나뉘고, 우리나라에서 자체 개발되었다는 얘기도 있습니다. 장기를 옛 문헌에서는 '상희象戲'라고 불렀는데, 이 말이 '코끼리 놀이'라는 뜻이어서 코끼리로 유명한 인도가 그 기원으로 거론되는 모양입니다. 그런데 현재 우리가 쓰는 장기는 초록색 초楚와 붉은색 한漢의 싸움으로 구성되어 있으니, 인도에서 시작되었더라도 중국을 거쳐 들어왔을 것입니다.

현재의 장기가 형상화하고 있는 초와 한의 싸움은 곧 중국 역사에서 서초패왕西楚霸王 항우項羽와 한중왕漢中王 유방劉邦의 투쟁을 가리킵니다. 이들은 진나라의 폭정에 항거해 군사를 일으킨 연합군의 장수들이었습니다. 초나라 회왕懷王이 진나라의 수도 함양에 먼저 입성한 자를 그곳의 왕으로 삼겠다는 말을 듣고 경쟁을 벌였는데, 항우가 다른 곳에서 지체하는 틈을 탄 유방이 먼저 함양을 점령합니다.

당시 항우의 군대는 40만 명이나 되어 고작 10만 명을 거느리고 있던 유방을 압도했습니다. 유방이 함양에 먼저 입성하여 항우가 들어오지 못하도록 막으려 한다는 첩보를 들은 항우는 불같이 화를 내며 당장 유방을 치라는 명을 내립니다. 이때 유방 휘하에 있던 장량張良과 친분이 있었던 항우의 숙부 항백이 사전에 이런 정보를 흘리자, 열세를 느낀 유방은 홍문鴻門에 주둔하고 있던 항우의 군영으로 직접 찾아가 그에게 사죄하기로 결정합니다.

항우 진영의 참모인 범증范增은 탐욕스럽기 짝이 없었던 유방이 재물과 미녀를 마다한다는 소문을 듣고 사람을 보내 그의 주변을 관찰합니다. 그 결과, 유방에게 천하를 차지할 운이 있음을 알아채고 홍문으로 사죄하러 오겠다는 그를 암살할 계획을 세웁니다. 항우가 홍문으로 찾아온 유방을 위해 주연을 베풀 때 범증은 항우에게 계속 유방을 처치하라는 신호를 보냈지만, 항우는 범증의 말을 듣지 않습니다. 그러자 범증은 항장을 불러 칼춤을 추는 척하다가 유방을 찌르라고 명합니다. 장량에게 항우의 공격 의사를 미리 알려주었던 항백이 범증의 의도를 눈치 채고 항장을 따라 일어나 칼춤을 추며 암살을 방해합니다.

이때 사태가 심각하게 돌아가는 지켜보던 장량이 연회장 밖에 있던 번쾌에게 도움을 요청하기 위해 급히 나갑니다. 번쾌가 일이 어떻게 되어 가고 있는지 묻자 장량은 이렇게 대답했습니다. "항장무검, 의재패공項莊舞劍, 意在沛公", 즉 항장이 칼춤을 추고 있는데, 그 의도가 패공 유방에게 있다는 말입니다. 이를 줄여서 '항장무검項莊舞劍'이라고만 쓰기도 합니다. 『사기史記』 〈항우본기項羽本紀〉에 보이는 이 말은 어떤 일을 하는데 실제 목적은 다른 곳에 숨겨져 있는 것을 비유합니다.

자못 섬뜩한 장량의 이 말을 왕의王毅(왕이) 중국 외교부장이 로이터통신과 한 인터뷰에서 다시 들을 수 있었습니다. 그가 겨냥한 것은 미국이 '고고도 미사일 방어 체계', 일명 사드THAAD를 한반도에 배치하려는 움직임이었습니다. 미국이 북한의 핵 위협에 대비한다는 것을 구실로 내세우지만, 사실은 사드가 중국을 겨누고 있다는 주장이었습니다.

왕의 외교부장이 인용한 이 말을 우리나라 언론에서도 앞 다투어 전하면서 사드 배치가 '중국을 겨누는 미국의 칼춤'이라고 풀이했습니다. 여기까지는 왕의 부장의 생각을 잘 전달했다고 하겠는데, 여기에 덧붙여 이 이야기가 "항우가 유방을 암살하려고 했던 '홍문연鴻門宴'에서 나왔다"는 일각의 설명은 조금 사실과 다릅니다.

애초에 유방이 함양에 먼저 당도해 항우의 진입을 막으려 했던 것에 항우가 크게 분개한 것은 맞습니다. 그러나 유방이 바로 꼬리를 내리고 사죄하겠다며 제 발로 항우 진영까지 찾아온 홍문의 연회에서 항우는 이미 우쭐해진 나머지 유방을 죽일 마음이 없어졌습니다. 게다가 그 자리에는 일전에 장량에게 큰 신세를 졌던 항백도 있었습니다. 그는 장량에게 보답하고자 하는 마음에서 유방을 죽일 의도를 가지고 칼춤을 추었던 항장을 막아섰습니다.

홍문의 연회는 이렇게 유방을 암살하고자 한 범증과 항장, 그리고 그럴 생각이 없었던 항우와 아예 그러지 못하게 막으려 했던 항백이 맞선 틈을 타 유방이 구사일생으로 사지에서 벗어났던 사건입니다. 이후 유방은 천천히 힘을 키워 3년 넘게 항우와 천하를 놓고 자웅을 겨루었고, 기원전 202년 마침내 항우를 무찌르고 한나라를 건국합니다.

'항장무검'을 인용하며 미국의 사드 배치 움직임에 거세게 반발했던 왕의 외교부장이 그로부터 얼마 뒤 미국을 방문해 존 케리John Kerry 미국 국무장관, 수전 라이스Susan Rice 국가안보보좌관과 만나 유엔안전보장이사회의 대북제재 결의안 초안에 합의했습니다. 이 초안에 따라 북한을 두둔하는 것 같이 보였던 중국이 다시 대북제재의 주역으로 나서게 되었습니다. 중국과 미국이 초나라와 한나라가 되어 장기를 두며 '장군 멍군'을 외치는 모양새인데, 한반도를 둘러싸고 벌이는 힘겨루기이니 만큼 우리가 현명하게 대처해 나가야 할 것 같습니다.

고전 읽기

『사기史記』〈항우본기項羽本紀〉

패공沛公(유방)은 다음날 백여 명의 기병을 따르게 하고 항왕項王(항우)을 만나러 와서 홍문鴻門에 이르러 사죄하며 말했다. "신은 장군과 힘을 합쳐 진나라를 공격하면서 장군은 황하 북쪽에서 싸우고 신은 황하 남쪽에서 싸웠지만 저도 먼저 관내에 들어가 진나라를 깨뜨리고 장군을 여기서 다시 뵐 줄은 생각하지 못했습니다. 지금 소인의 말이 있어 장군과 저에게 틈이 생겼습니다." 항왕이 말했다. "이는 패공의 좌사마 조무상曹無傷이 말한 것이오. 그렇지 않았다면 내가 무엇 때문에 여기에 이르렀겠소." 항왕은 이 날 패공을 머무르게 하여 더불어 술을 마셨다. 항왕과 항백項伯이 동쪽을 향해 앉고, 아저씨가 남쪽을 향해 앉았다. 아저씨란 범증范增이다. 패공이 북쪽을 향해 앉고, 장량張良이 서쪽을 향해 모셨다. 범증이 여러 차례 항왕에게 눈짓하며 차고 있던 옥결玉玦을 들어 암시한 것이 세 번이었으나 항왕은 묵묵히 대답이 없었다. 범증이 일어나 나가서 항장項莊을 불러 말했다. "임금은 사람됨이 모질지 못하니 네가 들어가 앞에서 축수하고, 축수가 끝나면 검을 가지고 춤을 추겠다 하여 그 틈에 패공을 앉은 자리에서 쳐 죽여라. 그렇지 않으면 너희들은 모두 장차 포로 신세가 될 것이다." 항장이 바로 들어가 축수하고 축수가 끝나자 말했다. "임금과 패공이 술을 드시는데 군영이라 여흥으로 삼을 만한 것이 없으니 칼을 가지고 춤을 추겠습니다." 항왕이 말했다. "그렇게 해라." 항장이 칼을 뽑아 일어나 춤을 추니 항백 또한 검을 뽑아 일어 춤을 추며 계속 몸으로 패공을 가려주니 항장이 찌르지 못했다. 이에 장량이 군영의 문에 이르러 번쾌樊噲를 만났다. 번쾌가 말했다. "오늘의 일은 어떻습니까?" 장량이 말했다. "매우 다급하오. 지금 **항장이 검을 뽑아 춤을 추는데** 그 뜻이 계속 패공에게 있소이다."

• • • •

원문 沛公旦日從百餘騎來見項王, 至鴻門, 謝曰, 臣與將軍戮力而攻秦, 將軍戰河北, 臣戰河南, 然不自意能先入關破秦, 得復見將軍於此. 今者有小人之言, 令將軍與臣有郤. 項王曰, 此沛公左司馬曹無傷言之. 不然, 籍何以至此. 項王卽日因留沛公與飮. 項王項伯東坐. 亞父南坐. 亞父者, 增也. 沛公北坐, 張良西侍. 增數目項王, 擧所佩玉玦以示之者三, 項王默然不應. 增起, 出召項莊, 謂曰, 君王爲人不忍, 若入前爲壽, 壽畢, 請以劍舞, 因擊沛公於坐, 殺之. 不者, 若屬皆且爲所虜. 莊則入爲壽, 壽畢, 曰, 君王與沛公飮, 軍中無以爲樂, 請以劍舞. 項王曰, 諾. 項莊拔劍起舞, 項伯亦拔劍起舞, 常以身翼蔽沛公, 莊不得擊. 於是張良至軍門, 見樊噲. 樊噲曰, 今日之事何如. 良曰, 甚急. 今者項莊拔劍舞, 其意常在沛公也.

사슴을 가리켜 말이라 하다

지록위마指鹿爲馬

왕이 말했다. "승상이 잘못 알고 사슴을 말이라 하는구려."
조고가 말했다. "말이 맞습니다. 폐하께서 신의 말이 옳지 않다고 생각하시면
여러 신하들에게 물어보시지요."
- 육가, 『신어』 〈변혹〉

영국의 엘리자베스 2세 여왕은 재위 기간만 60년이 넘어 영국 역사상 가장 오랫동안 군주 자리에 있는 분입니다. 왕이 죽고 난 뒤에 시호諡號를 정하는 동양과 달리 서양에서는 왕의 이름을 그대로 호칭에 썼습니다. 그래서 같은 이름의 왕이 즉위하면 그 이름의 몇 번째 왕이라는 뜻으로 '~세'라고 불렀습니다. 그러므로 엘리자베스 2세는 엘리자베스라는 이름을 가진 두 번째 왕이라는 뜻입니다.

중국에서도 드물게 '2세'라는 명칭을 쓴 경우가 있었습니다. 바로 진시황의 뒤를 이은 호해胡亥입니다. 그의 아버지 진시황은 제위에 오른 뒤 시호법을 폐기하고, '황제'라는 호칭 앞에 숫자로 몇 번째 황제인지를 나타내겠다고 공표했습니다. 자신은 '진나라의 첫 번째 황제'라는 뜻으로 '시황제'라 부르고, 이후로는 '2세 황제', '3세 황제' 식으로 이어가 '만세 황제'까지 이르자고 했습니다. 그러나 진시황의 바람과는 달리 진나라는 2세 황제인 호해에 이르러 막을 내렸습니다.

그렇다면 호해는 어떤 인물이었을까요? 야사에서는 호해의 출생 과정을 이렇게 전합니다. 진시황이 천하를 통일하기 전 연나라에서 보낸 자객 형가荊軻라는 이가 진나라 궁궐에 들어가 진시황을 암살하려 합니다. 형가의 기습을 받고 쫓기던 진시황은 손에 칼을 들고 있었으나 미처 칼집에서 칼을 뽑을 겨를이 없었습니다. 이 광경을 지켜보던 호녀胡女라는 이름의 궁녀가 진시황에게 칼을 등에 지고 뽑으라고 일러주자, 진시황이 그 말을 듣고 칼을 뽑아 형가의 공격을 막아낼 수 있었습니다. 이 일로 호녀가 진시황의 총애를 받아 아들을 낳으니 바로 호해입니다.

호해가 왕자 시절에 가까이 지낸 환관으로 조고趙高라는 인물이 있었습니다. 조고는 호해에게 서예와 법률 등을 가르치면서 호해의 신임을 얻습니다. 진시황이 지방 순시를 나갔다가 급히 세상을 뜨자, 조고는 진시황의 유조遺詔를 위조하여 태자 부소扶蘇를 죽이고, 갓 스무 살이 된 호해를 제위에 올립니다. 조고는 호해가 향락에 빠져 정사에 관심을 끊도록 유도합니다. 그리고 교묘한 술책으로 승상 이사李斯를 비롯한 조정의 대신들을 몰아내고, 자신이 승상이 되어 조정을 좌지우지합니다.

이 호해와 조고가 주인공으로 등장하는 고사성어가 '지록위마指鹿爲馬'로서 "사슴을 가리켜 말이라 한다"는 뜻입니다. 육가陸賈와 사마천司馬遷이 전하는 이야기에 다소 차이가 있는데, 먼저 육가의 『신어新語』 〈변혹辨惑〉 편에 전하는 고사는 이러합니다.

호해가 행차할 때 조고가 사슴을 몰고 뒤따르자, 호해가 '승상은 어째서 사슴을 모느냐'고 묻습니다. 조고가 말이라고 대답하자, 호해는 승상이 잘못 알고 사슴을 말이라고 한다고 합니다. 조고는 내 말을 못 믿겠다면 여러 신하들에게 물어보라 했는데, 신하 가운데 절반은 사슴이라 하고 절반은 말이라 대답합니다. 조고가 순록 루돌프가 이끄는 썰매를 타고 다니는 산타클로스 할아버지처럼 사슴을 몰고 다녔다는 이야기가 재미있습니다.

사마천의 『사기』 〈이사열전李斯列傳〉에 전하는 고사는 내용이 조금 다릅니다. 조고가 자신의 권세가 얼마나 대단한지 시험해보기 위해 호해에게 사슴을 한 마리 바치면서 말이라고 아룁니다. 호해는 고개를 갸우뚱하며 좌우의 신하들에게 사슴 아니냐고 묻지만, 이미 조고의 권세에 눌린 신하들은 하나같이 말이라고 대답합니다.

눈치 없이 고지식하게 사슴이라고 답변했던 이들의 결말은 불문가지입니다. 조고는 이들을 눈여겨봐두었다가 하나씩 죄를 뒤집어 씌워 처단합니다. 이후로 조고의 위세에 눌린 신하들은 감히 조고의 말에 이의를 제기하지 못했고, 진나라는 급속도로 멸망의 길을 걷습니다. 항우와 유방의 군대가 진나라의 서울인 함양咸陽으로 진격해 오자, 조고는 왕궁으로 들어가 실정失政을 책임지라며 호해에게 자결을 촉구했고, 조카를 시켜 살려달라고 애걸하는 호해를 살해합니다. 조고는 사태를 해결하려고 자영子嬰을 옹립했으나, 조고에 의해 희생된 태자 부소의 아들인 자영은 제위에 오르자마자 조고를 주살합니다. '지록위마'의 음모를 꾸민 조고나 여기에 놀아난 호해나 모두 이처럼 말로가 비참했습니다. 특히 진나라 2세 호해는 60년 넘게 재위하고 있는 영국 여왕 엘리자베스 2세와 달리 재위 3년 만에 총애하던 신하의 손에 죽었습니다.

그런데 왜 하필 조고는 사슴을 가리키며 말이라고 했는지 궁금합니다. 다른 여러 동물도 있는데 말입니다. 이에 대한 해답은 일본어에서 멍청이를 뜻하는 '바카야로ばかやろう'라는 말에서 힌트를 얻을 수 있겠습니다. '바카야로'는 한자로 '마록야랑馬鹿野郎'이라 표기하는데, 곧 말

과 사슴도 구별하지 못하는 녀석이라는 뜻입니다. 이 말이 '지록위마'에서 유래한 것인지는 불분명하지만, 말과 사슴은 전혀 생김새가 다른 동물이어서 이를 구별 못한다면 멍청이나 다름없다는 생각이 담겨 있습니다. 그러니까 조고는 '지록위마'로 멍청이가 아닌 멀쩡한 사람을 골라내 제거하려고 음모를 꾸몄던 것입니다.

기회가 되면 동물원에 가서 말과 사슴의 생김새가 얼마나 다른지 확인해보는 것도 좋겠습니다. 그러나 생각만큼 구별하기가 쉽지 않으니 조심해야 합니다. 우리가 '물에 사는 말'이라는 뜻으로 부르는 '하마河馬'는 사실 발굽이 짝수인 우제목偶蹄目에 속해 사슴과 같은 계열이고, '코에 뿔이 달린 소'라는 뜻으로 부르는 '코뿔소'는 발굽이 홀수인 기제목奇蹄目에 속해 말과 같은 계열입니다. 그렇다고 '지록위마'를 피한다고 '하마'를 '하우'라 부르고 '코뿔소'를 '코뿔말'이라고 부를 수는 없는 노릇이니 난감합니다.

고전 읽기

육가陸賈, 『신어新語』 〈변혹辨惑〉

진나라 2세 때 조고趙高가 사슴이 끄는 수레를 타고 뒤따르자 왕이 물었다. "승상은 어째서 사슴이 끄는 수레를 타시오?"

조고가 대답했다. "말이옵니다."

왕이 말했다. "승상이 잘못 알고 **사슴을 말이라 하는구려**."

조고가 말했다. "말이 맞습니다. 폐하께서 신의 말이 옳지 않다고 생각하시면 여러 신하들에게 물어보시지요."

이에 여러 신하들에게 물어보니, 신하들 가운데 반은 말이라 하고 반은 사슴이라 했다. 이런 시점에는 진나라 왕도 자신이 직접 눈으로 본 것도 믿을 수 없어, 간사한 신하의 말을 따르게 되었다. 사슴과 말의 생김새가 다른 것은 보통사람도 다 아는 바이다. 그런데도 그 옳고 그름을 분별할 수 없다면, 애매모호한 사안에 대해서는 어떻겠는가? 『주역周易』에 "두 사람이 마음을 합치면 그 예리함으로 쇠도 자른다"고 했다. 무리들이 당파를 만들고 뜻을 합쳐 임금 하나를 무너뜨리고자 하면, 누군들 넘어가지 않겠는가?

• • • •

원문 秦二世之時, 趙高駕鹿而從行. 王曰, 丞相何爲駕鹿. 高曰, 馬也. 王曰, 丞相誤邪, 以鹿爲馬也. 高曰, 乃馬也. 陛下以臣之言爲不然, 願問群臣. 於是乃問群臣, 群臣半言馬半言鹿. 當此之時, 秦王不能自信其直目, 而從邪臣之言. 鹿與馬之異形, 乃衆人之所知也. 然不能別其是非, 況於闇昧之事乎. 易曰, 二人同心, 其義斷金. 群黨合意, 以傾一君, 孰不移哉.

『사기史記』 〈이사열전李斯列傳〉

이사李斯가 죽고 2세 황제가 조고를 중승상으로 삼자, 나랏일은 크든 작든 조고에 의해 결정되었다. 조고는 권세가 대단한 것을 스스로 알고, (2세 황제에게) 사슴을 바치면서 말이라고 했다. 2세 황제가 좌우 신하에게 물었다. "이것은 사슴이지요?" 좌우 신하들이 하나같이 "말이옵니다"라고 했다. 2세 황제는 깜짝 놀라며 스스로 무엇에 홀린 것 같다고 생각해 점을 치는 관리인 태복을 불러 점괘를 뽑게 했다.

태복이 이렇게 말했다. "폐하께서는 봄가을 교외에서 지내는 제사에서 종묘의 귀신을 받들면서 재계가 분명치 않아 이 지경에 이르셨습니다. 덕을 많이 쌓고 재계를 분명히 하셔야 합니다." 이에 상림원으로 들어가 재계를 한다면서 날마다 새나 짐승을 잡고 놀았다.

• • • •

원문 李斯已死, 二世拜趙高爲中丞相, 事無大小輒決於高. 高自知權重, 乃獻鹿, 謂之馬. 二世問左右, 此乃鹿也. 左右皆曰, 馬也. 二世驚, 自以爲惑, 乃召太卜, 令卦之. 太卜曰, 陛下春秋郊祀, 奉宗廟鬼神, 齋戒不明, 故至于此. 可依盛德而明齋戒. 於是乃入, 上林齋戒, 日遊弋獵.

땔나무에 누워 쓸개를 맛보다

와신상담臥薪嘗膽

오나라가 월나라를 용서해주어 월나라 왕 구천句踐은 월나라로 돌아가서,
이에 자신에게 고통을 주고 절치부심했다. 앉는 자리에 쓸개를 놓아두고 앉거나
누울 때 쓸개를 바라보았으며, 마시거나 먹을 때도 항상 쓸개를 맛보았다.
-『사기』〈월왕구천세가〉

요즘 동물을 하나의 생명체로서 소중히 생각하여 학대나 멸종으로부터 동물을 구하고자 하는 동물보호단체의 활약이 눈부십니다. 얼마 전에는 애니멀스 아시아Animals Asia라는 단체에서 구조한 흑곰 투피Tuffy 이야기를 접할 수 있었습니다. 베트남의 한 웅담 농장에서 구조된 투피가 보호소에서 즐겁게 뛰놀고 있다는 소식이었습니다. 애니멀스 아시아에 따르면 아직도 만 마리가 넘는 곰이 중국, 베트남, 한국 등지의 웅담 농장에서 식용으로 사육되고 있다고 합니다.

웅담은 흑곰이나 반달곰의 쓸개를 건조시켜 만든 것입니다. 『본초강목本草綱目』이나 『향약집성방鄕藥集成方』 등의 책에 의하면, 소염과 해독 작용에 웅담이 뛰어난 약효를 발휘한다고 합니다. 그러나 곰이 가축이 아니라 야생동물이라는 점에서, 웅담 채취를 목적으로 야생 곰을 우리에 가두어 사육하는 것이 정당한가라는 문제가 제기되고 있습니다. 곰 사육을 허용하고 있는 우리나라도 계도기간을 거쳐 오는 2024년에

는 웅담 채취를 전면 금지할 계획이라고 합니다.

웅담 얘기를 하다 보니 '와신상담臥薪嘗膽'이라는 고사성어가 생각납니다. 이 고사의 주인공은 춘추시대 오나라의 부차夫差와 월나라의 구천句踐입니다. 당시 오나라와 월나라는 인접한 국가로서 서로 자주 전쟁을 벌였는데, 먼저 기선을 제압한 것은 월나라였습니다. 월나라 구천의 공격을 받은 오나라 왕 합려闔廬는 손가락 부상이 악화되어 결국 목숨을 잃었습니다. 합려는 임종 전 태자인 부차를 불러 구천이 아비를 죽인 것을 잊지 말라고 당부합니다.

복수를 도모하는 부차가 군사를 조련하고 있다는 소식을 들은 구천이 먼저 선제공격을 펼쳤으나 실패하고 회계산會稽山으로 달아납니다. 오나라 군대에 의해 겹겹이 포위가 된 상황에서, 구천은 오나라의 중신 백비伯嚭에게 뇌물을 주어 목숨을 구걸한 뒤 후일을 도모하자는 건의를 따릅니다. 부차는 뇌물을 먹은 백비의 말에 따라 구천을 죽이지 않고 오나라로 압송해 마구간의 하인으로 부립니다. 2년 후 구천은 다시 백비에게 뇌물을 주고 자유의 몸이 되어 월나라로 돌아오게 됩니다.

월나라로 되돌아온 후의 구천의 생활을 사마천은 『사기』 〈월왕구천세가越王句踐世家〉에 이렇게 전하고 있습니다.

> 앉는 자리에 쓸개를 놓아두고 앉거나 누울 때 쓸개를 바라보았으며, 마시거나 먹을 때도 항상 쓸개를 맛보았다. 그리고는 이렇게 중얼거렸다.
> "너는 회계산에서의 치욕을 잊었느냐?"

'와신상담'이라는 고사성어가 바로 여기서 유래되었다는 것인데, 자세히 보면 '상담嘗膽', 즉 쓸개를 맛본다는 말만 있지 '와신臥薪', 즉 땔나무 위에서 잤다는 말은 없습니다. 그러므로 '와신상담'이 『사기』에서 유래되었다고 말하기는 어려울 듯합니다.

그렇다면 '와신'은 어디에서 나온 말일까요? 사마천보다 몇백 년 뒤의 사람인 조욱趙煜이 쓴 『오월춘추吳越春秋』라는 책에도 월나라 구천의 복수 이야기가 실려 있습니다. 이 책에 따르면 구천은 졸음이 밀려오면 여뀌라는 풀로 눈을 문질렀다고 합니다. 여뀌는 쓰고 매운 맛이 강한 풀로 알려져 있으니, 아마도 구천은 이런 식으로 잠을 쫓으며 부차에게 복수할 묘안을 짜냈던 모양입니다. 그러나 이것도 구천이 잠을 안 잤다는 것이지, 땔나무 위에서 잤다는 말은 아닙니다.

자료를 더 찾아보니 월나라 구천과 상관없이 '와신상담'이라는 말을 처음 쓴 것은 송나라 소식蘇軾인 것으로 밝혀졌습니다. 그는 〈의손권답조조서擬孫權答曹操書〉, 즉 '손권을 대신해 조조에게 답하는 편지'라는 글에서 손권의 입을 빌려 이렇게 말했습니다.

> 제가 아버지 손견의 명을 받은 이후로 '와신상담'하며 세월이 흘러가는 것을 슬퍼하고 공명을 세우지 못하는 것을 한탄했습니다.

이렇게 소식으로부터 '와신상담'이라는 말이 생겨나자, 명나라 풍몽룡馮夢龍이 지은 『동주열국지東周列國志』에서는 이를 다시 구천의 일로 여겨 "구천이 땔나무를 겹쳐 쌓고 그 위에서 잠을 자면서 침대와 이불은 사용하지 않았다"고 했던 것입니다.

'와신'이 구천의 일이 아니라고 해서 구천이 '상담'만으로 복수의 칼을 간 것은 아니었습니다. 사마천에 의하면 그는 몸소 농사를 지으며 고기반찬을 먹지 않고 색깔이 들어간 옷을 입지 않았습니다. 또 현자들을 잘 대우하고 궁핍한 백성을 성심껏 보살폈습니다. 이렇게 월나라를 재건한 구천은 마침내 군사를 일으켜 오나라를 공격해 부차를 포위했고, 부차는 구천을 죽여 후환을 없애라는 신하들의 간언을 듣지 않은 것을 뒤늦게 후회하며 자결했습니다.

이런 고사를 배경으로 '와신상담'은 "원수를 갚으려고 온갖 괴로움을 참고 견딤을 이르는 말"이 되었습니다. 본래 오나라 부차도 아버지 합려의 원수를 갚고자 구천을 공격했고 구천은 자신의 치욕을 씻고자 부차를 공격한 것이기에, 후대에 와서는 『십팔사략十八史略』처럼 '와신상담'을 둘로 쪼개 '와신'은 부차의 일로 간주하고, '상담'은 구천의 일로 간주하기도 했습니다. 그런데 복수란 것이 애초에 악순환의 일종인지라 최후의 승리자인 것 같은 구천도 복수의 과정에서 혁혁한 공을 세운 신하들을 다 죽이고 국력이 쇠퇴해져 초나라에 멸망하는 운명에 처했습니다.

'와신상담'은 선거 전후에 자주 듣는 말이기도 합니다. 이전 선거에서 패한 쪽은 '와신상담'으로 재대결을 별러 왔을 터이고, 이번 선거에서 패한 쪽은 다시 '와신상담'에 들어가야 합니다. 이런 '와신상담'의 특수特需 때문인지, 웅담을 위해 중국 곰 농장을 방문하는 한국 관광객이 늘어나고 있다는 소식입니다. '와신상담'이 필요하더라도 동물보호 차원에서 '상담'은 자제하고, '와신'으로만 그치면 어떨까 싶습니다. 가구점에 특별 주문하면 매트리스 대신 땔나무를 얹은 침대를 구할 수 있을 것입니다.

고전 읽기

『사기史記』 〈월왕구천세가越王句踐世家〉

오나라가 월나라를 용서해주어 월나라 왕 구천句踐은 월나라로 돌아가서, 이에 자신에게 고통을 주고 절치부심했다. 앉는 자리에 쓸개를 놓아두고 앉거나 누울 때 쓸개를 바라보았으며, 마시거나 먹을 때도 항상 **쓸개를 맛보았다**. 그리고는 이렇게 중얼거렸다. "너는 회계산에서의 치욕을 잊었느냐?" 그 자신이 직접 밭을 갈아 농사를 짓고, 부인들도 손수 길쌈을 했으며, 식단에 고기반찬을 더하지 않고, 옷에 여러 색깔을 넣지 않았다. 또 몸을 낮춰 현자에게 겸손하고, 손님을 후하게 응대하며, 가난한 사람을 구제하고 죽은 사람을 조문하며, 백성들과 더불어 수고를 함께 했다.

• • • •

원문 吳旣赦越, 越王句踐反國, 乃苦身焦思. 置膽於坐, 坐臥卽仰膽, 飮食亦嘗膽也. 曰, 女忘會稽之恥邪. 身自耕作, 夫人自織, 食不加肉, 衣不重采. 折節下賢人, 厚遇賓客, 振貧弔死, 與百姓同其勞.

소식蘇軾 〈의손권답조조서擬孫權答曹操書〉

제가 아버지 손견孫堅의 명을 받은 이후로 '**와신상담**'하며 세월이 흘러가는 것을 슬퍼하고 공명을 세우지 못하는 것을 한탄했습니다.

• • • •

원문 僕受遺以來, 臥薪嘗膽, 悼日月之逾邁, 而歎功名之不立.

증선지曾先之, 『**십팔사략**十八史略』

수몽壽夢으로부터 4대를 지나 합려闔廬에 이르러 오원伍員을 등용해 국사를 논의했다. 오원의 자는 자서子胥로, 초나라 사람 오사伍奢의 아들이다. 오사가 (초나라 평왕에게) 살해되자 오원은 오나라로 망명했고, 오나라 군대를 이끌고 초나라의 서울 영에 입성했다. 오나라가 월나라를 공격하다 합려가 부상을 입고 죽자, 그의 아들 부차夫差가 왕위에 올라 오자서는 다시 그를 모시게 되었다.

부차는 복수에 뜻을 두고 아침저녁으로 **땔나무 위에 누워** 드나드는 사람들에게 이렇게 외치도록 시켰다. "부차야, 너는 월나라 놈이 네 아비를 죽인 것을 잊었느냐?"

주나라 경왕 26년에 부차가 부초산에서 월나라를 격파했다. 월나라 왕 구천은 남은 군사로 회계산에 머물며 자신은 산하가 되고 왕비는 첩이 되겠다고 간청했다. 오자서가 안 된다고 했으나, 태재 백비가 월나라로부터 뇌물을 받고 부차를 설득시켜 월나라를 용서하게 했다.

구천은 월나라로 돌아가 앉고 눕는 곳에 쓸개를 매달아 놓고, **쓸개를 올려다보고 그것을 맛보며** 이렇게 말했다. "너는 회계산에서의 치욕을 잊었느냐?"

구천은 국정을 대부 종種에게 맡기고 자신은 범려와 군사 방면을 연구하며 오나라를 공략하는 데 전념했다.

• • • •

원문 壽夢後四君而至闔廬, 擧伍員謀國事. 員字子胥, 楚人伍奢之子. 奢誅而奔吳, 以吳兵入郢. 吳伐越, 闔廬傷而死, 子夫差立, 子胥復事之. 夫差志復讎, 朝夕臥薪中, 出入使人呼曰, 夫差, 而忘越人之殺而父邪. 周敬王二十六年, 夫差

敗越於夫椒. 越王勾踐, 以餘兵棲會稽山, 請爲臣妻爲妾. 子胥言不可. 太宰伯嚭受越賂, 說夫差赦越. 勾踐反國, 懸膽於坐臥, 卽仰膽嘗之曰, 女忘會稽之恥邪. 擧國政屬大夫種, 而與范蠡治兵, 事謀吳.

5

물처럼 세상을 이롭게 하다
: 여유로운 삶

귤화위지橘化爲枳
상선약수上善若水
두문불출杜門不出
불명일전不名一錢
도주지부陶朱之富
배궁사영杯弓蛇影
평롱망촉平隴望蜀
무릉도원武陵桃源
종남첩경終南捷徑
휘질기의諱疾忌醫

감귤이 변하여 탱자가 되다

귤화위지橘化爲枳

감귤이 회수를 넘어 북쪽에 가면 탱자가 되고,
구욕새가 제수를 넘지 않거나 오소리가 문수를 넘으면
죽는 것은 땅의 기가 그렇게 만드는 것이다.
-『주례』〈동관고공기〉

해마다 한 차례 우리나라를 대표하는 산업, 지역 및 농식품 부문의 브랜드를 선정, 시상하는 '국가 브랜드 대상'이란 것이 있습니다. 매년 여러 브랜드들이 기업, 제품, 서비스, 도시, 정책, 농식품 분야에서 최고의 브랜드로 선정됩니다. 농식품 분야를 보니 5년 연속 수상했다는 제주감귤의 브랜드 '귤로장생'이 눈에 띄었습니다. 제주를 대표하는 과일인 감귤과 건강을 의미하는 불로장생의 합성어라고 합니다. 이름 참 잘 지었다는 생각이 들었습니다.

감귤은 전형적인 아열대 과일입니다. 우리나라에서도 오래전부터 제주도와 남부 해안지방을 중심으로 재배되었을 것으로 추정됩니다. 제주 감귤이 문헌에 등장하는 것은 고려시대로 거슬러 올라가고, 조선시대에는 정부에서 관리하여 수확되는 감귤 전량을 한양으로 운송했다고 합니다. 중국의 감귤 관련 기록은 훨씬 더 앞서서 『상서尙書』〈우공禹貢〉 편에 이미 "궐포귤유석공厥包橘柚錫貢"이라 하여 양주揚州 지방의

귤과 유자를 포장하여 공물로 바쳤다는 내용이 보입니다.

감귤이 등장하는 대표적인 성어의 하나로 '귤화위지橘化爲枳'라는 것이 있습니다. 글자 그대로 풀이하면 "감귤이 변하여 탱자가 된다"는 뜻입니다. 이 말은 『주례周禮』 〈동관고공기冬官考工記〉에 "귤유회이북위지橘踰淮而北爲枳"라는 표현으로 등장합니다. 감귤이 회수를 넘어 북쪽에 가면 탱자가 된다는 뜻입니다. 회수淮水는 하남성에서 발원하여 안휘성과 강소성을 관통하여 바다로 흘러드는 1,000킬로미터 길이의 강입니다. 고대 중국에서는 이 회수를 기준으로 남쪽을 강남, 북쪽을 강북이라고 불렀습니다. 그래서 〈동관고공기〉에서 '회수를 넘어 북쪽에 간다'는 표현을 쓴 것입니다.

아열대 과수인 감귤나무는 최저 기온이 영하 7도 아래로 내려가면 동해凍害를 입는 것으로 알려져 있습니다. 중국에서 최저 기온이 영하 7도 이하로 내려가지 않는 지역이 대략 회수 남쪽인 강남 지방이었습니다. 이런 까닭에 회수가 감귤의 북방한계선으로 등장한 것입니다. 감귤은 식물 분류상 운향과에 속하는데, 여기에는 감귤과 탱자나무가 포함됩니다. 그런데 감귤에 비하면 탱자는 크기가 작고 즙이 거의 없는데다 향기도 적어서 효용이 떨어집니다.

'귤화위지'라는 말이 더 널리 쓰이게 된 것은 『안자춘추晏子春秋』의 영향이 아닌가 싶습니다. 『안자춘추』에 이런 이야기가 실려 있습니다. 초나라 영왕靈王이 제나라의 안영晏嬰, 즉 안자晏子를 초청합니다. 영왕이 제나라에 얼마나 사람이 없기에 그대같이 키가 작은 사람이 사신으로 왔느냐고 이죽거리자, 안자는 이렇게 대답합니다. 제나라에서는 나라 크기에 맞춰 사람을 보내는 까닭에 키 작은 자신이 오게 되었다고 말입니다. 뜻하지 않게 반격을 당한 영왕은 마침 옥리獄吏가 제나라 출신의 절도범을 끌고 가자, 제나라 사람은 도둑질을 잘한다고 비아냥거립니다. 그러나 안자는 태연히 이렇게 대꾸합니다.

> 감귤이 회수 남쪽에서 나면 감귤이 되지만, 회수 북쪽에서 나면 탱자가 됩니다.

원래 제나라에서 나고 자란 사람은 도둑질을 잘 하지 않는데, 초나라에만 오면 어찌 된 영문인지 곧잘 도둑질을 하게 된다는 뜻이었습니다. 그제야 영왕은 안자에게 무례하게 굴었던 것을 사과했다고 합니다.

이렇듯 '귤화위지'라는 말에서 환경의 중요성이 크게 부각된 것은 『안자춘추』의 영향으로 이해할 수 있습니다. 안자는 기후나 풍토가 많은 것을 결정한다며, 강남에 심은 감귤을 강북에 옮겨 심으면 탱자가 되듯이 제나라에서 멀쩡하던 사람도 초나라에 오면 절도범이 된다고 했습니다. 그런데 춘추시대 당시 제나라와 초나라의 풍속을 정확히 알 길은 없으나, 감귤을 양민良民에 비유하고 탱자를 절도범에 비유한 것은 다소 지나친 감이 없지 않습니다.

엄밀히 말하면 감귤과 탱자는 생장 조건이 다를 뿐입니다. 운향과에 속하는 감귤과 탱자 중에서 감귤은 따뜻한 지방에서 자라고, 탱자는 그보다 더 추운 지방에서 자라는 것입니다. 회수를 중심으로 보면, 회수 북쪽에는 탱자가 자라고 회수 남쪽에는 감귤이 자랍니다. 회수 남쪽에서 자라는 감귤을 회수 북쪽으로 옮겨 심으면 탱자가 되는 것이 아니라 그냥 얼어 죽습니다.

게다가 탱자의 효능을 자세히 살펴보면, 감귤이 양민이고 탱자가 절도범이라는 안자의 비유가 썩 들어맞지 않는다는 사실도 알게 됩니다.

탱자는 비타민 A, B, C와 칼륨을 풍부하게 함유하고 있어서 아토피와 변비 치료, 심혈관질환 예방, 간 기능 활성화 등에 좋다고 합니다. 이 정도면 감귤의 효능 못지않다고 생각합니다. 사실 감귤나무라는 것도 대개 탱자나무에 감귤나무 순을 접붙이기해서 만든다는 것을 감안하면, '귤화위지'보다 '지화위귤枳化爲橘', 즉 "탱자가 변해서 감귤이 된다"는 말이 더 맞는 표현인지도 모르겠습니다.

'귤로장생'과 더불어 유명한 감귤 브랜드의 하나로 '한라봉'이 있습니다. 한라봉은 꼭지 부분의 볼록 튀어나온 모습이 제주도 한라산을 닮았다고 해서 붙여진 이름입니다. 원래는 1970년대 일본에서 두 종류의 감귤 품종을 교배해서 만든 것이라고 합니다. 그런데 최근 뉴스를 보니 대게만 유명한 줄 알았던 경상북도 영덕에서도 한라봉을 재배하여 출시한다고 합니다. 맛과 향, 당도에서 제주도산과 비교해 큰 차이가 없다고 하는데, 제주도에서 자라던 한라봉이 바다를 건너 300km 북쪽의 영덕에서도 재배된다는 것이 신기합니다. 농업기술의 발달로 인해 '귤화위지'도 서서히 옛말이 되어가는 모양입니다.

고전 읽기

『주례周禮』〈동관고공기冬官考工記〉

하늘에는 때가 있고 땅에는 기가 있고 재료에는 훌륭함이 있고 공정工程에는 솜씨가 있는데, 이 네 가지가 합치된 뒤라야 좋은 기물이 만들어진다. 재료가 훌륭하고 공정이 솜씨가 있는데도 좋은 기물이

안 되었다면, 하늘의 때가 아니고 땅의 기를 얻지 못한 것이다. **감귤이 회수를 넘어 북쪽에 가면 탱자가 되고,** 구욕새가 제수를 넘지 않거나 오소리가 문수를 넘으면 죽는 것은 땅의 기가 그렇게 만드는 것이다. 정나라의 칼, 송나라의 도끼, 노나라의 창칼, 오월의 검이 땅을 옮기면 좋은 기물이 되지 못하는 것은 땅의 기가 그렇게 만드는 것이다.

• • • •

원문 天有時, 地有氣, 材有美, 工有巧, 合此四者, 然後可以爲良. 材美工巧, 然而不良, 則不時, 不得地氣也. 橘踰淮而北爲枳, 鸜鵒不踰濟, 貉踰汶則死, 此地氣然也. 鄭之刀, 宋之斤, 魯之削, 吳粵之劒, 遷乎其地, 而弗能爲良, 地氣然也.

『안자춘추晏子春秋』〈내편잡하內篇雜下〉

안자晏子가 장차 초나라에 사신으로 온다는 말을 초나라 왕이 듣고 좌우 신하에게 말했다. "안영晏嬰은 제나라 사람 가운데 말을 잘 한다는 자요. 지금 막 온다고 하여 내가 골려주고 싶은데 어떻게 하면 되겠소?"

좌우 신하들이 이렇게 대답했다. "그가 오면 제가 한 사람을 결박하여 대왕 곁을 지나가게 하겠습니다. 대왕께서는 '무엇 하는 자인가?'라고 하문하십시오. 그러면 '제나라 사람입니다'라고 대답하겠습니다. 대왕께서 다시 '죄목이 무엇이냐'고 하문하시면, '절도죄입니다'라고 하겠습니다."

안자가 도착하자 초나라 왕은 안자에게 주안상을 내려주었다. 술기운이 오를 때 관리 두 명이 한 사람을 결박해 초나라 왕 앞으로 데려왔다.

초나라 왕이 물었다. "결박한 자는 무슨 일 때문이냐?"

"제나라 사람이온데, 절도죄입니다."

초나라 왕이 안자를 보며 말했다. "제나라 사람은 본디 도둑질을 잘 하지요?"

안자는 자리를 피해 앉으며 이렇게 대답했다. "제가 듣기로는 **감귤이 회수 남쪽에서 나면 감귤이 되지만, 회수 북쪽에서 나면 탱자가 됩니다**. 잎만 비슷할 뿐 그 과실의 맛은 다릅니다. 그렇게 되는 까닭이 무엇이겠습니까? 물이 흙이 다르기 때문입니다. 지금 백성 가운데 제나라에서 자란 이는 도둑질을 하지 않는데 초나라에만 들어오면 도둑질을 하니, 초나라의 물과 흙이 백성으로 하여금 도둑질을 잘 하게 만드는 것 아니겠습니까?"

초나라 왕이 웃으며 말했다. "성인은 더불어 희롱할 대상이 아닌데, 과인이 도리어 허물을 얻었군요."

• • • •

원문 晏子將使楚, 楚王聞之, 謂左右曰, 晏嬰齊之習辭者也. 今方來, 吾欲尋之, 何以也. 左右對曰, 爲其來也. 臣請縛一人, 過王而行. 王曰何爲者也, 對曰齊人也. 王曰何坐, 曰坐盜. 晏子至. 楚王賜晏子酒, 酒酣. 吏二縛一人詣王. 王曰, 縛者曷爲者也. 對曰, 齊人也. 坐盜. 王視晏子曰, 齊人固善盜乎. 晏子避席對曰, 嬰聞之, 橘生淮南, 則爲橘. 生于淮北, 則爲枳. 葉徒相似, 其實味不同. 所以然者何, 水土異也. 今民生長于齊不盜, 入楚則盜, 得無楚之水土, 使民善盜耶. 王笑曰, 聖人非所與熙也. 寡人反取病焉.

최고의 선은 물과 같다

상선약수上善若水

최고의 선은 물과 같다. 물은 만물을 이롭게 하기를 잘하면서도 다투지 않고,
여러 사람이 싫어하는 곳에 자리잡기에 그래서 도에 거의 가깝다.
- 『노자』 제8장

얼마 전 아프리카 남서부에 있는 앙골라에서 신용카드 크기만 한 대형 다이아몬드가 발견되었다는 소식을 접했습니다. 이 다이아몬드를 발견한 광산회사에서는 그 가치를 2천만 달러, 우리 돈으로 200여 억 원 정도로 추산한다고 합니다. 무게가 무려 404캐럿에 달하는 데도 세계에서 27번째밖에 안 된다는 것이 더 놀랍습니다. 세계 최대 다이아몬드는 지난 1905년 남아프리카공화국에서 발견된 3,106캐럿짜리라고 합니다. 다이아몬드를 얘기할 때 쓰는 '캐럿'이라는 단위는 고작 200밀리그램에 불과합니다. 그래서 3천 캐럿짜리라고 해봐야 600그램, 즉 작은 생수 한 병 무게밖에 나가지 않습니다.

그런데 생수 한 병 값은 500원 안팎인 반면, 같은 무게의 다이아몬드는 값이 천문학적 숫자를 자랑합니다. 물은 인간이 생명을 유지하는데 꼭 필요한 것이고, 다이아몬드는 전혀 그렇지 않은데도 말입니다. 이런 역설을 경제학의 아버지라 불리는 애덤 스미스는 일찍이 '희소성'

의 개념으로 설명했습니다. 물은 사용가치가 높지만 희소성이 없어 교환가치가 낮은 반면, 다이아몬드는 사용가치가 낮아도 희소성으로 인해 교환가치가 높다는 것입니다.

한마디로 다이아몬드는 희소하기에 귀하고 물은 흔하기에 천하다는 것입니다. "돈을 물 쓰듯 한다"는 말도 이런 의미에 다름 아닐 것입니다. 그러나 중국의 노자老子는 물에 담긴 철학적 이치를 높이 평가하고 '상선약수上善若水'를 설파했습니다. 그는 『노자』 제8장에서 "최고의 선은 물과 같다. 물은 만물을 이롭게 하기를 잘하면서도 다투지 않고, 여러 사람이 싫어하는 곳에 자리 잡기에 그래서 도에 거의 가깝다"고 했습니다.

물론 노자만 물의 덕을 칭송한 것은 아닙니다. 공자도 『논어』〈옹야雍也〉 편에서 "지혜로운 사람은 물을 좋아하고, 어진 사람은 산을 좋아한다"고 하여 물의 덕을 산과 나란히 언급한 적이 있습니다. 그러나 노자는 전적으로 물의 덕을 그의 철학의 요체로 삼았습니다. 그가 생각하는 물의 덕은 두 가지로 요약됩니다. 하나는 물이 만물을 이롭게 하며 다투지 않는다는 것이고, 다른 하나는 늘 사람들이 싫어하는 낮은 곳을 향한다는 것입니다.

노자가 주창한 '무위자연無爲自然', 즉 "억지로 무엇을 하지 않고 순수하게 자연의 순리에 따르는 삶을 산다"는 이야기는 사뭇 고답적인 내용이라 언뜻 와닿지 않습니다. 그래서 준비한 노자의 비유가 바로 물인 듯합니다. '무위자연의 삶이란 어떤 것인가'라는 질문에 대해 노자는 '물처럼 살라'고 말하고 있습니다. '무위자연'은 하는 일 없이 먹고 놀라는 '무위도식'이 아니라, 물처럼 만물을 이롭게 하는 삶입니다. 이보다 더 중요한 것은 그러면서도 만물과 다투지 않고 오히려 남들이 꺼리는 일을 자처한다는 점입니다.

이런 관점에서 본다면 노자가 가장 싫어할 만한 부류의 사람은 위선자일 듯합니다. 위선자들은 겉으로만 착한 체하는 사람들입니다. 이들은 남을 이롭게 해주는 척하면서 속으로는 권력과 재물을 탐내고, 남들이 꺼리는 일을 절대 하지 않습니다. 이들이 행여 '봉사'라고 이름붙일 만한 일을 한다면, 그것은 순수한 마음의 발로가 아니라 이미지 관리용일 가능성이 높습니다.

노자가 '상선약수'로 제시한 물의 덕을 혹자는 이렇게 여섯 가지로 정리합니다. 어떤 그릇에도 담기는 '융통성', 막히면 돌아가는 '지혜', 낮은 곳으로 흐르는 '겸손', 더러운 물도 받아들이는 '포용력', 바위도 뚫는 '끈기', 흘러서 바다로 향하는 '원대한 꿈' 등입니다. 그러면서 천하 만물을 보듬어 양육하기에 세계 4대 문명은 모두 강을 끼고 융성했던 것입니다.

그러고 보니 예전에 반기문 전 유엔 사무총장이 미국의 오바마 전 대통령에게 '상선약수'를 쓴 친필 휘호를 생일 선물로 주었다는 이야기가 새삼 떠오릅니다. 반기문 전 총장이 기후 관련 협약을 위해 백악관을 방문하는 자리에서 이 '상선약수' 휘호를 직접 전달했는데, 그 자리에서 오바마 전 대통령이 휘호의 '물 수水' 자를 가리키며 'water'라는 뜻인 줄 안다고 화답했다고 합니다.

당시 반 전 총장과 오바마 전 대통령이 만나서 상의하려고 한 주 안건은 기후협약 문제였습니다. 기후 온난화로 인한 기후변화가 전 세계적인 위협으로 다가오고 있는데, 이 기후 온난화의 직접적 이유는 화석연료의 사용으로 인한 대기 중 온실가스의 증가입니다. 이로 인한 환경 재앙을 피하기 위해 각국이 한자리에 모여 온실가스 감축을 상의했습니다. 반 전 총장이 '상선약수' 휘호를 오바마 전 대통령의 생일 선물로 준비한 의도는 정확히 알 수 없습니다. 짐작컨대 물에 담긴 생명존중의 태도로 환경 문제를 다루면서 물 흐르듯 원만하게 협약이 진행되었으면 좋겠다는 바람을 담은 듯도 합니다.

지구의 70%가 물이라고 해서 모든 나라에 물이 흔한 것은 아닙니다. 널리 알려진 물 부족 국가에는 카타르, 아랍에미리트, 사우디아라비아, 쿠웨이트 등 중동의 산유국이 다수 포함되어 있습니다. 애덤 스미스의 이론대로, 이들 나라에서는 석유보다 물이 희소성이 높아서 값도 비쌉니다. 물이 풍성한 것처럼 보이는 우리나라도 사정이 여의치 않습니다. 강수량은 세계 평균의 1.6배라지만 국토는 좁고 인구는 많아서, 1인당 이용 가능한 수자원량이 경제협력개발기구OECD 최저이고, 중동의 이라크보다 낮은 수치라고 합니다. 그럴 리야 없겠지만 물이 점점 희소해지면 언젠가 물도 다이아몬드에 쓰는 캐럿이라는 단위를 쓸지도 모릅니다. 물을 물 쓰듯 해서는 안 되겠습니다.

지구상에서 강도가 가장 세다는 다이아몬드를 자를 수 있는 것이 물입니다. '워터 젯water jet'이라는 기계는 물의 압력을 높이는 고압 펌프를 이용해, 1밀리미터의 미세한 물줄기를 분사하여 다이아몬드를 자릅니다. 다투지 않고 낮은 곳으로 향하는 '상선약수'라 하여 물이 힘이 없는 것은 아니라는 사실을 잘 보여줍니다. 외유내강外柔內剛의 미덕을 다시 한 번 생각해보는 요즘입니다.

고전 읽기

『노자老子』 제8장

최고의 선은 물과 같다. 물은 만물을 이롭게 하기를 잘하면서도 다투지 않고, 여러 사람이 싫어하는 곳에 자리잡기에 그래서 도에 거의 가깝다. (성인은) 가장 좋은 곳에 살고, 가장 깊은 곳에 마음을 두며, 최고의 인仁을 베풀고, 최고의 믿음을 말하고, 최고의 질서로 다스리고, 최고의 효능으로 일하고, 가장 적합한 때 움직인다. 대저 아무와도 다투지 않는 까닭에 허물이 없는 것이다.

• • • •

원문 上善若水. 水善利萬物而不爭. 處衆人之所惡, 故幾于道. 居善地, 心善淵, 與善仁, 言善信, 政善治, 事善能, 動善時. 夫唯不爭, 故無尤.

문을 걸어잠그고 나가지 않다

두문불출杜門不出

과연 신생은 직상에서 적인을 깨뜨리고 돌아갔다.
참언은 더욱 거세게 일었고, 호돌은 문을 걸어 잠그고 나가지 않았다.
군자들은 이렇게 말했다. "심모원려가 있다."
-『국어』〈진어〉

매년 10월 초가 되면 노벨상 수상자 선정 소식을 듣게 됩니다. 그 중에서도 2016년 노벨 문학상 선정 결과는 매우 뜻밖이었습니다. 전문가들의 예상은 일본의 소설가 무라카미 하루키, 케냐의 소설가 응구기 와 티옹오, 시리아의 시인 아도니스, 미국의 소설가 필립 로스 등 문학가 네 사람에 집중되어 있었습니다.

그런데 막상 뚜껑을 열어보니, 노벨상 위원회가 발표한 수상자는 미국의 대중가수인 밥 딜런이었습니다.

더욱 놀라운 것은 노벨 문학상 수상자로 발표된 이후 시상식이 거행되기까지 약 두 달간 밥 딜런이 보인 행보였습니다. 현지 언론에서는 그의 반응을 한마디로 압축해 '두문불출杜門不出'이라고 전했습니다. 그가 일주일이 넘도록 노벨상 선정 소식에 아무 반응을 보이지 않자, 항간에서는 러시아의 보리스 파스테르나크, 프랑스의 장 폴 사르트르에 이어 세 번째 노벨상 수상 거부자가 되는 것이 아닌지 촉각을 곤두세웠습니다.

밥 딜런은 노벨 문학상 수상자로 선정된 후 보름 만에야 두문불출 상태를 해제하고 언론에 모습을 드러냈습니다. 노벨상 수상을 승낙한다고 밝히기는 했으나, 이번에는 선약을 이유로 시상식에는 참석할 수 없다고 해 연이어 사람들을 놀라게 했습니다. 그는 결국 스웨덴 스톡홀름에서 열린 노벨문학상 시상식에 불참한 대신 소박한 수락연설문을 적어 보냈고, 주 스웨덴 미국 대사가 그것을 대독했습니다. 이 연설문에서 밥 딜런은 '노래가 문학인가'라는 질문에 노벨상 위원회가 훌륭한 답을 주었다고 감사를 표했습니다.

밥 딜런이 노벨 문학상 수상자로 선정된 후 선보인 '두문불출'은 "문을 걸어 잠그고 나가지 않는다"는 뜻입니다. '두杜' 자는 팥배나무를 가리키는데, 동사로 쓰일 때는 '걸어 잠그다'는 뜻이 됩니다. 이 말의 유래에 대해 어떤 책에서는 우리나라에서 나왔다고도 합니다. 조선의 이성계가 역성혁명을 일으키자 고려의 유신들이 이에 반대하여 두문동杜門洞에 은거하며 출사하지 않은 데서 비롯된 말이라는 것입니다. 그러나 이는 사실이 아닙니다. '두문불출'이라는 말은 사마천의 『사기』에 네 번이나 용례가 보일 만큼 훨씬 이전부터 쓰였습니다.

보다 정확한 출처는 중국 전국시대 좌구명左丘明이 지었다는 역사책 『국어國語』입니다. 춘추전국시대 진晉나라의 역사를 다룬 이 책의 〈진어晉語〉 편에 호돌狐突이라는 인물과 관련된 고사로 등장합니다. 이야기의 자세한 내막을 살펴보면 이러합니다.

기원전 660년 진나라의 헌공獻公은 총애하는 부인 여희驪姬와의 사이에서 태어난 아들 해제奚齊를 태자로 삼으려 했습니다. 그러나 먼저 세상을 떠난 전부인 제강齊姜의 소생인 신생申生이 이미 태자로 책봉되어 있었기에, 그를 오랑캐와의 전쟁에 내보내려 했습니다. 그러자 이극里克이라는 신하가 전례가 없는 일이라며 만류했습니다. 왕이 출정할 때 태자가 따라가서 군대를 위무하거나 궁궐에 남아 조정을 지키는 일은 있어도, 태자만 출정하고 왕이 궁궐에 남는 일은 없었다는 것입니다. 그러나 헌공은 태자의 능력을 살펴야 한다는 이유를 들어 신생을 출정시키겠다고 고집했습니다. 그리고는 신생에게 두 가지 색이 섞인 옷과 황금 패옥을 하사했습니다.

이극이 물러나 신생을 찾아가자 신생은 부왕으로부터 두 가지 색이 섞인 옷과 황금 패옥을 받았다며, 그것이 무엇을 뜻하는지 이극에게 물었습니다. 이극은 신생을 내치려는 헌공의 의도를 간파하고 있었지만, 짐짓 신생을 다독였습니다. 부왕이 내린 옷과 패옥은 그만큼 당신을 신임하고 있다는 증거이니, 지나치게 태자 자리에 연연하지 말고 부왕의 뜻을 받들어 효성을 다하라고 충고했습니다. 이에 대해 당시의 지식인들은 이극이 부자지간의 일을 원만하게 처리했다고 평가했습니다.

결국 신생은 두 가지 색이 섞인 옷을 입고 황금 패옥을 든 채 오랑캐와의 전쟁에 출정했습니다. 이때 호돌狐突이 전차의 선봉을 맡고, 선우先友가 오른쪽을 받쳤습니다. 선우는 이번 기회에 큰 공을 세워 헌공의 신임을 얻자는 의견이었지만 호돌은 생각이 달랐습니다. 호돌은 두 가지 색이 섞인 옷은 잡스러움을 뜻하고 차가운 쇠붙이인 황금 패옥은 매정함을 나타낸다고, 신생이 부왕에게 하사받았다는 물품의 의미를 풀이했습니다.

신생은 호돌의 만류에도 불구하고 오랑캐 땅인 직상稷桑이라는 지역에 다다르자 오랑캐와 전투를 벌이려고 했습니다. 호돌은 다시 신생에게 직언을 올렸습니다. 부왕인 헌공이 여희의 미색에 빠져 있는 까닭에 태자 자리뿐만 아니라 사직도 위태롭다고 했습니다. 나라를 위해 손실을 가장 줄이는 방법은 부왕의 뜻에 따라 해제奚齊에게 태자 자리를 넘기고, 백성들의 뜻에 따라 전쟁을 멈춰 사직을 이롭게 해야 한다고 진언했습니다. 태자가 출정해 있는 지금 이 시간에도 조정에서는 태자를 헐뜯는 참언이 난무하고 있다며 호돌은 신생의 결심을 촉구했습니다.

그러나 신생은 결국 부왕이 자신을 좋아하지 않는 줄은 익히 알고 있고 여기서 그냥 물러난다면 더 큰 죄를 질 것이라며, 차라리 전사할 것을 각오하고 효자로 남겠다고 했습니다. 결연한 의지로 싸운 덕분인지 신생은 오랑캐를 물리치고 진나라로 돌아갔으나, 조정 내에서 신생을 비방하는 참언이 더욱 심해졌습니다. 이에 호돌은 문을 걸어 닫고 나가지 않았습니다. '두문불출'은 바로 여기에서 나온 말입니다. 호돌의 '두문불출'은 간언을 끝내 받아들이지 않은 신생에 대한 실망과 추후 자신의 안위를 걱정한 결과로 해석됩니다. 신생은 결국 헌공의 손에 피살되었고, 군자들은 호돌에게 심모원려深謀遠慮가 있다고 칭찬했습니다.

밥 딜런이 왜 노벨 문학상 선정 소식을 듣고 한동안 '두문불출'했는지, 또 왜 결국 시상식에 참석하지 않았는지 그 이유를 정확히 알 수는 없습니다. 그러나 많은 사람들은 그의 노래에 답이 있지 않느냐고들 합니다. 이를테면 〈구르는 돌처럼Like a Rolling Stone〉이라는 노래의 가사의 한 구절은 이러합니다.

> 아무것도 없으면 잃을 것도 없다.
>
> When you ain't got nothing, you got nothing to lose.

때로는 아무것도 없기가 오히려 더 어려운 모양입니다.

고전 읽기

『국어國語』〈진어晉語〉

진晉 헌공獻公 17년 겨울, 헌공이 태자 신생申生에게 동산을 정벌하도록 했다.

이극里克이 이렇게 간언했다. "신이 듣건대 고락족이 응전할 것이라 하니, 임금께서는 신생을 보내지 마십시오."

헌공이 말했다. "출정하라."

이극이 대답했다. "전례가 없는 일입니다. 임금이 출정할 때 태자가 남아 나라를 감독하거나, 임금이 출정할 때 태자가 따라가 군대를 위무하는 일은 있습니다. 그러나 지금처럼 임금이 남고 태자가 출정한 사례는 없었습니다."

헌공이 말했다. "그대가 알 바 아니오. 과인이 듣기로 태자를 세우는 도리가 셋 있다 했소. 품덕이 비슷하면 나이로 하고, 나이가 비슷하면 부왕의 애정으로 하고, 부왕의 애정으로도 결정하기 어려우면 점을 친다고 했소. 그대는 우리 부자지간에 왈가왈부하지 마시오. 나는 이번 일을 지켜볼 터이니."

헌공은 불쾌하게 여겼다. 이극이 물러나 태자를 만났다.

태자는 이렇게 말했다. "부왕께서 내게 두 가지 색이 섞인 옷과 황금 패옥을 하사하셨는데 무슨 뜻일까요?"

이극이 말했다. "태자께서는 두려워하고 계십니까? 직접 두 가지 색이 섞인 옷을 입혀주시고 손에 황금 패옥을 쥐어주셨으니, 이는 일을 대충하지 말라는 것입니다. 태자께서는 무엇을 두려워하십니까? 무릇 자식 된 도리는 효성을 다하지 못할까 걱정하지 무엇을 얻지 못할까 걱정하지 않습니다. 또 제가 듣기로 '공경이 간청보다 현명하다'고 했습니다. 태자께서는 노력하십시오."

군자들은 이렇게 말했다. "부자지간의 일을 원만하게 처리했다."

태자가 마침내 출정하여 호돌이 전차의 선봉을 맡고, 선우가 오른쪽을 받쳤다. 태자는 두 가지 색이 섞인 옷을 입고 황금 패옥을 찼다. 출정하면서 선우에게 말했다. "부왕께서 내게 이것을 하사하셨는데, 무슨 뜻일까요?"

선우가 말했다. "가운데를 나누어 황금 패옥의 권한을 주셨으니, 이번 출정에 성패가 달려 있습니다. 태자께서는 노력하십시오."

호돌이 탄식하며 말했다. "잡색으로 순색 옷을 대신하고, 쇠붙이 패옥을 내렸으니 차갑기가 심하다. 어찌 믿을 수 있겠는가? 비록 노력한다 해도 적인狄人을 다 없앨 수 있을까?"

선우가 말했다. "직접 두 가지 색이 섞인 옷을 입혀주시고 긴요한 병권을 쥐어주셨으니, 이번 출정에 달려 있습니다. 노력하면 될 뿐입니다. 두 가지 색이 섞인 옷을 입혀주신 데 나쁜 뜻이 없고, 병권은 재앙을 멀리하라는 것입니다. 몸소 재앙을 없애면 되는데 무엇을 걱정하십니까?"

직상에 이르러 적인들이 나와 마주치자 신생이 전투를 벌이려 했다.

호돌이 이렇게 간언했다. "안 됩니다. 제가 듣기로 나라의 군주가 간신을 좋아하면 대부大夫가 위태롭고, 안으로 첩을 좋아하면 태자가 위태롭고 사직이 위험하다고 했습니다. 부왕에 순종해 먼 데서 죽는 것과 백성에게 혜택을 주고 사직을 이롭게 하는 것 가운데 생각을 해 볼 수 있지 않을까요? 더구나 적인들로 몸이 위태로움을 틈타 조정 안에서는 참언까지 일어나고 있습니다."

신생이 말했다. "안 됩니다. 부왕이 나를 보낸 것은 사랑해서가 아니라 제 마음을 시험해보고자 하는 것입니다. 그런 까닭에 이상한 옷을 하사하고 병권으로 고한 것입니다. 또 듣기 좋은 말씀도 해주셨습니다. 말씀이 듣기 좋으면 그 안에는 반드시 쓴맛도 있는 법입니다. 조정에서 참언이 일어났기에 부왕께서 이런 생각이 드신 것입니다. 비록 전갈처럼 독한 참언이라 해도 어찌 그것을 피하겠습니까? 전투를 하느니만 못합니다. 전투를 피해 돌아간다면 저의 죄는 더욱 커지겠지만, 제가 전사한다면 그래도 아름다운 이름이 남겠지요."

과연 신생은 직상에서 적인을 깨뜨리고 돌아갔다. 참언은 더욱 거세게 일었고, 호돌은 **문을 걸어 잠그고 나가지 않았다**.

군자들은 이렇게 말했다. "심모원려가 있다."

• • • •

원문 十七年冬, 公使太子伐東山. 里克諫曰, 臣聞皐落氏將戰, 君其釋申生也. 公曰, 行也. 里克對曰, 非故也. 君行, 太子居, 以監國也. 君行, 太子從, 以撫軍也. 今君居, 太子行, 未有此也. 公曰, 非子之所知也. 寡人聞之, 立太子之道三. 身鈞以年, 年同以愛, 愛疑決之以卜筮. 子無謀吾父子之間, 吾以此觀之. 公不說. 里克退, 見太子. 太子曰, 君賜我以偏衣金玦, 何也. 里克曰, 孺子懼乎. 衣躬之偏, 而握金玦, 令不偸矣. 孺子何懼. 夫爲人子者, 懼不孝, 不懼不得. 且吾聞之曰, 敬賢於請. 孺子勉之乎. 君子曰, 善處父子之間矣. 太子遂行, 狐突御戎, 先友爲右, 衣偏衣而佩金玦. 出而告先友曰, 君與我此, 何也. 先友

曰, 中分而金玦之權, 在此行也. 孺子勉之乎. 狐突歎曰, 以厖衣純, 而玦之以金銑者, 寒之甚矣, 胡可恃也. 雖勉之, 狄可盡乎. 先友曰, 衣躬之偏, 握兵之要, 在此行也, 勉之而已矣. 偏躬無慝, 兵要遠災, 親以無災, 又何患焉. 至于稷桑, 狄人出逆, 申生欲戰. 狐突諫曰, 不可. 突聞之, 國君好艾, 大夫殆, 好內, 適子殆, 社稷危. 若惠於父而遠於死, 惠於衆而利社稷, 其可以圖之乎. 況其危身於狄以起讒於內也. 申生曰, 不可. 君之使我, 非歡也, 抑欲測吾心也. 是故賜我奇服, 而告我權. 又有甘言焉. 言之大甘, 其中必苦. 譖在中矣, 君故生心. 雖蝎譖, 焉避之. 不若戰也. 不戰而反, 我罪滋厚, 我戰死, 猶有令名焉. 果敗狄於稷桑而反. 讒言益起, 狐突杜門不出. 君子曰, 善深謀也.

돈이 한 푼도 없다

불명일전不名一錢

이에 장공주가 빌려주는 식으로 옷과 음식을 내렸지만,
등통은 결국 돈이라 이름 할 만한 것이 한 푼도 없이 남의 집에 얹혀 살다 죽었다.
- 『사기』 〈영행열전〉

장기간 이어진 경기불황의 여파로 일확천금을 꿈꾸는 사람들이 늘어나면서 국내 사행산업 매출이 무려 20조 원을 넘어섰다는 발표가 있었습니다. 기획재정부 복권위원회 자료를 보면, 2016년 한 해 로또 복권이 3조 6천억 원어치가 팔려 2003년 3조 8천억 원을 기록한 이후 최대치를 기록했다고 되어 있습니다. 2003년에 로또의 게임당 판매 가격이 2천 원이었다가 현재는 1천 원으로 인하되었다는 점을 고려하면, 3조 6천억 원에 달하는 로또 판매액은 사실상 역대 최대라고 할 수 있습니다.

로또 복권 1등 당첨률은 800만분의 1 정도로 알려져 있습니다. 미국 국립낙뢰안전연구원의 통계를 보니, 지난 2014년 벼락에 맞은 미국인이 231명이라고 합니다. 미국의 인구를 3억 2천만 명 정도로 계산하면, 벼락 맞을 확률은 약 140만분의 1입니다. 프로골퍼인 장하나 선수가 파4홀에서 홀인원을 기록한 것이 화제가 된 적이 있었는데, 그

확률이 585만분의 1로 계산된다고 합니다. 그러니 로또 복권 1등에 당첨되기는 벼락을 맞거나 파4홀에서 홀인원하기보다 어려운 일인 것입니다.

그러나 주변에서 벼락을 맞았다거나 파4홀에서 홀인원을 했다는 사람은 찾아보기 어려워도, 매주 로또 복권에서 1등에 당첨되었다는 사람은 열 명 내외로 꾸준히 나옵니다. 그래서 그런지 800만분의 1이라는 확률이 어쩐지 우습게 보여, 저만 해도 복권 한번 사볼까 하는 생각이 불쑥불쑥 들곤 합니다. 어떤 때는 복권도 사기 전에 1등에 당첨되면 가장 먼저 무얼 해야겠다는 허황된 꿈도 꿉니다.

로또 복권 1등에 당첨된다면 엄청난 행운이겠지만, 그로 인한 결과가 항상 좋지만은 않은 것 같습니다. 미국의 사업가였던 잭 휘태커라는 사람은 지난 2002년에 3800억짜리 복권에 당첨되어 세상 사람들의 부러움을 한 몸에 받았는데, 5년 만에 그 많은 재산을 탕진하고 빈털터리가 되었습니다. 경제학자들의 연구를 보니 복권 당첨자의 파산율은 일반인의 두 배라고 합니다. 쉽게 번 돈이라 쉽게 쓰기 때문이라는 분석입니다.

사마천의 『사기』〈영행열전佞幸列傳〉에 보이는 고사성어 '불명일전不名一錢'의 이야기 역시 로또 복권과 흡사합니다. '불명일전'은 돈이라 이름 할 만한 것이 한 푼도 없다는 말로, 빈털터리를 가리킵니다. 이 이야기의 주인공은 중국 한나라의 다섯 번째 임금 문제文帝 때 사람인 등통鄧通입니다. 등통은 배의 노를 젓는 일을 잘해 선박을 관장하는 하급관리인 황두랑黃頭郎이 되었습니다. 황두랑은 머리에 노란 모자를 쓰고 근무했기 때문에 붙여진 이름입니다.

문제가 어느 날 하늘로 올라가는 꿈을 꾸었습니다. 처음에는 잘 오를 수 없었는데, 어디선가 황두랑 한 사람이 나타나 밑에서 받쳐주어 성공할 수 있었습니다. 문제가 받쳐주는 사람을 돌아보니 옷솔기 띠 밑에 실밥이 터져 있었습니다. 잠에서 깨어난 문제는 꿈에 자신을 도와준 황두랑을 찾아 나섰습니다. 그러다 등통을 발견했는데 꿈에서처럼 등통의 옷에 실밥이 터져 있었고, 얼굴을 자세히 보니 꿈속에서 본 황두랑이 틀림없었습니다.

그 길로 등통은 출세가도를 달립니다. 문제는 열 차례 넘게 막대한 돈을 상금으로 하사했고, 관직도 하나씩 높여 상대부에 오르게 합니다. 등통은 성심성의껏 문제를 모시고자 외부와 접촉을 끊고 휴가를 얻어도 궁궐 밖으로 나가지 않았습니다. 문제가 관상을 잘 본다는 사람에게 등통을 보이니, 관상가가 '굶어죽을 상'이라고 했습니다. 그러자 문제는 임금인 자신이 등통에게 직접 상금을 하사하고 있는데 어찌 등통이 굶어죽는 일이 있겠는가 하고 우습게 여깁니다. 그리고는 아예 등통에게 구리 광산을 하사하여 직접 동전을 주조할 수 있게 합니다. 등씨전鄧氏錢이라는 동전까지 주조하게 된 등통은 어마어마한 부자가 되었습니다.

등통의 능력이라고는 문제에게 아첨하거나 문제의 몸에 난 종기를 입으로 빨아주는 일이 고작이었습니다. 그러던 어느 날 문제가 등통에게 천하에 누가 문제 자신을 가장 사랑하고 있을지 묻습니다. 등통은 태자보다 더한 사람은 없을 것이라 대답합니다. 얼마 후 태자가 문병을 오자 문제는 태자에게 자신의 종기를 빨라고 분부합니다. 태자는 탐탁지 않았으나 부왕이 시키는 일이라 억지로 했는데, 문제가 그렇게 시킨 원인이 등통에게 있음을 알고 등통을 미워하게 됩니다.

문제가 세상을 떠나고 태자가 제위에 오르니 바로 경제景帝입니다.

경제는 바로 등통을 집으로 돌려보냅니다. 얼마 후 등통이 주조한 동전을 변방으로 빼돌렸다는 고발장이 접수됩니다. 경제가 옥리를 시켜 심문한 결과 고발 내용은 사실로 밝혀졌고, 그 죄를 물어 등통의 전 재산을 몰수합니다. 경제의 누나인 장공주長公主는 문제가 생전에 등통을 굶기지 말라는 했던 말도 있어, 등통에게 얼마간의 돈을 하사합니다. 그러나 그때마다 경제가 보낸 관리들이 그 돈을 몰수해갑니다. 그래서 등통은 비녀 하나도 몸에 지닐 수 없었고, 장공주가 빌려준다는 명목으로 내려준 옷과 음식으로 근근이 연명해갑니다.

'불명일전'이라는 말은 사마천이 등통의 사적을 기술한 내용의 마지막 대목에 등장합니다. 한때 동전을 주조할 권리까지 얻었던 등통이 결국에는 돈이라고 할 만한 것은 단 한 푼도 없이 남의 집에 얹혀 살다가 죽었다는 것입니다. 등통의 관상을 보고 '굶어죽을 상'이라고 했던 관상가의 말이 정확했습니다. 우연히 문제의 꿈에 등장해 더 없는 행운과 부를 누렸던 등통의 말로는 이렇게 비참했습니다.

세계 30여 개 국가의 국민행복지수를 연구했던 리처드 이스털린의 연구에 따르면, 소득이 높아질 때 행복감이 증가하지만 일정한 정도를 넘어서면 더 이상 증가하지 않는다고 합니다. 국민소득이 지금의 3분의 1 수준이었던 1990년대 초반 우리나라 국민의 52% 정도가 행복하다고 생각했는데, 소득이 세 배 이상 뛴 지금도 이 수치는 크게 변한 것이 없습니다. 더 많은 돈을 손에 쥐려고 아등바등하다 오히려 몸과 마음의 건강을 잃고 '불명일전'의 나락으로 떨어진다면, 이 또한 바람직한 인생은 아닐 것입니다.

고전 읽기

『사기史記』〈영행열전佞幸列傳〉

문제文帝 때 궁궐 안에서 총애를 받은 신하로, 사인士人으로는 등통鄧通이 있었고, 환관으로는 조동趙同과 북궁백자北宮伯子가 있었다. 북궁백자는 인자한 어른 같은 풍모로 총애를 받고 조동은 점성술로 총애를 받으며 항상 문제와 함께 수레를 타고 다녔지만, 등통은 아무 재능이 없었다. 등통은 촉군 남안 사람으로, 배를 잘 저어 황두랑이 되었다.

문제가 꿈에 하늘에 오르려 했지만 그럴 수 없었는데, 황두랑 하나가 뒤에서 그를 밀어주어 하늘에 오를 수 있었다. 돌아보니 황두랑의 옷 등 뒤로 띠를 맨 곳의 솔기가 터져 있었다. 문제는 꿈에서 깬 뒤 점대漸臺로 가서 꿈에 그를 밀어준 황두랑을 은밀히 눈으로 찾아보았다. 그러다 등통을 보았는데, 옷의 등 뒤가 터진 것이 꿈에서 본 그대로였다. 불러다 성과 이름을 물어보니 성은 등이고 이름은 통이었다. 문제가 기뻐하였고, 그를 총애하기가 날로 달라졌다.

등통 역시 삼가며 신중한데다 궁궐 밖 사람들과 사귀는 것도 좋아하지 않아, 그에게 목욕할 휴가를 주어도 궁을 나가려 하지 않았다. 이에 문제는 등통에게 열 번 넘게 몇 만 전을 상금으로 하사했고 벼슬도 상대부에 이르렀다. 문제는 때때로 등통의 집에 가서 놀기도 했다. 그러나 등통에게는 다른 재능이 없었고, 유능한 자를 추천하지도 못했으며, 오직 자기 자신만 삼가며 임금의 비위를 맞출 뿐이었다.

문제가 관상을 잘 보는 사람에게 등통의 관상을 보게 했더니 이렇게 말했다. "가난으로 굶어죽을 상입니다."

문제가 말했다. "등통을 부자로 만들어줄 수 있는 내가 있는데, 가난이 다 무슨 말인가?"

그리고는 등통에게 촉군의 엄도현에 있는 구리 광산을 주어서 스스로 동전을 주조할 수 있게 했다. 등씨전鄧氏錢은 천하에 유통되었고, 등통의 부유함이 이와 같았다.

문제가 종기를 앓은 적이 있었는데, 등통이 항상 문제를 위해 종기의 고름을 빨아냈다. 어느 날 문제가 심기가 불편해 조용히 등통에게 물었다. "천하에서 가장 날 사랑하는 자가 누구냐?"

등통이 말했다. "당연히 태자만한 분이 없을 것입니다."

태자가 문병하러 오자 문제는 그에게 종기를 빨게 했다. 태자는 종기를 빨아내기는 했지만 난처해했다. 나중에 태자는 등통이 항상 부왕을 위해 종기를 빨아낸다는 이야기를 듣고, 마음속으로 부끄러워하면서 그로 인해 등통을 미워하게 되었다. 문제가 죽고 경제가 제위에 오르자, 등통은 면직되어 집에서 지냈다. 얼마 지나지 않아 등통이 불법적으로 돈을 주조해 밖으로 빼돌린다고 고발하는 이가 나왔다. 관리가 사안을 조사하니 그런 일이 많았으므로, 결국 유죄로 판결하여 등통의 가산을 모두 몰수하는 바람에 등통은 오히려 수만금의 빚을 지게 되었다. 경제의 누나인 장공주가 등통에게 재물을 내려주었으나, 관리가 그때마다 들이닥쳐 몰수해가니 등통은 비녀 하나 몸에 지닐 수가 없었다. 이에 장공주가 빌려주는 식으로 옷과 음식을 내렸지만, 등통은 결국 **돈이라 이름 할 만한 것이 한 푼도 없이** 남의 집에 얹혀 살다 죽었다.

• • • •

원문 孝文時中寵臣, 士人則鄧通, 宦者則趙同北宮伯子. 北宮伯子以愛人長者, 而趙同以星氣幸, 常爲文帝參乘, 鄧通無伎能. 鄧通, 蜀郡南安人也, 以濯船爲黃頭郎. 孝文帝夢欲上天, 不能, 有一黃頭郎從後推之上天, 顧見其衣裻帶後穿. 覺而之漸臺, 以夢中陰目求推者郎, 卽見鄧通, 其衣後穿, 夢中所見也. 召問其名姓, 姓鄧氏, 名通, 文帝說焉, 尊幸之日異. 通亦愿謹, 不好外交, 雖賜洗沐, 不欲出. 於是文帝賞賜通巨萬以十數, 官至上大夫. 文帝時時如鄧通家遊戲. 然鄧通無他能, 不能有所薦士, 獨自謹其身以媚上而已. 上使善相者相通, 曰, 當貧餓死. 文帝曰, 能富通者在我也, 何謂貧乎. 於是賜鄧通蜀嚴道銅山, 得自鑄錢, 鄧氏錢布天下. 其富如此. 文帝嘗病癰, 鄧通常爲帝唶吮之. 文帝不樂, 從容問通曰, 天下誰最愛我者乎. 通曰, 宜莫如太子. 太子入問病, 文帝使唶癰, 唶癰而色難之. 已而聞鄧通常爲帝唶吮之, 心慙, 由此怨通矣. 及文帝崩, 景帝立, 鄧通免, 家居. 居無何, 人有告鄧通盜出徼外鑄錢. 下吏驗問, 頗有之, 遂竟案, 盡沒入鄧通家, 尙負責數巨萬. 長公主賜鄧通, 吏輒隨沒入之, 一簪不得著身. 於是長公主乃令假衣食. 竟不得名一錢, 寄死人家.

부자가 된 도주공

도주지부陶朱之富

이것이 이른바 '부유하면서도 은덕을 베풀기 좋아한다'는 것이다.
후년에 노쇠해져서는 사업을 자손에게 맡겼다. 자손이 사업을 수행하며
더 발전시켜 마침내 억만장자가 되었다. 그래서 부자를 말할 때는
모두 도주공을 일컫는 것이다.
- 『사기』〈화식열전〉

평소 기부를 많이 해 '자선 왕'으로 불리는 빌 게이츠 마이크로소프트 창업자가 얼마 전에 다시 46억 달러, 우리 돈으로 약 4조 9천억 원 어치의 재산을 기부했다는 소식을 접했습니다. 이는 전 세계 45개국이 가입한 세계 사회복지공동모금회에서 지난 한 해 동안 모금한 4조 원보다도 많은 어마어마한 액수입니다. 어떤 사람이 계산해보았더니, 이 돈이면 1킬로그램짜리 골드바를 10만 개나 살 수 있다고 합니다.

빌 게이츠가 보유한 전 재산은 100조에 육박해, 포브스라는 미국의 출판 미디어 그룹에서 집계하는 세계 억만장자 순위에서 1위를 놓친 적이 거의 없습니다. 포브스가 재산을 평가하는 방식에서 독특한 점은 부동산이나 현금은 무시하고 주식에만 초점을 맞춘다는 것입니다. 그래서 특정일을 기준으로 각 주식시장의 주가와 환율을 따져 부자 순위를 집계하다보니, 유럽이나 중국의 부동산 재벌들이 누락되는 경우가 종종 있습니다.

2017년 11월 포브스가 발표한 세계 억만장자 순위를 보면, 1위부터 10위 중 일곱 명이 빌 게이츠를 비롯한 미국인이고, 이밖에 스페인 사람인 패션 브랜드 자라의 아만시오 오르테가 회장, 프랑스 사람인 명품 브랜드 그룹 LVMH의 버나드 아놀트 회장, 멕시코 사람으로 통신 재벌인 카를로스 슬림 헬루가 포함되어 있습니다. 우리나라에서는 삼성전자 이건희 회장이 100위 안에 올라 있는데, 이 회장이 몇 년째 와병 중인 상황에서도 삼성전자 주식이 크게 오른 덕에 순위가 68위에서 45위로 껑충 뛰었습니다.

최근 들어 중국 기업인들이 억만장자 대열에 속속 진입하고 있다는 점이 눈에 띕니다. 12위에 오른 마화등馬化騰(마화텅) 텐센트 회장은 아시아 최고의 부자로, 게임과 인터넷 광고 사업에서 두각을 나타내고 있습니다. 그 뒤를 '중국 흙수저의 신화'라고 불리는 마운馬雲(마윈) 알리바바 회장이 19위로 따라가는 형국입니다. 중국에서는 대표적인 새해 덕담이 '부자 되세요'라는 뜻의 '공희발재恭喜發財(꽁시파차이)'일 만큼, 돈을 벌어 부자가 되는 일에 관심이 많으니, 앞으로 포브스 억만장자 순위에 이름을 올리는 중국 사람이 더 늘어날 것으로 전망됩니다.

'부운부귀浮雲富貴'라 하여 부귀를 뜬구름같이 여겼다는 공자의 후손들이 어찌 그리 부자가 되려들 하는가 싶지만, 이 대목이 나오는 『논어』의 〈술이述而〉 편을 꼼꼼이 읽어보면 공자는 '불의한 방법으로 얻은'이라고 뜬구름처럼 여길 부귀에 단서를 달았습니다. 정당한 방법으로 얻은 부귀에 대해서는 공자도 별 말이 없었으니, 괜찮다고 생각할 수도 있는 것 아닐까요. 그런 까닭에 사마천은 『사기』를 집필하면서 춘추 말기부터 전한 초기까지 상공업으로 부자가 된 사람들의 행적을 모아 『화식열전貨殖列傳』을 편찬하기도 했습니다.

사마천이 『화식열전』에서 소개한 중국 고대의 부자 가운데 한 사람이 범려范蠡로서, 그의 별명인 도주공陶朱公에서 유래한 '도주지부陶朱之富'라는 사자성어가 있습니다. 이 말은 글자 그대로 '도주공의 부유함'이라는 뜻으로, 흔히 큰 부자를 가리킵니다. 그러면 도주공 범려가 어떻게 큰 돈을 벌게 되었는지 살펴보겠습니다.

잘 알려진 것처럼 범려는 춘추시대 월나라 왕 구천勾踐의 참모였습니다. 구천은 범려의 간언을 듣지 않고 오나라를 공격했다가 대패하여 오나라 왕 부차夫差에게 곤욕을 치렀습니다. 이후 쓸개를 맛보며 뒷일을 도모해 다시 오나라를 멸망시킨 사적은 '와신상담臥薪嘗膽' 고사를 통해 살펴본 바 있습니다. 이때의 공적으로 범려는 상장군의 지위에 올랐으나, 구천의 인품으로 볼 때 '어려움은 함께할 수 있어도 즐거움은 함께할 수 없는 인물'이라고 판단해 가족들을 이끌고 제나라로 탈출했습니다. 제나라에서는 이름을 치이자피鴟夷子皮로 바꾸고 무역업을 시작했습니다.

범려가 무역업을 시작하게 된 계기는 구천이 회계산에서 복수를 다짐할 때 경제수석비서관 격으로 기용한 계연計然의 경제이론을 함께 들었던 데 있었습니다. 당시 계연은 자신의 이론을 이렇게 피력했습니다.

> 가뭄이 들면 배를 준비하고, 수해가 나면 수레를 준비해두는 것이 사물의 이치이다. 6년마다 풍년이 들고, 6년마다 가뭄이 들며, 12년마다 큰 기근이 닥친다. 무릇 곡식 값이 20전이면 농가가 힘들고, 90전이면 상인이 힘들다. 상인이 힘들면 재물이 나오지 않고, 농가가 힘들면 농지가 개간되지 않는다. 값이 올라도 80전을 넘지 않고 값이 내려도 30전 밑으로 내려가지 않아야 농가와 상인이 모두 이익을 본다.

『화식열전』에서는 이외에도 계연의 주장을 더 자세히 소개하고 있는데, 경제의 순환을 통해 부국을 꾀하는 거시경제이론으로 요약됩니다. 월나라는 계연의 경제정책을 실천에 옮겨 결국 10여 년의 준비 끝에 오나라를 무찔렀습니다. 범려는 계연의 경제정책이 모두 일곱 가지였는데 그 가운데 다섯 가지만으로도 오나라에 복수를 할 수 있었다고 생각했습니다. 그래서 아직 활용하지 않은 나머지 두 가지 계책을 써먹기로 하고 제나라로 옮겨 간 것이었습니다.

범려는 지금의 산동성 남서쪽에 위치한 도陶라는 지역에 자리를 잡고 주공朱公이라는 이름으로 무역업을 시작했습니다. 그로부터 19년간 때맞춰 물건을 사들였다가 되파는 식으로 세 번이나 천금을 모아 두 번은 가난한 친구들과 멀리 사는 친척들에게 나누어주었습니다. 나이가 든 후에는 자손들에게 사업을 넘겼는데, 그의 자손들도 뛰어난 경영능력을 보여 재산이 더 불어났습니다. 이런 까닭에 사마천은 『화식열전』 말미에서 "그래서 부자하면 다들 도주공을 손꼽는다"고 했고, 이것이 '도주지부'라는 말로 후세에 전해진 것입니다.

최근 중국 경제가 발전하면서 도주공의 후예라 부를 만한 중국 사람이 많이 늘어났습니다. 그런데 두 번이나 이웃에게 천금을 나눠주었다는 도주공의 기부정신을 배우는 사람은 그다지 많지 않은 것 같습니다. 2017년 세계기부지수에 따르면 중국은 139개국 중 138위로 거의 꼴찌를 차지했다고 합니다. 중국의 100대 기업가 중 기부금을 낸 사람이 고작 26명에 불과했으니 그럴 법도 합니다. 또 전체 기부금 중 마운 알리바바 회장 한 사람이 낸 금액이 88%를 차지했다니, 중국에서 진정한 '도주지부'를 이룩한 사람은 아직 마운 회장 한 사람에 불과한 모양입니다.

고전 읽기

『논어論語』

불의하면서 부유하고 또 귀한 것은 내게 뜬구름과 같다.

• • • •

원문 不義而富且貴, 於我如浮雲.

『사기史記』〈화식열전〉

옛날에 월왕 구천이 회계산에서 곤욕을 치르면서 범려와 계연을 등용했다. 계연은 이렇게 말했다. "전쟁이 있을 것을 알면 방비를 해야 하고, 때맞춰 쓸 것이라면 물자에 대해 알아야 합니다. 이 두 가지에 밝게 되면 모든 물자의 상황을 살펴볼 수 있게 됩니다. 그러므로 한 해를 상징하는 별이 서쪽에 있으면 풍년이 들고, 북쪽에 있으면 수해가 나며, 동쪽에 있으면 기근이 들고, 남쪽에 있으면 가뭄이 듭니다. 가뭄이 들면 배를 준비하고 수해가 나면 수레를 준비해두는 것이 사물의 이치입니다. 6년마다 풍년이 들고, 6년마다 가뭄이 들며, 12년마다 큰 기근이 닥칩니다. 무릇 곡식 값이 20전이면 농가가 힘들고, 90전이면 상인이 힘듭니다. 상인이 힘들면 재물이 나오지 않고, 농가가 힘들면 농지가 개간되지 않습니다. 값이 올라도 80전을 넘지 않고 값이 내려도 30전 밑으로 내려가지 않아야 농가와 상인이 모두 이익을 봅니다. 곡식값을 안정시키고 물가를 조정하여 관문關門이나 시장에 물자가 부족해지지 않는 것이야말로 나라를 다스리는 길입니다. 물자를 축적하는 원칙은 물자를 완비하는 데 힘써 놀고 있는 돈을 없애는 것입니다. 물자를 서로 무역하여 부패하여 좀먹기 쉬운 물자를 남기지 말고, 쌓아두고 값이 오르기를 바라지 말아야 합니다. 남아도는 것과 부족한 것을 따져보면 물자의 귀천을 알게 됩니다. 귀함이 끝까지 오르면 천함으로 돌아가고, 천함이 끝까지 내려가면 귀함으로 돌아갑니다. 귀하면 썩은 흙처럼 쏟아내다가도 천하면 옥구슬처럼 거두어갑니다. 물자와 돈은 흐르는 물처럼 운행하려고 한다는 것입니다." 이를 실천에 옮겨 10년이 되자 나라가 부유해졌다. 병사들을 후하게 대접하자 화살과 돌멩이를 무릅쓰고 나아가는 것이 목 마를 때 물을 찾는 듯했다. 마침내 강대한 오나라에 복수하고 중원에서 군대를 사열하니, '춘추오패春秋五霸'의 하나로 일컬어지게 되었다.

범려가 회계산에서의 치욕을 씻고 나서 탄식하며 이렇게 말했다. "계연의 계책이 일곱 가지였는데, 월나라는 그 가운데 다섯 가지를 써서 뜻을 이루었다. 이미 나라에 시행했으니 나는 이를 집에서 쓰고자 한다." 그리고는 조각배에 올라 강호를 누볐다. 성과 이름을 바꾸어 제나라에 가서는 치이자피라 하고, 도陶 지방으로 가서는 주공이라 했다. 주공은 도 지방이 천하의 중앙으로서 제후국과 사방으로 통하여 물자를 교역할 만한 곳이라고 판단했다. 이에 사업을 경영하고 물자를 모아 시세時勢를 따라가되 남에게 책임을 묻지 않았다. 그러므로 사업을 잘 경영하는 이는 사람을 잘 뽑고 시기에 맞추는 데 능하다는 것이다. 19년 동안 세 번 천금을 모았는데, 두 번은 가난한 친구들과 멀리 사는 친척들에게 나눠주었다. 이것이 이른바 '부유하면서도 은덕을 베풀기 좋아한다'는 것이다. 후년에 노쇠해져서는 사업을 자손에게 맡겼다. 자손이 사업을 수행하며 더 발전시켜 마침내 억만장자가 되었다. 그래서 부자를 말할 때는 모두 도주공을 일컫는 것이다.

• • • •

원문 昔者越王句踐困於會稽之上, 乃用范蠡計然. 計然曰, 知鬪則修備, 時用則知物, 二者形則萬貨之情可得而觀已. 故歲在金穰, 水毁, 木饑, 火旱. 旱則資舟, 水則資車, 物之理也. 六歲穰, 六歲旱, 十二歲一大饑. 夫糶, 二十病農, 九十病末. 末病則財不出, 農病則草不辟矣. 上不過八十, 下不減三十, 則農末俱利, 平糶齊物, 關市不乏, 治國之道也. 積著之理, 務完物, 無息幣. 以物相貿易, 腐敗而食之貨勿留, 無敢居貴. 論其有餘不足, 則知貴賤. 貴上極則反賤, 賤下極則反貴. 貴出如糞土, 賤取如珠玉. 財幣欲其行如流水. 修之十年, 國富, 厚賂戰士, 士赴矢石, 如渴得飮, 遂報彊吳, 觀兵中國, 稱號五霸. 范蠡旣雪會稽之恥, 乃喟然而歎曰, 計然之策七, 越用其五而得意. 旣已施於國, 吾欲用之家. 乃乘扁舟浮於江湖, 變名易姓, 適齊爲鴟夷子皮, 之陶爲朱公. 朱公以爲陶天下之中, 諸侯四通, 貨物所交易也. 乃治產積居, 與時逐而不責於人. 故善治生者, 能擇人而任時. 十九年之中三致千金, 再分散與貧交疏昆弟. 此所謂富好行其德者也. 後年衰老而聽子孫, 子孫脩業而息之, 遂至巨萬. 故言富者皆稱陶朱公.

술잔 속에 비친 활 그림자

배궁사영杯弓蛇影

그러자 응침이 두선에게 말했다.
"이것은 벽에 걸린 활의 그림자일 뿐, 다른 어떤 이상한 것이 있는 것이 아니네."
두선은 마침내 근심이 풀려 몹시 기뻐했고, 그로부터 병도 나았다.
- 응소, 『풍속통의』 〈괴신〉

2017년에 있었던 제89회 아카데미상 시상식에서 벌어진 해프닝이 생각납니다. 미국 최대의 영화상인 이 행사의 마지막 순서에서 작품상이 뒤바뀌는 웃지 못할 일이었습니다. 당시 우리나라에도 이 시상식이 생방송으로 중계되어 저도 TV로 시청하고 있었습니다. 〈라라랜드La La Land〉가 작품상까지 수상하면서 최고의 영화로 평가받는구나 하는 순간에, 갑자기 무대가 웅성거리면서 혼란에 빠져 시청자들을 어리둥절하게 했습니다.

당시 상황을 되짚어보면 이러합니다. 원로 배우인 워렌 비티와 페이 더너웨이가 나와 붉은색 봉투를 열고, 작품상 수상작으로 〈라라랜드〉를 호명합니다. 환호성과 함께 〈라라랜드〉의 제작자인 조단 호로위츠 등 세 사람이 차례로 수상소감을 밝히던 도중 갑자기 무대가 어수선해집니다. 진행자가 황급히 뛰어나와 봉투를 다시 확인했는데, 그것은 작품상이 아니라 여우주연상 수상자 발표용이었습니다. 봉투가 뒤바뀌었던 것입니다.

수상작 발표자로 나섰던 워렌 비티와 〈라라랜드〉 제작자로 수상소감을 밝혔던 조단 호로위츠가 사태를 파악하고 급히 수습에 나섭니다. 조단 호로위츠는 "농담을 하는 게 아니다"라며 작품상 수상작이 적힌 카드를 높이 들어 보여주었고, 워렌 비티가 나서서 해프닝의 경위를 설명합니다. 봉투를 열어보니 "엠마 스톤, 라라랜드"로 되어 있어서 다소 의아하게 생각했지만, 그것을 페이 더너웨이에게 바로 건네 "라라랜드"로 발표하게 되었다는 것입니다. 그리고는 다시 작품상은 〈문라이트Moonlight〉라고 정정해 발표합니다.

아카데미 시상식 진행을 맡은 프라이스 워터하우스 쿠퍼스 측에서는 이 해프닝의 내막을 조사해, 봉투를 잘못 건넨 직원 두 사람의 잘못을 물어 회사에서 해고했다고 밝혔습니다. 알고 보니 봉투가 모두 똑같아서 생긴 단순한 착각이 아니었던 것입니다. 사실은 이 직원이 휴대폰으로 막 여우주연상을 수상하고 무대에서 내려온 엠마 스톤의 사진을 찍어 트위터에 올리느라 한눈을 팔다가, 여우주연상 시상 봉투를 작품상 시상자에게 잘못 건넸던 것으로 밝혀졌습니다.

인간의 주의력이나 집중력은 이처럼 한계가 있어서, 한꺼번에 여러 가지 일을 하려고 하면 탈이 생기는 것 같습니다. 착각은 꼭 한눈을 팔 때만 생기는 것이 아닙니다. 가끔 우리는 여러 가지 요인에 의해 사물을 통상의 경우와 달리 지각할 수 있습니다. 이러한 현상을 보여주는 고사성어로 '배궁사영杯弓蛇影'이라는 말이 있습니다. "술잔 속에 비친 활 그림자를 뱀으로 착각하다"는 뜻인데, 중국 한나라 응소應劭가 지은 『풍속통의風俗通義』와 『진서晉書』〈악광전樂廣傳〉에 비슷한 내용이 전합니다.

『풍속통의』에서는 저자인 응소가 할아버지 응침應郴의 이야기를 전합니다. 응침이 급현汲縣의 현령으로 부임했을 때 현청의 아전으로 두선杜宣이라는 이가 있었습니다. 이 사람이 응침에게 인사를 왔기에 응침이 술을 한 병 내왔는데, 그때 현청의 북쪽 벽에 걸려 있던 뱀 모양의 붉은색 활이 술잔에 비칩니다. 두선은 술을 마시려고 술잔을 들었다가, 잔 속에 뱀이 들어 있는 것을 보고 기겁하여 술을 마시지 못합니다.

두선은 그날로 가슴과 배에 통증을 느껴 음식을 먹지 못했고, 이런 저런 약을 써보았지만 좀처럼 병이 낫지 않았습니다. 나중에 응침이 일이 있어 두선의 집에 들렀다가 두선이 몸져누운 상황을 알게 됩니다. 응침이 연고를 물으니 두선은 술잔에 있던 뱀이 뱃속으로 들어간 것 같다고 대답합니다. 응침이 괴이하게 여겨 현청으로 돌아와 당시 술을 마셨던 주변을 살펴봅니다. 그러던 중 벽에 걸린 뱀 모양의 활을 발견하고 필시 저것 때문이로구나 생각합니다.

응침은 곧장 현령의 수레를 내어 두선을 데려오게 했고, 그전에 술을 마셨던 곳에 다시 술상을 차리니 술잔 속에 다시 뱀의 형상이 나타납니다. 그러자 두선에게 "당신이 보았다는 뱀은 사실 실제 뱀이 아니라 벽에 걸린 활의 그림자였다"고 설명해줍니다. 두선은 그제야 뱀이 몸속에 들어가 병이 생긴 것이 아니라는 것을 알게 되었고, 가슴과 배에 느껴졌던 통증도 말끔히 가십니다. 이 이야기가 『진서』 〈악광전〉에서는 악광이 주인공으로 등장하는데, 내용은 대동소이합니다.

'배궁사영' 고사의 근간을 이루는 것은 『풍속통의』에서도 소개하고 있듯이, 『장자』 〈달생達生〉 편에 보이는 제나라 환공桓公의 이야기입니다. 환공이 관중이 모는 수레를 타고 어느 소택지로 사냥을 나갔다가 귀신을 보고는, 관중의 손을 잡으면서 "그대는 무엇을 보았느냐?"고 묻습니다. 관중은 아무것도 보지 못했다고 답했지만, 환공은 사냥에서 돌아와 시름시름 앓더니 며칠 동안 문밖출입을 못할 정도가 됩니다. 그러자 황자고오皇子告敖라는 사람이 환공을 알현하여 이렇게 설명해 줍니다.

> 스스로 자신을 상하게 하는 것이지 귀신이 어찌 전하를 상하게 할 수 있겠습니까? 몸에 쌓였던 기운이 아래로 내려가지 못하면 사람이 화를 내게 되고, 위로 통하지 않으면 잘 잊어버리게 되며, 위아래로 모두 움직일 수 없게 되면 병이 생기는 법입니다.

그러자 환공이 정말 귀신이 있느냐고 묻습니다. 황자고오는 귀신은 물에도 있고, 산에도 있고, 들에도 있고, 부뚜막에도 있다고 대답합니다. 환공이 다녀왔던 소택지에도 귀신이 있는데, 이 귀신의 이름은 위이委蛇라고 알려줍니다. 환공이 위이가 어떻게 생겼느냐고 묻자, 황자고오는 이 위이라는 귀신은 자주색 옷을 입고 붉은색 갓을 쓴다고 대답합니다. 그런데 이 귀신은 수레 소리를 싫어해서 수레 소리를 들으면 머리를 움켜쥐고 서 있으며, 이 귀신을 본 사람은 천하의 권력을 쥐게 된다는 이야기도 들려줍니다. 그러자 환공은 빙그레 웃으며 "내가 본 것이 바로 이 귀신"이라고 했고, 그의 병도 곧 나았습니다.

따지고 보면 소택지에서 위이라는 귀신을 만난 제나라 환공도, '배궁사영' 고사에서 술잔 속의 뱀을 본 두선이라는 사람도, 아카데미 시상식에서 작품상 봉투를 잘못 건넨 직원도 모두 스스로 만든 세계에서 무엇인가를 본 것입니다. 천하를 휘어잡으려는 야심이 귀신으로도 나타나고, 괜한 헛것을 보고 병을 얻기도 하고, 딴 데 마음을 두다 큰 실수를 저지르기도 하는 것입니다. 마음 씀이 그만큼 중요하다는 증거라 하겠습니다.

고전 읽기

응소應劭, 『풍속통의風俗通義』 〈괴신怪神〉

나의 조부 응침應郴이 급현汲縣의 현령이 되었는데, 하지 날에 주부主簿 두선杜宣이 찾아와 뵙기를 청하여 그에게 술을 내려주었다. 그때 북쪽 벽에 걸려 있던 붉은색 활이 **술잔에 비친 모습이 마치 뱀 같았다.** 두선은 뱀이 두렵고 싫었으나 감히 술을 마시지 않을 수는 없었다. 그날로 두선은 가슴과 배에 극심한 통증이 생겨 먹고 마실 수가 없었다. 그로 인해 매우 쇠약해져 온갖 치료법을 다 써보았으나 낫지 않았다. 나중에 응침이 일이 있어 두선의 집에 갔다가, 그의 안부를 묻고 병을 얻은 이유를 물었다.

두선은 이렇게 대답했다. "그 뱀이 두려웠는데, 뱀이 제 뱃속으로 들어왔습니다."

응침은 청사로 돌아와 한참 동안 생각하다가 걸려 있는 활을 보고 틀림없이 그것 때문임을 알게 되었다. 그리하여 문 아래 거주하는 관리를 시켜 수행원을 데리고 천천히 수레를 끌고 가서 두선을 데려오게 했다. 그리고 예전 그 자리에 술상을 차리니 술잔 속에 전처럼 다시 뱀이 있었다.

그러자 응침이 두선에게 말했다. "이것은 벽에 걸린 활의 그림자일 뿐, 다른 어떤 이상한 것이 있는 것이 아니네."

두선은 마침내 근심이 풀려 몹시 기뻐했고, 그로부터 병도 나았다. 두선은 관직이 상서에 이르렀고, 네 군의 태수를 역임하며 위엄과 명망을 얻었다.

• • • •

원문 予之祖父郴, 爲汲令, 以夏至日詣見主簿杜宣, 賜酒. 時北壁上有懸赤弩, 照於杯, 形如蛇. 宣畏惡之, 然不敢不飮. 其日, 便得胸腹痛切, 妨損飮食. 大用羸露, 攻治萬端, 不爲愈. 後郴因事過至宣家, 闚視, 問其變故, 云, 畏此蛇, 蛇入腹中. 郴還聽事, 思惟良久, 顧見懸弩, 必是也. 則使門下史將鈴下侍徐扶輦載宣. 於故處設酒, 盃中故復有蛇, 因謂宣, 此壁上弩影耳, 非有他怪. 宣遂解, 甚夷懌, 由是瘳平, 官至尚書, 歷四郡, 有威名焉.

『장자莊子』〈달생達生〉

환공桓公이 소택지에서 사냥을 할 때 관중管仲이 수레를 몰았는데, 관중이 귀신을 보았다.

환공은 관중의 손을 잡으며 이렇게 말했다. "그대는 무엇을 보았소?"

관중은 이렇게 대답했다. "신은 아무것도 보지 못했습니다."

환공은 궁궐로 돌아와 탄식하다 병을 얻어 며칠 동안 문밖출입을 하지 않았다.

제나라의 선비인 황자고오皇子告敖가 이렇게 말했다. "공 스스로 자신을 상하게 하는 것이지 귀신이 어찌 공을 상하게 할 수 있겠습니까? 분한 마음이 쌓인 기운이 흩어져 돌아오지 않으면 기가 모자라게 됩니다. 위로 올라갔다가 아래로 내려가지 못하면 사람이 화를 내게 되고, 위로 통하지 않으면 잘 잊어버리게 되며, 위아래로 모두 움직일 수 없게 되면 병이 생기는 법입니다."

환공이 말했다. "그렇다면 귀신이 있는가?"

"있습니다. 진흙탕에는 이履라는 귀신이 있고, 부뚜막에는 결髻이라는 귀신이 있으며, 집안의 쓰레기통에는 뇌정雷霆이라는 귀신이 있습니다. 동북방 아래쪽에는 배아倍阿와 해롱鮭龍이라는 귀신이 날뛰고 있고, 서북방 아래쪽에는 일양泆陽이라는 귀신이 살고 있습니다. 물에는 망상罔象이 있고, 구릉에는 신峷이 있고, 산에는 기夔가 있고, 들에는 방황彷徨이 있고, 소택지에는 위이委蛇가 있습니다."

환공이 말했다. "그럼 묻겠는데, 위이는 생김새가 어떠한가?"

황자고오가 말했다. "위이는 그 크기가 수레바퀴 통만 하고, 길이가 수레의 멍에만 하며, 자줏빛 옷에 붉은 관을 쓰고 있습니다. 이 귀신의 특징은 천둥과 수레 소리 듣기를 싫어해 머리를 움켜쥐고 서 있습니다. 이를 본 사람은 패자霸者가 됩니다."

환공은 빙그레 웃으면서 말했다. "이 귀신이 내가 본 그 녀석이다."

그리고는 의관을 바로 하여 황자고오와 더불어 앉아 있었는데, 그날이 다 가기 전에 어느새 병이 다 나았다.

• • • •

원문 桓公田於澤, 管仲御, 見鬼焉. 公撫管仲之手曰, 仲父何見. 對曰, 臣无所見. 公反, 誒詒爲病, 數日不出. 齊士有皇子告敖者曰, 公則自傷, 鬼惡能傷公. 夫忿滀之氣, 散而不反, 則爲不足. 上而不下, 則使人善怒, 下而不上, 則使人善忘. 不上不下, 中身當心, 則爲病. 桓公曰, 然則有鬼乎. 曰, 有. 沈有履, 灶有髻, 戶內之煩壤, 雷霆處之. 東北方之下者, 倍阿鮭龍躍之, 西北方之下者, 則泆陽處

之. 水有罔象, 丘有峷, 山有夔, 野有彷徨, 澤有委蛇. 公曰, 請問, 委蛇之狀何如. 皇子曰, 委蛇, 其大如轂, 其長如轅, 紫衣而朱冠. 其爲物也, 惡聞雷車之聲, 則捧其首而立. 見之者殆乎霸. 桓公䩄然而笑曰, 此寡人之所見者也. 於是正衣冠與之坐, 不終日而不知病之去也.

농 땅을 얻고 나서

평롱망촉平隴望蜀

사람이란 참으로 만족할 줄 몰라 농 땅을 평정하고 나니 촉 땅을 바라보게 되는구나.
매번 군사를 일으킬 때마다 머리카락이 희어진다.
- 『후한서』 〈잠팽전〉

어떤 분이 쓴 글을 보니 은퇴 후에 두고두고 읽을 책 500권의 목록을 작성 중이라는 내용이 있었습니다. 이 말이 크게 와닿아 저도 따라 해보기로 다짐했습니다. 500권의 목록을 만들려면 먼저 최소한 500권의 책을 읽어야 합니다. 또 건성건성 읽어서는 안 되고, 책의 내용을 꼼꼼히 살펴 서가에 잘 보관해두고 읽고 또 읽을 만한 책인지 평가를 내려야 합니다. 이렇게 하다 보면 독서의 양과 질이 모두 좋아질 것 같습니다.

벌써 500권 목록의 후보로 유력하게 떠오르는 책도 없지 않습니다. 그 가운데 하나는 베를린 예술대학의 한병철 교수가 지은 『피로사회』라는 책입니다. 이 책을 읽고 난 느낌은 『노자老子』가 현대판으로 나왔구나 하는 것이었습니다. 시집처럼 아담한 크기에 100페이지 남짓한 분량도 그랬지만, 무엇보다도 누구나 그렇다고 생각하는 것을 뒤엎는 전복성이 놀라웠습니다. 넘쳐나는 긍정이 일종의 폭력이 되어 고갈을 초래한 결과, "우울한 인간은 노동하는 동물로서 자기 자신을 착취한다"고 했습니다.

이 책에서 한병철 교수는 또 두 가지 형태의 힘에 대해서 얘기했습니다. 하나는 긍정적 힘으로서 무언가를 할 수 있는 힘이고, 다른 하나는 부정적 힘으로서 하지 않을 수 있는 힘이라고 했습니다. 지난 2016년 리우올림픽에서 펜싱의 박상영 선수는 모두가 불가능이라고 생각하는 순간, '할 수 있다'를 되뇌며 집중한 결과 기어코 금메달을 따냈습니다. 이것이 긍정적 힘입니다. 그러나 저자는 오히려 부정적 힘의 중요성을 설파합니다. 세상만사를 상대로 '할 수 있다'고 덤벼든다면, 결국 '피로사회'가 될 수밖에 없다고 진단합니다. 그래서 그의 제안은 이러합니다.

> 인간은 어떤 자극에 즉시 반응하지 않고 속도를 늦추고 중단하는 본능을 발휘하는 법을 배워야 한다.

『피로사회』라는 책과 더불어 생각해볼 만한 고사성어로 '평롱망촉平隴望蜀'이 있습니다. '평롱'은 '농'이라는 땅을 평정한다는 뜻이고, '망촉'은 '촉'이라는 땅을 바라본다는 뜻이니, 농 땅을 얻고 나서 다시 촉 땅을 탐낸다는 말입니다. 이 말로 흔히 사람의 욕심이 끝이 없음을 나타내는데, 그 유래를 이해하기 위해서는 중국의 지리에 대한 약간의 지식이 필요합니다.

현재의 중국은 23개의 성으로 이루어져 있는데, 서쪽에 위치한 주요한 성으로 감숙성甘肅省과 사천성四川省이 있습니다. 이해하기 쉽게 말하자면 농이라는 땅은 감숙성에 속하고, 촉이라는 땅은 사천성에 속한다고 하겠습니다. 고대의 중국은 대체로 감숙성과 사천성이 국경을 이루었고, 동쪽에서 남서쪽으로 가자면 농 땅을 거쳐 촉 땅으로 들어서게 됩니다.

본격적으로 '평롱망촉'의 고사를 알아보기 위해 『후한서後漢書』〈잠팽전岑彭傳〉을 살펴보겠습니다. 중국의 한나라는 외척들의 권력투쟁으로 국운이 기울기 시작하다, 서기 8년 무렵에 이르러 왕망王莽이라는 권세가가 평제平帝를 독살하고 결국 한나라를 멸망시켰습니다. 그는 스스로 제위에 올라 국호를 신新이라 했는데, 이러한 혼란한 틈을 타 전국 각지에서 황제를 칭하는 군벌들이 난립했습니다. 그 가운데 외효隗囂와 공손술公孫述이라는 인물은 각각 농 땅과 촉 땅을 차지한 군벌이었습니다.

한나라를 건국한 유방劉邦의 후손으로 후한後漢을 세운 광무제 유수劉秀는 군벌들이 차지하고 있던 땅을 하나씩 되찾아갔습니다. 외효와 공손술이 마지막까지 유수에 저항했는데, 둘 중에서 세력이 더 약했던 외효가 공손술과 유수 사이를 오가며 등거리 외교를 펼쳤습니다. 유수 휘하의 잠팽岑彭이라는 장수가 유수를 따라 농 땅의 외효를 공격하자 공손술이 원군을 보내왔습니다. 이에 유수는 몇몇 장수를 남겨 외효를 포위하게 하고 자신은 동쪽으로 돌아갔습니다. 유수가 돌아가면서 잠팽에게 내린 조서에 '평롱망촉'이라는 말이 등장합니다. 조서의 내용은 이러합니다.

> 외효의 두 성이 함락되거든 곧장 군사를 거느리고 남쪽으로 촉나라 오랑캐를 쳐라. 사람이란 참으로 만족할 줄 몰라 농 땅을 평정하고 나니 촉 땅을 바라보게 되는구나. 매번 군사를 일으킬 때마다 머리카락이 희어진다.

휘하 장수에게 공격을 명하는 조서치고는 다분히 감상적입니다. 만족을 모르는 인간의 본성과 '할 수 있다'는 긍정적 마인드로 농 땅에 이어 촉 땅까지 평정하고자 하지만, 그렇게 한 번씩 생사를 건 전투를 벌일 때마다 조금씩 늙어간다고 했습니다. 후인들은 유수를 두고 후한을 건국한 영웅이라 칭송해 마지않건만, 정작 본인은 '피로사회'에 살고 있음을 호소하고 있는 것입니다.

'평롱망촉'은 『진서晉書』 〈선제기宣帝記〉에 다시 조조曹操의 말로 등장합니다. 조조의 군대가 한중漢中이라는 지역을 차지하고 난 후, 휘하의 장수 사마의司馬懿(후의 진나라 선제)는 여세를 몰아 익주益州의 유비를 쳐야 한다고 주장합니다. 그러나 이에 대한 조조의 반응은 의외였습니다.

> 사람들은 만족할 줄 몰라 농 땅을 얻고 나면 다시 촉 땅을 얻으려고들 하는구나.

조조가 여기서 '농 땅을 얻는다'는 뜻으로 '득롱得隴'이라는 말을 쓰면서, '평롱망촉'을 '득롱망촉得隴望蜀'이라고도 합니다. 조조는 때를 놓치면 안 된다는 참모들의 간언을 물리치고, 결국 촉의 유비를 공격하지 않았습니다. 후대에 조조의 이런 판단을 두고 시비를 논한 이가 많지만, 조조가 광무제 유수의 말을 떠올리며 크게 공감한 측면이 있었던 것이 아닌가 싶습니다. '할 수 있다'는 긍정의 마인드로 한 번씩 전투를 벌일 때마다 조금씩 늙어간다는 이야기 말입니다. 성과 위주의 사회에 장단을 맞추어 긍정이 과잉된 상태로 하루하루를 살아가는 삶은 '평롱망촉'의 욕심과 만날 때 그 위험성이 더욱 커질 것이기에, 저는 일찌감치 『피로사회』라는 책을 두고두고 읽을 500권 목록에 넣어두고자 합니다.

고전 읽기

『후한서後漢書』 〈잠팽전岑彭傳〉

건무建武 8년(서기 32년) 잠팽岑彭은 군사를 이끌고 광무제를 따라 천수天水를 격파하고, 오한吳漢과 함께 서성西城에서 외효隗囂를 포위했다. 이때 공손술公孫述의 장수 이육李育이 군사를 이끌고 외효를 구원하며 상규上邽를 수비하니, 광무제는 개연蓋延과 경엄耿弇을 남겨 그를 포위하게 하고 동쪽으로 돌아갔다.

그리고는 잠팽에게 조서를 남겨 이렇게 말했다. "외효의 두 성이 함락되거든 곧장 군사를 거느리고 남쪽으로 촉나라 오랑캐를 쳐라. 사람이란 참으로 만족할 줄 몰라 **농 땅을 평정하고 나니 촉 땅을 바라보게 되는구나**. 매번 군사를 일으킬 때마다 머리카락이 희어진다."

잠팽은 이에 서성으로 유입되는 골짜기의 물을 차단했는데, 성에서 아직 무너지지 않은 것은 한 길 남짓이었다. 외효의 장수 행순과 주종이 촉의 구원병을 거느리고 당도하니, 외효는 포위를 뚫고 기로 돌아갈 수 있었다. 한나라 군대는 식량이 떨어져 군수품에 불을 지르고 군대를 이끌어 농으로 내려왔고, 개연과 경엄도 그를 따라 철수했다. 외효가 군대를 출동시켜 후미에서 여러 군영을 치기에 잠팽이 후방을 차단하고 외효를 저지한 까닭에 여러 장수들이 군대를 온전히 하여 동쪽으로 돌아올 수 있었다. 잠팽도 진향으로 되돌아갔다.

• • • •

원문 八年, 彭引兵從車駕破天水, 與吳漢圍隗囂於西城. 時公孫述將李育將兵救囂, 守上邽, 帝留蓋延耿弇圍之, 而車駕東歸. 勑彭書曰, 兩城若下, 便可將兵

南擊蜀虜. 人苦不知足, 旣平隴, 復望蜀. 每一發兵, 頭鬚爲白. 彭遂壅谷水灌西城, 城未沒丈餘. 囂將行巡周宗將蜀救兵到, 囂得出還冀. 漢軍食盡, 燒輜重, 引兵下隴, 延岑亦相隨而退. 囂出兵尾擊諸營, 彭殿爲後拒, 故諸將能全師東歸. 彭還津鄉.

『**진서**晉書』〈**선제기**宣帝記〉

선제宣帝는 조조曹操(위무제)를 따라 장노張魯를 토벌하면서 조조에게 이렇게 말했다. “유비가 거짓과 무력으로 유장을 포로로 잡고 있고, 촉 사람들도 아직 귀의하지 않은 상태에서 멀리 강릉을 다투고 있으니, 이런 기회를 놓치시면 안 됩니다. 지금 만약 한중에서 위세를 과시한다면 익주가 진동할 것이고, 군대를 보내 가까이 압박하면 형세상 필시 와해될 것입니다. 이런 형세를 타야 공업을 세우기가 쉽습니다. 성인이 천시를 거스르지 못한 것은 또한 때를 놓칠 수 없기 때문입니다.”

조조는 이렇게 말했다. “사람들은 만족할 줄 몰라 농 땅을 얻고 나면 다시 촉 땅을 얻으려고들 하는구나.”

그리고는 결국 선제의 말에 따르지 않았다. 얼마 후 선제는 다시 조조를 따라 손권孫權을 토벌하여 격파했다. 군대가 개선할 때 손권이 사신을 보내 투항을 알리면서, 표를 올려 신하로 자처하고 천명에 따르노라고 진술했다.

조조는 이렇게 말했다. “이 녀석이 나를 화로의 석탄 위에 올려놓으려 하는구나.”

선제가 이렇게 대답했다. “한나라의 명운이 종말에 가까워지고 전하께서 천하의 열 가운데 아홉을 차지하고 계시기에 복종하고 섬기겠다는 것입니다. 손권이 신하를 자처한 것은 하늘과 사람의 뜻입니다. 우나라, 하나라, 은나라, 주나라가 겸양하지 않은 것은 하늘을 두려워하고 천명을 알았기 때문입니다."

• • • •

원문 從討張魯, 言於魏武曰, 劉備以詐力虜劉璋, 蜀人未附而遠爭江陵, 此機不可失也. 今若曜威漢中, 益州震動, 進兵臨之, 勢必瓦解. 因此之勢, 易爲功力. 聖人不能違時, 亦不失時矣. 魏武曰, 人苦無足, 既得隴右, 復欲得蜀. 言竟不從. 既而從討孫權, 破之. 軍還, 權遣使乞降, 上表稱臣, 陳說天命. 魏武帝曰, 此兒欲踞吾著爐炭上邪. 答曰, 漢運垂終, 殿下十分天下而有其九, 以服事之. 權之稱臣, 天人之意也. 虞夏殷周不以謙讓者, 畏天知命也.

무릉의 복사꽃 피는 이상향

무릉도원武陵桃源

문득 복사꽃 숲을 만났는데 양쪽 강기슭으로 몇백 보가 이어지는 가운데
잡스런 나무가 없었고, 향기로운 풀이 신선하고 아름다웠으며,
떨어진 꽃잎이 땅에 가득해 어부는 매우 기이하게 여겼다.
- 도연명, 〈도화원기〉

문화재청의 발표에 따르면, 외국에 유출된 후 오지 못하고 있는 문화재가 무려 7만 6천여 점에 달한다고 합니다. 이 가운데 특히 우리 국민의 관심을 끄는 것이 일본 중요문화재 제1152호로 지정된 〈몽유도원도夢遊桃源圖〉입니다. 일본 덴리天理대학 중앙도서관에 소장된 이 그림은 조선 초기의 화가 안견安堅이 세종 29년인 1447년에 그린 것으로, 안평대군이 도원을 노닌 꿈을 화폭에 옮긴 것으로 알려져 있습니다.

안평대군은 〈몽유도원도〉에 쓴 〈기문記文〉에서 꿈의 내용을 이렇게 전합니다.

그 골짜기에 들어가니 마을이 넓게 트여 2,3리쯤 될 듯하며, 사방의 산이 바람벽처럼 치솟고, 구름과 안개는 자욱한데, 멀고 가까운 도화 숲이 어리비치어 붉은 놀이 떠오르고, 또 대나무 숲과 초가집이 있는데 싸리문은 반쯤 열려 있고 흙섬돌은 이미 무너졌으며 닭과 개와 소와 말은 없고,

앞 시내에 조각배가 있어 물결을 따라 오락가락하니, 정경이 소슬하여 신선의 마을과 같았다.

안평대군이 꿈에 보았다는 도원이 도연명陶淵明이 말한 무릉도원武陵桃源과 흡사하다는 것은 새삼 설명할 필요가 없겠습니다. 도연명은 〈도화원기桃花源記〉라는 글에서 무릉의 어부가 우연히 발견한 동굴 속의 마을을 소개했는데, 이들은 진나라 때의 폭정을 피해 그곳에 숨어 살기 시작해 결국 몇백 세월을 그렇게 보냈다고 했습니다. 이 역시 지어낸 이야기이기는 하지만, 이 마을의 평화로운 모습은 안평대군의 꿈 이야기와 거의 같습니다. 다만 도연명의 '무릉도원'에서 "닭과 개 짖는 소리가 들린다"고 한 것을, 안평대군은 "닭과 개와 소와 말이 없다"고 반대로 말한 것으로 보아, 안평대군이 가축을 썩 좋아하지 않았던 것으로 추정됩니다.

도연명이 그려낸 이상향 '무릉도원'은 한마디로 말해서, 외부 세계와 차단되어 일반 사회의 폭압적 정치나 부패 등에 물들지 않은 채 인간 본연의 심성으로 살아가는 사회를 가리킵니다. 이런 생각은 노장사상에 근원을 두고 있습니다. 『장자』 〈소요유逍遙遊〉 편을 보면, 생사와 시비 또는 지식과 마음이 없고, 존재하는 것도 없고 할 일도 없는 '무하유향無何有鄕'이란 것을 소개합니다. 여기에는 인간이 선과 악을 구분할 줄 알게 되면서 에덴동산에서 쫓겨났듯이, 낙원에서는 일체의 차별적 관념이 없어야 한다는 생각이 깔려 있습니다.

더 거슬러 올라가면 『노자』에서 무릉도원의 원형을 찾아볼 수 있습니다. 『노자』 제80장을 우리말로 옮겨보면 이러합니다.

> 인구가 적은 작은 나라, 열 가지 백 가지 기계가 있으나 쓰이지 않도록 하십시오. 백성 죽음을 중히 여겨 멀리 이사 가는 일이 없게 하십시오. 비록 배와 수레가 있어도 타는 일이 없고, 비록 갑옷과 무기가 있어도 내보일 일이 없습니다.

'소국과민小國寡民'이라는 말이 여기에서 비롯되었습니다. 면적도 작고 인구도 적어야 좋은 나라라는 뜻입니다. 노자가 다시 태어난다면 이런 기준에 부합하는 스위스나 덴마크에서 살고 싶어할 듯합니다. 『노자』 제80장을 마저 읽어보겠습니다.

> 사람들 다시 노끈을 매어 쓰도록 하고, 음식을 달게 여기며 먹도록 하고, 옷을 아름답게 생각하며 입도록 하고, 거처를 편안하게 생각하며 살도록 하고, 풍속을 즐기도록 하십시오. 이웃 나라가 서로 바라보이고, 닭 우는 소리 개 짖는 소리가 서로 들리지만, 사람들 늙어 죽을 때까지 서로 왕래하는 일이 없습니다.

노끈을 매어 쓴다는 것은 원시적인 의사소통 수단인 결승문자結繩文字를 가리킵니다. 생활이 아주 단순해지면 결승문자로도 충분할지 모르겠습니다. 의식주에서는 욕심 부리지 말고 소박하게 살라고 했습니다. 이웃나라에서 닭 우는 소리가 들릴 만큼 가까이 붙어 살아도 서로 왕래는 하지 말라 했는데, 이는 완전 자급자족의 사회라서 무역이 필요 없다는 뜻입니다. 해외여행도 가지 말라 하니, 평화로울 수는 있어도 재미는 없겠다는 생각이 듭니다.

동양의 이상향을 대표하는 도연명의 '무릉도원'은 곧잘 서양의 이상향인 '유토피아'와 비교됩니다. 토마스 모어의 책에 묘사된 상상의 '유토피아'는 인구 10만 명의 섬나라입니다. 카리브해의 그레나다나 남태평양의 통가 같은 나라를 연상하면 되겠습니다. 유토피아에서는 각자 시장에 가서 자기가 필요로 하는 만큼 물건을 가져다 쓸 수 있는 편리함도 있지만, 타성에 젖지 않도록 10년마다 이사를 해야 한다는 규정도 있습니다. 하루에 6시간만 일을 하는 것은 좋아 보이지만, 반드시 3시간 일을 하고 나면 식당에서 점심을 먹고 다시 3시간 일을 해야 한다니 불필요한 규정이 많다는 생각도 듭니다. 이상향이라고 해서 모든 사람의 구미에 맞을 수는 없는 모양입니다.

노장사상에 바탕을 둔 도연명의 무릉도원은 결국 빈부격차와 계층갈등이 발생하지 않는 평화로운 사회, 그리고 물질적 욕구의 충족보다는 욕망의 절제와 검약을 통해 안정을 추구하는 사회를 이상향으로 내세운 것입니다. 이런 특이한 마을을 발견한 무릉의 어부는 마을 사람들로부터 융숭한 대접을 받고 집으로 돌아오면서, 나중에 다시 이 마을을 찾을 요량으로 곳곳에 표시를 해두고 무릉태수에게 자초지종을 보고합니다. 그러나 태수가 다시 사람을 보내 어부가 해둔 표시를 찾아보았지만, 표시는 이미 사라지고 무릉도원도 발견할 수 없었습니다.

무릉도원의 주민들처럼 전 세계적으로 외부와 단절된 채 살아가는, 알려지지 않은 부족이 100여 개에 이른다고 합니다. 몇 년 전 브라질과 페루의 국경지대 아마존 열대우림 지역에서도 외부와 접촉 없이 살아가던 부족이 발견된 적이 있었습니다. 온몸에 붉은색을 칠한 원주민들이 항공사진을 촬영하던 비행기를 향해 활을 쏘고 창을 휘두르는 광경이 인상적이었습니다. 도연명의 무릉도원이든 아마존의 마을이든 그들이 원래 살던 대로 내버려두고 일부러 찾아가지 않는 게 도와주는 길일 듯합니다. 무릉도원 같은 이상향은 찾지 못하더라도, 안견의 〈몽유도원도〉만큼은 일본에서 되찾아왔으면 싶습니다.

고전 읽기

『노자老子』 제80장

인구가 적은 작은 나라, 열 가지 백 가지 기계가 있으나 쓰이지 않도록 하십시오. 백성 죽음을 중히 여겨 멀리 이사 가는 일이 없게 하십시오. 비록 배와 수레가 있어도 타는 일이 없고, 비록 갑옷과 무기가 있어도 내보일 일이 없습니다. 사람들 다시 노끈을 매어 쓰도록 하고, 음식을 달게 여기며 먹도록 하고, 옷을 아름답게 생각하며 입도록 하고, 거처를 편안하게 생각하며 살도록 하고, 풍속을 즐기도록 하십시오. 이웃 나라가 서로 바라보이고, 닭 우는 소리 개 짖는 소리가 서로 들리지만, 사람들 늙어 죽을 때까지 서로 왕래하는 일이 없습니다.

• • • •

원문 小國寡民, 使有什伯之器而不用, 使民重死而不遠徙, 雖有舟輿, 無所乘之, 雖有甲兵, 無所陳之, 使人復結繩而用之, 甘其食, 美其服, 安其居, 樂其俗, 隣國相望, 鷄犬之聲相聞, 民至老死, 不相往來.

도연명陶淵明, 〈도화원기桃花源記〉

진晉나라 태원太元 연간에 무릉武陵 사람이 고기잡이를 생업으로 삼아 시내를 따라 가다가 얼마나 멀리 들어왔는지 잊었다. 문득 복사꽃 숲을 만났는데 양쪽 강기슭으로 몇백 보가 이어지는 가운데 잡스런 나무가 없었고, 향기로운 풀이 신선하고 아름다웠으며, 떨어진 꽃잎이 땅에 가득해 어부는 매우 기이하게 여겼다. 다시 앞으로 나아가 그 숲의 끝까지 가보려 했다. 숲이 끝나는 곳은 시냇물의 발원지였으며, 산 하나가 나타났다. 산에는 작은 동굴 입구가 있었고 어른어른 빛이 있는 듯하여, 어부는 바로 배를 놔두고 입구를 따라 들어갔다. 처음에는 아주 좁아 겨우 한 사람이 지나갈 만하다가 다시 몇십 보를 가니 드넓게 탁 트였다. 땅은 평평하고 넓었으며 집들이 가지런했고, 좋은 밭과 아름다운 연못, 뽕나무, 대나무의 부류가 있었으며, 밭두렁길이 종횡으로 통하고 닭과 개 울음소리가 서로 들렸다. 그 가운데 오가며 농사짓는 남녀가 옷을 입은 모습은 모두 외부 사람과 같았으며, 노인과 어린아이 모두 즐거운 표정이었다. 어부를 보더니 크게 놀라며 따라 들어온 곳을 묻기에, 어부는 질문에 자세히 답했다. 이윽고 함께 그의 집으로 돌아가자고 초청하여 그의 집에 당도하니, 술상을 차리고 닭을 잡아 음식을 만들었다. 마을에서는 이런 사람이 있다는 말을 듣고 모두 와서 소식을 물었다. 그들은 스스로 말하기를 선대에 진나라 때의 난리를 피하여 처자식과 마을 사람들을 이끌고 이 외딴 마을로 들어온 후에, 다시는 여기서 나가지 않아 마침내 외부 사람과 왕래가 끊겼다고 했다. 지금이 어떤 시대냐 물으니 뜻밖에 한漢나라가 있었다는 것도 모르니 위魏나라와 진晉나라는 말할 것도 없었다. 이 사람이 하나하나 그들을 위해 들은 바를 상세히 이야기해주니 모두 탄식하며 놀랐다. 다른 사람도 각기 다시 함께 그의 집으로 가자고 초청해, 그들의 집에 당도하니 모두 술과 음식을 내왔다. 어부는 며칠 머무르다가 이별을 고하고 떠나려 했다. 이곳의 사람들이 말했다. "외부 사람들에게 이곳에 대해 말하지 마십시오." 어부는 도화원에서 나온 뒤에 그의 배를 찾아냈고, 이에 이전의 길을 따라가면서 곳곳에 도화원으로 가는 길을 표시했다. 군청 소재지에 이르러 태수를 뵙고 이러이러하다고 얘기했다. 태수가 바로 사람을 보내 그가 갔던 길을 따라가게 하여 이전에 표시해두었던 바를 찾았으나, 결국 사라져버려 다시 길을 찾지 못했다.

• • • •

원문 晉太元中, 武陵人, 捕魚爲業, 緣溪行, 忘路之遠近. 忽逢桃花林, 夾岸數百步, 中無雜樹, 芳草鮮美, 落英繽紛, 漁人甚異之. 復前行, 欲窮其林. 林盡水源, 便得一山. 山有小口, 髣髴若有光, 便舍船從口入. 初極狹, 纔通人, 復行數十步, 豁然開朗. 土地平曠, 屋舍儼然, 有良田美池桑竹之屬, 阡陌交通, 雞犬相聞. 其中往來種作, 男女衣著, 悉如外人, 黃髮垂髫, 竝怡然自樂. 見漁人, 乃大驚, 問所從來, 具答之. 便要還家, 設酒殺雞作食. 村中聞有此人, 咸來問訊. 自云先世避秦時亂, 率妻子邑人, 來此絕境, 不復出焉, 遂與外人間隔. 問今是何世, 乃不知有漢, 無論魏晉. 此人一一爲具言所聞, 皆歎惋. 餘人各復延至其家, 皆出酒食. 停數日, 辭去. 此中人語云, 不足爲外人道也. 既出, 得其船, 便扶向路, 處處誌之. 及郡下, 詣太守說如此. 太守卽遣人隨其往, 尋向所志, 遂迷, 不復得路.

성공의 지름길

종남첩경終南捷徑

사마승정司馬承禎이 일찍이 대궐로 불려왔다가 다시 산으로 돌아가려 할 때,
노장용이 종남산을 가리키며 말했다. "이곳에 아주 좋은 곳이 있습니다."
그러자 사마승정이 천천히 말했다. "내가 보기에 종남산은
관리가 되는 첩경일 뿐이오." 노장용이 부끄러워했다.
- 『신당서』 〈노장용전〉

제주도에서 걷기 좋은 길들을 선정하여 개발한 도보여행 코스인 올레길이 탄생한 지 벌써 10년이 넘었다고 합니다. '올레'는 제주 방언으로 좁은 골목을 뜻하며, 통상 큰길에서 집의 대문까지 이어지는 좁은 길을 가리킵니다. 2007년에 개발된 올레길 제1코스는 서귀포시 시흥초등학교에서 광치기 해변까지 이어지는 15킬로미터 구간입니다. 올레길은 이처럼 제주의 해안지역을 따라 골목길, 산길, 들길, 해안 길, 오름 등을 연결하여 구성됩니다. 저도 몇 년 전에 제주 중문단지 인근의 올레길을 걸어봤는데, 바다를 따라 걷는 길의 정취가 참으로 정겹게 다가왔습니다.

제주 올레길이 도보 여행지로 각광을 받기 시작하면서 전국적으로 도보여행 열풍이 불었습니다. 주로 산의 둘레를 따라 일주하는 둘레길이 개발된 것도 이와 무관하지 않습니다. 둘레길은 산책을 위해 거주지역과 명소를 이어 만든 길로, 지리산과 북한산의 둘레길이 널리 알려

져 있습니다. 제가 가본 것은 북한산 둘레길입니다. 이 둘레길은 북한산 자락 저지대에 나 있는 기존의 샛길을 연결한 수평 산책로라, 평소 등산을 자주 하지 않는 저도 어렵지 않게 한 구간을 돌아볼 수 있었습니다.

북한산 둘레길의 21번째 코스는 우이령길입니다. 우이령길은 경기도 양주시 장흥면 교현리와 서울특별시 강북구 우이동을 잇는 우이령을 통과합니다. 이 고개의 봉우리가 소의 귀처럼 길게 늘어져 있는 모습에서 우이령牛耳嶺 즉 소귀고개라는 이름이 붙었다고 합니다. 지난 1968년 청와대를 습격하려던 무장 간첩단이 이 길을 이용하여 침투한 뒤로, 40년가량 일반인의 출입이 통제되었다가 2009년에 다시 개방되었습니다. 그런데 사실 우이령길은 북한산과 도봉산 사이를 관통하는 길이어서 북한산의 다른 둘레길과 달리 지름길에 가깝습니다. 이 우이령길을 이용하면 교현리에서 우이동까지 7킬로미터가 채 되지 않지만, 둘레길로 돌아 13구간에서 20구간까지 가려면 족히 20킬로미터는 걸어야 하기 때문입니다.

우이령길과 같은 지름길을 한자어로는 첩경捷徑이라고 합니다. '첩경'의 용례를 찾아보면 중국 한나라 때 반소班昭가 지은 〈동정부東征賦〉라는 글이 눈에 띕니다. 반소는 『한서』를 지은 역사학자 반고班固의 누이동생으로, 반고가 『한서』를 채 완성하지 못하고 죽자 그의 뒤를 이어 이 책을 마무리했던 여류 문인입니다. 반소는 70에 가까운 고령에 관직을 받아 부임하는 아들 조성曹成을 따라 낙양洛陽에서 동쪽에 있는 진류陳留까지 가는 여정을 〈동정부〉에 담았습니다. 이 글에서 반소는 "사통팔달의 대로를 따라가노니, 첩경을 구한다면 누구를 따라야 할까?"라고 했습니다. 여기서의 '첩경'은 '편한 길'이라는 뜻으로 쓰였습니다.

나이가 들어 먼 길을 가기가 힘든 탓에 조금이라도 편한 길을 안내해주는 사람을 따르고 싶다는 말입니다.

그런데 본래 '첩경'의 '첩捷'은 '민첩敏捷'의 '첩'과 같이 '빠르다'는 것이 원래의 의미입니다. 대체로 이 '빠름'을 긍정적 의미로 받아들여 '첩경'을 좋은 의미로 쓰는 것 같습니다. '성공의 첩경', '승리의 첩경', '건강의 첩경' 등의 말을 자연스럽게 쓰는 것을 보면 그렇습니다. 그렇지만 본래 '첩경'의 의미는 그렇게 긍정적인 쪽은 아니었습니다. 중국 전국시대의 굴원屈原이라는 문인은 〈이소離騷〉라는 글에서 이렇게 말했습니다.

> 하나라 걸桀 임금과 은나라 주紂 임금과 같은 망국의 군주들은 오직 첩경만 찾다가 길이 막혔다.

한나라 왕일王逸은 〈이소〉에 대한 주석에서 '첩경'은 곧 '사경邪徑'의 뜻이라 했습니다. '사경'은 '곧지 않고 구불구불한 길'을 가리키니, 부정한 방법을 비유합니다. 결국 첩경은 곧지 않은 길이라는 것입니다.

이런 용례와 상반되게 '첩경'이 빠르면서 곧기도 한 길이라는 인식은 이를 우리말로 옮긴 '지름길'에서 강화되는 듯합니다. '지름'이 "원의 중심을 지나도록 원 위의 두 점을 이은 선분"이라는 뜻이니, '지름길'은 원의 둘레를 에두르지 않고 가장 빠르게 한 점의 반대 지점으로 곧게 이동하는 길이 됩니다. 그래서 '지름길'하면 빠르면서 올바른 길이라는 인상을 줍니다. 그러나 '첩경'은 꼭 이렇지 않습니다. 빠른 길이기는 하나 지름길처럼 곧은길은 아닐 수 있다는 말입니다. 오히려 더 구불구불한 길일 수도 있습니다.

'종남첩경終南捷徑'이라는 고사성어는 '첩경'에 내포된 복잡한 의미를 보여주는 말입니다. 관련된 고사는 이러합니다. 중국 당나라 때 노장용盧藏用이라는 이가 있었습니다. 그는 과거에 급제하였으나 관직을 받지 못하자, 당나라 수도인 장안長安 남쪽에 있는 종남산終南山에 은거했습니다. 당시 사회에서 학식과 덕망이 높고 명리에 초연한 선비를 우대해, 간혹 이렇게 산에 은거하는 은자를 관리로 초빙하는 경우가 있었기 때문입니다. 노장용의 작전은 그대로 적중해서 은자로 행세한 지 얼마 되지 않아 명성을 얻었고, 마침내 조정의 부름을 받아 관리로 임용되었습니다.

사실상 가짜 은자인 노장용과 달리, 사마승정司馬承幀이라는 사람은 천태산天台山에서 열심히 수양을 하고 있었습니다. 사마승정 역시 은자로서의 명성이 높아지자 조정의 부름을 받아 장안에 왔으나, 관직을 사양하고 천태산으로 되돌아가려고 했습니다. 노장용이 그를 배웅하러 성문 밖까지 나왔다가 종남산이 눈에 들어오자 사마승정보고 들으라는 듯 이렇게 말했습니다.

참으로 정취가 있는 산입니다.

가까이에 종남산이 있는데 굳이 멀리 천태산까지 갈 필요가 있느냐는 뜻이었습니다. 그러자 사마승정은 이렇게 대꾸했습니다.

내가 보기에 종남산은 관리가 되는 첩경일 뿐이오.

노장용은 사마승정의 말을 듣고 매우 부끄러워했다고 합니다. 여기에서 비롯된 '종남첩경'이라는 말은 '출세를 위한 빠른 길'을 가리킵니다. 또 더러는 노장용처럼 편법적인 수단을 동원하여 목적을 달성하는 행태를 풍자하는 말로도 쓰입니다. 여기서도 '첩경'은 그렇게 좋은 뜻으로 다가오지 않습니다. '빠른 길'이 모두 '바른 길'이지는 않을 것입니다. '첩경'보다는 '정도正道'를 걸어야 하지 않을까 하는 생각입니다. 오는 주말에는 둘레길을 걸으며 '더딘 길'의 아름다움을 만끽해보는 것도 좋겠습니다.

고전 읽기

『신당서新唐書』 〈노장용전盧藏用傳〉

노장용盧藏用은 자가 자잠子潛이고 유주 범양 사람이다. 아버지 노경은 위주장사로, 유능한 관리라는 평이 있었다. 노장용은 글을 잘 지어 진사시에 급제했으나 관직을 받지 못했다. 그래서 형 노징명과 함께 종남산과 소실산에 은거하며, 기공을 연마하고 단식을 하며 형산과 여산에 오르고 민산과 아산을 유람했다. 진자장, 조정고와 친분이 두터웠다.

장안 연간에 조정에서 노장용을 불러 좌습유를 제수했다. ……요원숭이 영무도 대사大使에 임명되면서 상주문을 올려 노장용을 관기管記에 임명했다. 노장용은 돌아와 현령 시험에 참여해 갑과에 합격하고 제양현령에 임명되었다. 신룡 연간에는 중서사인까지 차례로 승진하면서 여러 차례 부정한 관리들을 규탄했다. 이부시랑, 황문시랑, 수문관학사를 역임하다, 친족의 죄에 연루되어 공부시랑으로 강등되었다. 상서우승으로 진급해서는 태평공주 편에 섰다. 공주가 주살된 후 현종은 노장용을 체포해 참살하려 했으나, 그가 권력을 잡은 일이 없음을 참작하여 화를 가라앉히고 신주로 유배했다. 그가 반란을 꾀한다는 고발이 있어 심문한 결과 죄상이 없었지만 환주로 유배했다. 마침 교지에 반란이 일어나 노장용이 제압한 공로로 소주사호참군으로 전근되었다가 검주장사로 승진했고, 판도독사로 있다가 시흥에서 죽었다.

노장용은 시초蓍草 점, 거북 점, 구궁술九宮術에 능했고, 초서, 예서, 대전, 소전, 팔분체 등을 잘 썼으며, 금琴과 바둑을 잘하고, 사고도 정심精深해, 선비들이 그의 다재다능함을 높이 평가했다. ……진자앙과 조정고가 먼저 세상을 뜨자 그들의 자녀를 자애롭게 보살펴 사람들이 그의 변함없는 우정을 칭송했다. 처음 산 속에 은거할 때는 정치에 뜻을 두어 사람들이 그를 '임금의 수레를 따르는 은사'로 지목했다. 그러나 만년에는 권세와 이익을 따지고 교만과 방종함에 열중해 평소의 절조를 잃고 말았다.

사마승정司馬承禎이 일찍이 대궐로 불려왔다가 다시 산으로 돌아가려 할 때, 노장용이 종남산을 가리키며 말했다. "이곳에 아주 좋은 곳이 있습니다."

그러자 사마승정이 천천히 말했다. "내가 보기에 **종남산은 관리가 되는 첩경**일 뿐이오."

노장용이 부끄러워했다.

• • • •

원문 盧藏用, 字子潛, 幽州范陽人. 父璥, 魏州長史, 號才吏. 藏用能屬文, 擧進士, 不得調. 與兄徵明偕隱終南少室二山, 學練氣, 爲辟穀, 登衡廬, 彷洋岷峨. 與陳子昂趙貞固友善. 長安中, 召授左拾遺. ……姚元崇持節靈武道, 奏爲管記. 還應縣令擧, 甲科, 爲濟陽令. 神龍中, 累擢中書舍人, 數糾駁僞官. 歷吏部黃門侍郎脩文館學士. 坐親累, 降工部侍郎. 進尙書右丞. 附太平公主, 主誅, 玄宗欲捕斬藏用, 顧未執政, 意解, 乃流新州. 或告謀反, 推無狀, 流驩州. 會交趾叛, 藏用有捍禦勞, 改昭州司戶參軍, 遷黔州長史, 判都督事, 卒于始興. 藏用善蓍龜九宮術, 工草隸大小篆八分, 善琴弈, 思精遠, 士貴其多能. ……子昂貞固前死, 藏用撫其孤有恩, 人稱能終始交. 始隱山中時, 有意當世, 人目爲隨駕隱士. 晩乃徇權利, 務爲驕縱, 素節盡矣. 司馬承禎嘗召至闕下, 將還山, 藏用指終南曰, 此中大有嘉處. 承禎徐曰, 以僕視之, 仕宦之捷徑耳. 藏用慚.

병을 숨기고 의원을 꺼리다

휘질기의諱疾忌醫

요즘 사람은 잘못이 있어도 남이 바로잡아주는 것을 좋아하지 않는데,
이는 병을 숨기고 의원을 꺼려 몸을 망치면서도 깨닫지 못하는 것과 같다.
- 주돈이, 『주자통서』 〈과〉

연구년을 이용해 가족들과 미국으로 가면서 가장 걱정되었던 것 중의 하나가 의료보험이었습니다. 1년 동안 미국에서 지내다 보면 뜻밖의 사고나 질병으로 병원을 이용할 수 있는데, 전해듣기로 미국의 의료비가 만만치 않다고들 했기 때문입니다. 실제로 캘리포니아 주에서 농장을 운영하는 한 분을 방문했다가 들은 바로는, 이 분이 독사에 물려 치료를 받았다가 병원으로부터 20만 달러, 우리 돈으로 2억이 넘는 치료비 청구서를 받은 적이 있다고 했습니다.

미국의 의료비 부담이 이렇게 크다 보니, 버락 오바마Barack Obama 전 대통령은 지난 2010년 의료보험 시스템 개혁 법안인 「환자보호 및 부담적정 보험법」, 일명 '오바마 케어Obama Care'를 제안해, 민영보험에만 의존하는 기존 의료보험 시스템을 바꾸고, 전 국민의 건강보험 가입 의무화를 추진했습니다.

이 법안이 의회를 통과하기는 했지만, 공화당에서는 기업과 개인의

자유를 침해하고 재정 부담을 폭증시킨다는 이유로 강력하게 반대한 바 있습니다. 결국 공화당 출신의 도널드 트럼프Donald Trump가 대통령으로 선출되자마자 첫 행정 조치로 오바마 케어 폐지 관련 행정명령에 서명했습니다.

우리나라가 미국보다 잘 갖춘 사회제도로 국민건강보험을 꼽는 사람이 많습니다. 국민건강보험은 고액의 진료비로 가계에 과도한 부담이 되는 것을 방지하기 위한 사회보장제도입니다. 국민들이 낸 보험료를 국민건강보험공단이 관리하다가 필요시 보험급여를 제공함으로써, 국민 상호간 위험을 분담하고 필요한 의료서비스를 받을 수 있도록 하는 것입니다. 우리나라는 1977년 시작된 직장의료보험제도를 시초로 1989년 전 국민 의료보험 시대를 열었습니다.

그러나 전문가들은 각종 의료 지표들로 볼 때 우리나라 의료 서비스가 고비용 저효율 구조라고 지적합니다. 지난 2016년 건강보험 진료비는 64조 원에 이르렀는데, 이는 이 해 국가예산 386조의 16%에 이르는 막대한 금액이었습니다. 이렇게 많은 돈이 건강관리와 질병 예방보다 발병 후 사후 치료에 집중되는 것이 문제라는 것입니다. 행복한 삶을 위해 더 중요한 것은 병의 치료보다 예방과 초기 대응이라는 점에서, 현재처럼 의료를 환자 개인이 자의적으로 대처하도록 방치하면 곤란하다는 주장입니다. 그래서 제때 의료서비스나 건강검진을 받도록 '국민 주치의' 제도가 필요하다는 목소리도 들립니다.

"웬만한 병은 시간이 지나면 자연적으로 치유된다"거나 "병원에 가면 균이 옮아 없던 병도 생긴다"는 등의 이유를 들어 병원 가기를 꺼리는 사람들도 있습니다. 고사성어에 '휘질기의諱疾忌醫'라는 말이 있는 것을 보면, 이런 현상은 예나 지금이나 마찬가지인 것 같습니다. '휘질기의'는 '휘질諱疾', 즉 병을 숨기고, '기의忌醫', 즉 의원을 꺼린다는 뜻입니다. 전하여 잘못이 있는데도 다른 사람의 충고를 듣지 않는다는 의미로 쓰입니다.

'휘질기의'가 유래된 고사를 살펴보면 이러합니다. 중국 전국시대의 명의로 편작扁鵲이라 불리는 이가 있었습니다. 편작의 본명은 진월인秦越人인데, 의술이 뛰어나 삼황오제의 하나인 황제黃帝 때의 명의 편작으로 불렸다고 합니다. 편작은 모든 질병에 정통했을 뿐만 아니라, 중국 전통의학의 진맥법을 정리해 『난경難經』이라는 의서도 편찬했습니다. 후에 진秦나라 태의太醫인 이혜李醯가 그의 재주를 시기하여 사람을 시켜 살해했다고 전해집니다.

사마천의 『사기』 〈편작열전〉에 의하면, 편작이 천하에 이름을 알린 것은 시궐尸厥, 즉 일시적으로 혼절 상태에 빠진 괵虢나라 태자를 살려냈기 때문이었습니다. 당시 그는 사람들이 죽은 줄로 알았던 괵나라 태자가 실제로는 죽지 않았다고 진단합니다. 그리고는 침을 놓아 소생시키고 뜸을 놓아 자리에 앉게 하고 탕약을 처방해 원래의 건강 상태를 회복하게 만듭니다. 이 일로 인해 사람들은 편작이 죽은 사람을 살려냈다는 소문을 퍼뜨리기도 했는데, 편작은 괵나라 태자가 스스로 회복할 수 있도록 도와준 것에 불과하다고 말했습니다.

다시 『한비자』 〈유로喩老〉 편을 보면, 편작이 괵나라 태자를 소생시킨 일이 채蔡나라에까지 알려지자 채나라 환공桓公이 그를 초청합니다. 편작은 환공을 진찰한 후 피부에 병이 있으니 치료를 시작해야 한다는 소견을 말하고 물러납니다. 그러나 환공은 "편작이 우쭐대고 싶어서 없는 병을 만들어낸다"고 일축합니다.

열흘 뒤에 다시 환공을 진찰한 편작은 "환공의 병이 살 속으로 파고

들어 당장 치료하지 않으면 증세가 악화된다"고 경고합니다. 그러나 환공은 못 들은 척하고 편작의 말에 상당히 언짢은 기색을 내비칩니다.

다시 열흘이 지나 편작은 환공을 진찰한 후 병이 위와 장까지 퍼졌다고 했지만, 환공이 여전히 대꾸하지 않자 열흘 뒤에는 결국 멀리 달아납니다. 환공이 사람을 보내 달아난 까닭을 물으니, 편작은 이렇게 대답합니다.

> 피부의 병은 찜질로, 살 속의 병은 침으로, 위와 장의 병은 탕약으로 다스릴 수 있지만, 병이 골수로 파고 들면 생사를 결정하는 신 사명司命에게 맡길 수밖에 없다.

그로부터 닷새 후에 환공은 몸져누워 편작을 불렀지만, 편작은 이미 진나라로 달아난 뒤였습니다. 환공은 그대로 숨을 거둡니다. 한비자는 편작의 사례를 들면서 훌륭한 의원이 피부에 병이 있을 때 치료를 시작하듯, 성인聖人은 조기에 일을 수습한다고 했습니다. 채환공의 고사는 '휘질기의'에 꼭 들어맞지만, 여기에서 이 말이 유래한 것은 아닙니다.

'휘질기의'가 등장하는 것은 북송 때의 성리학자 주돈이周敦頤가 쓴 책 『주자통서周子通書』의 〈과過〉 편입니다. 그는 이렇게 말했습니다.

> 요즘 사람은 잘못이 있어도 남이 바로잡아주는 것을 좋아하지 않는데, 이는 병을 숨기고 의원을 꺼려 몸을 망치면서도 깨닫지 못하는 것과 같다.

저는 초기 고혈압 소견이 있어 두 달에 한 번씩 동네 가정의학과에 가서 상담을 하고 처방전을 받습니다. 약에 기대지 말고 운동을 더 열심히 해야 한다고, 갈 때마다 원장 선생님이 채근을 하지만, '휘질기의' 하기보다는 이쪽이 건강에 분명 좋을 것입니다. 주변에 내 잘못을 일러주는 편작이 있다면 더더욱 따라야 하지 않을까요?

고전 읽기

『사기史記』〈편작열전扁鵲列傳〉

편작扁鵲은 발해군 정 땅 사람으로 성은 진秦이고 이름은 월인越人이다. 젊은 시절에 다른 사람의 객사客舍 담당자로 일했다. 객사의 손님 가운데 장상군長桑君이란 사람이 묵었는데, 편작은 유독 그를 기인으로 여겨 항상 조심스럽게 모셨다. 장상군 또한 편작이 보통사람이 아니라고 생각했다.

객사를 10여 년 드나들다 어느 날 편작을 불러 몰래 옆에 앉히고 조용히 그에게 말했다. "내게 비방이 있는데 이제 나이를 먹어 자네에게 전해주려 하니 누설하지 말게."

편작이 대답했다. "알겠습니다."

그러자 품에서 약을 꺼내 편작에게 주며 말했다. "땅에 떨어지지 않은 이슬과 함께 복용하고, 30일이 지나면 사물에 대해 눈을 뜰 걸세." 그리고는 가지고 있던 비방서秘方書를 모두 꺼내 편작에게 주었다. 그리고는 홀연 사라졌는데 아무래도 평범한 사람은 아니었다. 편작이 그의 말대로 30일 동안 약을 복용하니, 담장 건너편에 있는 사람을 볼 수 있었다. 이런 능력으로 병을 진찰하니 오장에 탈이 난 곳이 모두 보여, 진맥은 그저 이름만 내걸 뿐이었다. 의원이 되어 때로는 제나라에 있다가 때로는 조나라에 있었는데, 조나라에 있을 때의 이름이 편작이었다.

……그 후에 편작은 괵나라를 지났다. 괵나라 태자가 죽었다기에 편작이 괵나라 궁궐 문 앞에 가서 방술方術을 좋아하는 중서자에게 물었다. "태자가 무슨 병이었기에 나라 안에서 기도가 여러 일에 앞서고 있습니까?"

중서자가 대답했다. "태자의 병은 혈기가 제때 돌지 않는 것이었는데, 서로 꼬여 배출되지 않다가 몸 밖으로 터져 나와 몸속이 크게 상했네. 정신이 사악한 기운을 제지하지 못하니 사악한 기운이 쌓여 배출되지 않고, 이 때문에 양맥陽脈이 느려지고 음맥陰脈이 빨라져 그래서 갑자기 혼절해 쓰러진 게지."

편작이 말했다. "죽은 시각이 언제였습니까?"

"닭이 울고 지금까지인 거지요."

"염을 했습니까?"

"아직 안 했어요. 죽은 지 반나절도 안 되었으니까."

"저는 제나라 발해 사람 진월인으로 집은 정 땅에 있습니다. 아직 앞에서 모시면서 임금님의 용안을 뵌 적은 없지만, 태자께서 불행히 돌아가셨다는데 제가 살려낼 수 있을 것이라 전해주십시오."

……중서자는 편작의 말을 듣고는 눈이 뿌옇게 되어 깜빡일 수 없었고, 혀가 말려 올라가 내릴 수 없었다. 이에 입궐하여 편작의 말을 괵나라 군주에게 전했다.

괵나라 군주가 그 말을 듣고 깜짝 놀라 궁궐 중문으로 나와서 편작을 인견하며 이렇게 말했다. "선생의 높은 도의를 들은 지 오래되었는데, 아직 직접 만나보지 못했구려. 선생이 작은 괵나라를 지나다 다행히 도움을 주니, 편벽된 곳에 있는 나라의 과인과 신하들은 운이 좋소. 선생이 있으니 살아나겠지만, 선생이 없었다면 산골짜기에 내다버리고 영원히 다시 돌아오지 못했을 거요."

말을 마치기도 전에 탄식하고 오열하며 넋이 나간 듯 왈칵 눈물을 쏟아냈다. 눈물이 눈꺼풀에 맺힐 정도로 슬픔을 주체하지 못해 얼굴 모습조차 달라졌다.

편작이 말했다. "태자의 병은 이른바 '시궐'이라는 것입니다. 무릇 양기가 음기 속으로 들어가면 위장을 움직여 수축시키면서 경락經絡에 손상을 입힙니다. 나뉘어 삼초三焦와 방광으로 내려가니, 이로 인해 양맥이 아래로 내려가고 음맥이 다투어 올라오게 됩니다. 기가 만나는 곳은 막혀 통하지 않습니다. 음기가 올라가면서 양기가 안에서 운행하다, 몸의 아래와 내부에서 고동치며 올라가지 못하고 몸의 위와 외부와 단절되어 음기의 작용에서 벗어나니, 위쪽에는 양기가 끊긴 경락이 생기고 아래쪽에는 음기가 부서진 신경이 생깁니다. 부서진 음기와 끊긴 양기로 인해 혈색이 사라지고 맥박이 어지러워지는 까닭에 몸이 축 처져 마치 죽은 것 같은 상태가 되는 것입니다. 태자는 아직 죽은 게 아닙니다. 대개 양기가 음기로 들어가 장기를 막은 경우는 살아나고, 음기가 양기로 들어가 장기를 막은 경우는 죽습니다. 이런 여러 가지 상황은 모두 오장이 뒤틀릴 때 갑자기 발생합니다. 유능한 의원은 치료하고, 무능한 의원은 머뭇거릴 것입니다."

편작은 이에 제자 자양子陽에게 숫돌에 넓은 침을 갈게 하여, 그것으로 삼양오회혈三陽五會穴에 침을 놓았다. 얼마 후 태자는 소생했다. 이에 자표子豹에게 닷푼짜리 고약을 만들게 하고, 여덟 가지 약재를 혼합해 달여서 양쪽 옆구리 아래를 찜질했다. 태자는 일어나 앉았다. 다시 음양을 고르게 하니, 단지 스무 날치 탕약만 먹고서 이전처럼 회복되었다. 그래서 천하 사람들은 모두 편작이 죽은 사람도 살린다고 생각했다.

편작은 이렇게 말했다. "월나라 사람 편작이 죽은 사람을 살린 게 아니라, 이런 경우는 스스로 살아날 수 있었던 것을 월나라 사람이 일어나도록 해준 것뿐입니다."

• • • •

원문 扁鵲者, 勃海郡鄭人也, 姓秦氏, 名越人. 少時爲人舍長. 舍客長桑君過, 扁鵲獨奇之, 常謹遇之. 長桑君亦知扁鵲非常人也. 出入十餘年, 乃呼扁鵲私坐, 閒與語曰, 我有禁方, 年老, 欲傳與公, 公毋泄. 扁鵲曰, 敬諾. 乃出其懷中藥予扁鵲, 飮是以上池之水, 三十日當知物矣. 乃悉取其禁方書盡與扁鵲. 忽然不見, 殆非人也. 扁鵲以其言飮藥三十日, 視見垣一方人. 以此視病, 盡見五藏癥結, 特以診脈爲名耳. 爲醫或在齊, 或在趙. 在趙者名扁鵲. ……其後扁鵲過虢. 虢太子死, 扁鵲至虢宮門下, 問中庶子喜方者曰, 太子何病, 國中治穰過於衆事. 中庶子曰, 太子病血氣不時, 交錯而不得泄, 暴發於外, 則爲中害. 精神不能止邪氣, 邪氣畜積而不得泄, 是以陽緩而陰急, 故暴蹷而死. 扁鵲曰, 其死何如時. 曰, 雞鳴至今. 曰, 收乎. 曰, 未也, 其死未能半日也. 言臣齊勃海秦越人也, 家在於鄭, 未嘗得望精光侍謁於前也. 聞太子不幸而死, 臣能生之. ……中庶子聞扁鵲言, 目眩然而不瞚, 舌撟然而不下, 乃以扁鵲言入報虢君. 虢君聞之大驚, 出見扁鵲於中闕, 曰, 竊聞高義之日久矣, 然未嘗得拜謁於前也. 先生過小國, 幸而擧之, 偏國寡臣幸甚. 有先生則活, 無先生則棄捐塡溝壑, 長終而不得反. 言未卒, 因嘘唏服臆, 魂精泄横, 流涕長潸, 忽忽承睞, 悲不

能自止, 容貌變更. 扁鵲曰, 若太子病, 所謂尸蹶者也. 夫以陽入陰中, 動胃繵緣, 中經維絡, 別下於三焦膀胱, 是以陽脈下遂, 陰脈上爭, 會氣閉而不通, 陰上而陽內行, 下內鼓而不起, 上外絶而不爲使, 上有絶陽之絡, 下有破陰之紐, 破陰絶陽, 色廢脈亂, 故形靜如死狀. 太子未死也. 夫以陽入陰支蘭藏者生, 以陰入陽支蘭藏者死. 凡此數事, 皆五藏蹶中之時暴作也. 良工取之, 拙者疑殆. 扁鵲乃使弟子子陽廣鍼砥石, 以取外三陽五會. 有間, 太子蘇. 乃使子豹爲五分之熨, 以八減之齊和煮之, 以更熨兩脅下. 太子起坐. 更適陰陽, 但服湯二旬而服故. 故天下盡以扁鵲爲能生死人. 扁鵲曰, 越人非能生死人也, 此自當生者, 越人能使之起耳.

『한비자韓非子』〈유로喩老〉

편작이 채환공을 알현하고 잠시 후에 이렇게 말했다. "임금님은 질환이 피부에 있는데, 치료하지 않으면 증세가 심해질 것 같습니다."

채환공이 말했다. "과인에게는 병이 없다."

편작이 나가자 채환공이 말했다. "의원들은 병이 없는 사람도 치료해 공을 세우기 좋아한다."

열흘 뒤에 편작이 다시 채환공을 알현하고 말했다. "임금님의 질환이 살갗으로 파고들고 있는데, 치료하지 않으면 증세가 더욱 심해질 것입니다."

채환공은 대꾸하지 않았다. 편작이 나가자 채환공은 또 불쾌해했다.

열흘 뒤에 편작이 다시 알현하고 말했다. "임금님의 질환이 위와 장에 있는데, 치료하지 않으면 증세가 더욱 심해질 것입니다."

채환공은 역시 대꾸하지 않았다. 편작이 나가자 채환공은 다시 불쾌해했다. 열흘 뒤에 편작은 채환공을 살펴보고 돌아와 그대로 달아났다.

채환공이 사람을 시켜 까닭을 물으니 편작은 이렇게 말했다. “피부의 병은 찜질로, 살 속의 병은 침으로, 위와 장의 병은 탕약으로 다스릴 수 있지만, 병이 골수로 파고 들면 생사를 결정하는 신 사명司命에게 맡길 수밖에 없습니다. 지금은 아예 골수에 있으니 저는 이런 이유에서 아무 말씀을 드리지 않은 것입니다.”

닷새 뒤에 채환공이 몸에 통증을 느껴 사람을 시켜 편작을 찾았으나, 편작은 이미 진나라로 달아난 뒤였고 채환공은 그대로 사망했다. 그래서 좋은 의원이 병을 치료할 때는 살갗에 있을 때 공략하는 법이니, 이는 모두 작을 때 다툰다는 것이다. 무릇 일의 화복禍福에도 살갗에 해당하는 시기가 있으니, 그래서 이렇게 말하는 것이다. “성인들은 일찍 손을 쓴다.”

• • • •

원문 扁鵲見蔡桓公, 立有間, 扁鵲曰, 君有疾在腠理, 不治將恐深. 桓侯曰, 寡人無. 扁鵲出, 桓侯曰, 醫之好治不病以爲功. 居十日, 扁鵲復見曰, 君之病在肌膚, 不治將益深. 桓侯不應. 扁鵲出, 桓侯又不悅. 居十日, 扁鵲復見曰, 君之病在腸胃, 不治將益深. 桓侯又不應. 扁鵲出, 桓侯又不悅. 居十日, 扁鵲望桓侯而還走. 桓侯故使人問之, 扁鵲曰, 疾在腠理, 湯熨之所及也, 在肌膚, 鍼石之所及也, 在腸胃, 火齊之所及也, 在骨髓, 司命之所屬, 無奈何也. 今在骨髓, 臣是以無請也. 居五日, 桓公體痛, 使人索扁鵲, 已逃秦矣, 桓侯遂死. 故良醫之治病也, 攻之於腠理, 此皆爭之於小者也. 夫事之禍福亦有腠理之地, 故曰, 聖人蚤從事焉.

주돈이周敦頤, 『**주자통서**周子通書』 〈**과**過〉

요즘 사람은 잘못이 있어도 남이 바로잡아주는 것을 좋아하지 않는데, 이는 **병을 숨기고 의원을 꺼려** 몸을 망치면서도 깨닫지 못하는 것과 같다.

• • • •

원문 今人有過, 不喜人規, 如諱疾而忌醫, 寧滅其身而無悟也.

참고문헌

- 김구용 역, 『동주열국지』, 솔, 2015.
- 김영문 역, 『정관정요』, 글항아리, 2017.
- 김원중 역, 『삼국지』, 민음사, 2007.
- 김장환 역, 『세설신어』, 신서원, 2008.
- 김학주 역, 『새로 옮긴 시경』, 명문당, 2010.
- 남현희 역, 『일득록』, 문자향, 2008.
- 문선규 역, 『춘추좌씨전』, 명문당, 2009.
- 성백효 역, 『맹자집주』, 전통문화연구회, 2010.
- ________, 『명심보감』, 전통문화연구회, 2010.
- 송기채 역, 『순자집해』, 전통문화연구회, 2015.
- 송정희 역, 『묵자』, 명지대학교 출판부, 1984.
- 신동준 역, 『전국책』, 인간사랑, 2004.
- 심의용 역, 『주역』, 글항아리, 2015.
- 오강남 역, 『도덕경』, 현암사, 1995.
- ________, 『장자』, 현암사, 2003.
- 오수형 · 이석형 · 홍승직 역, 『유종원집』, 소명출판, 2009.
- 유동환 역, 『손자병법』, 홍익출판사, 2002.
- 이기동 역, 『서경강설』, 성균관대학교출판부, 2011.
- 이미영 역, 『후한서』, 팩컴북스, 2013.
- 이민수 역, 『격몽요결』, 을유문화사, 2012.
- 이민숙 · 김명신 · 정민경 · 이연희 역, 『풍속통의』, 2015.
- 이석호 역, 『채근담』, 명문당, 2015.
- 이운구 역, 『한비자』, 한길사, 2002.
- 이준영 역, 『주례』, 자유문고, 2014.

- 이지형 역, 『논어고금주』, 사암, 2010.
- 임동석 역, 『국어』, 동서문화사, 2009.
- ________, 『안자춘추』, 동서문화사, 2009.
- ________, 『열녀전』, 동서문화사, 2009.
- 장현근 역, 『신어역해』, 소명출판, 2010.
- 정범진 역, 『사기열전』, 까치, 1995.
- 정영호 역, 『여씨춘추』, 자유문고, 2006.
- 정재서 역, 『산해경』, 민음사, 2004.
- 구본권, 『로봇 시대, 인간의 일』, 어크로스, 2016.
- 박철범, 『박철범의 하루 공부법』, 다산에듀, 2015.
- 설성경, 『춘향전의 비밀』, 서울대학교출판부, 2001.
- 안휘준, 『안견과 몽유도원도』, 사회평론, 2009.
- 이강재, 『논어: 개인윤리와 사회윤리의 조화』, 살림, 2006.
- 조윤제, 『내가 고전을 공부하는 이유』, 흐름출판, 2015.
- _____, 『적을 만들지 않는 고전 공부의 힘』, 위즈덤하우스, 2016.
- 한상만, 『고전에서 배우는 경영 인사이트40』, 원앤원북스, 2011.
- 가토 도루, 유준칠 역, 『동양고전에게 길을 묻다』, 수희재, 2007.
- 뤄위밍, 나진희 역, 『잠시라도 내려놓아라』, 아날로그, 2014.
- 리처드 스텐걸, 임정근 역, 『아부의 기술』, 참솔, 2006.
- 마이클 맥컬러프, 김정희 역, 『복수의 심리학』, 살림출판사, 2009.
- 시어도어 젤딘, 문희경 역, 『인생의 발견』, 어크로스, 2017.
- 아리스토텔레스, 최명관 역, 『니코마코스 윤리학』, 창, 2008.
- 자전, 강경희 역, 『고전에서 인생을 배우다』, 오늘북스, 2014.
- 존 메설리, 전대호 역, 『인생의 모든 의미』, 필로소픽, 2016.
- 찰스 두히그, 강주헌 역, 『습관의 힘』, 갤리온, 2012.
- 칼 필레머, 박여진 역, 『내가 알고 있는 걸 당신도 알게 된다면』, 토네이도, 2014.
- 클라우스 베를레, 박규호 역, 『완벽주의의 함정』, 소담출판사, 2012.
- 토마스 모어, 주경철 역, 『유토피아』, 을유문화사, 2007.
- 한병철 저, 김태환 역, 『피로사회』, 문학과지성사, 2012.
- 황병기 외, 『백남준을 말하다』, 해피스토리, 2012.

세상을 움직이는 네 글자

1판 1쇄 찍음 2018년 6월 21일
1판 1쇄 펴냄 2018년 7월 5일

지은이 김준연

주간 김현숙 | **편집** 변효현, 김주희
디자인 이현정, 전미혜
영업 백국현, 정강석 | **관리** 김옥연

펴낸곳 궁리출판 | **펴낸이** 이갑수

등록 1999년 3월 29일 제300-2004-162호
주소 10881 경기도 파주시 회동길 325-12
전화 031-955-9818 | **팩스** 031-955-9848
홈페이지 www.kungree.com | **전자우편** kungree@kungree.com
페이스북 /kungreepress | **트위터** @kungreepress

ISBN 978-89-5820-534-0 03800

값 18,000원